Sonora Reyes

se crio en Arizona y escribe ficción de distintos géneros, repleta de personajes latinos y *queer*. Actualmente vive con su familia en un hogar multigeneracional dominado por una pequeña jauría de perros, y está trabajando en varios proyectos para adultos y niños. Además de escribir, le encanta bailar, cantar en karaokes y jugar con sus sobrinos.

T0267532

GUÍA PARA LESBIANAS EN UN COLEGIO CATÓLICO

SONORA REYES

Guía para lesbianas en un colegio católico

Traducción de **Alícia Astorza Ligero**

VINTAGE ESPAÑOL

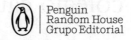

Penguin
Random House
Grupo Editorial

Título original: *The Lesbiana's Guide to Catholic School*

Primera edición: febrero, 2024

Copyright © 2022, Sonora Reyes
Copyright © 2023, Alícia Astorza Ligero, por la traducción
Copyright © 2023, Penguin Random House Grupo Editorial, S. A. U.
Travessera de Gràcia, 47-49, 08021, Barcelona
Copyright © 2023, derechos de edición mundiales en lengua castellana:
Penguin Random House Grupo Editorial, S. A. de C. V.
Blvd. Miguel de Cervantes Saavedra núm. 301, 1er piso,
colonia Granada, alcaldía Miguel Hidalgo, C. P. 11520,
Ciudad de México
Copyright © 2024, Penguin Random House Grupo Editorial USA, LLC
8950 SW 74th Court, Suite 2010
Miami, FL 33156

ISBN: 979-88-909802-1-2

Impreso en Colombia – *Printed in Colombia*

24 25 26 27 28 10 9 8 7 6 5 4 3 2 1

Para mi madre,
mi otro yo

Nota de la autora

Este libro trata asuntos relacionados con el racismo, la homofobia y la migración, así como los pensamientos suicidas y la hospitalización de un personaje. Me esmeré en representar estas cuestiones con cuidado y sensibilidad. Si son temas que te resultan difíciles, por favor, cuídate y recuerda que tu salud mental y emocional son lo primero.

1

No confiarás en una zorra falsa

Me la pelan los siete años de mala suerte.

Llevaba demasiado tiempo sin darle un puñetazo a nada, y el tocador se lo tenía merecido. Maldito espejo. Maldita Yami.

Bueno, da igual. Los espejos están sobrevalorados, y darles un puñetazo está infravalorado. De todos modos, nunca me ha gustado mirarme en el espejo. No porque crea que no soy guapa. O sea, sí lo soy —objetivamente—, pero esa no es la cuestión. Me gusta más mi nuevo reflejo. Está tan agrietado que apenas se me reconoce. Está resquebrajado a la perfección, y lo hice yo. Con mi puño. ¿Quién dice que no soy fuerte?

Nunca evito las peleas, siempre que sean con un objeto inanimado. No golpeé el espejo con suficiente fuerza como para romperlo del todo, pero las palpitaciones que me noto en los nudillos me confirman que le di con bastante ímpetu. Se me hincha el pecho de orgullo, y también la mano.

Mierda. Hay mucha sangre.

Okey, quizá no tendría que haberlo hecho. Me tiembla la mano y empiezan a caer algunas gotas, pero estoy bloqueada. Solo puedo pensar en Bianca y en esa otra cosa que no tendría que haber hecho de ninguna manera.

¿Quién deja el trabajo solo por la posibilidad de cruzarse con su ex? Y ni siquiera es mi ex, sino una *ex-traordinaria* zorra falsa. Una ex mejor amiga de quien me avergüenza decir que estaba enamorada.

A Bianca nunca se le ha dado bien guardar secretos, así que no sé por qué pensé que este sí se lo callaría. La culpa es mía, por haber confiado en ella. La última vez que la vi fue cuando contó que me gustan las chicas, y eso fue al terminar el segundo año de prepa. Estaba tan contenta por no volver a verla, pero hoy tuvo que pasar justo por delante de la cafetería donde trabajo. Donde trabajaba.

Vaya descaro el que tiene al intentar hablar conmigo en el trabajo. Ahí no podía defenderme. En realidad, nunca podría defenderme de ella. Por su culpa, ni siquiera aguanté dos semanas en mi trabajo de verano.

«¿Qué? ¿Ahora huyes al colegio católico? Estás desesperada por evitarme, ¿verdad?».

Sí. Y estoy tan desesperada que incluso dejé el trabajo. Lo que haga falta con tal de no verla. Lo que sea.

—¿Yami? —Cesar da unos golpecitos en la puerta, pero no espera mi respuesta. La abre unos centímetros y mira dentro de la habitación—. Luego te llamo —le dice a la persona con la que habla por teléfono.

Supongo que escuchó el golpe que le di al espejo. Abre un poco los ojos al ver mi puño, así que intervengo antes de que él pueda decir nada.

—¿Era tu novia? —pregunto para fastidiarlo, y pongo el énfasis en la última palabra.

—Más o menos —responde con un encogimiento de hombros.

—Eres un donjuán. —Niego con la cabeza.

—En fin. ¿Tú estás bien? —Mi hermano clava la mirada en mis nudillos ensangrentados y en el espejo a la espera de una explicación que no le doy.

Soy yo la que tendría que estar preocupada por él, no al revés. Tiene los nudillos llenos de costras muy recientes, como lo estarán los míos dentro de poco, y un ojo morado. No es más que una variación de su apariencia habitual.

—¿Estás bien tú? —le devuelvo la pregunta.

Dirige la mirada al espejo otra vez y luego vuelve a mirarme antes de entrar. Esquiva la ropa sucia que hay en el suelo y se sube a mi cama de un salto con una sonrisa de oreja a oreja.

—¡Saqué un sobresaliente en todas las asignaturas!

Okey, no soy la única que cambia de tema. Cesar y yo tenemos una regla no escrita: podemos hacer preguntas personales una sola vez. Si el otro evita responder, no insistimos. Así mantenemos la paz entre nosotros. Le choco los cinco con la mano buena y luego voy al baño que compartimos para limpiarme la sangre, pero dejo la puerta abierta para que pueda oírme.

—¡Genial! No me extraña que te hayan dado una beca para Slayton.

Sin duda, Cesar es mejor estudiante que yo. Incluso se saltó un curso entero, y ahora ambos estamos a punto de empezar tercero. Mucha gente da por hecho que somos mellizos, pero no me importa. Hace que resulte un poco menos vergonzoso que mi hermano pequeño sea mucho más listo que yo. A diferencia de él, yo no estoy en las clases avanzadas, pero tampoco es que me vaya mal.

Como yo no tengo beca, debo encontrar otro trabajo lo antes posible para pagar la mitad de la colegiatura. Es la única manera de que mamá nos pueda mandar a los dos al Colegio Católico Slayton, y a mí no me importa tener que hacer este trabajo extra. Después de lo que me hizo Bianca, creo que me moriría de la vergüenza si tuviera que regresar a Rover, la preparatoria a la que iba hasta ahora. Valdrá la pena ir al colegio católico y tener que trabajar si así no vuelvo a ver jamás el rostro precioso y traicionero de Bianca. Adiós, Rover, no te extrañaré.

Me limpio bien toda la sangre y me echo un poco del Super Glue de Cesar antes de volver a mi habitación. Cuando termino, apenas se nota que me lastimé. Lo demás quizá no, pero se me da muy bien esconder el dolor.

Cesar está acostado en mi cama con la mirada fija en el techo, jugueteando con la cruz que cuelga de la cadena que tiene alrededor del cuello.

—¿De verdad quieres ir a Slayton?

Me encojo de hombros y me dejo caer en la cama a su lado.

Bianca no es el único motivo por el que necesito ir a Slayton, pero no puedo contárselo. Lo que él sabe es que mamá nos obliga a ambos a ir para que recibamos una «mejor educación», con los mejores docentes y clases más avanzadas. También es su manera de compensar que ya no tiene tiempo para llevarnos a la iglesia.

Esos son los motivos que le dijimos a mi hermano. No le mencionamos que también es porque últimamente se ha metido en muchos líos en Rover y mamá cree que Slayton será un entorno más seguro (por eso de los valores católicos). Tampoco le contamos que yo insistí en ir con él para asegurarme de que no se meta en problemas. Es una escuela muy cara, pero supondrá empezar de nuevo para los dos. Por lo menos, ahora ya sé que no tengo que decir nada sobre quién me gusta. Esta vez seré muy sigilosa para que no se note que me gustan las chicas, como Kristen Stewart.

Cesar se pone de lado y me mira.

—He oído que ahí solo hay gente blanca.

—No me extrañaría.

Los alumnos de Rover son en su mayor parte negros o chicanos. En cambio, Slayton está en la parte norte de Scottsdale, a unos cuarenta minutos en coche de nuestra casa, y digamos que ahí no hay mucha melanina. Me parece que podría pagarme la colegiatura vendiendo bloqueador solar entre clase y clase.

—Y que el equipo de futbol americano es malísimo —añade Cesar.

—Pero si tú ni siquiera juegas.

—Y ahora no lo haré nunca. —Hay un dejo de tristeza en su mirada, como si en algún momento hubiera soñado con jugar futbol americano. De verdad, es el tipo más dramático que conozco.

—Ay, pobrecito. —Intento pellizcarle la mejilla, pero me aparta la mano. Solo tiene diez meses menos que yo, pero nunca permitiré que olvide que es el pequeño.

—Y también dicen que te ponen como diez horas de tarea cada día. Eso se llama maltrato infantil. ¿Cuándo dormiremos? ¿Y cuándo comeremos? ¡Nos moriremos de hambre! —exclama, alzando los brazos.

Me río y le doy un golpe con la almohada.

—Ya lo superaremos. —No le comento que es él quien tendrá mucha tarea, porque se inscribió a las clases avanzadas—. Además, es mejor que la alternativa, ¿no?

—¿Qué alternativa?

—Ya lo sabes… —Le señalo el ojo morado que tiene—. ¿Que te den una paliza? —Se le tensa la mandíbula e inmediatamente me siento mal por haber sacado este tema, de modo que sigo hablando—: O que te den nuggets de pollo podridos para comer. Eso sí que es maltrato infantil. Por lo menos en Slayton pueden permitirse servir comida de verdad.

—Supongo.

Creo que no le hace ninguna gracia. Mi hermano no tiene instinto de supervivencia; casi parece que quiera que sigan molestándolo en Rover.

Le paso un brazo por los hombros.

—No te preocupes. Si en algún momento extrañas la comida de Rover, puedes lamerte la suela de los zapatos. Será como si nunca te hubieras ido de ahí.

Suelta una risita y levanta una pierna.

—Perdona, mis zapatos están súper limpios. Son dignos de un restaurante de cinco estrellas.

—Dije la suela de los zapatos, tonto. —Intento tocarle la oreja para molestarlo, pero me ve venir y se adelanta—. ¡Ay! —Me froto la oreja. Mierda, tengo unos reflejos muy lentos, pero no pasa nada. Prefiero que me duela un poco la oreja a que mi hermano se enoje conmigo.

Vibra mi celular y en la pantalla aparece la foto de mamá. No sé por qué me llama por teléfono cuando le bastaría con gritar mi nombre. No es que tengamos una casa tan grande como para que no pueda oírla, pero le contesto el teléfono de todos modos.

—Hola, mami.

—Ven p'acá, mija.

—Ya voy. —Cuelgo y noto que la cabeza me va a mil por hora mientras intento encontrar una excusa para el espejo roto.

—Dile que yo lo rompí.

Cesar debe de haberme leído los pensamientos, aunque ni siquiera está mirándome. Se le da muy bien.

—¿Por qué?

—Te creerá y yo no me meteré en ningún problema.

Tiene razón. Cesar es el hijito pequeño de mamá. Si rompe un espejo, mamá querrá saber si se hizo daño en la mano. Si lo rompo yo, por lo menos me castigará. En todo caso, no pienso echarle la culpa.

Pongo los ojos en blanco y me dirijo hacia la habitación de mamá evitando fijarme en la colección de cruces y en los retratos de Jesús que cuelgan de las paredes del pasillo. Parece ser que un solo Jesús no es suficientemente sagrado como para que me convierta en hetero del susto…, aunque mamá no necesita saberlo. Ojalá Cesar no se creyera tanto todas estas cosas, porque así podría desahogarme con él. El retrato más grande me pone muy nerviosa: Jesús me mira directamente a los ojos —no, más bien ve a través de mí— y su mirada es muy triste, como si supiera que iré al infierno. No puedo quitarme de encima la sensación de que da igual que haya salido del clóset o no; la voz de mamá resuena en mi cabeza: «Jesús lo ve todo». Siento un ardor en las entrañas, como si las cruces intentaran exorcizarme por mi orientación sexual, así que mantengo la mirada clavada en la alfombra y recorro el resto del Pasillo de la Vergüenza a toda velocidad hasta la habitación de mi madre.

Al entrar casi piso un arete de cuentas armado a medias. El diseño angular intenta imitar una flor roja y naranja. Para variar, el suelo está lleno de cuentas, hilos, alambres y otros materiales del segundo empleo de mamá. En sus ratos libres, hace joyas y bisutería con cuentas al estilo mexicano para venderlas, y la verdad es que se le da muy bien. Como si no estuviera ya muy ocupada con su trabajo de tiempo completo en un centro de atención telefónica más el cuidado de sus dos hijos. Me fijo en si vio que por poco piso el arete, pero no reacciona.

Da unas palmadas en la cama, al lado de donde está acostada. Tiene el pelo recogido en un chongo despeinado y lleva puestos los lentes oscuros que usa después de llorar. No sé qué ocurre, pero creo que no es por el espejo. Siempre me llama a mí cuando lleva estos lentes, porque está muy preocupada por Cesar y no quiere que él tenga que lidiar con sus problemas.

Esquivo todos los materiales que hay en el suelo y me acuesto en la cama para acurrucarnos en la posición de siempre. Su cama es mucho más cómoda que la mía, y, aunque me haga mayor, siempre me siento más segura aquí. Mamá me acerca a ella, me abraza y me acaricia el pelo, y yo cierro los ojos y nos quedamos en silencio durante unos instantes.

Como no dice nada sobre el espejo, imagino que no escuchó el golpe que le di. Ya sé que se supone que tendría que estar consolándola yo a ella, pero me siento muy culpable. Tengo que decirle la verdad.

—Dejé el trabajo —suelto de golpe, porque es mejor quitar la curita rápido. De todos modos, tarde o temprano se habría enterado—. Pero te prometo que encontraré otro.

—Ay, Dios mío… —Suspira y se santigua—. No me digas que te convenció Bianca. Es una mala influencia.

Por un momento me desconcierta oír su nombre.

—No, mami. Ya ni siquiera somos amigas.

Intento que no me afecte que mamá no se haya dado cuenta. Solo han pasado unas semanas desde el incidente, y puede que mamá haya estado demasiado ocupada como para percatarse.

—Ay, ay, ay… Ya hablaremos sobre lo de buscar un nuevo trabajo más tarde.

Por algún motivo, no parece que esté enojada. No es la reacción que esperaba.

—Okey…

Tarda un rato en sacar el tema que le interesa de verdad.

—Necesito que me hagas un favor, ¿okey, cariño? —dice con voz ronca.

—¿Sí, mami?

—Ya sabes que quiero lo mejor para tu hermano y para ti.

—Sí.

—No sé qué hacer con este chico. —Se pone boca arriba—. Tu padre siempre sabía cómo hablar con él.

No digo nada. A papá lo deportaron a México cuando yo tenía diez años. A veces hablamos por teléfono o por videollamada, pero hace años que no lo veo. Después de que se fuera, mamá se desvivió intentando que regresara y se gastó todos los ahorros en los honorarios de los abogados, pero el sistema nos falló y papá no va a volver.

Papá y Cesar son las dos únicas personas que creo que me entienden de verdad. Es un rollo que solo pueda hablar con papá a través de una pantalla y durante unos pocos minutos cada vez.

—Hablé con él antes. Te extraña. Y a Cesar. —Se limpia las lágrimas por debajo de los lentes—. Cesar… no me escucha como escuchaba a tu papá.

Respiro un poco más tranquila al saber que está disgustada por Cesar, no por lo de mi trabajo ni por el espejo. Sin embargo, sé que al final me echará la culpa a mí, como siempre.

—Cesar estará bien, mami. —Le aprieto la mano.

Mi hermano siempre insiste en que está bien y se hace el duro, pero el hecho de que mi hermano les devuelva los golpes no significa que sea una pelea justa. Mamá y yo hemos intentado preguntarle por qué se mete en tantos líos y qué le ocurre, pero se pone muy a la defensiva o se aísla cuando siente que lo estamos interrogando. Lo máximo que he podido hacer por él es echarle un ojo, pero ni siquiera eso me sale bien. Me da la sensación de que cada vez que aparto la mirada él ya empieza a provocar una pelea o le están dando una paliza, y me siento impotente al no poder evitar los ojos morados y los labios reventados con los que llega a casa.

—A ti te escucha. —A mamá le tiembla el labio y no sé qué hacer.

Me meto la mano en el bolsillo de la sudadera para que no vea los cortes. Si se entera de que le di un puñetazo a algo, creerá que yo soy la responsable de que Cesar se meta en tantas peleas. Un paso en falso siempre hace que todo sea culpa mía. Es mucha presión tener que ser el modelo perfecto a seguir para mi hermano cuando yo apenas consigo llevar las riendas de mi vida.

Desde que papá se fue, tenemos una norma no escrita: yo debo cuidar a Cesar como lo hacía papá. Según mamá, cualquier cosa mala que le ocurra a Cesar es responsabilidad mía.

Estoy cansada.

—¿Qué quieres que haga?

—Necesito que seas un buen ejemplo para él. Dile que será una buena oportunidad para los dos y cuídalo. Esta nueva escuela es pequeña, así que no te costará.

Parece que insinúa que no he cuidado a mi hermano durante todo este tiempo. Como si no hubiera empezado a trabajar precisamente para ir con él al Colegio de Jesús y así cuidarlo. Me gustaría decirle que yo no soy responsable de lo que le pase a él, pero no me creería.

—Okey, mami.

—Ah, y estás castigada.

—¿Qué? —Me incorporo de golpe. ¿Cómo puede pedirme un favor y luego castigarme mientras me abraza? Me sorprende que no se me haya roto el cuello del latigazo cervical por el movimiento brusco.

—Hasta que encuentres otro trabajo. Ya sabes que no puedo permitirme mandarte a ese colegio.

—Encontraré otro trabajo —insisto. Ya tenía pensado hacerlo. De todos modos, da igual que esté castigada, porque la única persona con la que puedo pasar el rato ahora mismo es Cesar.

—Y cuidarás a tu hermano.

—Sí, mami —digo, mientras salgo de la cama gateando.

Dejaré que Cesar piense que hablamos del espejo.

2

No tendrás dioses ajenos delante del capitalismo

Tendría que estar trabajando en la tarea de verano que me enviaron por correo para la asignatura de Lengua, pero encontrar trabajo es prioritario. Además, ¿qué clase de colegio manda tarea durante las VACACIONES? Si al final encuentro trabajo, puede que haga la presentación sobre que dejar tarea es poco ético y te absorbe toda la vida.

Por mucho que me mantenga ocupada rellenando un formulario tras otro, estar castigada es muy solitario. En otras circunstancias, Bianca vendría a hacerme compañía y darme apoyo moral o aconsejarme, pero ahora sé que en realidad nunca fue una amiga de verdad.

Una parte de mí quiere sentirse agradecida de que Bianca solo le dijera a un total de tres personas que me gustan las chicas —nuestras amigas Stefani y Chachi, y la madre de Bianca—, pero esa parte de mí es demasiado inocente, porque no se lo tendría que haber dicho a nadie. Al verlo con perspectiva, supongo que nunca me llevé demasiado bien con las otras chicas de nuestro grupo. Se limitaban a tolerarme porque era amiga de Bianca. Ella era la «líder» del grupito, y el resto la seguíamos obedientes.

Pero Bianca era más que una simple líder, y yo no la seguía y punto. Ella era la superheroína, y yo, su compinche.

Okey, quizá es demasiado generoso decir que era su compinche. Era más bien la damisela en apuros a la que el héroe siempre tiene que salvar, y a nadie le importa ese personaje. De hecho, me alegro de que Bianca hiciera añicos esa ilusión, porque así no tengo que seguir interpretando ese papel. Ahora yo soy mi propia heroína y Bianca es la villana.

Imagino que fui bastante inocente. Ya había visto la vena cruel de Bianca, la había oído hablar mal de todo el mundo porque sí y mirar por encima del hombro a cualquiera que no fuera de nuestro grupo. Bajo el resplandor de Bianca me sentía especial, pero tendría que haber sabido que le resultaría muy fácil darme la espalda y convertirme en el objetivo.

Durante un tiempo, buscar trabajo se convierte en una buena manera de distraerme de Bianca. No tengo que pensar en lo mucho que la odio mientras estoy ocupada rellenando formularios y rehaciendo compulsivamente mi currículo. Me paso lo que queda de junio y todo julio buscando trabajo, pero no hago más que recibir rechazos que me dejan hecha polvo y no tengo ni pizca de suerte. Por muchas vueltas que le dé, mi currículo no es muy impresionante. Solo he tenido un trabajo, el de la cafetería, y no aguanté ni un par de semanas. Además, no hay muchas ofertas de trabajo cerca de casa que me permitan ir a pie.

Técnicamente, se supone que solo puedo usar el celular para buscar trabajo y para emergencias, pero entre oferta y oferta sí tengo permiso para observar la pantalla, donde no hay ninguna notificación. Sin embargo, el fondo de pantalla hace que me sienta un poco mejor por el hecho de no tener ningún mensaje. Es una foto de mi padre y yo haciendo nuestras mejores poses de *America's Next Top Model*. Yo tenía ocho años, de modo que papá se arrodilló para estar a mi altura, y los dos hicimos esa pose tan rara de poner los brazos en en las caderas y tirar los codos hacia delante. Sonrío al ver la foto y me planteo llamar a mi padre, pero, como estoy castigada, me limito a observar la pantalla sin ninguna notificación.

Me odio a mí misma por esperar ver el nombre de Bianca. No tendría que extrañarla, sino que tendría que estar enojada. Y lo estoy, pero…

—¡Ufff!

Entro en la habitación de mamá, esquivando todas las joyas que tiene por ahí; me mataría si pisara alguna de sus cosas. Me dejo caer sobre la cama para ponerme cómoda, me subo el edredón hasta que me cubre la cara y me pongo a pensar.

Mamá solo puede pagar la mitad de la colegiatura de la nueva escuela, y, si yo no encuentro un trabajo para poner mi parte, tendré que volver a Rover. Sola. Y me resultará imposible cuidar a Cesar como mamá quiere. Ya está molesta porque yo no pude entrar en sus clases para genios, y si se mete en problemas y pierde la beca yo seré la responsable.

De eso se trata. No es que esté «huyendo» de Bianca, aunque no tener que volver a verla sería una ventaja, si es que al final consigo otro trabajo y puedo pagar el colegio. Pero nadie quiere contratar a una chica de dieciséis años sin coche ni experiencia. Tengo que ser creativa… Me incorporo y dejo que el edredón se deslice. Piensa. Piensa.

La cama es demasiado cómoda como para que me ponga a pensar de verdad, así que me levanto de un salto y me siento en el suelo, pero aquí tampoco puedo concentrarme porque hay un lío con todas las joyas de mamá. Siempre deja fragmentos a medias tirados por toda la habitación y no se molesta en separar las joyas que ya terminó de las que están en proceso. Para despejarme, me pongo a organizar sus cosas. La verdad, podría ganar mucho más dinero si dejara un poco más bonita su tienda de Etsy y dedicara un poquito de energía a promocionarla. Por curiosidad, busco su tienda en línea en el celular.

Da bastante pena ajena, no nos engañaremos. Las fotos son súper borrosas y para tomarlas usó como fondo la desgastada alfombra azul oscuro de su cuarto, en lugar de literalmente cualquier otro fondo. No resaltan para nada los colores vivos de las joyas.

Mamá no tiene ni la más remota idea de cómo usar las redes sociales ni cualquier tipo de tecnología, lo cual me da una idea… ¡Quizá pueda sorprenderla! Podría modernizar su tienda de Etsy y crearle una cuenta de Instagram, sería justo lo que necesita. Reviso todas sus piezas con cuidado y selecciono mis preferidas de cada estilo. Tiene algunas joyas básicas que vende a buen precio, como aretes de cuentas de chaquira o dijes con un cristal. Sus pulseras trenzadas siempre triunfan en los bazares, pero lo que más me gusta es la bisutería con chaquira.

Los colores que escoge mamá resaltan más cuando los combina, como si el diseño les diera una vida que antes no tenían. Sus collares, aretes y pulseras de chaquira me recuerdan a México. No he ido desde pequeña, pero siempre me he sentido más en casa en el otro lado de la frontera.

Aliso la sábana blanca de la cama y encima coloco las joyas que mamá ya terminó. No están mal, pero la sábana no realza lo bonitas que se ven puestas. Por suerte, cualquier excusa es siempre buena para arreglarme. Después de pintarme las uñas, maquillarme y peinarme, estoy lista para hacer de modelo.

—¡Cesar! ¡Ayúdame! —grito.

—¿Con qué? —responde él.

—¡Ven aquí!

—Pfff, okey. —Cuando llega, Cesar se me queda viendo y luego aparta la mirada hacia las joyas que hay sobre la cama—. Mmm… ¿Qué haces?

—Voy a hacer que mamá sea rica. —Sonrío—. Tú serás el fotógrafo.

—Solamente si luego me acompañas a buscar Takis.

Hum. Estoy segura de que acabo de oírlo hablando por teléfono con una chica y le dijo que estaba enfermo y no podía salir. Está claro que pretende usar los Takis como una excusa para hacerme salir de casa. Además, nunca los comparte conmigo, lo cual me molestaría si me gustaran.

Creo que quizá ha rechazado otros planes para asegurarse de que estoy bien. No sabe qué pasó, pero debe de imaginarse que ocurrió algo. El espejo roto y la ausencia de Bianca seguro que me delatan. Desde que éramos pequeñas nos veíamos casi todos los días, ya fuera en mi casa o en la suya, pero el verano está a punto de terminar y no ha venido a casa desde antes de que acabara el curso.

—Pero estoy castigada —me lamento.

—Mamá está trabajando. —Me guiña un ojo, pero parece que es incapaz de hacerlo sin girar toda la cabeza y abrir la boca para conseguir cerrar el párpado—. Además, quería que le lleváramos unos tamales a doña Violeta. No tiene por qué saber que también fuimos a comprar Takis.

No le cuesta demasiado convencerme, porque, personalmente, creo que no me merezco el castigo. Estoy segura de que me lo levantará en cuanto le explique la idea que tuve sobre Etsy. Y, para ser sincera, no quiero que Cesar vaya a la tienda él solo, y mamá tampoco lo querría. Los chicos con los que siempre se pelea no viven muy lejos de nosotros y parece que mi hermano está salado cuando no voy con él. Preferiría no arriesgarme, aunque haga tanto calor que sería posible freír un huevo en el asfalto.

—Okey, pero primero tomaremos las fotos.

Le doy mi teléfono y él me empieza a tomar fotos antes de que esté lista.

—¡Todavía no! —Corro a ponerme una pulsera y hago una pose para que se me vea la muñeca en la foto, pero mi hermano sacude la cabeza.

—Ponte también esos aretes. —Señala unos cafés con azul que forman parte de un conjunto con la pulsera.

Me los pongo y vuelvo a posar, esta vez tocándome la oreja con la mano, de modo que se vean la pulsera y un arete.

—No tienes que hacer todo eso. Ni siquiera se te ven los labios en la foto —dice Cesar, y dejo de lanzar besos imaginarios.

Cesar es un mandón, pero también es un buen fotógrafo. Me indica todo el rato cómo tengo que posar y qué joyas tengo que combinar. Sin embargo, se aburre enseguida y me deja tirada mientras yo agonizo intentando escoger el nombre adecuado para la tienda y para el usuario de Insta. Después de pensarlo durante una hora, al final decido usar JoyeriaFlores para ambos casos. La anterior tienda de Etsy se llamaba Maria749, pero obviamente había que cambiarlo. A continuación, necesito algo de dinero para subir las primeras joyas. Borro todos los artículos que tenía publicados, porque ni siquiera se terminaba de entender qué estaba vendiendo.

Según la aplicación, hace bastante que no cierra ninguna venta, pero todo está a punto de cambiar. Quiero demostrarle a mamá que la tienda funciona bien antes de enseñársela, así que tengo mucho trabajo que hacer.

El único problema es que ya le di todo el dinero que conseguí con mi último trabajo para pagar la colegiatura. Por suerte, se lo puedo pedir a otra persona. Le envío un mensaje rápido a papá explicándole mi plan junto con algunas de las fotos que tomamos y le indico la tarifa para publicar los artículos. Un par de minutos más tarde vibra mi celular con su respuesta:

> **Papi:** Ay, qué linda ♥ A tu mamá le encantará. Me muero de ganas de saber cómo reacciona

Y entonces me llega una notificación de PayPal. Me mandó el dinero necesario para publicar los primeros veinte artículos y veinte dólares más con otro emoji de un corazón.

¡Uy!, quiero mucho a papá.

Después de pagar las cuotas correspondientes, con mucho cuidado divido los gastos del anuncio, de las transacciones y del procesamiento en el precio de cada joya para que no perdamos dinero. Con esta magia para hacer dinero, ¿cómo es posible que no quieran contratarme? Ellos se lo pierden.

En cuanto termino de publicar mis piezas preferidas, comparto algunas fotos y los enlaces en mi Twitter con un mensaje sobre lo mucho que trabaja mamá para mantenernos, que la quiero mucho y que me encantan sus joyas y bla, bla, bla. Es cursi, pero a la gente le encantan estas historias.

—¡Hora de ir a buscar los Takis! —dice Cesar mientras entra en la habitación con gesto serio.

Releo el mensaje unas cuantas veces antes de darle al botón de publicar. Cuando llego abajo, Cesar me espera en la puerta con los tamales que había en el congelador, que ahora están envueltos con unos platos de cartón para llevárselos a doña Violeta. La mujer está muy deprimida desde que su marido murió el año pasado y no se está cuidando mucho, de modo que entre todos los vecinos de la manzana nos aseguramos de que se alimente. En su momento fue la niñera del vecindario y se encargaba de cuidarnos a todos los niños de la calle, porque nuestros padres no podían permitirse la guardería. Éramos por lo menos ocho niños en su casita de un dormitorio, y de alguna manera doña Violeta se las arreglaba. Ella nos cuidaba entonces, y ahora nosotros la cuidamos a ella.

Cuando salimos de la casa, la música de mariachis triste proveniente del porche de doña Violeta llena las calles del barrio. Antes siempre ponía canciones folclóricas mexicanas que te daban ganas de bailar, pero ahora solo se oyen melodías deprimentes. La mujer se queda todo el día sentada en el porche, con una música de funeral que se repite al infinito y que a todos nos deja confundidos.

Mientras nos acercamos a su casa no puedo dejar de mirar el celular. Nada. Solo han pasado un par de minutos desde que terminé de preparar la tienda y el perfil de Instagram, así que no debería preocuparme. Me meto el teléfono en el bolsillo con la esperanza de que la próxima vez que lo mire tenga más suerte. Tras avanzar solamente dos casas, ya siento que el asfalto calienta la suela de los zapatos. Apenas unos pocos metros y ya estoy sudando por culpa del calor de Phoenix. Los sacrificios que hago por la familia…

La casa de Bianca nos queda de camino, pero mantengo la vista fija al frente. No quiero mirar hacia las flores de su jardín que empezamos a plantar juntas pero no terminamos. Las macetas de talavera vacías que pintamos me recordarían que ser amiga de Bianca era divertido, y lo que necesito ahora mismo es pensar en ella como una zorra malvada y desalmada. Sin embargo, cuando nos acercamos a la casa, Cesar la observa y no puedo evitar mirarla yo también.

Las macetas ya no están vacías y las flores no están muertas. Se me hace un nudo en el estómago y me da la sensación de que el sol pica mucho más que hace un momento. Las terminó de plantar sin mí.

—¿Qué les pasó a Bianca y a ti? —pregunta.

Esperaba que no dijera nada, pero sabía que tarde o temprano saldría el tema.

Me seco el sudor de la frente antes de responder:

—Nada. Para mí está muerta.

Cesar se ríe.

—Si para ti está muerta, ¿cómo es posible que no haya pasado nada?

—Porque no quiero hablar sobre eso.

Todavía me duele la herida de cuando Bianca me apuñaló, pero no lo hizo por la espalda, sino en el pecho. Sin embargo, no puedo hablar de eso con Cesar. Si Bianca está muerta para mí, no tengo que pensar en que todo sería distinto si no se lo hubiera contado. Si Bianca no existe, puedo pasar página. Me alegro de que Cesar y yo tengamos la norma de preguntar las cosas una sola vez, porque así no tengo que pensar demasiado en todo esto.

También me alegro de que Rover fuera muy grande y que los rumores solo se esparcieran dentro de un único grupo de amigos. A Cesar nunca le llegaron los rumores que pudiera haber sobre mí, ni a mí los suyos. Mejor así.

Vuelvo a sacar el celular para distraerme y no pensar en Bianca. La cuenta de Instagram ha recibido algunos «me gusta» y varios seguidores, pero nada del otro mundo. Suelto un gemido. Ya sé que no lo logrará enseguida, pero me cuesta tener paciencia.

—Deja de revisarlo a cada rato. Al final te volverás loca —dice Cesar.

El cachorrito pitbull de doña Violeta se pone a ladrarnos desde lejos y con esto basta para que Cesar deje de molestarme con lo del celular, pero tiene razón. Me propongo dejar de mirar el teléfono, por lo menos hasta que lleguemos a casa, y lo pongo en silencio para no sentirme tentada.

Cesar se acerca a la reja metálica, donde la perrita lo saluda y le lame las manos a través de uno de los agujeros. A la pobre nunca la dejan entrar en la casa, así que se pasa todo el día en el jardín delantero de doña Violeta. Casi todos los vecinos le llevamos comida, y hay un par de chicos que se ofrecieron a arreglarle el jardín, que se estaba descontrolando. Ahora el césped siempre está cortado, pero la pobre perrita no tiene muchas opciones para divertirse.

Mi hermano se ha autoimpuesto la misión de darle unos arrumacos siempre que pasamos por delante. Además de los esfuerzos de la comunidad, este animal es lo único que hace que Violeta mantenga la compostura. Solo tiene un año y es muy linda, y consigue distraer a Cesar de mis problemas. Resulta obvio que intenta llenar el espacio que ha dejado Bianca, pero no le hace falta saber todos los detalles, y me encanta que mi hermano sea así.

Doña Violeta parece que no se fija en nosotros hasta que estamos delante de ella, la abrazamos y le damos dos besos. Nos sonríe con los ojos vidriosos, pero no dice nada.

—Traemos tamales —dice Cesar por encima de la música, y señala los platos que sujeto entre los brazos.

Como la mujer no responde, entramos en la casa para calentarlos. Si no, quizá no comería nunca. Mientras Cesar calienta los tamales, yo le ordeno un poco la sala. Tiene los muebles cubiertos con unos plásticos transparentes que hacen que no sean nada cómodos. De pequeña siempre los odiaba, y hoy en día sigo sin entenderlos. El protector de uno de los sofás todavía tiene unos dibujos con marcador permanente de cuando Bianca y yo intentamos «decorarlo» cuando éramos niñas, y noto que me ruborizo al recordarlo. Vaya a donde vaya, parece que Bianca siempre me persigue.

Cuando la comida está lista, Cesar y yo nos sentamos en el suelo del porche mientras doña Violeta come y le contamos todas las historias que se nos ocurren para animarla. Cuanto más rato estamos con ella, menos tristeza refleja su mirada. No nos despedimos de ella hasta que sus sonrisas dejan de ser forzadas y confiamos en que no se pase el resto del día llorando.

—Muchas gracias por todo. Los quiero muchísimo —susurra. Me besa la frente y luego lo repite con Cesar.

—Y nosotros a ti —le decimos los dos, y le damos un fuerte abrazo antes de irnos a comprar los Takis de Cesar, y después volvemos a casa.

La pintura infantil color naranja de la fachada hace que nuestra casa destaque del resto. Papá, Cesar y yo la pintamos un verano que mamá estaba de viaje. Su color favorito es el naranja y mi padre quería darle una sorpresa, pero nosotros teníamos ocho y nueve años y no éramos ningunos expertos. Mamá dice que no quiere pintarla de nuevo por el dinero, pero en realidad creo que se aferra a ese pedazo de papá.

Cuando llegamos a casa, sudados y sin Takis (en mi caso), por fin me doy el privilegio de mirar el celular. JoyeriaFlores no se ha hecho viral, pero sí tengo varios cientos de notificaciones en Twitter e Instagram y hay muchos comentarios de gente emocionada, así que enseguida compruebo cómo va la tienda de Etsy.

La mitad de las joyas ya se han vendido. Me dejo caer sobre la cama y doy unas vueltas por la felicidad, a la vez que suelto unos gritos muy fuertes que hacen que Cesar se acerque preocupado a ver qué pasa.

—Okey… No quiero saberlo. —Retrocede lentamente para alejarse de mis grititos nerviosos.

Cuando me tranquilizo, escribo un mensaje para agradecerle a todo el mundo por su apoyo y prometo que pronto repondré algunas de las piezas que han gustado más, y luego intento vender el resto. Vuelvo al dormitorio de mamá, me pongo algunas joyas y hago unos videos para TikTok. Solo publico uno, el resto lo guardo en borradores para subirlos más tarde. Espero que uno de estos videos llegue a la página de «Para Ti» de mucha gente y la arme en grande. En cuanto se abre la puerta de entrada de casa, corro a saludar a mamá y me preparo para que me levante el castigo en un abrir y cerrar de ojos.

—¡Mami, tengo una sorpresa para ti! —exclamo mientras la abrazo.

—¿Una sorpresa? —Enarca una ceja.

Saco el celular de mi bolsillo, abro el tuit y le doy el teléfono. Me aguanto la respiración mientras observo fijamente su expresión, intentando calcular cuánto ha avanzado del texto. No se inmuta, pero su pulgar se mueve con rapidez para hacer clic en el enlace de Etsy.

—¿Te gusta el nombre? ¡Y mira cuántas ventas! Es genial, ¿no? ¡Esto será mi nuevo trabajo! Te puedo ayudar a hacer las joyas y me encargaré de toda la parte de internet.

Me da la sensación de que me pondré a llorar de un momento a otro de pura alegría. Mamá debe de estar muy orgullosa de mi visión empresarial. Al final me devuelve el celular.

—Bórralo.

Parpadeo.

—¿Cómo?

—Que lo borres.

—¿Por qué? —Se me rompe la voz, no puedo evitarlo.

—Porque lo digo yo.

La miro boquiabierta. ¿No se da cuenta de que esto podría ser muy bueno para ella? ¿Para todos nosotros? Ella es la que está interesada en que gane dinero. ¡Me castigó justamente porque no ganaba dinero! ¿Por qué es tan testaruda, carajo? Es una idea perfecta, y no sé qué más puedo hacer, la verdad. Parece que siempre lo hago todo mal, según ella.

—Escucha, mija, he tenido un día muy largo. Ahora mismo no puedo mirar todo esto —dice, y a continuación pasa por mi lado y se dirige a su habitación sin añadir nada más.

Yo también me voy a mi cuarto dando grandes zancadas, me tiro sobre la cama y gruño contra la almohada.

Si dependiera de papá, me dejaría hacerlo. ¡Le encantó la idea! Quizá podría ayudarme, o tal vez simplemente necesito desahogarme, pero en cualquier caso le mando un mensaje de voz.

—Paaaaaapi, te extraño. Mamá se está portando como una tonta —empiezo, pero lo borro y vuelvo a empezar—: Papiiiiii, ¡dile a tu mujer que deje de ser una auténtica idiota!

Lo borro. Grabo siete mensajes antes de sentir que por fin he expulsado la rabia. Al final le envío un mensaje más neutro para explicarle la situación de manera tranquila. Quizá haga su magia y consiga que mamá entre en razón.

El celular no para de vibrar con notificaciones, y al final la foto de fondo de pantalla de papá y yo posando como modelos desaparece cuando se muere el celular. No tengo fuerzas para ponerlo a cargar, porque entonces tendría que anunciar que cerramos la tienda y ni siquiera ha pasado un solo día. Qué vergüenza.

Cuando finalmente pongo a cargar el celular a la mañana siguiente, me siguen llegando un montón de notificaciones, lo cual hace que me enoje porque el esfuerzo no sirvió de nada. Pero entonces veo que tengo dos mensajes. Uno de mamá...

Mami: No lo borres...

Y uno de papá.

Papi: Hablé con ella ☺

3

No codiciarás el culo de tu prójimo

Cuando llega el primer día del curso, sigo sin poder usar el espejo de mi habitación. Por suerte, mamá ha estado tan ocupada y distraída este último mes que todavía no se ha enterado, y pretendo que continúe así. No suele entrar en mi cuarto, de modo que eso no tendría que ser ningún problema. Por desgracia, significa que tengo que esperar a que Cesar deje el baño apestoso antes de entrar yo a arreglarme, porque siempre consigue llegar él primero, así que enciendo el ventilador para no morir a causa de los humos tóxicos.

El espejo del baño es mucho más grande que el de mi tocador roto, y eso me incomoda. Resulta un poco perturbador ver que todo tu reflejo te devuelve la mirada. Si los ojos son las ventanas del alma, entonces diría que estoy invadiendo mi propia privacidad. Paseo la vista hasta una esquina del espejo, donde Cesar tiene enganchado con cinta adhesiva el Código del Corazón maya: «In Lak'ech Ala K'in», con el famoso poema a continuación:

> *Tú eres mi otro yo.*
> *Si te hago daño a ti,*
> *me hago daño a mí mismo.*
> *Si te amo y respeto,*
> *me amo y respeto yo.*

Resulta un poco irónico que le guste tanto este poema, teniendo en cuenta todas las peleas en las que se mete. Quizá se debe a que básicamente era el mantra de papá, que siempre hablaba de nuestras raíces y quería que nosotros también lo hiciéramos. Nos sentaba de vez en cuando y nos daba lecciones sobre temas como la inmigración, el colorismo y nuestra historia indígena, cosas así. Entonces yo odiaba todas esas charlas, pero ahora en cierto modo las extraño.

Mamá siempre está hecha un lío con otras cosas, sobre todo últimamente, y está demasiado ocupada como para mantener la tradición.

Sin papá aquí con nosotros, me siento como si fuera menos indígena. En cambio, Cesar siempre hace gala de sus raíces. Por ejemplo, dice «in lak'ech» en lugar de «yo también» y lleva un collar con una cruz y una cadenita con el símbolo del jaguar, que me parece que es para afrontar los miedos. Quizá es su manera de compensar que no hemos tenido una conexión sólida con nuestra ascendencia desde que papá se fue.

Yo afronto los miedos a mi manera: realzando mis ojos con un delineado de gato. Alargar el delineado siempre hace que verme a mí misma sea más soportable. Y si hoy lo consigo, estaré menos nerviosa. Me tiembla un poco la mano, así que me toca pulir el primer trazo.

Todo irá bien. Tengo un plan perfecto:

Encontrar una nueva mejor amiga.

Que no se note que me gustan las chicas.

Se me estabiliza la mano al pensarlo y me sale un delineado perfecto. Hoy me levanté tarde porque Cesar estuvo hasta las tantas hablando con una chica por teléfono, como siempre, y las paredes de nuestra casa son finísimas. Por culpa del ligue de mi hermano, no tengo tiempo para maquillarme toda la cara. Tendré que arreglármelas.

—¡Yamilet, apúrate!

Casi me vuelvo a fastidiar el maquillaje por los gritos de mamá. Por suerte, no pasa nada; si no, mi madre tendría que esperarme cinco minutos más hasta que lo arregle. Ni siquiera vamos justos de tiempo, lo que pasa es que está obsesionada con que lleguemos temprano y de ese modo tengamos tiempo de encontrar las aulas.

—¡Ya casi estoy! —grito mientras me pongo la camisa azul y la falda a cuadros del uniforme.

El código de vestimenta dice que la falda debe llegar hasta las rodillas, pero esta falda le quedaría por debajo de las rodillas incluso a una muñeca Barbie de tamaño real. A mí prácticamente me llega a los tobillos. Me la remango por la cintura hasta que me queda a la altura de las rodillas y me quita un poquito las ganas de arrancarme los ojos. Meto la camisa por dentro de la falda, como establece también el código de vestimenta, pero entonces reparo en que me marca la barriga, de modo que estiro un poco la tela hasta que cuelga ligeramente de la cintura. Cuando ya estoy satisfecha, agarro mi mochila y me dirijo a la cocina a buscar pan tostado.

Cesar se pone delante de mí antes de que pueda empezar a comer, con la camisa azul fajada dentro de los pantalones caquis. Me extiende la mano como si no nos conociéramos y me da un apretón tan fuerte que podría dislocarme el hombro.

—Buen día, es un placer conocerla. Qué buen tiempo hace, ¿no cree? —Habla con una voz muy nasal y con una formalidad exagerada. Todavía no me ha soltado la mano, y con el dedo índice de la otra se sube por la nariz unos lentes invisibles.

Me enderezo y le devuelvo el apretón.

—¡Un día espléndido! ¡Simplemente magnífico! Bendito sea Dios —añado imitándolo y le hago la mejor reverencia de que soy capaz levantándome la falda por los lados.

Cesar responde inclinando la cabeza, y mamá nos da un sape a ambos. No hace daño, pero su mirada sí que duele.

—Pónganse serios —nos regaña, y entonces suelta una risita casi imperceptible—. Están los dos muy guapos.

Cuando salimos para ir al coche, veo a Bianca y a su madre saliendo de su casa, que está al otro lado de la calle. Hago visera con la mano para esconderme y voy disparada hacia el coche rezando para que mamá no las vea.

Pero, por supuesto, claro que las ve.

Desde el asiento delantero, veo que mamá las saluda con la mano entusiasmada mientras se acerca al coche, pero Bianca y su madre hacen como que no la ven.

—Qué raro —dice mamá cuando abre la puerta y se mete en el coche, y Cesar se sube detrás del asiento del conductor.

—Ya te lo dije, ya no somos amigas —le recuerdo, y me encojo en el asiento para que Bianca no me vea cuando pasemos por su lado. Aunque tampoco mira hacia nosotros.

—Bueno, pero ¡eso no significa que tengan que ser unas maleducadas! —Frunce el ceño.

—Lo siento —balbuceo, como si fuera culpa mía.

Por suerte, cambia de tema y se pasa el resto del trayecto diciendo que está orgullosísima de nosotros y que le hace mucha ilusión que empecemos «este nuevo capítulo de nuestras vidas». Además, hace hincapié en que está muy orgullosa de los dos, no solo de Cesar, porque la tienda de Etsy va mucho mejor de lo que nos habíamos imaginado ambas. De todos modos, preferiría que no me dijera que está orgullosa de mí; no quiero decepcionarla, de forma que la ignoro y subo otro video de nuestras joyas de los que tenía guardados en los borradores de TikTok.

Al llegar al colegio, me sorprendo al ver todo el espacio que se atreven a ocupar cinco edificios pequeñitos. Hay una iglesia y un gimnasio al otro lado del estacionamiento del alumnado, y un patio enorme que separa el comedor de las oficinas y del edificio donde se toman casi todas las clases, y todas las puertas tienen acceso desde el exterior. También veo que los casilleros están afuera, al lado del patio. Qué bien. Más tiempo que tendré que estar afuera en este calor infernal digno de Satán. Cuando salimos del coche, el olor a césped de verdad recién podado que me llega a la nariz por culpa de esta brisa tórrida me hace estornudar.

A pesar de que los edificios están muy separados entre sí, me parece que se pueden ver todos desde cualquier punto del campus. Por un lado, tengo la sensación de que me estarán analizando con un microscopio porque este colegio es mucho más pequeño que Rover, pero, por el otro, creo que será mucho más fácil cuidar a Cesar aquí. Es imposible que le den una paliza en esta escuela sin que me entere.

Cuando mamá se va, Cesar y yo no nos desenganchamos el uno del otro. Ambos decimos que es para ayudarnos mutuamente a encontrarlo todo, pero estoy bastante segura de que los dos sabemos que eso es una tontería. Es que estar solo da miedo. Se supone que yo tendría que estar buscando una sustituta para Bianca, pero no tengo ni idea de por dónde empezar. Como ya hay muchos alumnos en el patio, mentalmente empiezo a jugar una partida de «Encuentra a alguien de color». Por ahora, solo he visto unos pocos alumnos asiáticos, un chico negro y algunas personas de piel morena. Y eso, contándonos a Cesar y a mí. Odio esta sensación de ser tan visible.

Me fijo en que soy la única que lleva la falda remangada. Por algún motivo, a nadie más le llega hasta los tobillos. Seguro que alguien les hace el dobladillo para que les quede así. Mamá no me deja «vandalizar» la falda, dice que son demasiado caras como para arriesgarse a modificarla, por si cometemos algún error.

Suena el timbre, y Cesar y yo nos vemos obligados a separarnos: mi hermano se va a las clases para los listos, y yo, a clase de Lengua. Cruzo el patio a toda velocidad para no estar sola al aire libre demasiado tiempo, pero, de todos modos, un par de alumnos se me adelantan. Puesto que todas las aulas tienen acceso desde afuera, tardo menos de un minuto en llegar a mi clase, en el aula A116, y ya está bastante llena. Por una vez, me siento como una chica cool que entra a clase sin ningún tipo de preocupación y con solo cuatro minutos de margen antes de que suene el siguiente timbre.

En cuanto llego a la puerta del aula, el frío del aire acondicionado me envuelve. El sistema de climatización de Rover a veces no funcionaba muy bien, y tener a muchos alumnos en cada aula irradiando su calor corporal tampoco ayudaba. Eso aquí no es ningún problema, pero de todos modos noto que estoy sudando. Entre el crucifijo de Jesús ensangrentado, la Virgen María que parece que me juzga con la mirada y los santos torturados que cuelgan de la pared, esta aula es peor que el Pasillo de la Vergüenza de mamá. Ahora me alegro de haberme quedado despierta hasta las tantas de la noche para hacer esa maldita tarea porque me parece que la profesora no será muy indulgente.

Me siento en primera fila, pero en una esquina. Es el lugar ideal porque los profesores pensarán que me intereso en la clase pero a la vez estoy demasiado apartada como para que se fijen en mí. Es perfecto.

Una rubia muy linda camina directamente hacia mí y de inmediato pienso en mi plan: esta chica podría ser una buena sustituta para Bianca. Al andar, se mueve de tal forma que su cola de caballo se balancea de un lado a otro, lleva un lazo azul en el pelo y luce una adorable sonrisa que me pone nerviosa. Me parece que la he estado mirando durante un milisegundo más de lo normal; tengo que ir con más cuidado. No me fijo en las dos amigas que la siguen hasta que se sientan cerca de mí, y me da la sensación de que me han acorralado. Todavía faltan tres minutos para que suene el timbre.

—¡Hola, soy Jenna! —dice la rubia guapa—. Ellas son Emily y Karen. —Señala a sus amigas, que me sonríen cuando Jenna me las presenta. Karen tiene el pelo rubio rojizo y un montón de pecas, y Emily tiene una media melena oscura con la que apenas le alcanza para hacerse una coleta. Aunque las tres son blancas, resulta obvio que Karen lleva un bronceado en espray, y el pelo oscuro de Emily contrasta con su piel casi vampírica, que parece que nunca ha visto la luz del sol. Las tres amigas llevan unos lazos azules idénticos que usan para decorar la coleta.

—Yo soy Yamilet. —Alargo la mano para estrechársela a Jenna, pero entonces recuerdo que no se trata de una reunión de negocios. No sé, al llevar uniforme me da la impresión de que todo tendría que ser más formal.

—Ay, por favor, miren qué adorable es —dice Jenna.

—¿Qué? —pregunto, y creo que me puse roja.

Emily suelta una risita.

—Es adorable que des apretones de mano.

«Es adorable que creas que me importa que te vayas». Recuerdo que la risotada de Bianca fue como meter el dedo en la llaga. Que me quedé paralizada delante de mi jefe y de los clientes, quienes parecían disfrutar del espectáculo. «Ya no somos amigas. Corre, huye al colegio católico».

—¿Qué? —Trago saliva. Me perdí de algo.

—¿Cómo se pronuncia tu nombre? —pregunta Jenna.

—Ya-mi-let —repito, pero la expresión en el rostro de las tres chicas me hace saber que nunca lo pronunciarán bien—. Pero, si quieren, pueden decirme Yami.

—Yani, qué lindura de nombre —dice Karen inclinándose sobre mi escritorio.

—Gracias. —Intento disimular que me molesta que no haya sido capaz siquiera de pronunciar bien mi apodo.

—¿Y de dónde vienes? —se interesa Karen, y las tres se acercan a mí como si se tratara de un secreto.

—De Rover… Es una preparatoria pública. Seguramente no han oído hablar de ella, está un poco lejos.

—No. O sea, hum, quería decir que me gusta tu acento. ¿De dónde vienes? —repite, y pone el énfasis en la pregunta. Entrecierra los ojos y estira el cuello, y Emily se pone roja.

Ah.

—De Phoenix. —Le dedico una sonrisa forzada. No quiero darle la satisfacción de proporcionarle la información que quiere saber. ¿A quién se le ocurre preguntar algo así?

—Por Dios, Karen, ¡no puedes preguntarle a la gente de dónde viene! —la regaña Emily.

Entonces suena el timbre y respiro hondo. El día va a ser largo.

La profesora Havens es alta, rubia platinada y tiene un bronceado falso muy exagerado. Después de pasar lista rápidamente, enciende la tele y en la pantalla aparece el Juramento a la Bandera. Todo el mundo se levanta, se lleva la mano al pecho y empieza a recitar.

Papá siempre me decía que no tengo que hacer o decir nada en lo que no crea; él solo defendía lo que le parecía correcto. El Juramento termina diciendo que en Estados Unidos hay «libertad y justicia para todos», pero eso nunca se aplica a la gente como nosotros. La última vez que vi a papá en persona fue en una manifestación. Querían aprobar una ley antinmigración que legalizaría el perfilado racial y mi padre no estaba de acuerdo. Yo pensaba que a él no le pasaría nada porque tenía la visa permanente, pero me equivocaba. Lo detuvieron en la manifestación y ya no lo he vuelto a ver.

A partir de entonces dejé de ponerme de pie para el Juramento.

En Rover nunca era la única persona que se quedaba sentada, pero aquí las cosas son diferentes. La gente tiene más dinero. Es más blanca. Si ahora me quedo sentada como hacía en mi anterior escuela, estaría admitiendo que no soy una de ellos, así que me levanto, pero no recito las palabras. Es lo más parecido a protestar que puedo hacer sin montar un numerito. Mi padre se avergonzaría de mí.

La profesora repara en que no estoy moviendo la boca y me lanza una miradita. Me gustaría quedármele mirando impasible y continuar sin decir nada, pero soy demasiado cobarde incluso para este grado de confrontación, y al final empiezo a mover los labios como si dijera «Melón, melón, melón» todo el rato.

¿Qué es peor que hacernos recitar el Juramento a la Bandera todas las mañanas? Hacernos rezar todas las mañanas. No es que tenga nada en contra de rezar, pero me resulta extraño que sea una actividad obligatoria en la preparatoria. Todo el mundo murmura la misma plegaria, algunos alumnos con los ojos cerrados. No sé qué del amor de Dios hacia nosotros y nuestra obligación de servirle, o algo así. Es bonito que haya tanta gente que siente el amor de Dios, pero esa oración no me representa. Si el Dios del que me hablaron cuando era pequeña existe de verdad, tengo serias dudas de que me quiera. Si no, ¿por qué me hizo homosexual para luego mandarme al infierno por ello? Escapé de esa relación tóxica hace mucho tiempo. Lo habría hecho antes si mamá me lo hubiera permitido, pero no fue hasta que se llevaron a papá y ella tuvo que ponerse en serio a vender joyas además de su trabajo de tiempo completo en el centro de atención telefónica. Aunque todavía es la persona más creyente que conozco, a partir de entonces dejó de tener tiempo para llevarnos a la iglesia. Seguramente por eso no conozco la oración que toda la clase está recitando de memoria, de modo que me quedo ahí plantada como una tonta.

—Muy bien, les doy la bienvenida a todos a la clase de Lengua. Espero que hayan tenido un verano muy productivo. Quiero ir directo al grano, puesto que ya recibieron el plan de estudios de la asignatura. ¿Quién quiere ser el primero en hacer su presentación? —dice la profesora Havens, que no pierde el tiempo.

La tarea de verano consistía en hacer una presentación convincente sobre un tema elegido por nosotros, y en mi trabajo hablé de lo absurda que es la tarea. Solo hay una persona que se presenta voluntariamente. Es una chica, me parece que del Lejano Oriente; es una de los cuatro alumnos que debe de haber de esa procedencia en todo Slayton. Cuando levanta la mano, oigo un par de voces que murmuran y unas risitas disimuladas, lo cual me intriga.

A la profesora tampoco se le ve muy contenta. Mira por toda la clase para comprobar si alguien levanta la mano, pero la chica sonríe con gesto victorioso cuando nadie más lo hace.

—Muy bien, señorita Taylor, ¿qué nos has preparado? —pregunta la mujer, con un suspiro.

Vaya, es un público difícil.

—Intenta no mirarla demasiado. Bo siempre se da cuenta —me susurra Karen, y supongo que tiene razón, porque sí la estaba mirando—. Su visión periférica es mejor por los ojos. —Se estira las esquinas de los ojos con los dedos y reprime una risita.

Jenna hace una mueca, pero no dice nada.

—¿Qué? —Noto que me ruborizo. No puede ser que lo diga en serio.

—¡Karen! —Emily le da un manotazo en la muñeca, que está tintada de naranja, y me mira abriendo mucho los ojos, como si dijera: «¿Lo puedes creer?».

—¡Solo era un comentario! —responde Karen, y se ríe.

La profesora nos fulmina con la mirada y pone fin rápidamente a la conversación. Me masajeo las sienes. Es más fácil hacer ver que no oí nada; no tengo fuerzas para todo esto. Me gustaría decir algo, pero no quiero hacer un escándalo y quedar como una pesada, porque ya destaco mucho de por sí. No puedo meterme en un lío en mi primer día, así que me concentro en Bo.

Cuando se levanta, me fijo en que es la única chica que he visto hasta ahora que lleva pantalones en lugar de falda, y también se puso unos Vans de los colores del arcoíris. Tengo que recordarme que estamos en un colegio católico y que no tendría que intentar leer entre líneas. Que alguien prefiera los pantalones y que le gusten los arcoíris no quiere decir que sea homosexual. Quizá simplemente está desesperada por ponerse algún color que no sea el azul y el beige del uniforme.

Bo se acerca hasta la profesora con la barbilla bien alta. Le entrega una memoria USB y se pone frente a toda la clase, esperando que la presentación aparezca en el proyector. Finalmente aparece el título en unas letras muy grandes: ¿DERECHO A DECIDIR?

La chica esboza una sonrisa y se endereza.

—El aborto es un derecho humano. Si se le niega legalmente a la gente, no se evita que se produzcan abortos. Lo que se evita es que se produzcan abortos seguros.

Debo de estar observándola boquiabierta, porque Bo me mira y sonríe, como si esa fuera la reacción que esperaba. Entonces argumenta por qué se tendría que legalizar el aborto en todas partes y casi me río. Estoy alucinada de que alguien tenga los ovarios de hacer algo así en un colegio católico. Su presentación cuenta con estadísticas y fuentes de publicaciones científicas, e incluso cita la Constitución. Esta chica es una genio, me gusta. Tomo nota mental para intentar hacerme amiga de ella más tarde.

Hay algunas alumnas que asienten de vez en cuando para mostrar que están de acuerdo con ella, pero diría que la mayoría de la gente está muy pero muy incómoda, sobre todo la señora Havens. No sé por qué, pero me encanta.

Cuando Bo termina, parece que la profesora no está nada impresionada.

—Esperaba algo mejor de ti, señorita Taylor.

Diablos, ¿nos pondrá en evidencia delante de toda la clase?

—¿Por qué? ¿Porque soy china? —le espeta Bo—. Lamento no estar a la altura de su estúpida minoría modélica.

—No todo se reduce a la raza, señorita Taylor. Puedes sentarte.

Bo pone los ojos en blanco y se sienta. La profesora pide otro voluntario, pero nadie levanta la mano y al final me escoge a mí.

Después de ver la presentación de Bo, ya no estoy tan nerviosa. Quizá me gane una miradita de reproche de la profesora, pero no será el tema más polémico de hoy. Bo me dio un empujoncito extra y me siento más confiada.

Me levanto y me dirijo hasta la parte delantera del aula. Respiro hondo.

—Señorita Flores, ponte bien la falda. El código de vestimenta indica que no se puede remangar.

Bajo la vista y me doy cuenta de que no saqué suficiente la camisa como para que cubra la cintura de la falda. Mierda.

—Soy demasiado baja para estas faldas. Me queda muy larga —digo en voz baja, pero sé que la profesora me ha oído, porque suspira.

Alguien tose mientras me la pongo bien.

—Seguro que es la próxima que irá a la clínica a abortar —comenta alguien, y luego se oyen algunas risitas disimuladas.

—¿Perdón? —Recorro toda el aula con la mirada para intentar encontrar un rostro de culpabilidad. La voz ha venido más o menos de donde están mis nuevas «amigas». No se están riendo, pero Karen parece que trata de reprimir la risa.

—Señorita Flores, por favor, empieza la presentación —me indica la profesora, seguramente porque no quiere que pierda los estribos, pero no le hago caso. He oído demasiados estereotipos sobre mexicanas adolescentes y no lo voy a dejar pasar. Me arden las mejillas y ya ni siquiera recuerdo mi estúpida presentación.

—¿Por qué parezco la clase de persona que iría a abortar? ¿Es porque soy mexicana? ¿Porque no quiero que la falda me llegue hasta el suelo? ¿Porque tengo que trabajar para pagarme la colegiatura? ¿Acaso escuchaste lo que decía esa chica? —digo, y señalo enérgicamente a Bo—. La gente como yo es menos probable que aborte…, ¡porque no nos lo podemos permitir!

—Ya basta, señorita Flores. Haz la presentación, por favor. —La profesora intenta detenerme y el cerebro me dice que cierre la puta boca y empiece la presentación que estuve preparando durante toda la noche, pero no puedo.

—¿Sabe qué? Esto es mi presentación. ¿Quién crees que tiene más puntos para abortar a nuestra edad? —Miro fijamente a Karen. Solo estoy cuarenta por ciento segura de que el comentario lo haya dicho ella, pero, en cualquier caso, se merece que alguien le diga las cosas como son—. La gente rica y blanca. La gente rica y blanca que tiene el privilegio de poder decidir qué hace con su cuerpo y con el resto de su vida. ¿Y sabes quién es más probable que mienta y niegue haber abortado? Las personas que se han criado con una religión que humilla a la gente y hace que se sientan culpables, porque no pueden tener pruebas de su «pecado» en su cuerpo sin correr el riesgo de que su familia les dé la espalda o que su iglesia las excomulgue.

—¡Señorita Flores! —grita la profesora Havens, que sacude la cabeza y respira hondo para tranquilizarse antes de continuar—: Por favor, siéntate.

Bueno… Quizá me pasé un poco al despotricar de la fe católica en mi primer día de clase.

—Solo… solo es una observación —balbuceo, como si fuera una disculpa, y vuelvo a mi mesa. Karen, Jenna y Emily me miran como si le hubiera disparado a alguien.

—Señor Baker, te toca a ti —dice la profesora, y empieza a caminar hacia mí. Mientras un chico se acerca a la parte delantera del aula, la señora Havens me deja dos papeles en la mesa como si nada, y luego vuelve a su silla.

Un castigo para la hora de comer y la nota de la presentación: un cero.

Hay un descanso de un cuarto de hora entre la segunda clase y la tercera —Religión y Química—, cosa que no teníamos en Rover, y te puedes comprar unas galletas y un refresco si quieres. Ojalá tuviera dinero, porque ahora mismo me caería genial un capricho para animarme, en vista de cómo está yendo la mañana.

Me paseo por el patio mientras intento no ofuscarme por lo del castigo y casi me como el suelo cuando Cesar me salta a la espalda sin avisar. Creo que se supone que era un abrazo. Me giro y le doy un empujón para apartarlo, pero en realidad no me importa que me haya hecho tropezar. Me alegro de ver una cara conocida… hasta que empieza a ponerme ojos de cachorrito.

—Yami, mi querida hermana, tan preciosa y perfecta. Hoy tienes las cejas espectaculares. Y el pelo fenomenal. ¿Te he dicho ya que…?

—¿Qué quieres?

—¿Me compras una galleta? —Esboza una sonrisa tan exagerada que le veo todos los dientes.

—¿Te parece que tengo dinero para galletas? —respondo, completamente consciente de que sueno como mamá.

—Hum… Buen punto. —Se acaricia la barbilla y escudriña el patio—. ¡Ey, Hunter! —grita.

Un chico, supongo que ese tal Hunter, se nos acerca. Parece que realmente se cuide el pelo castaño y ondulado con acondicionador, y Bianca diría que tiene «labios apetitosos de chico blanco». O sea, que es un chico blanco con el labio superior grueso.

—¿Qué pasa, Flores? —dice, y le hace un saludo con el puño con un entusiasmo muy poco natural.

—¿Tienes un dólar para una galleta? —le pregunta Cesar.

Intento no poner los ojos en blanco. Seguramente no hace ni una hora que conoce a este chico y ya le está pidiendo dinero. No tiene vergüenza. Debo admitir que estoy un poco celosa de que ya se sienta tan a gusto en esta escuela, pero me alegro. Me parece que en Rover solo tenía un amigo de verdad, un chico que se llama Jamal, pero apenas se veían después de clase.

—¡Claro, amigo! Solo tengo tarjeta, así que te compro una directamente. —Me sonríe—. ¿Tú también quieres una?

Tendría que ofenderme. ¿Por qué querría que un tipo a quien no conozco me comprara una galleta? ¿Por qué se cree que no puedo pagármela yo misma? Pero entonces veo que Bo también está haciendo fila para comprarse una.

—Okey. —Pensándolo mejor, sí que quiero que un desconocido me invite una galleta.

—Ella es mi hermana, Yami, pero puedes decirle Yamilet —dice Cesar, y me río. Hoy lo eché a perder, pero en realidad Yami es solo para los que se ganan el privilegio de llamarme por mi apodo.

—Hola, Yamilet, yo soy Hunter. —Se esfuerza en pronunciar bien mi nombre, y por algún motivo se ruboriza un poco. A continuación nos guía hasta la fila.

Me dije a mí misma que en esta escuela me comportaría como si fuera súper hetero, pero no puedo evitarlo. Bo tiene un trasero muy lindo. Aparto la mirada y me repito mi nuevo lema: «¿Qué haría una chica hetero?». Pero una chica hetero puede pensar que tiene un trasero lindo, ¿no? La podría estar mirando porque tengo envidia, no porque sienta atracción por ella. Quizá solo quiera saber cuál es su rutina de ejercicios. Quiero ser amiga suya, tendría que hablar con ella. Está justo delante de nosotros. Solo tengo que…

—Bo, ¿verdad? —pregunto. No sé por qué, pero hoy me siento valiente.

Bo se da la vuelta y sonríe al verme. De cerca, sus labios son más apetitosos que los de Hunter.

—¡Ey, sí! Me gustas. —¡Le gusto!—. Pero, perdón, no sé cómo te llamas, señorita Flores. —Pronuncia «señorita Flores» exagerando la voz de la profesora Havens, pero suena un poco a coqueteo y hace que me ponga colorada.

—Yamilet. —Me aliso la falda para que no se dé cuenta de que me ruboricé. Cuando levanto la vista, sus amables ojos café oscuro se encuentran con los míos, y se pone un mechón de su media melena negra despeinada detrás de una oreja.

—Bo —dice con las mejillas rosadas y redondeadas—. Ah, bueno… Ya lo sabías.

Me río.

—Me gustó tu presentación. Muy atrevida. Pensaba que te iban a azotar o algo así.

—¿Que mi presentación fue atrevida? ¡Casi dejaste a la profe en posición fetal! Y, aunque les encantaría azotarnos, ya no pueden. —Sonríe—. La mejor manera de fastidiarlos es oponerse a sus opiniones de mierda a la vez que sacas un sobresaliente. Es mi único talento.

Me río por la nariz y sin querer hago un ruido extraño, de modo que me cubro la boca rápidamente. Como Cesar se burla de mí, le presento a Cesar y a Hunter a Bo para quitarme de la cabeza lo que acaba de pasar.

—Sí, ya conozco a Bo —dice Hunter con una risita.

Por supuesto, hice que la situación se vuelva aún más incómoda. Está claro que todos los alumnos de esta diminuta prepa ya se conocen. Seguro que están hartos de estar todo el día con las mismas personas. Quizá por eso se fijan tanto en Cesar y en mí. Imagino que los alumnos de este colegio nunca tienen la oportunidad de conocer a gente nueva.

Apenas tenemos tiempo de comprar las galletas antes de que suene el timbre para la siguiente clase. Algo bueno de que esta escuela sea tan pequeña es que todas las aulas se encuentran bastante cerca, así que no tengo que correr de una a otra. Y otro aspecto positivo es que en la mayoría de las clases veo por lo menos una cara que me suena, aunque solo he conocido a un total de cuatro compañeros de curso más Hunter, que tiene un año más que yo y está en el último curso. Por supuesto, mi hermano mayor es un genio y va a clase con los del último curso. Me resulta fácil ir con gente a quien ya conozco, en lugar de tener que hacer nuevos amigos en cada clase. Mi asignatura preferida por ahora es Arte, que es justo antes de la comida. Bo y Hunter también están en esa clase y la profesora parece muy simpática. Básicamente nos da vía libre para hacer lo que queramos durante una hora, siempre y cuando produzcamos algún tipo de «arte».

Después de la cuarta clase, en la hora del almuerzo tengo que ir al aula C303 porque estoy castigada. Me dirijo hacia la sala sin ninguna prisa, pero está muy cerca y solo tardo un par de minutos, y de todos modos llego un poco antes de la hora. Cuando entro, la primera —y la última— persona a la que querría ver me saluda.

—Ey, compañera de castigo —suelta Cesar, y se ríe.

—¿Tú también? ¡¿En el primer día?! —Se suponía que tenía que evitar que se metiera en líos.

—¿Tú en el primer día? —Me devuelve la pregunta, y tiene razón. No le estoy dando un buen ejemplo.

—¿Qué hiciste? —pregunto.

—Mascar chicle. ¿Y tú?

«Meterme con el catolicismo y llamar racistas a mis compañeros...».

—No quiero hablar del tema —digo, y entonces aparece el profesor y nos entrega unos chalecos de malla verde con la palabra «Castigo». Se ve que los castigos de este colegio consisten en humillarte en público y hacerte recoger la basura.

Cuando salimos al patio, doy una vuelta para buscar basura que esté tirada por el suelo. Prefiero no entrar en el comedor, así que me dirijo hacia las mesas que hay al aire libre para ver si hay algo que pueda recoger. Lo único que encuentro son unas cuantas servilletas sucias junto a un bote de basura, como si alguien hubiera intentado encestar desde lejos y hubiera fallado el tiro. No hay mucho que hacer por aquí, a no ser que me quede esperando junto a las mesas hasta que alguien tenga basura que yo pueda recoger, y no voy a hacer tal cosa.

Cuando nadie me ve, saco el celular para ver cómo van los pedidos de Etsy. Esta mañana las ventas habían bajado un poco desde que me impliqué en el proyecto. Sin embargo, ¡ahora parece que lo hemos vendido todo! Me apresuro a abrir TikTok y entonces veo que el video de esta mañana se ha hecho semiviral, ¡tiene miles de «me gusta» y comentarios! Sin duda, nos atrasaremos un poco para preparar todos estos pedidos, pero ojalá todos los problemas fueran como este. Le envío a mamá un mensaje rápido para ponerla al día de las ventas y luego me guardo el celular. Mi madre accedió a darme el dinero extra que consiga después de pagar mi mitad de la colegiatura, así que me pondré a trabajar en cuanto llegue a casa, porque me iría genial tener un dinerillo extra. Vete a saber qué haría mamá si se enterara de que me gustan las chicas. Por si acaso, mejor que tenga unos ahorros. Como mamá ha estado formándome en el arte de hacer joyas desde que era pequeña, estoy más que preparada para conseguir algo de dinero.

Jenna, Emily y Karen no tardan en dar conmigo. Es como si creyeran que otra persona podría robarme para su grupito de amigos. Aparecen con los brazos enlazados, muy contentas, y la codiciada posición central la ocupa el rostro de Karen, que está prácticamente café por el bronceado en espray. Cuando Jenna me agarra del brazo, doy un brinco. Odio haber reaccionado así, porque Jenna es adorable y me cae bien, pero es que me sorprende que no me aborrezcan después de haberme enfrentado a Karen.

—Pero ¡mira que eres linda, saltimbanqui! —dice Jenna, y la voz le sale más aguda cuando dice la palabra «linda».

«No, tú sí que eres linda». Ay, por favor, no podría ser menos hetero. Deja de comportarte así, Yami, déjate de idioteces ahora mismo.

Jenna me guía hasta la mesa donde suelen comer, que está en una esquina del comedor, bajo una estatua enorme de un Jesús crucificado que me observa. Lo noto, noto su presencia sobre todos nosotros, y me juzga por saltarme el castigo. Me esfuerzo al máximo para no mirarlo, y no entiendo cómo es posible que la gente se divierta aquí mientras este Jesús nos observa desde arriba.

Karen no me cae bien, pero Jenna y Emily parecen simpáticas, dejando de lado que deciden pasar el rato con alguien que es abiertamente racista. Aparte de ellas, hay un chico en la mesa. Supongo que es el novio de Karen, porque se están comiendo la boca en lugar de hablar con nosotras, pero eso me parece bien. Puede que Karen no hiciera el comentario sobre el aborto, pero no me gusta la gente que me pregunta de dónde soy como si yo no encajara aquí. Okey, quizá no encajo, pero puede irse al diablo por hacer ese comentario.

Como por ahora no tengo muchas opciones de amigas, hago como que recojo su basura por si acaso el supervisor del castigo pasa por aquí cuando estoy con ellas. Antes de que me dé cuenta, empiezan a interrogar a Jenna sobre quién le gusta, que al parecer es un gran misterio.

—¡Vamos! ¿Quién es? —Emily le da un golpecito en el hombro.

Jenna sacude la cabeza y hace como si se cerrara los labios con cierre y candado.

—No pararemos de preguntártelo —canturrea Karen. Su novio tiene la vista perdida y comienza a mirar el celular para desconectarse de la conversación.

Sé que hay un montón de razones para no decir quién te gusta, pero no puedo evitar preguntarme si es una chica. En cualquier caso, entiendo perfectamente por qué Jenna no quiere decírselo.

—Si no quiere contarlo, no tiene por qué hacerlo —digo, aunque lo más seguro es que me esté pasando de la raya al ser la nueva del grupo.

—¡Gracias! —exclama Jenna enérgicamente, y me da un apretón en el brazo.

—¿Y tú, Yani? ¡Te vimos hablando con Huuunter! ¿Te gusta? —se burla Karen.

—Ese chico está buenísimo —añade Emily, y se abanica con la mano—. En Mate estuvo hablando de ti. Estoy segura de que todas las chicas de esa clase están celosas.

—¿En serio? —pregunto. No quiero ganarme enemigos, pero supongo que me beneficia que todo el mundo crea que me gusta un chico. De todos modos, preferiría escapar de esta conversación—. Bueno, es simpático, pero nos acabamos de conocer.

—Oigan, déjenla en paz. Emily está exagerando, no te odia nadie. —Jenna sale al rescate igual que yo la acabo de salvar a ella.

—Pfff. Okey —dice Karen, y se gira hacia su novio y vuelve a ignorarnos.

Por fin cambian de tema y yo voy a devolver el chaleco. Solo me quedan diez minutos para comer después del castigo, pero sin duda podría acostumbrarme a la comida de Slayton. En el comedor hay varias secciones con comida de todo tipo: mexicana, china, italiana, hamburguesas, papas fritas, malteadas… Podrías comer algo diferente cada día del mes y no repetir.

Puede que Karen no se fije en mí, pero para Emily y Jenna sigo siendo el centro del universo. Me acompañan a las diferentes filas del comedor y se pasan el resto del descanso haciéndome preguntas sobre mi antigua vida. Les digo que Slayton me gusta más, porque la cuestión es que no quiero pensar especialmente en Rover ni en nada de lo que ocurrió allí. Preferiría mil veces pensar en lo linda que es Jenna y en que no paran de decirme lo linda que soy. Preferiría pensar en Bo y en que dijo que le gusto. Quiero pensar en cualquier persona que no sea Bianca.

Pero ese es el problema, ¿no? Se supone que no tendría que estar pensando en Bianca. Ni en Jenna. Ni en Bo. No en este sentido. Se supone que tendría que estar pensando en Hunter, que pronuncia mi nombre correctamente y me invita galletas. Hunter, que se sonroja cuando hablo con él. Hunter..., que no es una chica.

Y entonces Jenna vuelve a decir que soy linda. De verdad, tiene que parar de decir estas cosas, porque está claro que es hetero y está claro que «no me gustan las chicas». En Slayton no.

4

Honrarás tu delineado y tus aros

En cuanto salgo de la última clase veo el coche de mamá en la zona reservada para recoger a los alumnos. Me saluda frenéticamente con la mano y me dedica una sonrisa de oreja a oreja. Cuando entro en el coche, enseguida me bombardea con una pregunta tras otra sin dejarme tiempo para contestar ninguna de ellas.

—¿Cómo te fue el primer día? ¿Hiciste algún amigo o alguna amiga? ¿Cesar se metió en problemas?

—Estuvo bien. Sí, hice amigos… Y no. —A no ser que cuentes el castigo como meterse en problemas, pero eso no se lo voy a decir ni de broma—. El primer día no estuvo mal, pero…

Mamá me interrumpe con un gesto de la mano cuando Cesar se sube al asiento trasero y entonces se pone a hacerle las mismas preguntas, como si yo fuera invisible. Estaba a punto de hablarle de mis nuevos amigos y quejarme de Karen, pero se me agotó el tiempo.

Cesar se pasa todo el trayecto despotricando de su profe de Física, que imagino que es quien lo castigó. Por suerte, omite ese detalle. Cuando llegamos a la calle de nuestra casa, mamá suspira profundamente y su estado de ánimo cambia por completo.

—Dios, dame fuerzas. —Se santigua y entra en casa corriendo.

—¿Qué le pasa? —pregunta mi hermano, y yo me encojo de hombros.

Me la encuentro en su habitación sentada en el suelo haciendo collares. No pensaba que el desorden habitual pudiera empeorar tanto. Me siento un poco culpable, seguramente mamá está estresada porque hay que reponer existencias después de que se hayan agotado todos los productos.

—Me encanta que hayas organizado la tienda y que vaya tan bien, pero quizá sea demasiado trabajo para mí, mija —dice, y me siento a su lado y me pongo a ayudarle.

—No tienes que hacerlo sola —respondo, fijándome en qué hilos y cuentas usa para agarrar las mismas—. Ahora puedes contar conmigo para que te ayude.

Se relaja un poco, pero todavía está algo tensa.

—Ya casi nos hemos quedado sin materiales. No estoy acostumbrada a que se terminen tan rápido.

—¡Eso es bueno! Más dinero para nosotras. —Le dedico una sonrisa que pretende animarla, y espero que no esté demasiado estresada por culpa mía. Estoy a punto de disculparme cuando Cesar entra en la habitación y se sienta con nosotras.

—No te agobies, mami. —Se inclina para darle un beso en la mejilla y entonces me imita y empieza a trabajar.

—Gracias por toda la ayuda, mijo. ¿Cómo es posible que sea tan afortunada?

Lo despeina un poco y noto que se me pone la cara roja. A mí no me dio las gracias en ningún momento. Supongo que soy la responsable de que esté agobiada, pero de todos modos… Quería que esto de las joyas fuera una actividad nuestra, algo que nos uniera a mamá y a mí, no sé. Ahora se pone a hacerle aún más preguntas a Cesar sobre la escuela y a mí solo me da respuestas cortas cada vez que intento participar en la conversación sobre este colegio nuevo en el que ambos hemos empezado hoy. Quizá cuando mi tienda de Etsy nos haga ricos dejará de tener un hijo preferido.

Al cabo de un rato, mi hermano me pregunta cómo me fue en el día. A veces comparte la atención cuando se da cuenta de que mamá me está dejando de lado. Se lo agradezco, pero mamá no parece igual de interesada cuando hablo yo.

—¿Saben qué? Me parece que no estoy hecho para esto de hacer joyas. Me duelen los dedos. —Se sacude la mano—. Y tendría que empezar con la tarea. —Me dedica una pequeña sonrisa compasiva y desaparece.

Solo cuando ya se ha ido, mamá me hace una pregunta:

—Bueno, parece que a tu hermano le va bien, ¿no?

La mañana siguiente me obsesiono con los detalles que puedo controlar. Me saco la camisa por la cintura lo suficiente para que tape que llevo la falda remangada, me pongo mis mejores Jordans y me planteo rizarme el pelo, lo cual no hago nunca, pero tardaría mucho y me llevaría toda la mañana, así que al final me lo trenzo. Me pongo mis aros de oro preferidos, que no son de verdad pero lo aparentan, y me gusta cómo el dorado me enmarca el rostro. Me siento como Selena Quintanilla: guapa y elegante a la vez. Por último, me maquillo con mucho cuidado. Los aretes, los tenis y el maquillaje muestran toda mi personalidad que el uniforme esconde. Estoy lista.

Cuando llegamos a la prepa, evito al policía que patrulla el campus por si acaso. Parece que todos los alumnos se llevan bien con él, pero prefiero evitarlo. Veo que el hombre les choca los cinco o les hace un *dab* cuando pasan por su lado, como si la gente todavía hiciera ese gesto. Nunca había visto a un poli con una actitud tan amistosa. Mis experiencias con la policía no han sido exactamente agradables. Solo he tenido dos encuentros de cerca, y no tengo intención de llegar al tercero. Una de estas veces fue cuando estaba en el primer año de prepa y un policía le estampó la cabeza a mi amigo Junior contra el suelo de cemento de su propio garage, y la otra ocasión fue cuando se llevaron a mi padre. Ambos casos terminaron en deportaciones: mi padre y la madre de Junior. El policía de este colegio no parece demasiado peligroso, pero no pienso acercarme para confirmarlo.

Las primeras caras familiares que veo son las de Emily y Karen en el patio, de modo que voy hacia ellas.

—¡Yani! —grita Karen al verme.

—¡Becky! —digo, y la abrazo, pero ella frunce el ceño.

—Karen —me corrige, y Emily cambia de tema antes de que se cree una situación incómoda.

Las dos amigas empiezan a hablar sobre las pruebas para entrar al equipo de voleibol, lo cual no me interesa en lo más mínimo, así que desconecto. Paseo la mirada por el patio y veo que Jenna se nos acerca. Cuando nuestras miradas se encuentran, me sonríe como si yo fuera alguien importante, y su caminar se vuelve más alegre. Primero me abraza a mí y luego a Karen y a Emily. Ya casi había olvidado lo agradables que son los abrazos. Por culpa del incidente con Bianca, me pasé todo el verano sin abrazos de nadie que no sea familia.

Jenna juguetea con uno de los aretes que llevo puestos, y el roce de sus dedos contra el lateral de mi cuello hace que se me ponga la piel chinita en la línea del cabello. Por suerte, una de las ventajas de tener la piel morena es que seguramente no se dará cuenta de que me puse roja.

—¡Hoy tienes un look muy de gueto! —exclama y suelta una risita, al igual que Karen.

Parpadeo. Son mis aretes preferidos. Pensaba que me haría un cumplido, pero resulta que tengo un «look muy de gueto». ¿Qué se supone que quiere decir?

Karen me lanza una mirada compasiva.

—Yani, te quiero, pero sí, pareces un poco chola.

Odio que diga que me quiere como si nada, cuando apenas me conoce. Y dudo que sepa qué significa «chola», pero entiendo lo que quiso decir: que parezco demasiado mexicana, que tengo un look demasiado «gueto».

Miro a Emily, que está roja como un tomate y tiene los ojos muy abiertos. Intenta tocarme el hombro, pero doy un paso hacia atrás y le aparto la mano. Les dedico una mirada de reproche a las tres como si les estuviera dando un puñetazo mentalmente, porque en realidad soy una gallina y soy incapaz de pegarles de verdad, pero no parece que se den cuenta.

—Si la quisieras, serías una amiga de verdad, como yo, y le dirías cómo se ve —le dice Jenna a Karen.

—Chicas, eso es... —empieza Emily, pero me pitan tanto los oídos que no entiendo lo que dice.

Me gustaría enfrentarme a ellas, pero ni siquiera sé describir por qué estoy enojada. Lo único que sé es que no quiero estar cerca de ellas, así que me doy la vuelta y me alejo.

La primera hora es la clase que menos me gusta ahora mismo, porque también están Jenna, Karen y Emily. Me siento en la mesa que queda más cerca de la puerta, en la parte trasera del aula, pero las tres amigas no captaron la indirecta y se sientan a mi lado como si no acabaran de decirme que tengo «un look muy de gueto». Me levanto para cambiarme de mesa, pero Jenna me agarra del brazo.

—¡Tranqui, solo era una broma!

Aparto el brazo con un movimiento brusco y, sin decir nada más, me voy a la mesa vacía que está más lejos de ellas. Noto sus miradas interrogantes sobre mí, pero no les hago caso. Me da igual si creen que exagero. A mí me gustan mis aretes, el delineado que me hice y mis Jordans. Me quedan bien, ¿okey? Mucho. Soy una fiera elegante, y ellas se equivocan. Y punto.

Si vuelvo a quedarme sin amigas, esta vez será por decisión propia y de nadie más. No puedo estar con ellas. Saco mi celular y hago ver que le envío un mensaje a alguien. Quiero parecer cool y distante, como si tuviera amigos con los que hablara por mensaje, pero en realidad me quedo mirando la pantalla pensando en que es el segundo día y vuelvo a estar en la casilla de inicio. Peor que en la casilla de inicio. La única persona a la que quiero enviarle un mensaje es la que posa conmigo en mi fondo de pantalla, y así lo hago.

Yami: Odio este colegio

Solo estoy dispuesta a confesárselo a papá, y me sorprende lo rápido que responde.

Papi: Aguanta, mijita ♥

Sonrío a la pantalla. Puede que esté sola, pero por lo menos tengo a alguien con quien hablar por mensaje.

Yami: Ven a rescatarme...

Suspiro. Quizá no tendría que hacer esta clase de bromas cuando es físicamente imposible que venga y haga algo. Nadie vendrá a rescatarme hoy. Cuando estoy a punto de empezar a tener flashbacks de cuando me quedé sola en Rover después de lo de Bianca, Bo se sienta a mi lado. No dice nada, porque la profesora Havens acaba de empezar la clase, pero el hecho de que se haya sentado a mi lado me hace sentir un poco mejor. Aunque Bo y yo no tengamos tanta relación, prefiero sentarme con una conocida que sola.

Me guiña el ojo antes de sacar la carpeta, lo cual hace que casi me explote la cabeza. ¿Me guiñó el ojo para coquetear? ¿O solo intentaba ser simpática porque yo estaba sola? ¿Se las arregló de alguna manera para enterarse del comentario del «gueto»? ¿Qué significa?

Me resulta imposible concentrarme en lo que dice la profesora, porque estoy demasiado ocupada intentando no darle demasiadas vueltas al guiño de Bo y a si mis aretes me dan un look demasiado «gueto». Me paso toda la hora diciéndome a mí misma que tengo que prestar atención a la clase, en lugar de hacerlo.

Cuando llega la hora de la comida, no sé dónde sentarme sin Becky y sus secuaces. Cesar está en una mesa llena de alumnos de último año, porque la mayoría de sus clases de gente lista es con ellos. Me parece que son de algún equipo deportivo, aunque me cuesta estar segura por los uniformes, sinceramente, pero me lo imagino porque hacen mucho ruido y se comportan como unos cretinos. Cesar habla gesticulando con las manos con unas expresiones muy exageradas, y toda la gente que lo rodea se ríe por lo que sea que está explicando. Encaja muy bien en esta escuela, a diferencia de mí, pero me alegro de que haya encontrado un grupo de gente. Por lo menos, aquí no parece que vayan a pegarle una paliza en un futuro próximo.

Y entonces la veo. La oigo. La risa de Bo suena como una melodía entre el bullicio del comedor. Sus amigos también se están riendo, y lo único que sé es que yo también quiero reír. Tengo un par de clases con las otras personas de su grupo, pero no hemos hablado. Creo que Bo seguramente me dejaría sentarme con ellos, pero estoy un poco nerviosa. Me parece que es lesbiana; sus Vans de los colores del arcoíris y los pantalones son bastante convincentes, pero no quiero sentirme tentada y, sobre todo, no quiero que nadie piense que me gusta Bo en ese sentido. Además, mi clóset metafórico está a salvo y no tengo ninguna intención de salir de él, y menos en esta escuela.

Vuelvo a pasear la vista por la estancia. Aunque solamente somos cuatrocientos alumnos, de alguna manera me siento más pequeña plantada aquí, en medio del comedor, que en Rover. Todos los edificios con las aulas están afuera, así que no hay pasillos interiores en los que pueda esconderme. La profesora de Arte siempre dice que su aula está abierta durante la hora del almuerzo, pero no quiero pasarme toda la hora sola con un docente. Todavía no he llegado a ese punto de desesperación. Me planteo ir al baño y comer en uno de los cubículos, como si fuera una de esas chicas nuevas solitarias de las películas, pero seamos sinceros: eso es asqueroso.

En cambio, salgo al patio y me siento en una de las mesas. Eso me da tiempo para revisar los pedidos de joyas desde el celular, y me alegro de ver que han llegado algunos pedidos más desde esta mañana. Los confirmo y entonces vuelvo a mirar a mi alrededor para comprobar si soy la única que está sentada sola. En este colegio no hay muchos alumnos que estén solos; parece que todos los estudiantes más callados ya tienen su propio grupo, y eso hace que extrañe Rover. Ahí había un montón de gente que iba sola por la prepa, de manera que por lo menos yo no era la única, pero volver no es una opción. Ni siquiera puedo recordar los buenos momentos sin recordar cómo terminó todo…

Cuando le dije a Bianca que la quería, lloró. Como si, en cierto modo, fuera más difícil para ella que para mí. ¿Por qué lo hice?

«Ahora todo tiene sentido», comentó. Me confesó que aquella situación la incomodaba. Que, de haberlo sabido, lo habría evitado todo. Me habría evitado a mí. Es decir, que no habría llorado apoyada en mi hombro cuando sus padres se divorciaron, ni me hubiera dejado llorar a mí con ella cuando deportaron a papá. Como si nada de eso importara porque me gustan las chicas.

Cuando le dije que la quería, me hizo sentir como una sanguijuela, como si me hubiera aprovechado de ella al ser amiga suya, como si todo hubiera sido por beneficio propio. Le daba igual que no estuviera lista para salir del clóset hasta entonces. Los años que habíamos sido mejores amigas no le importaban porque Bianca estaba segura de que tenía segundas intenciones, y de pronto todo lo que había hecho le parecía extraño. Se lo dijo a nuestras amigas y todas ellas dejaron de hablarme.

Si Bianca y yo nos conociéramos hoy en lugar de hace diez años, me parece que no seríamos amigas. Aparte de compartir la pasión por el maquillaje, no teníamos mucho en común. Siempre ha sido una persona bastante criticona y le gustaba chismorrear sobre cosas que no eran asunto nuestro, mientras que yo prefería no meter las narices donde no me llamaban. Pero crecimos juntas, y eso tendría que valer para algo. Ahora incluso su madre me odia. Tuve que bloquear el número de teléfono de ambas del celular de mamá para que no puedan contárselo. Por suerte, parece que lo mío se lo contagié a mamá, porque Bianca y su madre también la ignoran. Una cosa es perder a tu mejor amiga, que fue una mierda y todavía lo es, pero no pienso perder a mi madre.

Así que lo retiro. No extraño Rover ni a nadie que estudie allí. Por fortuna, estoy bien en Slayton yo sola.

Doy un salto cuando alguien alarga el brazo hacia mis papas fritas.

—¡Ay! —Me llevo una mano al corazón y me río al ver que es Cesar—. ¿Por qué no estás con tus amigos? —Dudo que la nueva estrella de Slayton esté en una situación parecida a la mía.

—Como no estabas comiendo nada, vine a echarte una mano. —Sonríe.

Le doy un golpe en la mano para apartarlo de mis papas y me meto un puñado en la boca.

—¿Contento? —La palabra queda amortiguada por la comida.

—Sí. —Vuelve a sonreír y se sienta delante de mí—. Bueno, ¿qué? ¿Eres demasiado cool como para sentarte con tus amigas?

Mastico tranquilamente antes de responder:

—Sí.

Arquea una ceja, pero no pregunta nada más. Por una vez, sí que quiero hablar del tema. A gritos. Pero respiro hondo para no ponerme a gritar de verdad.

—Si me siento con ellas, sé que terminaré pegándole a alguien, y no quiero que me expulsen.

—Claro. Y por eso no te enfrentas a ellas. —Parece que está reprimiendo una sonrisa, y lo odio. No estoy de humor para hablar sobre mis escasas habilidades para defenderme; ahora solo quiero estar enojada. ¿Acaso es malo?

—Cállate.

No dice nada más y agarra otra papa. Ya sé que no tendría que estar enojada con Cesar, que él solo intenta ayudar. Y si hay alguien en este colegio que lo entendería, ese es él.

—No tengo intención de sentarme con unas tipas ricas e ignorantes que creen que los aros que llevo combinados con mi piel morena me dan un look gueto.

Mi hermano enarca las cejas de golpe y sacude la cabeza.

—¡Siempre igual de descarados, los blancos!

Lo hago callar y observo nuestro alrededor.

—¡Cesar, mira dónde estamos! —digo, pero no puedo evitar echarme a reír. Nadie nos estaba escuchando.

Me hace caso omiso y mantiene la mirada clavada en Karen y las demás por la ventana del comedor, aunque ellas no pueden verlo.

—¿Quieres que me encargue de ellas por ti?

—En serio, Cesar. —Sé que es una oferta carente de valor y que no se enfrentará a Jenna y Karen por mí, pero de todos modos no me gusta que diga estas cosas. El Cesar de Slayton no tendría que pensar en meterse en peleas.

—Cuenta conmigo. —Me mira fijamente a los ojos sin parpadear y me pone una mano en el hombro—. Una palabra tuya, y me desharé de ellas. —El muy rarito me guiña el ojo.

—¡Eres lo que no hay! —Río, y él sonríe.

—Tú harías lo mismo por mí.

—Pues claro que sí.

—*In lak'ech* —replica, y creo que entiendo lo que quiere decir: que somos iguales.

Al día siguiente, el aula de la primera clase está organizada de otra forma. Hay seis mesas en la parte delantera y otras tres en los laterales, de frente entre sí. Yo me siento en mi rincón de siempre, en una esquina de la parte delantera.

—¿Sabes qué haremos? —me pregunta Bo mientras se sienta a mi lado.

—Es mi tercer día en este colegio, no sé nada. —Me sale más malhumorado de lo que pretendía, y Bo parece un poco desconcertada. Supongo que el estrés de no tener amigos empieza a afectarme. En realidad, me alegro de que se haya sentado conmigo otra vez. Le sonrío para hacerle saber que no muerdo y que puede hablar conmigo tranquilamente. Cuando bajo la mirada, veo que en la mochila tiene un pin de colores en contra de la homofobia, y tengo que esforzarme mucho para no abrazarme el pecho y así evitar que se me salga el corazón. Quiero ese pin. Quiero tener la confianza absoluta que conlleva tener un pin como ese.

De toda la gente que he conocido en Slayton, Bo es mi favorita. Vans y pines de los colores del arcoíris, pantalones del uniforme… Creo que es una de las mías, pero no tendría que hacer suposiciones de la gente, sobre todo cuando en esta escuela las cosas ya son muy raras de por sí. ¿Quizá es una «aliada»?

Quiero hacerle un comentario sobre el pin, pero no me atrevo. Se supone que no tendría que sentir ningún tipo de solidaridad por el pin. Okey, quizá es homosexual. Me alegro por ella. No por mí. En lo que a Bo se refiere, yo soy totalmente hetero. Hetero, hetero, hetero.

En cualquier caso, no tenemos tiempo para hablar sobre pines homosexuales, porque la profesora Havens empieza la clase.

—¡Esta semana nos dedicaremos a practicar nuestras habilidades de debate!

Escoge a seis personas y hace que debatan sobre temas aleatorios sin ningún tipo de preparación. Bo está en el primer grupo, y por casualidad Karen está en el equipo contrario a Bo, así que, por supuesto, yo me posiciono a favor de eliminar el horario de verano para ahorrar luz, o lo que sea que se supone que Bo está defendiendo. No entiendo ni la mitad de lo que dicen, pero eso no significa que no sea entretenido.

Bo da una palmada con cada palabra que pronuncia:

—El. Horario. De. Verano. Es. Arbitrario.

—¡Permite ahorrar energía! —exclama un chico, y golpea la mesa con las manos para hacer hincapié en su argumento.

La gente se motiva mucho con el debate, y no los culpo. Yo también soy muy competitiva y seguro que me pondré igual que ellos. Creo que no es la forma «adecuada» de hacer un debate académico, pero la profesora no ha dado ninguna clase de instrucciones y tampoco corrige a nadie.

Yo estoy en el siguiente grupo y, la verdad, estoy animada. Bo arrasó con Karen con esa estupidez del horario de verano. Por lo menos, eso me pareció. Emily está en el grupo opuesto al mío, de modo que seguiré el ejemplo de Bo y tiraré a ganar con el tema que nos dé la profesora. Me siento muy recta en una de las mesas que hay en la parte frontal del aula, estoy lista.

—El tema de este grupo es… —empieza la profesora Havens, y se da unas palmadas en los muslos para imitar un redoble de tambores—: ¿Tendría que ser legal el matrimonio homosexual?

Intento que no se note que me estremezco. Me niego a debatir sobre este tema, y menos en Slayton, donde me machacarán por ello.

—¿De verdad? Pero si ya es legal. —Bo se levanta de su mesa antes de que yo sepa si estaré en el equipo a favor o en contra del matrimonio homosexual.

—Señorita Taylor, por favor, siéntate. —La profesora suspira como si fuera algo que ocurre a menudo.

Sin embargo, Bo se mantiene firme:

—No me voy a sentar mientras debaten sobre qué derechos se deberían negar o no a todo un colectivo de gente. Hay temas más apropiados para debatir.

—Hablando de lo que es apropiado, señorita Taylor, siéntate. —La profesora se pone roja como un tomate, en lugar de su tono anaranjado habitual. Es glorioso.

—Escoja un tema diferente —insiste Bo cruzándose de brazos.

«Por favor, por favor, que escoja un tema diferente».

—Parece que siempre eres tú la que tiene un problema con cómo imparto las clases, señorita Taylor. No veo que nadie más se queje. —La profesora gesticula hacia el resto de la clase, pero me da la sensación de que me está señalando directamente a mí. No puedo mirarlas, ni a ella ni a Bo—. Si te niegas a participar en la clase, puedes ir a la oficina del director Cappa. —Le señala la puerta.

—Okey. —Bo agarra su mochila y se va, furiosa.

Me gustaría irme con ella, preferiría ir a la oficina del director que quedarme aquí, pero parece que todavía soy incapaz de moverme.

El equipo contrario argumenta a favor de la separación de la Iglesia y el Estado, como si la única forma que tuvieran de aceptarme fuera a través de la excomunión. La Iglesia católica no tiene ningún problema en sacarme dinero, pero en realidad no me quieren. Nunca me podré casar por la Iglesia, como mamá siempre ha soñado.

Ni siquiera sé si quiero casarme. O sea, solo tengo dieciséis años, así que no es que dedique mucho tiempo a pensar en ello. Pero algún día… ¿Quién sabe? Me gustaría que por lo menos fuera una opción, y hoy se supone que tengo que debatir en contra de ello.

Si hubiera desayunado algo, ya me estaría subiendo por la tráquea. Me da la sensación de que todo el mundo me observa, como si supieran que quiero huir de aquí. Como si supieran que me gustan las chicas.

Soy hiperconsciente de cada parte de mi cuerpo, pero tengo que aparentar que el debate no me molesta. Me quedo muy recta e intento concentrarme en mis respiraciones sin que se note.

«Yami, tranquila».

Me noto un nudo en la garganta; así no me voy a tranquilizar. ¿Es normal que te notes el pulso en las orejas? Qué más da. Prefiero oírme el pulso antes que oír a mis compañeros debatiendo sobre si soy una abominación. De todos modos, oigo ambas cosas.

«La homosexualidad es un pecado».

«¡No es natural!».

«¡Los niños necesitan un padre y una madre!».

«¿Qué será lo siguiente? ¿Legalizar la zoofilia? ¿La pedofilia?».

No quiero pensar demasiado en lo que implica el último comentario: que me ven como un animal, como un depredador. Incluso alguien a quien consideraba mi mejor amiga me veía así. No puedo pensar en ello ahora o me desmoronaré delante de todo el mundo, de modo que dejo que el debate se desvanezca hasta quedar en un segundo plano y me concentro en la esquina de mi mesa, donde alguien dibujó un montón de corazoncitos. Al verlos, noto que se me calienta la cara todavía más. Si tuviera un lápiz, garabatearía sobre los corazones hasta que la esquina entera no fuera más que un vórtice gris.

Me seco las manos sudorosas en la falda. Diablos, ¿también me suda la cara? No puedo parecer molesta. No es nada personal, nadie puede percatarse de cómo me afecta.

«Bianca, di algo…».

«No es personal. Es que me parece que lo mejor será que cada una siga su propio camino».

—Yamilet, ¿quieres añadir algo? —pregunta la profesora. Maldita zorra asquerosa. Soy la única que no ha dicho nada todavía. Hasta ahora había conseguido mantener la compostura y hacer ver que estaba bien.

—Creo… —Trago saliva. «Creo que voy a vomitar»—. Creo que mi grupo ya argumentó su punto de vista. —Lo argumentaron fervientemente.

Suena el timbre y soy la primera en salir del aula. Ahora ya no disimulo tan bien que no me estoy esforzando por controlar las respiraciones, pero consigo evitar hiperventilarme hasta que llego a un lugar con más privacidad. Lo veo todo borroso y tengo que parpadear varias veces para reprimir las lágrimas. En lugar de ir a la siguiente clase, me dirijo a toda velocidad al baño antes de que alguien tenga ocasión de fijarse en mí.

Abro de un golpe la puerta del primer cubículo y la cierro con un portazo, pero a esta clase de puertas no le gustan los portazos, por muy cerca que estés de sufrir un ataque de pánico, así que la tengo que empujar dos veces antes de que se quede cerrada el tiempo necesario para que le pueda pasar el pestillo. Un vistazo rápido por debajo de los demás cubículos me confirma que estoy sola.

Alargo el brazo para agarrar un poco de papel higiénico y sonarme la nariz, pero no queda nada.

—¡Ay, no! —No pretendía gritar, pero el hecho de que no quede papel es motivo suficiente para que se me nuble la vista de nuevo. Es exasperante.

«Okey, respira poco a poco. Inhala…».

Cierro los ojos y se me empiezan a saltar las lágrimas.

«No llores. Exhala…».

Se me escapa un gimoteo. Cuánto odio ese sonido…

«Inhala…».

Todavía respiro entrecortadamente, pero va mejorando.

«Exhala…».

Suena el timbre y ahoga mis llantos.

5

No te harás amiga
de racistas

Lloro con todas mis fuerzas hasta que el timbre deja de sonar, pero no es suficiente tiempo. Cuando se detiene, me cubro la boca y sollozo contra mi mano para no hacer ruido. El único sonido que me permito hacer es el de sorberme los mocos. No tener papel higiénico es una tortura; no quiero llenarme la camisa de mocos, pero tampoco estoy lista para salir del cubículo, así que por ahora tendré que aguantar que se me caigan.

Desde el cubículo contiguo al mío me llega un resoplido.

Casi me da un latigazo cervical al girar la cabeza tan deprisa. Hay alguien más en el baño. Me quedo helada y aguanto la respiración, pero a estas alturas ya no puedo esconderme. ¡¿Cómo no me di cuenta de que tenía otra persona a la izquierda?! Supongo que tenía los pies levantados y por eso no la vi, pero yo no lo hice y seguramente ya sabe quién soy. A no ser que alguien más tenga los mismos Jordans que yo, pero no es el caso, porque me habría fijado y me habría hecho amiga de esa persona.

«Perfecto». Ahora hay alguien que sabe que estoy llorando en el baño. Seguro que terminará chantajeándome o algo así. Pero no soy la única que se está saltando una clase porque tiene una crisis, y eso es bueno. A ver, no, no es bueno, pero significa que es menos probable que me chantajee. Bueno, todo es posible, porque imagino que esta persona ya sabe quién soy, pero yo no tengo ni idea de quién es. ¿Quizá Bo? Creo que en la última asignatura la pasó igual de mal que yo…

Una mano (¿la de Bo?) aparece por debajo de la pared del cubículo y me ofrece papel higiénico.

Me le quedo mirando. Ahora la situación se ha vuelto incómoda. Ya me había mentalizado para salir del baño y no admitir nunca lo extraño que había sido todo esto, pero ahora hay una mano llena de papel higiénico debajo de la pared del cubículo. Si lo agarro, será como admitir que estoy aquí, llorando en el baño porque no he sido capaz de sobrellevar un debate en clase.

Pero si no agarro el maldito papel higiénico se me seguirán cayendo los mocos.

Al final lo acepto.

—Gracias —digo, y me sueno la nariz.

En lugar de responder, la persona abre la puerta de su cubículo. Oigo unos pasos rápidos y entonces desaparece.

Me vuelvo a sonar la nariz, lanzo el papel al inodoro antes de jalar de la cadena y decido ir a clase. En cuanto abro la puerta principal del baño, Bo choca conmigo.

—¡Ay, perdón, lo siento! —se disculpa, y se le suaviza la mirada cuando se encuentra con la mía—. ¿Estás bien?

O sea, que no es Bo quien me dio el papel higiénico. Por algún motivo, eso hace que me entristezca un poco. De toda la gente que estudia aquí, me habría gustado que Bo fuera mi salvadora del baño.

—Sí, estoy bien —respondo. Quizá tendría que quedarme en el baño un rato más. Por lo menos, hasta que no resulte obvio que he estado llorando cuando la gente me ve. Sin embargo, no puedo seguir a Bo hasta el baño justo cuando ella me acaba de ver saliendo de allí, de modo que cruzo todo el campus para ir hasta los baños que hay al lado del comedor, y entonces me espero hasta que mis ojos recuperan su color habitual.

Los miércoles mamá trabaja hasta tarde, así que en lugar de esperarla hasta el atardecer para que venga a buscarnos, Cesar y yo tomamos el tranvía para volver a casa. El tranvía traza prácticamente una línea recta desde la escuela hasta nuestra casa, pero es un trayecto largo. Miro por la ventana aprovechando que todavía hace sol y está despejado, y hago caso omiso de los cláxones y de los coches que pasan a toda velocidad por mi visión periférica. Si Cesar se da cuenta de que estoy más callada que de costumbre, no dice nada. Prefiero que sea sí. No sé por qué, pero nunca soy capaz de mantenerme fuerte cuando me pregunta qué pasa. Lo único que quiero es llegar a casa para poder olvidarme de hoy y dormir hasta mañana. Llorar es agotador. Estoy a punto de quedarme dormida cuando mi hermano me toca el brazo con el dedo.

—Yaaamiii.

Le aparto el dedo sin abrir los ojos.

—Estoy aburrido.

Esta vez me toca en la barriga, y por instinto muevo el brazo y le doy un golpe en la frente. Fue un accidente, pero se lo merece. Jugó sucio al ir directo al punto donde tengo más cosquillas.

—¡Carajo, qué reflejos tan rápidos! —Se frota la frente, pero está esbozando una media sonrisa. En realidad, oír estas palabras en boca de mi hermano curiosamente me resulta reconfortante. Me hace sentir más fuerte de lo que soy, como si pudiera valerme por mí misma.

—¿Sí? ¡Pues a ver si puedes con estos! —Doy un par de puñetazos al aire cerca de su estómago para que sepa que no debería meterse conmigo.

—¡Ey, cuidado! ¡Te podrías romper la mano con estos abdominales de acero! —exclama marcando músculo, y yo me echo a reír. Cesar tiene un poco de barriguita, como yo. No está muy tonificado, que digamos.

—En fin —digo, y pongo los ojos en blanco—, ¿ahora puedo dormir un rato?

—No. Necesito que me entretengas.

—Eres tú el que no me deja dormir. Entretenme tú a mí.

—Mira que eres difícil. Okey. Hum… Pues… —Echa la cabeza hacia atrás para hacerme ver que no se le ocurre nada. Por un momento pienso que me preguntará por qué tengo los ojos hinchados;

en cambio, prefiere mantener el tono de broma—: ¿Todavía te gusta el Colegio Satánico?

Resoplo por la nariz, divertida. La verdad, me da un poco de rabia que este nombre no se me haya ocurrido a mí. De todos modos, no quiero que sepa lo mucho que me desagrada nuestra nueva escuela.

—Sí, me gusta —digo, y me enderezo ligeramente.

Mi hermano me mira entrecerrando los ojos y comprendo que no lo he convencido.

—A ver, es un cambio muy grande, pero es un buen colegio, ¿no? —añado. Parece que a Cesar las cosas le van bien y no quiero fastidiarlo todo por quejarme. Nadie se burla de él, ha hecho muchos amigos y no se ha metido en ninguna pelea. Solo llevamos aquí unos días, pero me lo tomo como un triunfo.

—Sí… —Se muerde el labio.

Me le quedo mirando. Tengo la teoría de que Cesar y yo podemos comunicarnos por telepatía. Mis ojos dicen lo que soy incapaz emocionalmente de decir en voz alta. «¿Estás bien?».

Mi hermano se queda en silencio durante unos instantes antes de hablar:

—¿Por qué no estás enojada conmigo? Yo tengo la culpa de que nos hayan enviado a este colegio y ya sé que no te gusta.

—¿De qué hablas? Claro que me gusta Slayton.

Lo malo de poder comunicarnos por telepatía es que mis ojos no mienten muy bien.

—Okey. —Me dedica una sonrisa poco entusiasta—. Sí, a mí también me gusta. —Sus ojos mienten aún peor que los míos, y tengo la sensación de que ya le fallé.

La conversación se interrumpe porque llegamos a nuestra parada y él no vuelve a sacar el tema.

Esta noche ni siquiera me molesto en hacer la tarea ni en avanzar con los pedidos de la tienda que tenemos atrasados. La lloradera de antes me absorbió absolutamente todas las fuerzas, pero no puedo dormir. Papá sabría cómo hacerme sentir mejor, así que lo llamo por FaceTime. El celular suena.

Y suena.

Y suena…

Cuelgo y salgo para despejarme. Doña Violeta ya debe de estar en la cama, porque no me llega la música fúnebre desde su casa. Por una vez, añoro su música triste de mariachi, porque me daría una excusa para llorar, pero me echo a llorar de todos modos.

Sin siquiera pensar adónde me dirijo, dejo que los pies me lleven por nuestra calle hasta que me encuentro frente a la casa de Bianca. Seguro que dejó las macetas de talavera aquí afuera para reírse de mí. Me pregunto si terminó de plantarlas ella sola o si ya encontró a alguien para sustituirme. Las flores que ya se abrieron me miran como si se rieran de mí, y no las culpo. Parezco desesperada aquí en medio.

Antes de que saliera del clóset con Bianca, aquí es donde venía en ocasiones como esta. Acudía a ella. Me limpio las lágrimas y llamo a la puerta antes de que pueda frenarme a mí misma. No sé qué espero. Si puedo arreglar esta parte de mi vida resolviendo las cosas con Bianca, entonces quizá el resto dolerá un poco menos. Oigo unas voces que hablan dentro de la casa y la risa de Bianca; la extraño.

Es su madre quien abre la puerta. La abre solo unos centímetros, así que apenas veo su cara entera.

—Hola, tía. —La llamo así por costumbre, pero me arrepiento de inmediato. Para mí siempre fue como una tía, incluso una segunda madre, antes de que se enterara de que me gustaba Bianca. Ahora ella también prefiere mantener la distancia conmigo.

—Lo siento, Bianca no está aquí —dice, y empieza a cerrar la puerta, pero la bloqueo con un pie.

—¿Y quién estaba riéndose hace un momento? —pregunto, y me cruzo de brazos. Puede que esté triste, pero no voy a dejar que se salga con la suya así como así. Y entonces oigo la voz de Chachi.

—Bianca, ¿es tu nooooviaaa? Pensaba que habías dicho que ya no eran amigas.

—¿Qué? ¡No! ¡No lo somos! —insiste Bianca, y a continuación sustituye a su madre en la puerta de su casa. Está guapa, como siempre.

Tiene la melena larga y negra recogida en un chongo desenfadado, el tirante de la camiseta se le cae del hombro y la sombra de ojos se le ha acumulado en el pliegue del párpado después de estar maquillada todo el día, pero lo que me llama la atención es la pulsera de la amistad que lleva en la muñeca. La hizo en mi casa.

—Hola —la saludo.

—Yami, ¿qué haces a…? Espera, ¿estás llorando? —Deja la puerta abierta lo suficiente para que sus amigas puedan verme. Como si esto no fuera ya humillante.

—Estoy bien. —Tengo los ojos secos, pero Bianca me conoce demasiado bien, y el hecho de que se haya preocupado en preguntármelo… ¿es porque quizá todavía le importo?—. Es que había pensado que…

—Oye, ya te dije que no me gustas en este sentido. Deja de acosarme. —Habla proyectando la voz para que Chachi y Stefani la oigan, como si se tratara de un espectáculo.

Lo proceso durante un segundo y me echo a reír. Bianca se mueve nerviosa por el sonido de mis carcajadas y me mira confundida. Fui una tonta al pensar que todavía le importaba. Ni ahora ni nunca. Si le importara, no habría hecho lo que hizo.

—Okey, bueno, adiós —dice, y cierra la puerta.

Entonces le doy una patada a las macetas de talavera y pisoteo las flores una y otra vez. No discrimino entre las que planté yo y las que plantó Bianca sin mí. Vine aquí para cerrar este capítulo, pero lo único que siento es un agujero en el pecho, y lleno el vacío pisoteando la tierra de las plantas hasta que ya no me veo los pies.

Al día siguiente, aún me siento perdida. Habría salido al patio a comer, pero hace un calor infernal y no tengo ganas de ir a clase sudadísima. Supongo que podría sentarme con Cesar, Hunter y sus amigos populares de último curso; no sé cómo es posible, pero son unos frikis y a la vez están en el equipo de futbol americano. Sé que mi hermano intentaría que me hiciera amiga de ellos y aquí Cesar le cae genial a todo el mundo, así que seguro que se portarían bien conmigo.

Hunter también es simpático, pero no puedo aguantar tanta testosterona en una sola mesa, y no quiero que Cesar se sienta mal por mí porque no puedo buscarme amigos por mí misma.

Miro a mi alrededor, evitando conscientemente dirigir la vista hacia la mesa de Jenna, porque no quiero meter la pata y hacer contacto visual con ninguna de ellas, porque entonces tendría que dedicarles una mala mirada para asegurarme de que saben cómo me siento. Sería incómodo, y hoy no tengo ni el tiempo ni la energía para eso.

Además, desde la otra punta del comedor me llega la embriagadora risa de Bo, que echa la cabeza hacia atrás por la potencia de sus carcajadas. De pronto me encuentro acercándome a ella, pero me detengo. Estoy casi segura de que es lesbiana. Si me siento con ella, ¿la gente creerá que yo también lo soy?

No, los gaydars no funcionan así. Además, el mío es malísimo. Estaba convencida de que le gustaba a Bianca antes de salir del clóset con ella, y no podría haberme equivocado más. ¡Quizá Bo ni siquiera es homosexual! Y tampoco es que me esté enamorando de ella ni nada así, aunque tendría el potencial de gustarme. Si es que tuviera intención de enamorarme de alguien de Slayton, lo cual no pretendo hacer.

Mierda. ¿Cuánto tiempo hace que la estoy mirando? Puesto que me sonríe y me saluda con la mano, creo que no le parezco una rarita. Como ahora ya no puedo echarme atrás, voy a su mesa.

—¡Ey, Yamilet! ¿Conoces a David y a Amber? —me pregunta Bo, que pronunció correctamente mi nombre.

—¡Sí, te conozco! ¡Tenemos Religión juntas! —exclama Amber.

La he visto, pero no hemos hablado. Es una chica blanca y corpulenta, con el pelo rubio rizado. La profesora de esa asignatura no nos deja mucho tiempo para socializar. Sinceramente, la clase sería interesante si aprendiéramos sobre otras religiones aparte del catolicismo.

—Eres la hermana de Cesar, ¿no? Todo el mundo dice que somos gemelos separados al nacer —dice David riendo y levanta las manos como para decir «Vete a saber por qué». Está en clase de Arte con Bo, Hunter y yo, así que también lo he visto, y Cesar me ha hablado de su «gemelo». Supongo que puedo llegar a ver por qué dicen que se parecen... O sea, los dos son relativamente bajos y tienen la piel morena y una constitución similar. Más allá de eso, no se parecen demasiado.

—¡Pues entonces somos familia! —exclamo y, como me senté a su lado, le doy un abrazo rápido.

—¡Hermana! —Me devuelve el abrazo como si nos conociéramos de toda la vida.

—¿La gente dice eso? No veo el parecido —opina Bo, que entrecierra los ojos y mira hacia la mesa de Cesar.

—Es racismo —añade Amber mientras tose.

Estoy un poco aliviada de que lo haya dicho otra persona. Es mucho más seguro cuando quien hace la observación es una chica blanca.

—Bueno, yo me llamo Amber. Soy la mejor amiga de Bo desde la guardería. —Envuelve con un brazo a Bo, pero esta se encoge un poco por el contacto.

Ahora entiendo por qué Jenna dijo que era tan lindo que hubiera dado un saltito, pero aparto ese pensamiento de inmediato. No quiero pensar en Jenna... ni en que Bo sea linda. Sin embargo, noto una presión en el pecho. ¿Puede que esté un poco celosa? Porque Bo es —probablemente— homosexual y tiene una amiga desde la guardería que se ha mantenido a su lado.

—David es nuestro otro mejor amigo desde el primer año de prepa. —Lo rodea con el otro brazo—. Tú también puedes ser nuestra mejor amiga. —Sonríe.

Ya sé que tendría que ir con más cuidado con Bo, pero no puedo evitarlo. Sus amigos y ella me caen muy bien, sobre todo después de ver cómo me defendió ayer en clase, aunque seguramente no supiera lo que hacía al quejarse por el debate sobre los derechos de los homosexuales. Siento la necesidad de mostrarle mi agradecimiento.

—Oye, Bo... Solo quería darte las gracias por lo de ayer. Por lo que dijiste en clase.

Me dedica una sonrisita. Como si se lo dijeran mucho. Como si estuviera decepcionada porque no la apoyé. Porque no la apoyó nadie. No puedo evitar sentirme culpable.

—¿Ya no eres amiga de Jenna y las demás? —pregunta Bo cambiando de tema, y en lugar de mirarme a mí tiene la vista fija en su comida.

—Vamos, Bo, ¡pensaba que habías superado lo de Jenna! —David le da un golpecito juguetón en el hombro, pero ella no se ríe.

—¡Claro que lo superé! Bueno, no había nada que superar. —Se le tiñen las mejillas de rojo. No la culparía si le gustara Jenna, me parece que yo también me habría enamorado de ella si no hubiera dejado al descubierto su verdadera personalidad con el comentario del «look gueto».

—No me lo creo de ninguna manera —se mete Amber. Vaya, estoy enterándome de todas las historias de Bo.

—Que sea lesbiana no significa que me guste Jenna —dice Bo, y susurra el nombre de Jenna para que no la oiga nadie externo a nuestro grupo.

O sea, que Bo es lesbiana y no le molesta que lo sepa. Oírla decir estas palabras en voz alta me provoca una crisis existencial. Se me acelera el corazón para intentar ponerse al mismo ritmo que mis pensamientos, que van a mil por hora, y los gritos que suelto para mis adentros. Sin querer, me pierdo el resto de la conversación.

El hecho de no ser la única chica homosexual de la preparatoria tendría que hacerme sentir mejor, pero no es así. ¿Y si Bo lo sabe? Tengo la sensación de que ya lo sabe, porque la gente homosexual es quien tiene los mejores gaydars, ¿no? Aparte de mí, claro. Quizá funciona mejor si no estás en modo negación. Si mi gaydar fuera mejor, quizá podría haber evitado toda esta situación de entrada.

Eso me provoca un *déjà vu*. Es lo que me dijo Bianca, que habría evitado ser amiga mía de haberlo sabido. Pensar en ello me da ganas de vomitar. No, yo no lo habría evitado. Quiero ser amiga de Bo, y está claro que necesito buenos amigos, así que tan solo tendré que engañar a su gaydar de alguna manera.

—No, ya no soy amiga de Jenna y las demás —intervengo antes de que Bo explote, o que lo haga yo misma—. La verdad, no las aguanto.

—¿Verdad que sí? —dice Amber—. Son lo peor.

—Karen es una zorra, pero las demás no son tan mala gente. Antes de dejar el equipo, jugaba con ellas al voleibol —me explica Bo, que todavía está roja—. Jenna y Emily siempre eran simpáticas conmigo.

—Bueno —la interrumpe Amber, que parece que se muere de ganas de cambiar de tema—, ¡cuéntanos más cosas de ti, que eres nuestra nueva mejor amiga!

—Hum. Pues… —No se me ocurre nada—. Yo… Eh…

—Tampoco hace falta que la pongas en un apuro —interviene David, que se ríe porque se me ha cortocircuitado el cerebro. Luego se inclina hacia delante, se acaricia la pequeña barba incipiente que le está creciendo en la barbilla y me empieza a contar la vida de los tres. Me resulta curioso que todos se muestren tan abiertos con sus historias personales.

Bo es adoptada y sus padres son blancos. Su familia es «católica», pero nunca van a la iglesia. Bo y Amber han estudiado toda la vida en el colegio católico, mientras que David fue a una escuela pública, como yo, hasta el primer año de prepa, cuando consiguió una beca para Slayton y su madre quiso aprovechar la oportunidad de que su hijo recibiera una mejor educación. Al decir «mejor educación» hace el gesto de las comillas con los dedos, como si no estuviera convencido. Para llegar hasta aquí tiene que hacer un trayecto incluso más largo que Cesar y yo, porque vive en la reserva navajo. Durante todo este tiempo, Amber y él están sentados súper cerca y casi parece que sean pareja, pero se supone que son solo amigos (¿de momento?), según Amber.

—Aquí prácticamente todo el mundo es católico —explica David—, pero yo soy ateo. —Lo miro asombrada—. ¿Qué? —pregunta, y entonces me doy cuenta de que estoy boquiabierta.

—Nada, solo espero a que entres en combustión delante de la estatua de Jesús.

Por sorpresa, se ríe en lugar de prenderse en llamas.

A mí me criaron en la fe católica, pero no estoy totalmente de acuerdo con todo lo que predica. En cuanto a un ser todopoderoso, no tengo ni idea de en qué creo, pero la culpa católica todavía me afecta. Si existe el infierno, sin duda acabaré allí. De hecho, esa idea me da bastante pavor.

Me relajo un poco al ver lo abiertos que se muestran conmigo, y consigo no ser el centro de atención si les hago alguna pregunta de vez en cuando. En general, escucho más de lo que hablo, y prefiero que siga siendo así. Me gusta este grupo. Por ahora. Es genial poder conocerlos más, pero no hace falta que ellos me conozcan tan a fondo a mí. Que Bo haya salido del clóset no cambia el hecho de que no puedo meter la pata en Slayton. Yo no soy Bo, y sería muy inocente que pensara que puedo ser yo misma, igual que ella, y recibir el mismo trato de la gente.

El miércoles de la semana siguiente mamá trabaja hasta tarde, como siempre, y Cesar está castigado después de clase, así que llegaré a casa incluso más tarde de lo habitual. Me molestó saber que lo castigaron por el mero hecho de quedarse dormido en clase, pero a la vez me sentí un poco aliviada. Supongo que anoche se quedó despierto hasta las tantas hablando con alguna chica nueva, lo cual es preferible a la alternativa. Si ya se estuviera metiendo en peleas, todo este esfuerzo habría sido en vano.

Igualmente, ojalá no lo castigaran los días que mamá trabaja hasta tarde. Ya de por sí llegamos a casa muy tarde, y no me resulta nada agradable tener que esperar una hora bajo el sol de Arizona. Me esperaría en la biblioteca, pero Karen y su novio están ahí, y preferiría atragantarme con una galletita salada antes de tener que tratar con ella. Cesar me dijo que podía irme sin él, pero mamá me mataría si se enterara de que lo dejé aquí solo. ¿A quién pretendo engañar? Para empezar, me mataría si se enterara de que lo castigaron. Tendría más problemas yo que Cesar, pero ¿qué se supone que tengo que hacer? ¿Entrar en su aula haciendo ruido con algunos sartenes para despertarlo?

Me siento en una mesa del patio y me pongo a hacer la tarea mientras espero a que Cesar salga. Es septiembre, que básicamente es junio 4.0, y todavía me muero de calor. Supongo que es mejor que lo hayan castigado hoy que un día normal, porque entonces mamá sí se enteraría. Me limitaré a decirle que el tranvía se retrasó, lo cual sería muy plausible, la verdad.

Emily se acerca a mi mesa y se queda de pie incómoda. Se aclara la garganta y se pone un mechón del pelo castaño oscuro detrás de la oreja, nerviosa.

—Hola…

—Ey —respondo cortante, y le dedico una mirada de desaprobación.

—Solo quería disculparme por lo que Karen y Jenna dijeron la semana pasada. Lo de tus aretes. Fue un comentario grosero y desconsiderado. —Junta las manos por detrás de la espalda y se inclina hacia delante, como si quisiera que diga algo.

—Y racista —añado.

Asiente.

—Y racista, sí. No tendrían que haberlo dicho, pero hablé con ellas y me parece que ahora ya lo entienden.

—Ah, hum, gracias —digo, y relajo la mirada.

Sonríe y, sin decir nada más, se aleja hacia el estacionamiento. No estoy acostumbrada a que la gente se disculpe conmigo y no sé cómo sentirme. Supongo que podría llevarme bien con Emily, pero no pienso ser amiga de Jenna y Karen.

Confirmo algunos pedidos más de la tienda y luego continúo con la tarea. Desde la última vez que miré Etsy hemos vendido dos pulseras de la amistad, un collar de cuentas y un par de aretes tradicionales de oro. Antes de seguir con la tarea, una persona se sienta a mi lado.

—Ey, ¿quieres que te lleve en coche? —pregunta Bo. Son las tres y media, así que Cesar tendría que salir de un momento a otro. Me sorprende que Bo siga en la escuela.

—Créeme, no quieres acercarme en coche, vivo lejos de aquí.

—No me importa. De todos modos, no quiero ir a casa todavía.

—De verdad, no pasa nada. No tengo dinero para la gasolina.

—No quiero tomar el tranvía para volver a casa, pero quiero aún menos que Bo se desvíe y haga un trayecto de cuarenta minutos y luego tenga que volver a casa.

—No te preocupes, mis papás pagan la gasolina, no es ningún problema.

Alguien se mete entre Bo y yo y nos pasa un brazo por encima de los hombros a cada una.

—Mi hermana es incapaz de aceptar gestos de amabilidad. Te agradeceríamos mucho que nos llevaras a casa —dice Cesar.

—En serio, no nos importa tomar el tranvía —insisto. No es que no quiera que Bo sepa dónde vivo. O quizá sí.

Cesar me observa tan fijamente que casi noto cómo se me clavan los puñales.

—Okey, ¿y si nos acercas a la parada? —Eso es lo máximo con lo que me siento cómoda por ahora.

—¡Claro! —Bo parece contenta de poder hacer una excursión a la parada del tranvía.

—¡Pido el asiento del copiloto! —grita Cesar.

Mierda. Por lo general me da lo mismo sentarme delante o no, pero quería estar al lado de Bo. En cambio, me toca sentarme en la parte trasera.

—Oye, como los miércoles mi mamá siempre trabaja hasta tarde, ¿crees que nos podrías acercar a la parada cada semana? —le pregunta Cesar en cuanto se cierra la puerta.

—¡Sinvergüenza! —exclamo, medio susurrando medio gritando, pero a la vez me río. Me inclino hacia delante para empujarlo y él me devuelve el gesto. Este chico de verdad que no tiene vergüenza de nada.

—Sí, claro. —Bo me sonríe con los ojos a través del espejo. Es adorable y hace que quiera morirme.

En cuanto mamá llega a casa, se pone a trabajar en los pedidos conmigo en la sala. Tenemos un sistema: como mamá es mucho más rápida, yo hago los aretes mientras ella hace los collares. Tardo un buen rato en crear el complejo diseño floral con chaquira de un par de aretes; aunque es un trabajo delicado y mis manos se mueven muy lentamente, me empiezan a dar calambres en los dedos. Sin embargo, continúo trabajando a pesar del dolor, porque, de lo contrario, nunca alcanzaré el nivel de mamá. Cuando finalmente consigo terminar un par de aretes muy pequeños de chaquira, ella ya hizo un collar entero, y luego nos ponemos a hacer las pulseras de la amistad juntas.

Mientras trabajamos, de fondo tenemos puesta su telenovela en la tele, pero en lugar de mirarla, me fijo en las manos de mamá. Si no lo estuviera viendo en tiempo real, pensaría que es un video con la velocidad acelerada. No soy capaz de entender cómo puede mover los dedos tan deprisa. Ni siquiera está mirando lo que hace. De alguna manera, consigue ir así de rápido sin apartar los ojos de la telenovela. Grabo un video corto de sus manos trabajando y lo publico en Instagram y TikTok para conseguir más ventas, y entonces intento seguirle el ritmo mientras hago una pulsera, pero no dejo de equivocarme con los patrones cuando voy demasiado rápido, así que decido ir a mi ritmo y trenzar las pulseras con amor.

—¡Cierra los ojos! —exclama mamá, mientras resopla hacia la tele y se apresura a taparme los ojos con una mano. Es muy dramática.

—¡Ay, mami, para! —Al apartarle la mano veo que hay dos mujeres besándose en la pantalla y se me revuelve el estómago. Estaría contenta si no fuera porque mamá no quería que lo viera.

—Acaba de matar a su gemela buena y, en cambio, ¿esto es lo que no quieres que vea? —No sé por qué lo digo, es una batalla que no ganaré.

—No permitiré ninguna porquería infame de ese tipo en mi casa —asegura y apaga la tele, lo que afianza mi negativa de abrirme con ella. En su casa no puede haber lesbianas infames. Quizá no lo dijo en serio, o quizá sí. Da igual, porque estoy ahorrando todo el dinero extra que gano para no depender de ella si en algún momento se entera y me echa de casa.

Cambia la telenovela por música cumbia y se dirige hacia la cocina bailando para hacer la cena.

Pfff.

Me saco eso de la cabeza y me tomo unos instantes para admirar las pulseras que he hecho hasta ahora. Si las miro demasiado tiempo, quizá los colores me hacen entrar en trance y olvido lo que pasó. Es fácil perderse en estos patrones angulares de colores vivos. Mis pulseras quedaron igual de bien que las de mamá, aunque tardé más en terminarlas y he hecho menos, pero me permito apreciar mi trabajo antes de ponerme a hacer otras cosas. Sin embargo, no consigo avanzar mucho antes de que me llegue el aroma de las tortillas que mamá está friendo. Después de una espera atroz y muy poco productiva, mamá al fin aparece con un plato de flautas de pollo y frijoles y me da un beso en la frente.

—Ay, mija, me encanta. Ahora tú y yo nos hacemos cargo de las cosas, y tu hermano me cuidará cuando me haga mayor.

Detesto que, a pesar de que mamá es homofóbica, todavía siento una calidez en el pecho cuando intenta estrechar su relación conmigo. De todos modos, no puedo evitar leer entre líneas.

—Yo también podré cuidarte entonces, mami —comento, y ella se ríe cuando me pincho el dedo con el alambre del arete al que estoy dando forma.

—Bueno, no creo que sea necesario. Tu hermano será el próximo Bill Gates. ¡Podrá cuidarnos a ambas!

Empiezo a comer porque así no tendré que hablar. Me gustaría que no fuera tan obvia sobre que Cesar tiene muchísimo más potencial que yo. Sí, es un prodigio y un genio, pero yo soy la que se queda despierta hasta las tantas haciendo la tarea y trabajando, mientras que él no se acuesta porque está hablando con chicas. Yo soy la que está trabajando todo el día para pagar la colegiatura, mientras que Cesar ni siquiera tiene que intentar conseguir la aprobación de mamá. Pero tiene razón: si uno de los dos tiene éxito, ese será mi hermano.

Vibra mi celular y se me escapa un gritito infantil y me pongo a aplaudir muy contenta cuando veo que papá está llamándome por FaceTime. ¡Por fin me devuelve la llamada!

—¡Deja de gritar y contesta! —exclama mamá haciéndome un gesto hacia el teléfono.

Todavía estoy gritando cuando acepto la llamada. Papá me dedica una sonrisa de oreja a oreja que le estira las ojeras y se le ilumina la mirada al reír por mi reacción. Nunca he visto a mi padre «llorar», pero a veces se le ponen los ojos un poco vidriosos cuando hablamos después de haber pasado bastante tiempo sin llamarnos. Usamos FaceTime tan a menudo como podemos, pero últimamente no hemos tenido muchas ocasiones, porque trabaja como un millón de horas a la semana.

—Ah, ¡mis dos chicas preferidas! Son preciosas las dos. —Sonríe y se pasa una mano por el pelo. Por lo general, cuando hacemos una videollamada lleva puesta la gorra del trabajo con el logotipo de su empresa de taxis, pero hoy no es el caso, y reparo en que ya tiene algunas canas, que lleva peinadas hacia atrás con el resto de su pelo negro—. ¿Cómo están mis chicas?

—¡Genial! Yamilet es toda una emprendedora, ¿lo sabías? —Mamá me sacude el hombro.

—Claro que lo sabía. Se encargará de nuestra jubilación, ¿verdad, mija?

Me cuesta esconder que me he ruborizado. Por lo menos, hay alguien que cree en mí. Noto que me estoy emocionando; me siento mal por pensarlo, pero me gustaría que alguien de aquí creyera en mí. Alguien más tangible.

Papá debe notar que ocurre algo.

—Maria, mi amor, ¿nos dejas un minuto a Yami y a mí?

Mamá se lleva una mano al corazón.

—Y qué hay de tu preciosa esposa, ¿eh? ¿Tienen algo que esconderme?

—Sí, vamos a hablar mal de ti. ¡Maldición, nos descubriste! —bromea papá.

—¡Emiliano! —exclama mamá, como si nunca le hubiera oído decir una palabrota. Siempre es muy tiquismiquis con este asunto, ella solo dice groserías cuando está furiosa.

No pienso esperar a que me regañe, así que salto por la parte trasera del sofá y me tropiezo con los pies mientras voy a mi habitación con el celular.

—¡Lo siento, mami, te quiero! —grito, antes de cerrar la puerta.

Me quito las chanclas dando unas patadas al aire y me dejo caer sobre la cama boca abajo. Luego me apoyo sobre los codos y sujeto el celular con una mano.

—Bueno, dime algo bueno del colegio nuevo antes de contarme por qué lo odias —me pide cuando nadie puede oírnos. La cámara se mueve mientras se estira sobre el sofá de dos plazas que tiene en su estudio. Siempre me hace explicar las cosas buenas antes de pasar a las malas, pero de todos modos me deja espacio para desahogarme cuando lo necesito.

—Hum… ¿Que he hecho algunos amigos? —Me refiero a Bo, Amber y David, no a Karen y su grupito.

—¡Qué bien! Háblame de ellos.

Le explico que son todos muy simpáticos conmigo y que se han abierto mucho con sus temas personales aunque apenas me conocen. Para ser sincera, la mayoría del rato solo le hablo de Bo.

—Me alegro mucho de oírlo, mija. Pues si tienes unos amigos tan buenos, ¿cómo es que odias tanto la escuela?

—Es un colegio católico. ¿Tú qué crees? —Papá no es religioso como mamá. Iba a misa con nosotros cuando éramos pequeños, pero en realidad él era como un tercer niño y mamá tenía que arrastrarlo como a Cesar y a mí. Siempre ha dicho que cree que es una sarta de sandeces, pero me hizo prometerle que no se lo diría a mamá, aunque ella ya lo sabe de todos modos.

—¿Tan malo es?

—Sí, son casi igual de estrictos que mamá —gimoteo.

Papá intenta no reírse.

—Soy consciente de que tu madre puede ser un poco intensa, pero ya sabes que solo quiere lo mejor para ustedes. —Se le suaviza la mirada al mencionar a mamá. Se quieren tanto que da asco.

—Para mí no. Para Cesar —suelto, pero enseguida me tapo la boca—. No le cuentes a Cesar que dije eso.

—No le diré nada. —A papá siempre se le ha dado bien guardar secretos, aunque no esté de acuerdo con ellos. No se mete en los asuntos de los demás.

—Ni tampoco a mamá —añado señalando la pantalla con un dedo como aviso.

—Ya sabes que tampoco se lo diré. Esa es una conversación que deben tener tu mamá y tú. ¿De dónde viene todo esto?

Trago saliva. ¿Por dónde empiezo?

Si hay alguien que pueda hacerme sentir mejor ahora mismo, ese es papá. Siempre me ha hecho sentir que soy fuerte y que puedo con todo. No sé si existe el amor incondicional, pero creo que papá nos quiere a Cesar y a mí tan incondicionalmente como es posible. Mamá siempre ha querido a Dios incondicionalmente, y papá siempre me ha querido a mí. Cuando se fue, se llevó gran parte de la fortaleza que me había ayudado a construir, y estos últimos seis años me he sentido un poco más frágil.

—Mija, ¿qué ocurre?

Cuando veo la preocupación en su rostro, me doy cuenta de que estoy conmovida. Creo que no entiendo lo que pasa hasta que las palabras me salen de la boca.

—Papi, estoy muy cansada de tener que cuidar de todo el mundo —confieso, y me limpio las lágrimas.

Se queda en silencio durante unos instantes y por un momento empiezo a pensar que lo he decepcionado.

—Ay, mija… —Cierra los ojos—. Se supone que ese es mi trabajo. Odio no poder estar allá con ustedes.

La cámara está enfocada hacia abajo, así que ahora solo le veo el pecho y una camiseta (supuestamente) blanca muy grande y vieja, que queda adornada con una cadena con un jaguar a juego con la de Cesar. Lo único que quiero es perderme en uno de sus abrazos, pero hace tanto tiempo desde que nos vimos que ya casi no recuerdo esa sensación. Me gustaría decirle que no es culpa suya, y sé que no lo es, pero mentiría si dijera que una parte de mí no lo culpa en cierto modo. Ojalá estuviera aquí.

—No es justo —es todo lo que consigo decir.

—Ya sé que no lo es. Lo estás haciendo mejor de lo que podría hacerlo yo, y eso no es para nada justo.

Me río porque es ridículo. Lo estoy haciendo fatal, voy con pies de plomo para intentar que no se vaya todo a la mierda.

—Es que estoy cansada. Mucho.

—Habla conmigo —dice, y su voz es como un abrazo. Es lo más parecido que puedo tener, de modo que cierro los ojos y dejo que me envuelva.

—Me da la sensación de que tengo que estar contenta con todo porque si le digo a Cesar que no me gusta Slayton, él dirá que tampoco le gusta y mamá me culpará a mí. Y sé que prefiero estar en Slayton que en Rover… y también que es mejor para Cesar, y también que no hay una solución, pero me gustaría poder ser sincera por una vez sobre lo que siento. —Respiro hondo porque me da la sensación de que he vaciado mi alma por los pulmones.

—Puedes ser sincera. —La cámara se mueve para que pueda ver sus afables ojos clavados en los míos—. Especialmente conmigo. Lo sabes, ¿verdad?

—Sí, lo sé.

Me parece que algún día me sinceraré con él, sobre todos los temas. No voy a salir del clóset con él ahora mismo; me parecería casi egoísta porque en estos momentos tendría que estar pensando en Cesar y en conseguir el dinero para la colegiatura, pero me gusta saber que estará aquí cuando esté lista.

Cuando colgamos ya es tarde y me pongo a hacer la tarea en la cama. Siempre que hago mi tarea últimamente es a estas horas, porque lo primero es ganar dinero para la colegiatura. Me quedo dormida sobre la colcha con el libro de texto y la carpeta haciéndome compañía.

Por suerte, al día siguiente tengo tiempo para echarme una siesta después de las clases, porque Cesar (por desgracia) está castigado. Parece que este chico solo consigue dormirse cuando está en clase. En parte estoy preocupada de que le ocurra algo grave, pero tampoco me lo contaría si fuera el caso. El resto de las señales apunta a que está bien, así que no dejo que la preocupación me consuma.

Mamá me llama media hora después de que terminen las clases.

—Estoy aquí. ¿Dónde están?

Esto no es bueno.

—Hum, un segundo.

Cuelgo y corro hasta el estacionamiento. Había dado por hecho que Cesar le había dicho que estaba castigado o que, por lo menos, se habría inventado alguna excusa, como que se había apuntado a alguna actividad extracurricular o algo así. Pero no, me dejó a mí el muerto, como siempre.

Me subo al coche e improviso:

—Pues resulta que Cesar se apuntó a las Olimpiadas Matemáticas. Tardará media hora más. —Le envío un mensaje a mi hermano mientras le cuento todo esto a mamá para que me siga la corriente cuando llegue.

—Ay, ay, ay… ¿Y no te molestaste en avisarme antes de que vinieras a buscarlos?

—Lo siento, mami, pensaba que te lo había dicho él —me disculpo, y me encojo en el asiento del copiloto.

—No me lo dijo —responde poniendo los ojos en blanco.

—¿Estás segura? Pensaba que me había dicho que sí… —Intento sonar sorprendida.

—Bueno, las Olimpiadas Matemáticas, ¿eh? ¿Cómo lo convenciste?

Me sonrojo un poco. Es agradable que automáticamente dé por hecho que se apuntó gracias a mí. Supongo que no puedo atribuirme el crédito solo de las cosas malas, aunque las buenas sean inventadas. Mamá no espera a que conteste.

—Parece que le va bien, ¿no? —Hay un dejo de preocupación en sus ojos cuando me mira.

—Sí, le va bien —miento. Que te castiguen no es algo positivo, pero por lo menos no se ha peleado con nadie.

Cuando por fin aparece Cesar, se acerca hasta el coche corriendo con la ropa de deporte. Está más sudado de lo que pensaba que era posible para un ser humano. De hecho, parece que se haya echado una botella de agua por encima. Cuando está tan sudado, en general tiene que inclinarse hacia delante para recuperarse, pero esta vez respira con normalidad. Se sienta en el asiento trasero y se seca el sudor de la frente, como si quisiera darle más teatralidad.

—Vaya, no sabía que las Olimpiadas Matemáticas eran tan exigentes físicamente —comenta mamá enarcando una ceja.

—Yami, no tienes que mentir por mí —dice Cesar.

Me giro de golpe, lista para abalanzarme sobre él y echarlo del coche. Mamá me mira furiosa y yo miro con la misma furia a Cesar; entre nuestras miradas ardientes y el calor corporal de mi hermano, parece que el coche vaya a combustionar de un momento a otro. Por supuesto, él está tan tranquilo.

—¡Pasé las pruebas para entrar en el equipo de futbol americano!

—¿Y por qué querría Yamilet mentirme sobre eso?

—Hum, pensaba que no te parecería bien —balbuceo. ¿Futbol americano, en serio? Las pruebas fueron hace unas cuantas semanas. Le había preparado la mentira perfecta. ¿Qué le pasa?

—¡Pues claro que me parece bien! —Mamá se inclina hacia Cesar y le da un beso en la frente llena de sudor falso—. Gracias a Dios. Necesitas algo para desahogarte y sacar toda esa agresividad. Esto te irá bien.

—Bueno, pues yo creo que las Olimpiadas Matemáticas eran mejor opción —digo. Es una mentira más verosímil. ¿Acaso voy a tener que enseñarle cómo se lanza la pelota? Si quería escoger su propia mentira, no tendría que haber hecho que lo cubriera yo.

—¿Por qué? Como soy listo, ¿se supone que tengo que estar todo el día pensando en matemáticas? Prefiero jugar futbol americano.

—Pero ¡si no has jugado nunca! ¡No tiene sentido!

—Para eso están los entrenamientos. —Me guiña el ojo—. O sea, en serio. ¿Las Olimpiadas Matemáticas? Pfff.

—Maldito desagradecido de... —digo mientras me abalanzo sobre él.

—¡AUXILIO!

Empieza a dar patadas al aire y pide ayuda como si alguien lo estuviera asesinando. Mamá me da unos golpes en la espalda hasta que lo dejo tranquilo.

—¡Yamilet! Ya basta. Deja que tu hermano decida por sí mismo.

—Okey —accedo, y me pongo el cinturón con todo el mal humor que puedo.

6

Conseguirás un pseudopretendiente

Supongo que en realidad no odio Slayton. Tampoco es que me encante, pero después de un mes ya me acostumbré. Todavía no ha empezado octubre, pero tengo la sensación de llevar más tiempo en esta escuela. Me gustan la comida y mis amigos, y Cesar no se pelea con nadie e incluso tiene un montón de amigos que seguramente lo defenderían si alguien intentara ponerle una mano encima, lo cual me resulta reconfortante. Además, sus calificaciones han mejorado a pesar de que se duerme en clase cada dos por tres. Si yo fuera tan lista como él, me imagino que también me aburriría y me quedaría dormida. Intento que no me afecte demasiado el hecho de que él se duerme en clase a diario y aun así saca mejores calificaciones que yo.

No puedo evitar que se quede dormido en clase, pero la mentira sobre el equipo de futbol americano está funcionando mejor de lo que esperaba. Mamá está encantada de hacer una hora extra en el trabajo y recogernos más tarde, cuando Cesar termine el entrenamiento —o sea, el castigo—, y está demasiado ocupada como para darse cuenta. En algún momento querrá ir a algún partido, pero ese es un problema para la Yami y el Cesar del futuro.

Como siempre, Bo y Amber me hacen compañía en una mesa del patio y sacan los libros de texto. Lo hemos convertido en una costumbre: la mayoría de los días nos sentamos aquí y hacemos la tarea o dibujamos después de las clases. Cesar está castigado prácticamente cada día, de modo que paso mucho tiempo aquí afuera.

Intenté preguntarle por qué se duerme siempre en clase, pero no me hizo ni caso y, de acuerdo con nuestra norma no escrita, yo no insistí. Imagino que tiene insomnio o algo así. Con todo el tiempo que paso esperándolo en el patio (porque Karen y su novio siempre van a la biblioteca al terminar las clases), empiezo a tener un bronceado chafa que me marca los bordes de la camiseta.

Cuando ya llevo un rato tratando de entender la tarea de Mate, lo dejo a un lado y lo intento con un proyecto de Arte que no requiere pensar tanto. El tema es «inseguridad», sea lo que sea. La profesora Felix dice que el arte es subjetivo, así que no tendré ningún problema siempre y cuando entregue algo. Si quisiera, podría hacer un maldito arete y traerlo a clase, pero prefiero no malgastar los materiales de mamá.

Hoy se nos une un cuarto invitado, pero no saca la tarea.

—Ey, ¿les importa si me siento con ustedes?

—Ey, Hunter, claro —dice Bo, y le dedica una mirada inquisitiva cuando el chico rodea la mesa y se sienta a mi lado, aunque había espacio al lado de Amber.

—Qué dibujo tan bueno. Tienes mucho talento, Yamilet.

—¡Gracias! —Sonrío. No soy la artista con más talento de todo el mundo, pero le voy agarrando el truco. Estoy esbozando un dibujo de mí misma como si fuera una agente secreta, al estilo de los Hombres de Negro. Me encanta la idea de ser una agente secreta o una espía. En cierto modo, me siento como si ya lo fuera, por todas las mentiras que digo, pero ser una espía es una manera más interesante de vivir esa vida. Puedo presentarle diferentes versiones de mí misma a cada persona que conozco y nadie sabrá que soy una infiltrada.

Amber se inclina hacia Hunter con el codo apoyado en la mesa y descansa la barbilla sobre la mano.

—¿Qué hemos hecho nosotras, unas humildes campesinas, para merecer tu compañía?

Hunter se sonroja por un instante. No me habría dado cuenta si no fuera tan blanco, porque enseguida se recompone y me dedica una sonrisita sutil.

Bo enarca una ceja hacia Amber y luego me guiña el ojo cuando Hunter no la ve. Supongo que Karen y sus amigas no son las únicas que creen que Hunter y yo tenemos potencial. De todos modos, preferiría que dejara de guiñarme el ojo, porque me incomoda.

—Pues… hum… Yamilet… —empieza Hunter, retorciéndose las manos mientras habla—, me gusta estar contigo en Arte y pienso que quizá podríamos pasar el rato…, ya sabes, en algún momento que no sea en clase. ¿Quizá podrías venir a ver un entrenamiento en lugar de quedarte aquí? Bueno, si estás aburrida, claro.

¿Oí bien? ¿Me invitó no a un partido de futbol americano sino a un entrenamiento? ¿Eso cuenta como pasar el rato? De verdad que no entiendo a los heteros.

—Hum… ¿No sería también un poco aburrido?

Se ríe.

—Ay, ¿dije un entrenamiento? Quería decir al partido con los exalumnos del colegio, es muy importante. Y al baile del día siguiente.

—¿Qué? —Esto no puede estar pasando.

—¿Qué? Cállate. —Vuelve a sonrojarse.

—¿Le acabas de decir que se calle? —le espeta Amber.

—¡No! Quería decir que me calle yo. Era broma. A no ser… que quieras…

Bo tose para disimular que está riendo. No sé cómo es posible que esté ocurriendo esto. Todavía no conozco tanto a Hunter, pero supongo que eso nunca es un impedimento para que los chicos coqueteen

De hecho…, quizá es una oportunidad para mí. Si salgo con Hunter, nadie pensará que me gustan las chicas. Pero ¿no sería cruel que lo use de esta forma? No puedo ni imaginarme en qué escenario sería positivo para alguno de los implicados que yo haga ver que me gusta alguien que está enamorado de mí.

—Lo siento, ya tiene planes para el día del baile —interrumpe Amber. Debo de haber tardado mucho en responder, porque me mira como si quisiera decirme «De nada».

—Exacto. Sí, tengo planes. Pero iré a ver el partido, ¿okey?

—¡Claro, ningún problema! Sí, me parece perfecto. —Se recupera muy rápido con la promesa de que iré de público al partido. De hecho, casi noto cómo su espíritu alza el puño en un gesto de victoria—. Bueno, hasta pronto, chicas.

Se despide con un saludo militar y luego se va corriendo, literalmente, pero espero que sea solo porque llega tarde al entrenamiento. En serio, no entiendo cómo es tan popular. Este colegio es un mundo aparte.

Cuando Cesar termina el castigo, se acerca a nuestra mesa corriendo y luego se queda corriendo junto a nosotras sin moverse del sitio. Supongo que quiere sudar un poco antes de que mamá venga a recogernos. Amber y Bo se ríen; ya las puse al día sobre el tema, de modo que el hecho de que Cesar se ponga a hacer ejercicio de pronto les parece gracioso, en lugar de confuso.

—Oye, Bo, mañana no necesito que me lleves a la parada —dice Cesar, que sigue corriendo sin moverse del sitio.

Ladeo la cabeza. La comunicación por telepatía es un arte, y Cesar y yo estamos en la misma onda, así que entiende mi mensaje secreto: «¿Qué?».

—Tengo planes —responde mi hermano antes de ponerse a hacer saltos de tijera, y noto un punto pícaro en su sonrisa. Es el código telepático de «No te metas donde no te llaman, Yami, chismosa de mierda, búscate una vida». O quizá estoy leyendo demasiado entre líneas.

—Okey, genial. —Bo se encoge de hombros.

—Por cierto, ¿mañana puedo ir a tu casa después de las clases? —le pregunta Amber a Bo.

—Claro. ¿Tú también quieres venir, Yamilet? Luego te puedo llevar a casa. O a la parada, o a donde quieras.

—¡Sí! —Ya sé que respondo un poco demasiado deprisa y que parezco muy ilusionada, pero me da igual. Me entusiasma la idea de pasar al segundo nivel de amistad: vernos fuera del colegio.

—Si pudieras cambiar una sola cosa del mundo, ¿qué sería?
—le pregunto a papá en una videollamada por FaceTime. Llevamos
más de una hora hablando, desde que llegué a casa del colegio, pero
no estoy preparada para colgar y ponerme a completar los pedidos
de la tienda, así que le estoy haciendo preguntas aleatorias. Me pongo cómoda, estirada sobre un costado en la cama, y me sujeto la
cabeza con el puño mientras agarro el celular frente a mí con la otra
mano.

Papá suspira. Por un momento, noto en su mirada un dejo casi
de tristeza.

—Sin duda, haría que el mundo fuera un lugar más acogedor
con los inmigrantes.

—Quizá algún día lo consigas —digo, y le ofrezco una sonrisa
optimista. Antes pensaba que tarde o temprano papá regresaría a
casa y haría precisamente eso, pero ya aprendí la lección. No volverá, tengo que aceptarlo.

—¿Y tú? ¿Qué cambiarías del mundo? —pregunta mientras se
pone bien la gorra del trabajo.

—Hum… —Me planteo decirle que eliminaría la homofo-
bia, el racismo y los demás prejuicios e intolerancias, pero sé que
si empiezo a hablar de eso me sentiré tentada a decirle la verdad,
y me parece que todavía no estoy lista para hacerlo—. ¿Las mujeres curas? —No sé de dónde ha salido, ni siquiera es un tema
que me interese, pero es verdad que me parece injusto que solamente los hombres puedan ser curas, aunque yo nunca querría
serlo.

Papá trata de no reír y pone los ojos en blanco en broma.

—Okey, Yami.

Yo le respondo haciendo el mismo gesto. Aunque es muy activista, papá está un poco chapado a la antigua en algunos temas. No
estoy segura de si reaccionó así porque piensa que mi respuesta es
insignificante en comparación con la suya o si es que cree de verdad
que el concepto es estúpido.

—Me encanta hablar contigo, mija, pero tengo que volver al
trabajo.

Hago un puchero y él me imita.

—Okey. Sí, yo también tengo que ponerme a trabajar. Te quiero mucho, papi.

—Te quiero muchísimo, mijita —dice, y me lanza un beso.

Después de colgar, me paso el resto de la noche trabajando con mamá y pensando en que ojalá yo le importara tanto como para hablarme igual que papá.

El siguiente día avanza muy lentamente. Quiero que terminen las clases para que pueda pasar el rato con quienes pronto serán mis amigas de segundo nivel. ¿Es triste que esté tan emocionada por ir a casa de alguien? Lo achaco a que he estado privada de cualquier interacción social fuera de la escuela desde que La-zorra-que-no-debe-ser-nombrada me fastidió.

Paramos en la gasolinera para comprar algo para picar antes de ir a casa de Bo: Cheetos, minidonas y refrescos. Como las casas de mi barrio son todas diferentes, me había imaginado que las casas del barrio de Bo serían todas idénticas, pero para nada: las casas de su manzana parece que están hechas a medida y están tan separadas entre sí que se podría construir un edificio de departamentos pequeño entre ellas. Hay un camino de ladrillos que lleva a una casa, la siguiente cuenta con una entrada de piedras, y luego está la de Bo: varios arces japoneses enanos decoran ambos lados de un camino adoquinado que conduce hasta la entrada de la casa, que está flanqueada por dos estatuas de dragones chinos.

Diría que toda nuestra casa cabría en la sala de Bo. De hecho, dos casas como la nuestra. Me quedo boquiabierta mientras la observo. Suerte que nunca he dejado que Bo nos lleve a casa, porque habría sido muy vergonzoso.

Es la casa más grande en la que he estado jamás, pero no es la más grande de su calle. Un animal espantoso nos viene a saludar cuando entramos. Es el perro más raro que he visto en toda la vida, pero parece que ya me quiere y enseguida me derrito.

—¡Abajo, Gregory! —Bo se ríe mientras el perro, Gregory, la besa y la llena de babas.

Cuando entra un hombre blanco con un chaleco, el perro se distrae y deja en paz a Bo. Amber se acerca al hombre y le da un apretón de manos muy largo que completan imitando una pistola con los dedos y haciendo un juego de manos.

—Me dan mucha pena ajena. —Bo se tapa la cara con las manos y voltea hacia mí—: Es mi papá.

—Tú debes de ser Yamilet, ¿no? —pregunta el padre de Bo.

Le dedico mi sonrisa más dulce y asiento. Si sabe cómo me llamo, Bo debe de haberle hablado de mí. No sé por qué, pero eso me pone nerviosa.

—¡Es un placer conocerte por fin! —dice y me hace el saludo vulcano de *Star Trek*. El padre de Bo es todo un personaje; bueno, supongo que en realidad Bo también.

Un momento, ¿«por fin»? ¿Cuánto le ha hablado de mí Bo? ¿Qué ha dicho? Me siento como si fuera una computadora que se quedó trabada, pero Bo empieza a caminar hacia las escaleras, así que dejo de lado esos pensamientos y la sigo junto a Amber.

Hay decoraciones por todas partes: estatuas de leones, dragones y budas, y en las paredes se combinan los retratos familiares con abanicos y cuadros con escrituras que no entiendo. Aunque ya me lo había dicho, me sorprendo un poco al ver en las fotos que tanto el padre como la madre de Bo son blancos, teniendo en cuenta todas las decoraciones chinas.

Bo me ve estudiando un cuadro chino y es como si me hubiera leído la mente:

—Ya sé lo que parece, pero mis papás no son esa clase de gente blanca. Los típicos orientalistas que adoptan a un niño de China para poder estar más cerca de «la cultura». A mí ni siquiera me adoptaron de China. Mis padres biológicos eran de segunda o de tercera generación, creo.

Sin embargo, hay algo en la voz de Bo que no termina de encajar con lo que me explica de sus padres, como si no se sintiera del todo segura en este tema.

—Ah.

Asiento porque no sé qué más decir. Puede que sus padres no sean «esa clase de gente blanca», pero me pregunto si a Bo le parece bien que hayan llenado todas las superficies posibles con elementos de su cultura.

Otro perro viene a saludarnos cuando terminamos de subir las escaleras. Reconozco la raza; es un xolo, un perro típico de México: gris, con unas orejas grandes y sin pelo, salvo por unos pelillos suaves en la parte superior de la cabeza. Son famosos por su curioso aspecto.

En este piso hay otra sala, además del cuarto de Bo, una habitación de invitados y un estudio.

—¡Dante! —exclama Amber, y se pone en cuclillas para rascarle las orejas al perro.

Imagino que a Bo le gusta la película *Coco*. Sin duda, eso le da más puntos, porque es una de mis preferidas de toda la vida.

El ambiente de la habitación de Bo es completamente diferente del resto de la casa. Dos de las paredes están cubiertas por un mural abstracto de un arcoíris, mientras que las otras están llenas de dibujos y cuadros. Algunos están enmarcados y los demás están colgados con chinchetas, y algunos se solapan. Todos incluyen la firma de Bo en una esquina inferior, incluso los dibujos que claramente hizo cuando tenía unos tres años. Tiene mucho talento, y los más recientes parecen fotos. Entre las imágenes encuentro retratos de Amber, de David y de sus dos perros, pero lo que no puedo dejar de mirar es el mural. El trazo no es meticuloso, como en los otros dibujos, pero de algún modo transmite… ¿felicidad? Es como un ejército de bombas de arcoíris que estallan frente al sol.

—Perdón por mi habitación súper gay —dice Bo cuando se fija en que estoy observando el mural—. Tendrás que acostumbrarte.

Me río. Daría cualquier cosa por tener una habitación así, me parece un sueño.

Amber y Bo se sientan en la cama. Sentarse en la cama de alguien es un privilegio de nivel tres, por lo menos, de modo que me quedo en la silla del escritorio.

—Así que tus padres te apoyan bastante, ¿no? —Ojalá no lo hubiera dicho. Todo lo que está relacionado con la homosexualidad tendría que estar hasta arriba de la lista de temas de conversación que tengo que evitar.

—¿Te refieres a que sea lesbiana? Sí, no les importa.

Amber y Bo siguen hablando, pero yo estoy metida en mis pensamientos. Siento una punzada de envidia en mi interior. No puedo ni imaginarme salir del clóset con mamá. Por lo menos, no en un futuro cercano. Quizá se lo diga si me mudo a otro país. Es que es tan anticuada… Es el paradigma de Mexicana Sobreprotectora, Anticuada y Atemorizada por Dios™.

Gregory interrumpe la conversación al abrir la puerta empujándola con la nariz y luego intenta saltar sobre la cama, aunque le cuesta. Es muy oportuno, la verdad.

—¿Qué tipo de perro es? —pregunto.

—Es una mezcla de pitbull y sabueso inglés. ¿Verdad que es feo? —dice Amber mientras estira distraídamente uno de sus rizos rubios hasta dejarlo liso.

Gregory tiene la cabeza grande como un pitbull, pero la cara le cuelga más de lo habitual. Sus patas son cortas pero musculosas y tiene el cuerpo alargado como un sabueso inglés, además de unas orejas grandes y caídas.

Bo le tapa las enormes orejas al animal.

—Shhh, es precioso.

—Sí es muy tierno. —Me río—. En el sentido de que es tan feo que resulta lindo.

Amber se pone una mano al lado de la boca para que Bo no le vea los labios, como si de ese modo no fuera a oírla:

—A Bo le gusta rescatar animales feos.

—¡Los animales feos también merecen amor! —Bo le da un beso a Gregory en la frente.

No puedo mentir. Es la cosa más adorable que he visto en la vida.

—Oye, Yamilet, ¿qué hará Cesar cuando tu mamá quiera ir a uno de los partidos? —pregunta Amber.

Me encojo de hombros antes de responder:

—¿Quién sabe? Seguramente montará algún plan excesivamente complicado y me enredará a última hora.

Cesar nunca admite que mintió, ni siquiera cuando están a punto de descubrirlo. En su lugar, se inventa maneras muy elaboradas de cubrir sus huellas.

—Su gemelo está en el equipo —dice Bo haciendo el gesto de las comillas con los dedos cuando dice la palabra «gemelo»—. ¡Quizá tu mamá ni siquiera se dará cuenta de que Cesar no está jugando si David está confabulado! —Se ríe.

—No le des ideas. —Sé que es broma, pero no me extrañaría viniendo de Cesar.

—¿Sabes quién más está en el equipo de futbol americano? —añade Amber, que me mira y mueve las cejas—. Tu admirador no tan secreto.

—Ay, no, mi alma literalmente escapó de mi cuerpo por la pena ajena. —Bo se estremece.

—A mí me pareció que era bonito —opina Amber—. Perdona por haberme metido en la conversación. Parecía que necesitabas una ayudita. Si quieres ir al baile, puedes decirle que se cancelaron los planes.

Lo pienso durante un minuto. Los bailes de preparatoria son una pesadilla cuando estás en el clóset. La gente espera que vayas con alguien del sexo opuesto, y si bailas con otra chica dan por hecho que es para llamar la atención. Y llamar la atención es lo último que querría hacer si voy con una chica.

—No pasa nada. De todos modos, no quería ir —digo.

—Bueno, no quería presionarte, pero nosotras normalmente tampoco vamos. ¿Quieres que nos lo saltemos juntas? —propone Bo, y Amber aplaude.

—Sí, claro, me encantaría —respondo. Noto que me ruborizo, no sé por qué.

Tardamos casi una hora en terminar toda la comida chatarra que compramos. Si no me voy pronto, ya habrá oscurecido cuando tenga que ir desde la parada del tranvía hasta mi casa. Ya sé que la solución más lógica sería dejar que Bo me acompañara a casa, pero, después de haber visto la suya, eso no pasará de ninguna manera, así que le pido que me lleve otra vez a la parada. De camino a casa, para no pensar en Bo y en que no me estoy enamorando de ella, me pongo a hacer la tarea de la semana. ¿Quién me iba a decir que estar en modo negación me convertiría en una alumna excelente?

Cuando llego a la esquina, veo que afuera de la casa hay un coche estacionado que no reconozco, y al entrar en la casa me encuentro una mochila que no había visto nunca sobre la barra de la cocina. Sin embargo, no parece que haya nadie en casa. Dejo mi bolsa en un taburete al lado de la mochila de esta persona misteriosa y entonces los veo por la ventana.

Cesar está en el patio con Jamal, su amigo de Rover. Me inquieta ver a alguien de nuestra antigua vida aquí. Nunca he tenido mucha relación con Jamal, pero nos saludábamos con la cabeza si nos cruzábamos por los pasillos. Me caía bien porque parecía que siempre se preocupaba por Cesar cuando yo no estaba, y sé que algunas veces intervino cuando le estaban dando una paliza a Cesar. Muchas chicas iban detrás de él, pero Jamal nunca les prestó demasiada atención. Es alto y delgado, siempre erguido y con la camisa por dentro de los pantalones. Si no fuera negro, encajaría perfectamente en Slayton.

Entonces oigo que llega el coche de mamá. Jamal tendría que irse pronto, porque a mamá no le gusta que venga a casa gente que no conoce, sobre todo cuando ella está afuera. Empiezo a caminar hacia la puerta trasera para avisarles, pero antes de que pueda llegar veo que Jamal le da algo a Cesar. Entrecierro los ojos y me inclino hacia delante, pero no logro averiguar qué es. ¿Takis? ¿Dinero? ¿Algo peor?

Ya se lo preguntaré a mi hermano más tarde, ahora tengo que avisarles que llegó mamá o nos matará a los tres. Cuando extiendo el brazo para agarrar el picaporte de la puerta, Jamal le toma las manos a Cesar y se besan.

Espera.

¿Lo vi bien? ¡Se besaron!

Creo que he malinterpretado completamente la situación. Diagnóstico nuevo: ¡¡¡ES GAAAAAAYYY!!!

Necesito hasta la última gota de fuerza de voluntad que me queda en el alma para no gritarlo. ¡Mi hermano! ¡Y Jamal! Por un momento, me siento como el meme de esa mujer blanca con un montón de operaciones matemáticas a su alrededor. ¿Jamal es la persona con quien habla mi hermano cada noche hasta las tantas? Mierda, odio que precisamente yo diera por hecho que siempre era una chica, pero, por supuesto, no estoy nada triste por este descubrimiento. Ya sé que no tendría que estar tan emocionada, pero es que no me puedo contener ahora mismo.

Oigo que se cierra la puerta de un coche en el estacionamiento exterior, justo al lado del cuarto de la lavadora, y enseguida se abre la puerta de casa. Me giro tan deprisa que casi me caigo hacia atrás sobre la puerta que estaba a punto de abrir.

No puedo permitir que mamá los vea.

—¡Mami! —Salgo corriendo hacia el cuarto de la lavadora y le doy un largo abrazo muy entusiasmada como parte de mi numerito para distraerla.

—No te traje comida. —Se ríe.

—Oye, mamá, cómo eres…, ¿no puedo quererte porque sí? —digo, mientras me inclino hacia un lado cuando intenta pasar por mi lado.

Me mira raro y entonces pasa de largo directamente. Esto demuestra que nunca podría ser una agente secreta de verdad.

Corro hasta situarme delante de ella y me coloco frente a la puerta del patio, de modo que no pueda ver a Jamal. Sin embargo, ve su mochila.

—Yamilet. ¿Quién está en casa?

—Mamá, no te enojes…

Se abre la puerta del patio y aparecen Cesar y Jamal. Mi hermano se queda congelado cuando ve a mamá, y parece que los dos ven toda su vida pasar ante sus ojos. En cambio, ella no dice nada. Lo único que sabe es que hay un desconocido en su casa, es un problema mucho más fácil de resolver.

—Hummm… —Parece que a Cesar se le ha estropeado el cerebro. Genial.

—Mamá, eh… ¡Quiero presentarte a mi novio! —Me pongo entre Jamal y Cesar y le agarro la mano al primero. Está húmeda y sucia, pero le perdonaré que esté sudando porque mamá está a punto de asesinarlo—. No te preocupes, mamá. Cesar estaba dándole la típica charla de hermano protector, así que ya le pegó un susto de muerte y tú no tienes que hacer nada más.

Jamal me suelta la mano, se la limpia en los pantalones y entonces alarga el brazo hacia mamá.

—Es un placer conocerla, señora Flores. Me llamo Jamal.

En lugar de estrecharle la mano, mamá se cruza de brazos. Jamal espera unos instantes antes de carraspear y bajar la mano.

—Jamal. —Mamá asiente—. Por esta vez lo dejaré pasar, porque está claro que Yamilet todavía no te ha explicado las normas. —El veneno de su voz se dirige a mí, no a él.

—Muchas gracias, señora Flores. —Su voz es tan suave que apenas lo oigo. Baja la mirada y se masajea la nuca.

—Primera norma: no puede haber chicos cuando yo no estoy en casa.

—De acuerdo. —Traga saliva—. Lo siento, señora Flores.

—La próxima vez que vengas a mi casa, espero que lo hagas bien —añade, y señala la puerta para indicarle que se vaya.

—Sí, señora Flores. —dice Jamal, que agarra la mochila y se va corriendo hacia la puerta.

Me sorprende que no se haya cagado encima, porque yo estuve a punto de hacerlo. Mamá puede dar mucho miedo cuando se lo propone. En cuanto se cierra la puerta, la mujer se echa a reír.

—¡Ay, me cayó bien!

Por dentro oigo el sonido de un vinilo rayado.

—¿En serio? —preguntamos Cesar y yo a la vez.

—«Sí, señora Flores. Muchas gracias, señora Flores». ¡No me costaría acostumbrarme a este trato!

Cesar parece que está conteniendo la respiración.

—¿Qué, Cesar? ¿No te cae bien el novio de tu hermana, Steve Urkel? —Siempre que intenta burlarse de alguien le sale una risotada fea que recuerda a una hiena. La risa es más graciosa que el chiste en sí y es muy contagiosa, así que no puedo evitarlo y me pongo a reír yo también en contra de mi voluntad. Cesar no se ríe.

—¡Mami, no seas mala! Es buena persona —digo, tratando de calmarme por Cesar.

—S-sí, creo que te caerá bien. Creo. —Cesar tartamudea un poco al hablar—. Tengo tarea. —Agarra su mochila y desaparece hacia su habitación.

Por supuesto, Cesar me deja sola para que tenga La Charla con mamá sobre su novio. O sea, me parece que son novios, pero quién sabe, quizá sea algo casual. Está claro que me merezco algunas respuestas después de haberme arriesgado de tal manera.

—Tienes razón, mija, parece buena persona.

—Entonces ¿no estás enojada?

—¡Estoy contenta de que por fin tengas novio! Después de todos estos años, ¡empezaba a pensar que eras lesbiana! —Se santigua y vuelve a soltar una carcajada de hiena. Estas palabras me dejan sin aliento, pero me fuerzo a reírme yo también. Si se entera de la verdad, seguramente nos hará un exorcismo a Cesar y a mí.

Pasa un par de minutos más burlándose de la ropa de Jamal y entonces me dice que quiere que venga a cenar el viernes. En cuanto me libera, voy a la habitación de Cesar. Mi hermano camina de un lado al otro, jugueteando con las manos. Pensaba que iba a regañarlo por dejarme sola con mamá, pero de pronto me encuentro corriendo hacia él para abrazarlo, y mi hermano se tensa como si fuera lo último que se esperaba. Por cómo respira, parece que está llorando, pero no puedo asegurarlo. Después de un rato, se separa de mí.

—Hum… ¿Qué viste exactamente? —Le tiemblan las manos, pero no hay ni rastro de lágrimas.

—¿Qué quieres decir? No estaban cogiendo en el patio, ¿verdad?

—¡Por el amor de Dios, Yami! ¡No! —Se pone rojo—. Pero sí que viste… Hum… Ya sabes…

—Vi el beso, sí.

—Iba… Iba a contártelo —asegura con una exhalación agitada.

—No me debes nada. No te preocupes, de verdad.

Me gustaría abrazarlo de nuevo, pero algo me dice que tendría que esperarme.

—Lo voy a decir sin tapujos, ¿okey? —me anuncia, pero hace una pausa. Le tiembla el labio.

La habitación se queda en silencio absoluto mientras dejo que reúna el valor. Ambos nos aguantamos la respiración, y noto que mi labio imita el suyo y también se pone a temblar. Lo que Cesar está a punto de decir podría cambiarlo todo. Podríamos apoyarnos

—Soy bi —dice, y al fin se limpia los ojos y la nariz, que habían empezado a gotear.

—Cesar, noooooo, no llores…

Ahora sí lo abrazo. Esperaba que volviera a tensarse, pero se debilita, como si el abrazo fuera lo único que evitara que se derrumbe.

No sé qué decir. Acaba de salir del clóset conmigo y sé que es algo muy gordo. Y vaya que lo sé. No tengo claro si está llorando por el alivio, por miedo o por qué, pero quiero que pare o me hará llorar a mí también.

—Gracias por cubrirme. —Su mirada seguramente tan solo refleja sus palabras, pero puede que también quiera decirme «Date prisa y dime que eres homosexual y así estaremos más unidos». Pero no lo sabe. Todavía.

Abro la boca para decírselo, pero no me sale nada. Se mueve nervioso otra vez y sé que tengo que decir algo. Tendría que ser fácil, porque él ya lo dijo, pero vuelvo a aguantar la respiración. Cuanto más tarde en contestar, más pensará que tengo bifobia, porque sé que yo le daría muchas vueltas a todo si alguien tardara tanto en responder después de que saliera del clóset. Okey, puedo hacerlo. Al final me permito respirar y lo intento de nuevo.

—Yo… Me g… —empiezo, pero las palabras se me clavan en la garganta y se resisten a salir. Solo consigo sacarlas con un susurro—: Me gustan las chicas.

Ya no estoy yo sola, y este pensamiento hace que me emocione.

—¡Yami, nooo! —Se le rompe la voz y ahora es él quien me abraza a mí.

Me echo a reír, porque somos incapaces de vernos llorar el uno al otro. Cesar da un paso hacia atrás y esboza la sonrisa más cursi del mundo.

—Sabes qué significa, ¿no?

—¿Qué? —pregunto frotándome un ojo.

—¡*In lak'ech*, amiga!

Emito un sonido que está a medio camino entre una carcajada y un llanto, y Cesar se pone a hacer un baile de Fortnite a la vez que canta entre movimiento y movimiento:

—¡In… la… keeeeeech!

Ahora está perreando, y ¿cómo iba a resistirme? Salto en su cama y empiezo a bailar. Yo hago el *floss* mientras él intenta perrear contra la pared. Nos reímos y cantamos y sacudimos el culo. No se puede ser menos hetero.

7

Desviarás el gaydar de tu madre

—Tendría que haberlo sabido —dice Cesar cuando ya está agotado de mover tanto el trasero.

—¿Por qué? ¿Cómo lo habrías sabido? —Estoy un poco aliviada de que no se diera cuenta. Si ni siquiera mi propio hermano se había fijado, seguro que el resto de la gente tampoco lo sabrá.

—Escuché que rechazaste a Hunter para el baile.

—¿Y qué? Podría deberse a que simplemente no es mi tipo. —Ya sé que Hunter es lo que de una manera convencional se definiría como un chico atractivo; que me gusten las chicas no significa que no tenga ojos.

—A ver… Si yo estuviera soltero, ¡hummm! Yo le daba.

Pongo los ojos en blanco y cambio de tema:

—¿Recuerdas el chico ese que se supone que es mi novio? Mamá quiere que venga a cenar el viernes.

—Ah…

—No te preocupes. Haré ver que soy la novia de tu novio, pero solo si me lo cuentas todo. —Me siento en su cama con las piernas cruzadas y descanso la cara sobre las palmas, lista para escuchar la historia.

—¡No puedes pedírmelo así, tal cual! No sé qué se supone que tengo que decir. Hazme una pregunta o algo.

—Okey. ¿Qué te dio? —Teniendo en cuenta el historial de Cesar, todavía no estoy convencida cien por ciento de que sea algo inocente, pero le daré el beneficio de la duda.

—¿En serio? ¿Durante cuánto rato nos estuviste mirando?

—¡Tranqui, fueron como dos segundos! Les quería avisar que mamá acababa de llegar.

—Sí, gracias por el aviso —murmura. Maldito cabrón desagradecido.

—Perdón, te acabo de salvar el pellejo. De nada. —Me levanto para irme, con la esperanza de que me pare antes de que tenga que hacer ver que estoy enojada de verdad. Quiero detalles.

—Espera, no, gracias. Era un anillo de compromiso. —Se succiona el labio inferior para contener una sonrisa.

Me quedo boquiabierta y con una sonrisa de oreja a oreja, y vuelvo a la cama de un salto.

—¡Déjame verlo! ¿Vas a ponértelo?

Se saca un anillo del bolsillo. Es una sortija negra y plateada con el símbolo de un jaguar. Es perfecta para Cesar.

—No puedo ponérmelo. Todavía no he salido del clóset… —dice, mientras frota el anillo entre el dedo gordo y el índice y baja la mirada.

—¿Se lo dijiste?

—Ya lo sabe. Dice que quiere que lo tenga de todos modos y que puedo ponérmelo cuando esté listo, pero se va a tener que esperar un buen rato.

—¡Aaay! —exclamo, y reprimo un grito de la emoción. Jamal es muy dulce—. ¿Cuánto tiempo hace que están juntos?

—Hoy hace un año —responde, y esta vez no consigue reprimir la sonrisa.

—¿UN AÑO? —Nunca me había imaginado que Cesar fuera la clase de chico que se mete en relaciones serias, pero un año es mucho tiempo. No puedo creer que no me haya dado cuenta de nada ni que Cesar se las haya arreglado tan bien para ocultarlo.

—Es un regalo de aniversario. —Se sonroja.

Reprimo el instinto de pellizcarle las mejillas, porque quiero que sepa que me lo tomo en serio, pero mentalmente lo veo todo de los colores del arcoíris e intento reprimir unos gritos de felicidad.

—¿Cómo es? ¿Te trata bien?

Pfff. Sueno como papá.

—Sí... No te pongas rara.

—Okey, okey. —Alzo las manos para demostrar que me rindo—. Pero debes saber que, si te hace daño, le diré a mamá que me hizo daño a mí y lo atacaremos en equipo.

—Sí, eso no me preocupa. —Se ríe.

—¡Pues debería preocuparte! Te lo digo de verdad, me enfrentaré a él. —Cesar piensa que soy una debilucha porque nunca me he metido en ninguna pelea, pero se equivoca. Le podría dar una buena paliza. Seguramente.

—No, quiero decir que no pasará. No tienes que preocuparte por Jamal.

—Eso espero —digo, y le dedico mi mejor mirada de «Te quiero, pero lo digo en serio».

—Eres lo máximo. —Pone los ojos en blanco.

Quiero seguir bromeando con él, pero de pronto empiezo a notar un nudo en el estómago.

—Cesar, ¿este es el motivo por el que... hum... te molestaban? —No quiero decir «te pegaban» porque parece demasiado intenso en esta situación—. ¿Por tu sexualidad?

Mi hermano suspira.

—A ver, no he salido del clóset, pero unos tipos encontraron una nota que le escribí a Jamal. Por suerte, no sabían a quién iba dirigida, pero no quiero hablar de esto ahora mismo. De verdad, no importa. Tampoco es como si lo supiera toda la prepa. —Desvía la mirada para evitar encontrarse con la mía.

No puedo creer que ambos estuviéramos en una situación parecida en Rover y ninguno de los dos tuviera ni idea. Supongo que es bueno que los rumores se disipen tan rápido en esa escuela, pero al mismo tiempo me gustaría que nos hubiéramos apoyado el uno al otro. Quiero sacudirlo y decirle que sí que importa. Quiero gritarle que no es justo, que se merece algo mejor. En cambio, le digo algo que no le digo casi nunca:

—Te quiero.

—Qué gay —susurra Cesar. *Touché.*

El viernes las clases pasan muy deprisa. Soy incapaz de pensar en algo que no sea que Jamal vendrá a cenar. Ahora que regresé a casa, estoy incluso más nerviosa, porque mamá tiene que tragárselo.

Me hace recoger todos los materiales de las joyas antes de que llegue Jamal. Supongo que lo de tener alambres y cuentas y cristales por toda la casa no es apropiado si tenemos invitados. Pone su lista de reproducción de música cumbia mientras yo limpio y ella cocina, y el olor a pollo y el suave aroma a chocolate del mole parece que forman parte de la melodía tanto como la batería.

Solo viene a cenar Jamal, pero mamá siempre quiere tener música de fondo cuando viene gente a casa. A mí me gusta, porque así relaja un poco el ambiente. Jamal llega a las seis en punto y mamá me mira impresionada antes de ir hacia la puerta haciendo un bailecito, pero antes de abrir se pone en modo mamá siniestra. Se queda mirando a Jamal durante dos segundos que me parecen eternos y él intenta no mostrarse desconcertado, aunque sin duda le debe de parecer raro, y le tiende la mano con una sonrisa.

—Hola, señora Flores. ¿Cómo está?

—Mijo, en esta casa no nos damos apretones de mano —dice, y lo abraza. Poco le ha durado el numerito de mamá estricta. Lo intenta, pero no puede reprimir todo el amor que desprende. No se le da muy bien hacerse pasar por una persona dura, y en eso me parezco a ella.

Jamal se pasa todo el rato lanzándole miraditas de enamorado a Cesar cuando mamá no lo ve, y yo hago como si no me diera cuenta de que están jugueteando con el pie por debajo de la mesa. Es casi como si quisieran que mamá los descubra. Además, a Jamal se le da fatal fingir que es hetero, pero tienen suerte, porque mamá tiene un gaydar pésimo que presenta una tasa de aciertos muy baja hasta ahora.

—Jamal, cuéntame, ¿eres católico?

—¡Mamá! —exclamo.

—No, soy cristiano.

—Okey, es aceptable. ¿Vas a misa?

—¡Mamá! —Esta vez la interrumpimos Cesar y yo.

—Okey, okey. Solo quiero lo mejor para mi hija. Lo entiendes, ¿verdad, Jamal?

El chico asiente y, por fortuna, mamá cambia de tema.

Supongo que nunca había hablado demasiado con Jamal, porque, si no, ya lo habría fichado. Hay algo en cómo se comporta que me dice a gritos que es gay. Imagino que yo no transmito esta misma sensación, porque Cesar no se había dado cuenta y Bianca intentó echarme a perder la vida cuando se enteró, pero ahora estoy en una relación falsa muy feliz y me va de maravilla sin ella.

Después de cenar, acompaño a Jamal hasta su coche como la buena novia falsa que soy. En cuanto se cierra la puerta de casa, respira hondo.

—No te preocupes, le caíste bien —le aseguro. Llamó a mamá «señora Flores» y siempre dijo «por favor» y «gracias». Mamá se lo tragó todo.

—¿En serio? —Sonríe y me choca los cinco entusiasmado antes de subirse al coche. Cesar aparece antes de que se vaya y Jamal baja la ventanilla.

—Lo hicieron fatal los dos —dice mi hermano.

—¿Qué? ¿Qué se supone que tenía que hacer? —Alzo las manos.

—Convencerla. Deberían tener una cita falsa o algo, así se conocerán y la próxima vez no estarán tan tensos.

—Lo que tú digas, amor —accede Jamal.

—Okey, muy bien, pero nos invitas tú —digo, y le doy un golpecito con el dedo. Al fin y al cabo, es lo más justo, teniendo en cuenta que Jamal y yo hacemos todo esto para ayudarlo.

—¿Con qué dinero? —pregunta.

—Lánzale una mirada de cachorrito a mamá y seguro que te dará dinero.

—Okey, pues ¿vamos a comer mañana? —propone Jamal.

—Perfecto. —No me quejaré de que me inviten a comer y de tener la oportunidad de conocer mejor al novio de Cesar.

—¡Cesar! ¡YamiLET! —La voz amortiguada de mamá nos llega desde el interior de la casa, y grita tanto que la oímos desde la calzada.

—Uy, tenemos que irnos. —Cesar se inclina hacia la ventana de Jamal y le da un beso en la mejilla.

Me despido con la mano y entonces entramos corriendo a casa para lavar los platos antes de que mamá se ponga a hacerlo con actitud pasivo-agresiva y mucho ruido. Pero parece que ya empezó. Pfff.

—Nosotros terminamos, mami —le digo mientras le quito con mucho cuidado un plato lleno de jabón, como si fuera una bomba que solo yo puedo desactivar.

Cesar agarra un trapo y empieza a secar el plato que ya lavó mamá, que suspira y nos cede el control antes de sentarse en un taburete al otro lado del fregadero.

—Mami, ¿puedes darme un poco de dinero para el futbol americano? —le pide Cesar haciéndole ojitos. Ni siquiera tenía que especificar para qué necesita el dinero, porque mamá ya estaba agarrando el bolso. Pone dos billetes de veinte nuevecitos en el mármol; más que suficiente para que Jamal y yo comamos mañana.

Al día siguiente Jamal llega muy puntual y me parece que su coche está más limpio que ayer. ¿Lo lavó por mí?

—¿Qué quieres escuchar? —me pregunta cuando me subo.

—Pon lo que te guste —respondo. Es su coche, así que debería poder escoger la música.

—¿Te gusta Saul Williams?

—¿Quién?

—Es mi poeta preferido. —No tengo ningún problema con la poesía, pero me esperaba que pusiera música—. Estoy escuchando *Los manuscritos de un EMCEE muerto: Las enseñanzas perdidas del hip-hop*. Es muy bueno, te lo prometo. —Me sonríe mientras enchufa el cable del audio, muy animado.

No soy una gran aficionada a la poesía narrada, pero le veo el atractivo. El ritmo de las palabras suena casi como si fuera música sin los demás elementos, pero me cuesta descifrar el mensaje de las palabras al no poder leer el texto. Nunca había escuchado poesía de esta manera.

Parece que Jamal se lo sabe todo de memoria y va recitando el poema a la perfección. Algunas de las líneas tienen mucha sonoridad, así que chasco los dedos para acompañar la voz de Jamal, y sin darme cuenta empiezo a mover la cabeza para seguir el ritmo de las palabras. No tenemos mucho tiempo para escucharlo, porque vamos a un restaurante que está en mi calle. Apenas pude desabrocharme el cinturón cuando Jamal llegó corriendo hasta mi lado para abrirme la puerta.

—Gracias —digo, y reprimo una risita. Es adorable que se haya apresurado a abrirme la puerta cuando podría haberlo hecho yo tranquilamente. Creo que intenta causar una buena impresión.

—¿Tenemos que tomarnos de la mano o algo? —Jamal juguetea con sus bolsillos mientras entramos en el restaurante y vamos hasta nuestra mesa, que está en una esquina.

—No, creo que solo hace falta cuando estemos con mi mamá.

—Okey, perdón, era una pregunta tonta. —Ahora se está retorciendo las manos sobre la mesa.

—Ey, tranquilo. Yo no soy mi mamá, no tienes que impresionarme. Cesar confía en ti y eso me dice que eres buena persona.

—Gracias —dice, y baja las manos de la mesa, pero creo que todavía está nervioso.

—Bueeeno… Se supone que tenemos que conocernos mejor. —Intento pensar en la clase de cosas que una chica tendría que saber de su novio—. ¿Tienes hermanos?

—Dos hermanas, de cinco y tres años, y un hermanastro mayor. Creo que tiene veintitantos años.

—Genial. Imagino que tú ya lo sabes todo sobre mi familia gracias a Cesar.

—No todo.

—¿Qué quieres saber? —pregunto.

—Bueno… No quiero que me cuentes nada que él no querría contarme, pero no dice gran cosa sobre su papá, solo que tú eres su favorita.

—Ay, pobre Cesar, hay una persona a quien le gusto tanto como él. Te aseguro que no soy la favorita. —No sé por qué me he puesto tan a la defensiva. Supongo que sí que tengo más relación con papá que Cesar, pero Cesar es el favorito de todo el mundo. ¿Tan malo es que yo sea la favorita de papá?—. Perdón, no sé por qué me puse pesada contigo.

Entonces Jamal me mira a los ojos tan fijamente que siento como si conociera todos mis secretos.

—Ya sé que es difícil vivir bajo la sombra de otra persona, pero tú también eres tu propia persona, con tus talentos y tus pasiones. Me alegro de que tengas a alguien que lo vea, como tu papá. —Sus ojos no se apartan de los míos en todo este rato, y al final claudico y bajo la mirada.

Abro la boca para responder, pero no me sale nada. Me sorprende que se haya tomado mis palabras tan en serio. Yo solo me estaba desahogando, no esperaba que se pusiera tan profundo. Me pregunto cómo funciona su relación con Cesar, porque mi hermano es cualquier cosa menos serio. Imagino que seguramente se compensan el uno al otro en ese sentido.

—Si te hace sentir mejor, yo tampoco soy el favorito de casi nadie. Excepto quizá el de Cesar —confiesa, con una sonrisita triste.

—¿Por qué no?

—Me parece que no encajo en sus expectativas. No soy el chico más masculino, y mi padrastro dice que soy una vergüenza. —Habla con la vista baja, sin tocar la comida.

—¿Saben lo de Cesar y tú?

—Lo sabrán pronto. Se lo voy a contar, pero todavía no sé cuándo es el mejor momento para hacerlo.

—¿No te da miedo?

—Me da miedo tanto decírselo como no hacerlo, así que prefiero quitármelo de encima —contesta.

—Bueno, pues mucha suerte. Espero… Ay, por el amor de Dios… —Más vale que esté teniendo una alucinación, porque, si no, mataré a mamá. Y a Cesar. Si mis ojos no se equivocan, están aquí espiándonos.

—¿Qué? —quiere saber Jamal.

—No mires —digo antes de que pueda girarse—, pero Cesar y mi mamá están aquí.

Agarro el celular para reclamarle a mi hermano, pero parece que ya intentó avisarme cuando estábamos de camino.

—Okey, ¿ahora sí nos tendríamos que tomar de la mano? —pregunta Jamal. Estoy segura de que empezó a sudar en cuanto le mencioné a mi madre.

—Sí. —Extiendo la mano por encima de la mesa y me la toma.

Es muy raro intentar comer con una mano mientras alguien te sostiene la otra. ¿Cómo lo hacen las parejas? Ni idea.

Vibra mi celular y ya sé quién será.

Cesar: no la van a convencer así

Suelto una risotada falsa muy sonora para que la oigan, y Jamal me imita.

Cesar: mucho mejor

Jamal y yo nos pasamos la siguiente media hora haciendo ver que estamos súper enamorados. Simulamos que nos reímos, nos tomamos de la mano y ambos comemos del plato del otro, aunque no me gusta su comida. De nada, Cesar.

Pero el hecho de fingir que estamos en una relación hace que me pregunte cómo debe de ser estar en una relación de verdad. Quizá lo sepa algún día, y espero que sea más fácil que esto. Quiero poder tomarle la mano a la otra persona cuando se me antoje, hablar por teléfono hasta que nos durmamos y besar a alguien que me guste de verdad.

Quiero besar a una chica. Quiero tomarle la mano a una chica. Quiero acurrucarme con una chica. Quiero tener novia. Pero Cesar tiene novio y ni siquiera puede hacer algunas de esas cosas. Mamá no es como los padres de Bo, y no tenemos el privilegio de ser nosotros mismos. Las cosas no funcionan así.

No en nuestro caso.

8

Te meterás en tus propios asuntos, zorra

Siempre tengo ganas de que llegue la clase de Arte. Como ya es normal, la profesora Felix se limita a darnos un ejercicio y nos deja una hora para que lo hagamos. Nunca le importa si nos hacemos tontos, siempre y cuando al final de la clase tengamos algo que enseñarle, y ella se pasa la mayoría del tiempo avanzando con sus propios proyectos y felicitando a los demás por sus trabajos.

Para mí es como ir a terapia. Puedo relajarme de la tensión de estar cerca de Jenna y Karen en la clase de Lengua. Quizá sea por los gases prácticamente tóxicos de todos los marcadores y por el agua sucia de la pintura, pero cuando estoy aquí me cuesta preocuparme demasiado por las cosas. Bo y David tienen mucho talento, mientras que Hunter y yo nos esforzamos al máximo y lo habitual es que fallemos en el intento. Después de haber trabajado en paisajes y bodegones, ahora hemos pasado a los retratos, y tenemos que hacer parejas y dibujarnos el uno al otro.

Bo y Hunter me piden a la vez si pueden ser mi pareja, así que se miran y entonces Bo se encoge de hombros.

—No pasa nada, me pongo con David —dice, y se me encoge el corazón.

Hunter me sonríe, mostrándome sus hoyuelos y esos labios supuestamente apetitosos de chico blanco.

—¡Espera! No sé dibujar… Hum… —Hunter me observa con ojos ilusionados y esperanzados, y el cerebro me va a mil por hora intentando buscar una excusa para poder trabajar con Bo—: … Gente blanca.

Hunter me mira y parpadea. Yo le aguanto la mirada esperando a que él, o que alguien, diga algo, pero los dos nos quedamos mirándonos el uno al otro mientras por dentro me estoy muriendo lentamente. Mi alma se separa de mi cuerpo y flota hasta el siguiente plano de existencia, gritando hacia el abismo.

—Es verdad —rompe el silencio Bo al final—. Cuesta mucho dibujar a la gente blanca. Tipo: «¿Quééé? ¿Cómo?». —Se gira hacia mí para que Hunter no vea que me guiña un ojo. Seguramente cree que lo estoy evitando después de que me invitara al baile. No todos los héroes llevan capa; en este caso, lleva unos pantalones caquis.

—Amigo, yo sí puedo dibujar a gente blanca —le dice David a Hunter, que parece decepcionado.

—Okey, genial. —Hunter se gira hacia David y se ponen manos a la obra.

Bo me sonríe. Yo me pongo colorada y empezamos a trabajar.

Una cosa del arte que nadie te dice es que prácticamente cualquiera puede hacerlo. Hay algunas normas y, siempre que las sigas, puedes hacer ver que sabes lo que haces hasta que realmente lo sepas. Más allá de las habilidades artísticas, dibujar cada centímetro de la cara de Bo hace que me cueste mucho no admirar su belleza, así que me tomo el tiempo necesario para trazar unas líneas y unos círculos para obtener una cara muy genérica antes de ponerme a estudiarla de verdad. Me mira con cara de póquer, lo cual es muy inteligente de su parte porque así no se le cansarán los músculos faciales mientras la dibujo. No está maquillada, pero no tiene ojeras como yo. Me la imagino durmiendo apaciblemente durante ocho horas seguidas. Seguramente se pone unas piyamas con los colores del arcoíris, y me pregunto si se recoge el pelo antes de irse a dormir. Se vería muy linda con un chongo desenfadado para irse a la cama.

Concéntrate.

Paso a sus ojos, que están enmarcados por unas pestañas cortas y rectas que hacen que parezca que se delineó los ojos. Quizá los dibuje más tarde, porque supongo pongo cara de tonta al dibujarlos. Ahora me concentro en los labios, pero no son más fáciles; son demasiado apetitosos.

Pfff, me parece que estoy sudando.

Al final acabo el dibujo a toda prisa para que nadie pueda ver mi cara de embobada.

—¿Me lo puedo quedar? —pregunta Bo cuando acabo.

Asiento, pero lo que quiero es que me trague la tierra. Por una vez, me alegro de no ser una dibujante experta, porque así el retrato no delatará que creo que Bo es adorable.

Mi amiga tarda mucho más en dibujarme y no para de pedirme que la mire. No sé qué tiene el contacto visual que hace que me sienta completamente desnuda y expuesta, pero supongo que no me está mirando realmente a los ojos, sino que solo quiere dibujarlos. De algún modo, eso me parece peor…

—¡No mires, todavía no está terminado! —me regaña cuando intento echarle un vistazo. Ahora mismo, Bo es hiperconsciente de cada milímetro de mi cara, solo quiero saber cómo me ve.

—No me hagas la nariz demasiado grande —le pido. No sabía que estuviera acomplejada por mi nariz hasta este momento. O porque mis ojos estén demasiado separados y mi boca sea muy grande o tenga la mandíbula medio cuadrada.

—Confía en mí, ¿okey? Le haré justicia a tu cara.

¿Qué se supone que quiere decir con eso?

—Okey, pero haz que quede bonita. Mi vida está en tus manos.

—Sin presionar, ¿eh? —añade David desde el otro lado de la mesa con una sonrisa, y se rasca la barbilla mientras estudia la cara de Hunter.

—Me lo enseñarás en cuanto acabes, ¿no? —pregunto.

Bo sonríe.

—En marzo hacen una exposición con los trabajos de los alumnos. Quizá lo veas entonces.

Mierda, qué críptico.

En ese momento, tres chicos entran en el aula y captan la atención de Bo y de toda la clase cuando se ponen a cantar a capela una canción que claramente se inventaron para pedirle a alguien ir al baile. El del medio tiene unas rosas en la mano e hinca una rodilla en el suelo.

—*Sarah, te lo pido de rodillas, ¿quieres ir al baile conmigo?* —canta.

La chica le acepta las flores y se dan un beso. Puaj.

Pero la profesora Felix no los deja disfrutar del momento durante mucho tiempo. Los chicos vuelven a la clase donde se supone que tendrían que estar y Sarah se pone a cuchichear con sus amigas sobre lo que acaba de pasar.

—Yo me moriría si alguien intentara hacer algo así conmigo. Qué vergüenza —digo.

—¿En serio? Pero ¡si fue súper lindo! —comenta Bo mientras deja de dibujar.

—No me gusta la idea de invitar a alguien al baile en público, porque entonces no le queda más remedio que aceptar o quedar como un imbécil. —No puedo ni imaginarme que Hunter me lo hubiera pedido en público en lugar de hacerlo delante de Bo y Amber, creo que habría estallado en llamas ahí mismo.

—Sí, sería bastante bochornoso para todo el mundo —conviene Hunter, y se frota el cuello como si me hubiera leído la mente.

—No sé, me parece que eso es precisamente lo que lo convierte en un gran gesto romántico, ¿no? Que te pones en una situación muy vulnerable, tipo: «Me gustas tanto que estoy dispuesto a humillarme en público por ti» —añade David, casi a la defensiva.

—Pero no sería humillante solo para ti, sino también para la persona a quien se lo pides —replico.

Bo asiente.

—Creo que tienes razón si no estás seguro, pero Sarah y Ryan son pareja, así que era obvio que ella diría que sí. A mí me parece que es adorable, pero solo si estás seguro de que la otra persona quiere ir contigo, ¿sabes?

—Ah… Visto así… —David parece demasiado desanimado teniendo en cuenta el contexto.

—Espera, ¿ibas a pedírselo a Amber? —pregunta Hunter.

Mis ojos se van directo a David. Ni siquiera me había dado cuenta de que estaba tan preocupado por esto y me siento un poco mal.

—Bueno, ahora está claro que no, no quiero avergonzarla —responde con los hombros caídos.

—Como mejor amiga suya que soy, confía en mí en este tema: no se avergonzará —le asegura Bo guiñándole un ojo, y el chico se pone rojo.

Saber que no soy la única a quien Bo le guiña el ojo es tanto un alivio como una decepción. No termino de entenderla. Como no le interesan los bailes escolares, pensaba que no le gustaban, y eso me había hecho pensar que no era muy romántica ni la clase de persona que querría ir a un baile, pero resulta que sí le gustan las invitaciones públicas. Quizá sí le gustaría ir si tuviera una acompañante…

Bo me toma una foto, lo cual hace que olvide todo lo que tenía en la cabeza. Ya casi se acaba la clase y ella no ha terminado el retrato, de modo que supongo que quiere la foto para terminarlo más tarde. Trato de echarle un último vistazo, pero cierra de golpe el cuaderno de bocetos. Vaya, parece que tendré que esperar hasta que ella decida que puedo verlo. Espero que sea antes de la exposición que se hará ni más ni menos que en marzo.

Con octubre ya bien entrado, las únicas dos cosas que le importan a todo el mundo son el baile y Halloween. Los uniformes hacen que Halloween no sea nada divertido, así que hay muchísimas más expectativas puestas en el baile y cada vez hay más numeritos para invitar a chicas al baile. Por ahora, Hunter es el único que me lo ha pedido, lo cual no me sorprende, porque no tengo relación con muchos alumnos.

Siempre puedes esperar por lo menos una invitación en la hora de la comida. Parece que casi toda la gente que va al baile lo convierte en un gran espectáculo. En Rover hubo algunas invitaciones públicas para los bailes de preparatoria, pero nunca a este nivel. Me pregunto cómo es posible que Bo aguante todas estas invitaciones y siga pensando que son súper lindas, teniendo en cuenta que ella —igual que yo— nunca podrá experimentar algo de este estilo en Slayton sin que la acribillen a tomatazos.

Bo y Amber están inclinadas sobre la mesa del comedor mirando el teléfono de Bo y me siento un poco arrinconada. Por lo menos, David está en la misma situación que yo. Saco mi celular y confirmo algunos pedidos más de la tienda de Etsy para distraerme y no pensar en qué estarán diciendo. Hemos vendido un montón de pulseras de la amistad, lo cual me alegra mucho, porque son las que más me gusta hacer.

—Chicas, ¿qué hacen? —pregunta David al fin, y levanto la vista del celular. He de admitir que tengo curiosidad.

—Tratamos de encontrarle una novia a Bo —dice Amber como si fuera algo totalmente normal.

No tendría que sentirme celosa, sobre todo porque ya les conté lo de Jamal. Tengo que ser coherente con mis mentiras, pero no sé por qué me sentí mucho peor al mentirle a mis amigos que a mi madre. Supongo que con mamá lo hago por necesidad, pero con Bo, Amber y David me siento como una egoísta, sobre todo porque Bo es una de las pocas personas de este colegio capaces de ponerse en mi lugar. De todos modos, no puedo arriesgarme a que mamá se entere.

—¿No hay que tener dieciocho años para usar las aplicaciones para ligar? —pregunto. La idea de que Bo tenga novia hace que se me encoja el estómago.

—¡Tampoco hace falta llamar a la policía, solo estamos de chismosas! —Amber le quita importancia a mi pregunta con un gesto de la mano—. ¿Qué opinan de Jamie? Es guapa, ¿verdad? Estudia Análisis Sociocultural en la Universidad Estatal de Arizona, y todos sabemos que eso es básicamente como estudios LGTBIQ+. Parece el tipo de Bo. —Amber me enseña en la pantalla la foto de una chica con el pelo azul y un piercing en el labio.

—Sí… Es guapa —me obligo a decir.

—Oigan, ¿se han preguntado alguna vez cuánta gente de aquí debe de estar en el clóset? —añade David. Casi me alegra que haya cambiado de tema. Creo que solo quiere participar en la conversación, pero esta pregunta me incomoda—. A ver, estadísticamente Bo no puede ser la única persona que no es hetero.

Casi me atraganto.

—No es asunto mío, así que… —digo, y con un poco de suerte cambiará de tema otra vez.

—Bo no era la única el año pasado. ¿Te acuerdas de Elaina? —responde Amber, y Bo pone los ojos en blanco.

—Sí, era la única. Elaina no era homosexual, sino trans. Son dos cosas diferentes —explica Bo, con voz inexpresiva.

—O sea, quería decir que no eras la única persona del colectivo LGTBIQ+ —se corrige Amber—. Pero, David, yo también me lo he planteado alguna vez. Seguro que Jake Jeffrey es gay. Su novia debe de tener barba, seguro que también está metida en eso.

Esto no me gusta nada. Si yo no estuviera aquí, ¿me incluirían en su lista? Siento que Jesús me está juzgando con la mirada. «Jesús buenísimo», como dice Cesar (solo a mí). Es por los abdominales.

Observo a Bo. Es la única que se atrevería a llamarles la atención por debatir al respecto, pero está sentada en silencio y no levanta la vista de la comida.

—¿Y la señora Felix, la profe de Arte? Lesbiana cien por ciento —añade Amber.

—Pero nunca puedes estar seguro de esta clase de cosas. ¿Acaso no pensaba todo el mundo el año pasado que eras lesbiana? —le pregunta David.

—Pero eso fue solo porque Bo salió del clóset y es mi mejor amiga. —Lanza al aire una croqueta y la atrapa con la boca, como si le diera igual que todos creyeran que era lesbiana.

—Sí, Yamilet, más vale que te prepares. Aquí la gente da por hecho que todas las amigas de Bo también son lesbianas —comenta David, y Amber lo fulmina con la mirada en nombre de Bo.

—Aún estás a tiempo de salir corriendo si te molesta —dice Bo, que no sonríe.

—No, no me molesta —respondo, pero no sé si es verdad.

Jenna y Karen nos miran desde la otra punta del comedor. A Bo, en concreto. Karen suelta una risita tapándose la boca con sus manos demasiado bronceadas, y curiosamente Jenna se muestra más tímida de lo normal. Karen la empuja hacia nosotros y la sigue de cerca.

—Hablando de quién es homosexual…, cabe la posibilidad de que Jenna esté enamorada de ti, Bo. —David le da un codazo suave para llamar su atención.

Bo se gira para mirarlas, y Jenna suelta un gritito y se esconde detrás de Karen. Bo le dedica una sonrisita a Jenna y yo trato de reprimir la oleada de celos que me viene antes de que se me note en la cara. ¿Jenna es la persona misteriosa que le gusta a Bo?

Al final, Karen empuja a Jenna para que quede delante de ella, y esta se arma de valor y va directo hacia Bo.

—Hum… Hola…

—Ey, ¿qué tal?

—Perdón, ya sé que hace bastante que no hablamos. Me preguntaba… —Jenna respira hondo—. ¿Irás al baile?

Está completamente roja, y la gente ha empezado a mirarnos. Amber y David están boquiabiertos.

—¿Me estás invitando a ir al baile contigo? —dice Bo, y se le ensancha la sonrisa.

Me fijo en que cuando sonríe con toda la cara, el lado derecho de su boca sube un poquito más. Es la sonrisa ladeada más linda de todo el universo y quiero verla más a menudo, pero mejor si no es gracias a Jenna. Mientras que a Bo se le ilumina la cara, yo me noto las mejillas calientes. No sé, creo que me hacía ilusión no ir al baile. Con Bo.

Karen se echa a reír y Bo hace una mueca de confusión.

—¡Lo siento, lo siento! ¡Me retaron a hacerlo! —admite Jenna, que no puede reprimirse las risitas—. ¡Mierda, parece que me iba a decir que sí! —Se ríe, y todo el mundo se suma.

Bo se pone roja y mi visión también.

—¿A ti te parece que fue gracioso? —le espeto poniéndome de pie. Me cuesta mucho defenderme a mí misma, pero cuando alguien se mete con mis amigos no puedo quedarme de brazos cruzados. Voy directo hacia Jenna y Karen, y Amber me sigue de cerca. Las dos chicas se van corriendo entre risitas. En serio, huyen de nosotras cuando nos acercamos a ellas. En el fondo esperaba que reaccionaran así, porque no sé qué habría hecho si se hubieran enfrentado a mí.

Bo también se levanta, pero se va en la dirección contraria y sale del comedor antes de que pueda oír las cosas tan feas que la gente está diciendo. Amber y yo salimos corriendo hacia ella hasta el estacionamiento, y David nos llama, pero no tenemos intención de volver. No sin Bo.

—¡Bo, espera! —grito, pero no se detiene. Va directo hacia su coche, y tenemos que correr más rápido para llegar hasta ella antes de que abra la puerta.

—¿Adónde vas? —pregunta Amber.

—A casa. —Bo se sube al coche, pero no permitiremos que se vaya así como así. Yo me subo al asiento del copiloto, y Amber en la parte trasera del coche.

—Si quieres que nos quedemos contigo, así lo haremos —digo, y Amber asiente.

Bo no nos mira.

—No tenemos que hablar de eso. Podemos ir a tomarnos un helado o al cine o algo así. Yo invito. —Amber le pone una mano en el hombro.

Bo esboza una media sonrisa y el ambiente se relaja un poco.

—Vamos al cine —accede, y pone en marcha el coche y nos vamos.

Una cosa que no aguanto de la época de Halloween son las pelis de miedo. Las odio con toda mi alma. A mí lo que me gustan son las pelis de acción, pero a Bo le gustan las de miedo, y hoy haremos lo que ella quiera, así que hago de tripas corazón y respiro hondo. No quiero parecer una gallina. Como es mediodía, somos las únicas espectadoras en la sala y todavía hay palomitas tiradas por el suelo delante de nuestros asientos, porque el personal seguramente no se esperaba que viniera nadie.

—Ay, no, todavía llevamos puesto el uniforme. Nos van a descubrir —comenta Amber mientras nos aprieta el brazo a Bo y a mí.

—Shhhh, no pasará nada —asegura Bo.

—Estoy muy nerviosa. Esto es genial. Las quiero, chicas —dice en voz baja Amber.

—Y yo a ustedes —responde Bo, también en un susurro.

—¿Por qué estamos susurrando? —digo con mi tono de voz normal para recordarles que estamos solas en la sala de cine, y eso las hace reír.

Cuando solo llevamos diez minutos de película, Bo me agarra la mano con fuerza. Doy un respingo porque no me lo esperaba, pero me viene bien para pensar en cualquier cosa que no sea la película, porque así no me asustaré demasiado. Que Bo me tome la mano tendría que ser una buena distracción, si no fuera porque eso hace que ahora me ponga nerviosa. Al final me doy cuenta de que también le agarra la mano a Amber, o sea, que supongo que no es nada especial. De todos modos, ¡me está tomando la mano!

Bianca también me tomaba la mano.

Lo hacía todo el rato y nunca fue nada del otro mundo, hasta que salí del clóset. Entonces actuó como si yo fuera un monstruo por dejar que me tomara la mano sin que le hubiera contado que me gustan las chicas; al parecer, no lo habría hecho en caso de saberlo. En su momento yo no le había dado más importancia, porque a veces los amigos se toman de la mano y no pensaba que yo no tuviera permiso para hacerlo. ¿Tan malo es que quisiera dar y recibir el mismo nivel de cariño de mis amigos que el resto del mundo? Pero, en mi caso, todo tipo de contacto físico se ve como algo sexual. Es muy solitario.

Cuando Bo me toma la mano sin disculparse, siento que es como darle una gran bofetada a Bianca. A Bo no le importa la norma de mierda de mi ex mejor amiga, por lo menos con Amber y conmigo. Las amigas homosexuales también pueden darse la mano.

Al terminar la película, me percato de que he estado apretando la mano de Bo con tanta fuerza que ahora apenas puedo estirar los dedos.

—Ay, lo siento —digo intentando que mi mano no parezca un montón de tentáculos deformes.

—Fue un trabajo en equipo. —Bo abre y cierra las manos mientras se ríe.

Saltarnos las clases para ir al cine ayudó, pero imagino que la herida sigue ahí, porque al día siguiente Bo no está en el comedor al mediodía. No me respondió ninguno de los mensajes en los que le preguntaba dónde estaba, así que David, Amber y yo vamos a buscarla, pero no está ni en el patio ni en ninguno de los baños.

Al final la encontramos en el aula de Arte, trabajando en un dibujo que esconde en cuanto entramos. Me siento a su lado, y Amber y David se sientan en el otro lado de la mesa.

—¿Qué haces aquí? —pregunta Amber.

—Me escondo —responde Bo sin tapujos.

—Pues nos esconderemos contigo. —David saca su cuaderno de bocetos y se pone a dibujar, y yo también saco el mío.

Bo sonríe, pero el ambiente que la rodea está tan cargado que hasta cuesta respirar.

—Por eso dejé de practicar deportes, ¿saben? —dice, y Amber le toca el hombro—. Y también de ir a los bailes. Es agotador tener que estar siempre alerta por si eres demasiado tú misma e incomodas a los demás. A veces la gente es idiota. Antes de salir del clóset, siempre tenía que estar pendiente de cómo me comportaba. Por ejemplo, nunca quería mirar a nadie en los vestidores y tal. Todas las chicas pensaban que estaba enamorada de ellas. O sea, es imposible que esté enamorada de todas las chicas a las que he conocido, ¿no? Pero es posible que me gustara Jenna, y creo que ella lo sabía. —Baja la cabeza.

No sabe lo cierto que es todo esto para mí también. Me parece que Jenna es la Bianca de Bo.

—*In lak'ech* —digo sin pensarlo. Paso demasiado tiempo con Cesar.

—¿Qué? —pregunta Bo.

—Hum… Es como decir «te entiendo». —No quiero que Bo sepa que es nuestra manera de decir «yo también». Es una explicación simplificada, pero tampoco es una mentira, exactamente como mi vida en Slayton.

9

No te sabotearás a ti misma

Hasta ahora, Cesar ha conseguido convencer a mamá para que no vaya a sus «partidos». La mentira ha funcionado a la perfección estas últimas semanas porque mamá suele estar bastante ocupada con el trabajo y no le ha importado no ir, pero de todos modos anima a Cesar y le desea buena suerte los días de partido. Incluso le hace unos desayunos especiales con chilaquiles de chorizo y papas que desprenden un aroma picante que huele a culpa, por lo menos para mí.

Siempre que mamá ha mostrado interés por ir a un partido le he recordado que tenemos que completar muchos pedidos y nos hemos puesto a trabajar enseguida, pero esta vez es el partido contra los exalumnos del colegio y es un acontecimiento importante, así que la excusa de las joyas no nos salvará. Por supuesto, eso significa que Jamal también quiere ir. ¿Quién habría dicho que ver a tu novio de verdad fracasar estrepitosamente podría ser la clase de actividad romántica que haces con tu novia de mentira?

El partido de esta noche será la primera vez que Bo —y el resto de Slayton— me vea con mi propia ropa. Por supuesto, llevo semanas planificando qué me pondré: sandalias negras, un overol rojo con los hombros descubiertos y uno de los collares hechos a mano de mamá. Las cuentas negras, amarillas y rojas cuelgan de la base del cuello y me cubren la clavícula con un patrón angular, de modo que el collar casi parece que forma parte del overol. Está mal que lo diga yo, pero me veo muy guapa. Me pregunto cómo se viste Bo cuando no lleva puesto el uniforme…

Cuando mamá y yo vamos al colegio, todavía no sé qué tiene pensado hacer Cesar. No me ha querido decir nada sobre su «plan», lo cual significa que o bien aún no tiene pensado nada, o bien es un plan magnífico y prefiere que sea una sorpresa. Por si acaso, convenzo a mamá para que nos sentemos en la parte trasera de las gradas, porque aquí hay menos gente, pero en realidad necesitaba una excusa para no tener una buena vista del campo para cuando no aparezca Cesar. Me parece que estoy más nerviosa yo que él; si tenemos en cuenta el historial de mamá, si no se traga la mentira nos matará a los dos, pero sobre todo a mí. Soy incapaz de quedarme quieta, pero hago ver que es por el viento de finales de octubre, y no porque tenga miedo de la ira de mamá. De todos modos, debo admitir que es agradable pasar el rato con ella por una vez sin tener que preocuparnos por los pedidos.

Bo y Amber nos encuentran cuando sale la banda del colegio, acompañada de un estruendo de trompetas y tambores.

—¡Yami, hola! —grita Amber por encima del ruido, y me abraza.

Da un paso a un lado y me permite ver a Bo, que se ve guapísima. Se recogió el pelo en una coleta baja que deja a la vista un solo arete en forma de cruz y lleva una camisa de estampado floral con un nudo en la cintura y unos jeans remangados. Le doy un once sobre diez. No puedo evitar fijarme en que ella también estudia mi ropa, así que grito por encima de la música antes de que alguien pueda darse cuenta de que estaba repasando el look de Bo y que ella (¿quizá?) también estaba haciendo lo mismo con el mío.

—Amber, Bo, ella es mi mamá y él es Jamal, mi…, hum…, novio. —Sigue sin gustarme la idea de mentirles sobre Jamal, pero no puedo explicar la situación sin comprometer a Cesar.

Mamá les da un abrazo a mis amigas. Bo se tensa por el contacto, como si no se lo esperara, pero a Amber no le sorprende. Luego se sientan a mi derecha, con Jamal a mi izquierda y mamá a la izquierda de Jamal. Dos mundos totalmente diferentes que tienen que seguir siéndolo.

Cuando el equipo sale al campo, busco a Cesar con la mirada. No les puedo ver la cara por los cascos, pero solo hay dos jugadores que no sean blancos. Encontramos a David de inmediato, el número veintiuno, y mamá se pone de pie y empieza a animar:

—¡Dale, dale, dale! ¡Dale, veintiuno! —Ella cree que es Cesar. Supongo que mi hermano le dijo que ese es su número, de modo que Jamal y yo la imitamos.

David no se quita el casco en ningún momento, pero se gira y nos saluda con la mano unas cuantas veces. Estoy tan nerviosa que ni siquiera puedo concentrarme en el partido. Amber y Bo ya saben que tienen que dejar que mamá siga pensando que Cesar es el veintiuno, porque están al corriente de la mentira... Bueno, de una de ellas.

—¿Y cómo se conocieron? —nos pregunta Amber a Jamal y a mí en el medio tiempo.

Titubeo, pero Jamal salva la situación:

—Los dos íbamos a Rover.

Ni siquiera es mentira, no sé por qué no lo dije yo misma.

Antes de que alguien pueda hacer más preguntas, me voy a buscar unos nachos, aunque ya sé que está feo dejar a Jamal a solas con mi madre y con unas amigas a las que no conoce... Ups.

Me abro camino entre un grupo de chicos sin camiseta con los colores del colegio pintados en el pecho y en la cara, y uno de ellos me da unos golpecitos en el hombro con el dedo.

—Eres Yamilet, ¿verdad? —No lo conozco y él ni siquiera pronunció bien mi nombre, pero lo he visto con Cesar y Hunter alguna vez.

—Sí, hola —digo.

—Hunter quería que te invite a la fiesta que dará mañana después del baile, por si acaso él no te veía hoy al terminar el partido.

—Ah, gracias, pero no sé... Seguramente no conoceré a nadie —respondo, aunque estoy segura de que Cesar querrá ir.

—No pasa nada, puedes ir con un acompañante. —Se encoge de hombros, me da un papelito doblado y luego se va.

Al abrirlo me encuentro una dirección y una carita sonriente. Me lo meto en el bolsillo, voy por los nachos y vuelvo con los demás.

Tendré que preguntarle a Cesar si también lo invitaron, porque no quiero ir yo sola.

Tras ganar el partido, Cesar es el primero en salir de los vestidores. Lleva puesto el uniforme de David y está bañado en sudor. Seguramente se ha pasado los últimos diez minutos dando saltos de tijera para aparentar, y hay que ver cómo suda. Me pregunto si se pasó todo el partido escondido en los vestidores… Mamá hace caso omiso del sudor y le da un abrazo.

—¡Lo hiciste genial, mijo! ¡Estoy muy orgullosa de ti! —exclama, y le da unos cuantos besos con todo el sudor. Puaj. Sin embargo, parece que a Cesar y a mamá les da lo mismo.

Cesar vuelve a entrar para cambiarse y mamá se va al coche, pero Jamal y yo nos quedamos esperando a mi hermano en el patio. Primero sale Hunter, que viene directamente hacia mí y me da un abrazo que me levanta del suelo. El sonido que escapa de mi boca cuando mis pies dejan de tocar el suelo está a medio camino entre el chillido de un gremlin y el de un cerdo, en lugar del gritito adorable que seguramente se esperaba. Al final me baja.

—¿Qué fue ese ruido? —pregunta Jamal, y Bo y Amber sueltan una risita, lo cual no es bueno para nuestra mentira. Se supone que tendría que estar celoso o algo así. Suerte que mamá ya se fue al coche; de lo contrario, seguro que me interrogaría sobre el abrazo más tarde.

—Es que me sorprendió. —Les doy un golpe en el brazo a Jamal y luego a Hunter—. ¡Me asustaste!

—Solo quería saludarte y darte las gracias por venir —dice, y se sonroja.

Estoy a punto de presentarle a Jamal como mi novio para que esté al día de todo, pero en ese momento salen David y Cesar. David debía de estar esperando a Cesar en el vestidor para que este le devolviera el uniforme. Él es la auténtica estrella de todo esto; haberse pasado todo el partido sin quitarse el casco no habrá sido divertido. Me pregunto con qué lo sobornó Cesar…

—¡Me tengo que ir! —dice Hunter y sale corriendo hacia David y Cesar, quien le choca la mano y luego viene corriendo hacia nosotros como si fuera una carrera de relevos. Qué raritos.

—El entrenador quiere hablar con el equipo, así que David dijo que no lo esperen —explica Cesar.

Amber parece decepcionada, pero Bo me guiña el ojo.

—Pues ya deberíamos irnos —dice Bo, que agarra a Amber del brazo y se la lleva hacia el estacionamiento. Cesar y yo las seguimos.

Antes de que podamos dejar atrás el puesto de comida, una hilera de chicos del equipo nos bloquea el paso, entre ellos Hunter, y todos se empiezan a subir el jersey de uno en uno para dejar al descubierto la palabra «¿-B-A-I-L-E-?». A continuación se separan por el medio y David se acerca a Amber con un ramo de flores.

Embobada, ella le sonríe de oreja a oreja y no para de batir las manos cerca de la cara.

—¡No tardaste nada! —grita, y luego se abrazan. ¿Supongo que es un sí?

Sabía que David iba a pedírselo y me alegro por ellos, pero ahora me doy cuenta de que esto significa que Bo y yo nos saltaremos el baile juntas, solo nosotras dos. La idea de pasar el rato con Bo a solas hace que se me encoja el estómago.

Todos los que están junto a nosotros aclaman a David y a Amber, y yo suspiro aliviada. Lo peor ya pasó.

Cesar irá al baile con sus amigos del equipo mientras yo me quedo con Bo, pero le prometí que iré con él a la fiesta de después. Me parece muy tierno que Jamal confíe en Cesar para ir a una fiesta sin él. O sea, tendría que ser lo normal en una relación, pero no conozco a mucha gente que confíe en sus parejas. Quizá algún día maduremos y dejemos de tener celos, pero por ahora Cesar y Jamal les sacan mucha ventaja.

Los perros lindos-feos de Bo saltan encima de mí en cuanto mi amiga abre la puerta y nos siguen hasta la planta superior. La tradición de Bo y Amber cuando no van al baile consiste en ver pelis de terror que tengan como puntuación una sola estrella, pero yo me asusto enseguida, incluso con reseñas tan malas. Si hay sangre o monstruos o demonios o asesinos en serie, da miedo. Punto.

Me encuentro a mí misma observando la mano de Bo con la esperanza de que ella también se asuste y me la agarre. Sin embargo, muy a mi pesar, no sucede. Supongo que no se asusta lo suficiente como para buscar consuelo en mi mano, y yo no pienso dar el primer paso. Prefiero que Bo no sepa lo miedosa que soy. Sin la mano de Bo, tengo que ponerme creativa para encontrar una manera de no hacerme pipí encima con cada uno de los sustos de bajo presupuesto de la peli. Me imagino que los efectos de sonido de huesos al romperse y piel que se desgarra los han hecho mordiendo zanahorias y haciendo crujir hojas de lechuga, y, en cierto modo, resulta reconfortante. Intento distraerme pensando en cómo convenceré a Bo para que vaya a la fiesta y saco el tema en cuanto aparecen los créditos en la pantalla porque tengo muchas ganas de quitarme la peli de la cabeza.

—Me invitaron a una fiesta después del baile —digo, como quien no quiere la cosa.

—¿Irás? —pregunta con la boca llena de palomitas.

—Sí. ¡Tú también deberías ir! Me dijeron que podía ir con alguien… —No sé si sonó como si la estuviera invitando a una cita. Me da la sensación de que sí, pero no era mi intención.

—Amber también me invitó, pero no se me antoja ir. Además, estoy segura de que se referían a un chico.

—No lo especificaron. ¡Vamos, será divertido!

—No es lo mío —responde Bo, que se hunde en el sofá, y yo frunzo el ceño. Es mi pésima versión de la cara de cachorrito, pero no surte efecto en ella. No puedo culparla, porque es bastante probable que Jenna también vaya, y yo tampoco iría a una fiesta si existiera la posibilidad de cruzarme con Bianca.

—Okey, bueno. Si cambias de opinión, sería genial que fueras.

Bo se incorpora y me sonríe con los ojos. Tal vez ha surtido un poco de efecto.

—¿Por qué quieres tanto que vaya? —Se inclina hacia mí. Es un movimiento sutil, apenas un par de centímetros, pero lo noto.

«Porque me gusta estar contigo. Porque harás que me sienta más cómoda. Porque haces que cualquier situación sea más divertida. Porque creo que eres guapa y genial y divertida. Porque me gustan las chicas y creo que quizá me gustas tú».

—No lo sé… —es lo único que consigo decir.

Bo ladea la cabeza. Creo que me atrapó. Pese a que quería evitar el contacto visual, me resulta muy difícil apartar la vista de sus ojos. Sus iris son oscuros y grandes, como unos agujeros negros que me absorben, y no sé qué ocurriría si me dejo llevar y me acerco mucho más. Si te atrapa un agujero negro, ya no hay marcha atrás, pero de todos modos noto que me inclino hacia ella. ¿Ella también está inclinándose? No estoy segura, estamos demasiado cerca.

—Soy hetero —le suelto. «Muy sutil, Yami».

—… ¿Okey? —Bo se cruza de brazos.

No, me parece que ella no se estaba inclinando.

—Perdón, pensaba que…

Mierda, ¿por qué lo dije? Ya sabe que «tengo novio». Era totalmente innecesario.

Se hace una pausa y entonces Bo echa la cabeza hacia atrás y ríe.

—¿Qué pensabas? ¿Que me gustas? No le vas a gustar a todas las lesbianas solo por ser una chica. ¿Lo dices en serio? No seas tan egocéntrica.

—¡No, ya lo sé! No tendría que haberlo dicho. Lo siento. —Intento que no se me rompa la voz. Si le gustaba, está claro que ahora ya lo eché a perder, pero ya no me quedan dudas de que no le gustaba. Sé que esto tendría que ser bueno porque «soy hetero», pero es una mierda.

—¿Qué hice esta vez? ¿Tendría que haberme sentado en el otro sofá? ¿Tendría que haberlo cancelado cuando Amber decidió ir al baile? ¿Se supone que no puedo mirarte siquiera? ¿Por qué soy yo siempre la que tiene que andar con pies de plomo para que la gente no piense que soy una rarita? —Alza la voz y los ojos empiezan a humedecérsele.

—No, yo… No hiciste nada mal, Bo. —Me tiembla la voz y me odio a mí misma por hacerla sentir como yo me siento todo el rato, como si fuera un depredador.

—Da igual. De todos modos, tengo novia. Pensaba que lo sabías. —Por algún motivo, esas palabras se me incrustan en los oídos y me nublan la visión.

—Ah, eso… ¡Es genial! ¿Quién es? —No tendría que preguntarle esto ahora mismo, tendría que seguir disculpándome.

—Se llama Jamie, aunque no es asunto tuyo —responde con frialdad, y entonces recuerdo a la chica del pelo azul de esa aplicación para ligar que Amber me enseñó.

Sacudo la cabeza para volver al presente. Metí la pata. Concéntrate en eso.

—Lo siento, Bo. De verdad, no sé por qué lo dije. No has hecho nada mal.

—¿No tenías que irte a una fiesta? —pregunta. Es una manera poco sutil de decirme que me vaya.

—Hum, sí, tendría que ir a recoger a Cesar… ¿Amigas? —Es egoísta, pero solo quiero que me diga que no me odia. Que no volveré a estar sola después de esto.

—Amigas. —Se levanta y se va a su cuarto en lugar de acompañarme a la puerta, como haría en otras circunstancias.

No creo que lo haya dicho de verdad.

10

No conducirás después de beber

Aunque antes no tenía muchas ganas, ahora mismo no me iría mal ir a una fiesta. Cualquier cosa con tal de olvidar que Bo me odia. Que fastidié nuestra amistad. Que Bo tiene una novia que seguramente nunca la ha hecho sentirse tan mal como yo acabo de hacer. El bajo de la música de la fiesta me saca de mis lamentos. Ni siquiera vemos la casa todavía, pero la música es muy fuerte. La calle está repleta de coches estacionados, así que tenemos que dejar el nuestro en una calle más abajo. Cuando por fin entramos, resulta obvio que hay mucha gente que ya está tomada o directamente borracha, y algunos incluso habrán empezado a beber en el baile. Aunque estoy sobria, podría perderme en esta casa; es como si la de Bo tomara esteroides, porque tiene techos súper altos, estancias enormes y una escalera doble.

—¡Tómate un trago conmigo! Te ayudará a relajarte un poco —dice Cesar tomándome del brazo y doy un saltito. Supongo que sí he estado un poco tensa desde que me fui de casa de Bo.

—¡No puedo, me toca manejar! —le recuerdo, y le doy un empujoncito en el hombro, pero de todos modos dejo que me arrastre hasta la cocina, donde nos encontramos a Hunter.

—¡EEEY! —grita Hunter, que alza un vaso hacia nosotros y casi nos lo tira encima. Luego le hace a Cesar un saludo con el puño tan entusiasta como siempre.

—¿Qué pasa, amigo? —murmura mi hermano mientras se sirve un trago.

Hunter asiente mientras me mira.

—Como no podías ir al baile, pensaba que tampoco vendrías ahora.

—Tenía planes, pero ahora estoy libre —respondo con mi mejor sonrisa. Espero que no esté enojado conmigo por no ir al baile con él.

—Bueno, me alegro de que hayas podido venir. —Me devuelve la sonrisa y me toca el brazo. Me parece que estamos coqueteando: por lo menos, él está coqueteando conmigo.

Hunter me ofrece un trago, pero lo rechazo con un movimiento de mano.

—Por desgracia, hoy me toca conducir.

—Si quieres beber, se puedan quedar aquí hasta que se les pase la borrachera. Pueden quedarse a dormir si hace falta, no serán los únicos.

Cesar me mira arqueando las cejas como si Hunter nos hubiera ofrecido la fortuna de sus padres, pero estoy nerviosa. La única vez que bebí alcohol fue en la fiesta de cumpleaños de Bianca del año pasado, ni siquiera bebí cuando fui a una fiesta de verdad en primero. Pero me cuesta decir que no ahora, siempre y cuando Cesar también se quede. Es una ocasión especial. Del tipo «Le dije una estupidez a Bo y necesito beber para dejar de pensar en ello». Muy sano, ya lo sé.

Le mando un mensaje rápido a mamá.

Yami: Me quedo a dormir en casa de Bo

Hago caso omiso del hecho de que la mentira me hace sentir culpable por más de un motivo. Hunter sostiene un trago de vodka a la altura de mi cara y saco la lengua para comprobar lo mal que sabe. Me dan arcadas, y él se ríe.

—Sabe a mierda, por eso te lo tienes que beber rápido. Mira —dice, y me levanta la barbilla. Parece uno de esos Momentos Heterosexuales muy forzados que se ven en todas las películas, cuando un chico toca de manera innecesaria a una chica para enseñarle algo muy sencillo.

Y eso me da una idea.

Esta noche intentaré actuar como si fuera hetero. Haré realidad la mentira que le dije a Bo, o lo intentaré. Si puedo demostrar que soy hetero, no tendré que ir por el mundo pregonándolo como una imbécil. La agente secreta Yami tiene una misión.

Dejo que Hunter me incline la cabeza hacia atrás y entonces me da el trago y me tapa la nariz. No sé si se supone que esto tendría que ser romántico o qué, pero es súper raro.

—Okey, y ahora te lo tragas rápido.

Me trago la culpa junto con el alcohol. Me parece que lo de taparme la nariz no sirvió de nada, porque la bebida que me dio es asquerosa. Me pasa un trozo de limón y lo muerdo, y entonces me sirve una bebida en un vaso rojo de plástico de tamaño normal.

—Esta te gustará, te lo prometo.

Doy un sorbo. Tiene razón: sabe a Coca-Cola de vainilla.

—¡Oh! ¡Ahora enséñamelo a mí! —Cesar aplaude y parpadea teatralmente, y al fin Hunter recuerda que no estamos solos en la cocina, así que se lo agradezco a mi hermano. Hunter se pone rojo, le sirve una cuba a Cesar y luego brindamos los tres.

Entonces se me escapa un eructo, y Hunter me lo devuelve. Qué romántico.

Ya me siento un poco más ligera y el alcohol hace que la idea de actuar como si fuera hetero me resulte menos intimidante. Tomo un buen trago antes de agarrarle la mano a Hunter y llevármelo hasta la sala, que hace las veces de pista de baile. No soy una gran bailarina ni nada por el estilo, pero en mi familia, si no tienes ritmo, o aprendes muy rápido o serás el hazmerreír de todos. Algunos de mis tíos tienen permiso para no saber bailar si están borrachos, y encajarían perfectamente en esta fiesta.

Hunter me pone las manos en las caderas y descansa la cabeza sobre mi hombro, como si fuéramos íntimos. Casi me siento mal por bailar con otro chico cuando tengo «novio», pero Jamal no está aquí y tengo que practicar lo de ser hetero con alguien. Sin embargo, Hunter es incapaz de seguir el ritmo de la música, así que me cuesta bailar con él. Al cabo de solo un minuto ya estoy aburrida, y supongo que él se da cuenta, porque me grita en la oreja por encima de la música:

—¡Te haré un tour por la casa! —Toma mi mano y me jala.

La música está tan fuerte que se oye desde todos los rincones. Algunas personas bailan dentro de la casa, mientras que afuera hay más gente descansando y fumando. Hunter me mira todo el rato como si buscara mi aprobación, parece nervioso por si no me gusta su casa o algo así. Le sonrío un poco incómoda y lo sigo.

Antes de que me dé cuenta, estamos en su habitación con la puerta cerrada. Por supuesto, el tour termina aquí. Me regaño a mí misma por no haberlo visto venir. Enseguida Hunter empieza a buscar algo en uno de sus cajones y se me encoge el estómago. ¿Estará buscando un condón?

—¿Qué haces?

—Un momento —murmura. Sigue buscando y finalmente empieza a sacar algo.

—No voy a acostarme contigo —digo antes de que tenga ocasión de ponerse en ridículo. Se gira de golpe con ojos alarmados y un cómic en la mano.

—¿Qué? No voy… Soy… —Mira a su alrededor como si hubiera más gente en la habitación que pudiera oírlo—. Hum, soy virgen… O sea, primero me gustaría conocerte un poco más. Solo quería enseñarte esto.

Noto una presión en el pecho debido a la vergüenza. Es un cómic. De espías.

—Como vi que te interesaban las cosas de espías… —comenta, y me lo extiende con la vista clavada en la puerta. Todavía está rojísimo.

—Ah… Lo siento. Gracias. —Primero Bo y ahora Hunter. En serio, tengo que dejar de pensar que todo el mundo intenta ligar conmigo. Quizá sí soy una egocéntrica.

—Había pensado que te gustaría, pero ya me dirás… —Hunter sube la mirada lentamente del suelo hasta mis ojos sin dejar de sonreírme y entonces tose—. ¡Del libro! Me refería a que ya me dirás algo del libro, no de lo otro… Hum… Me gustas, pero no estoy listo para tener sexo.

Me río casi en silencio y agarro el cómic para evitar que combustione aquí mismo. Lo meto en mi bolso y le doy un abrazo rápido, pero Hunter no capta la indirecta de que se suponía que iba a ser rápido y lo alarga durante unos segundos. Empiezo a alejarme, pero de pronto su boca está sobre la mía. Sobresaltada, suelto un grito y doy un salto hacia atrás.

—¡Me gustan las chicas! —exclamo, y luego me tapo la boca corriendo. Él se rasca la cabeza.

—Oh, vaya, lo entendí todo muy mal —dice, y da un paso hacia atrás.

Todo a mi alrededor empieza a volverse borroso, no sé si es por el alcohol o porque se lo acabo de contar a Hunter. No me doy cuenta de que estoy hiperventilando hasta que me pone una mano en el hombro.

—Ey, no te preocupes. No se lo diré a nadie, ¿okey? El hecho de que confíes en mí significa mucho para mí.

Pero es que no confío en Hunter. ¡Apenas lo conozco! ¿Qué diablos me pasa?

—Gracias… Hum. Tengo que hacer pipí. —Agarro mi bebida y canalizo a mi Hunter interior y me voy corriendo.

Pensaba que lo de ir al baño era una excusa, pero la verdad es que necesito hacer pipí urgentemente. Mientras estoy haciendo pipí me termino la bebida y entonces me doy cuenta de que el alcohol ya está afectándome bastante. El hecho de estar sentada en un inodoro me hace querer revivir los momentos más vergonzosos del día, y el cerebro se me descontrola y me traiciona. Le dije a Hunter que soy homosexual y a Bo que soy hetero. Seguramente Hunter lo dirá en cualquier momento y Bo debe de odiarme. Por algún motivo, ahora mismo me importa más lo segundo, así que saco el celular para enviarle un mensaje.

—¡Hola, papá! —Suelto una risita al ver el fondo de pantalla antes de concentrarme en enviarle un mensaje a Bo. Mentalmente, mi padre del fondo de pantalla levanta los pulgares para darme fuerzas y me dice: «Ve por ella». Con sus ánimos, le mando dos mensajes.

Yami: Eyyy
Yami: Lo siento mucho

Con el celular todavía en la mano, abro Instagram y miro las fotos que me salen durante un rato, pero no puedo evitar pensar en Jamie y en lo mucho que me gustaría ser ella. Quizá tendría que teñirme el pelo de azul…, ¿o era lila? Me pregunto si en el colegio católico dejan que te tiñas el pelo… Seguramente no.

¿De qué color tenía el pelo? Necesito saberlo. No porque quiera espiar a la novia de Bo en Instagram, sino porque… quizá algún día yo también quiera teñírmelo.

Empiezo a buscar entre las doscientas veinticuatro personas a las que sigue Bo tratando de dar con alguna Jamie, pero me rindo cuando no me aparece entre los primeros cincuenta usuarios, más o menos.

Me levanto y me lavo las manos. Doy un respingo al ver mi reflejo y sin querer tiro el jabón, pero entonces veo que no hay nadie más, no hay nada de que preocuparse. Me concentro en el espejo analizando mi cara, y me estiro el labio, preguntándome si parecería tan cool como Jamie si me hiciera un piercing en el labio. Al final doy unos golpecitos en el espejo con el dedo.

—Lo harás genial —me digo, aunque ni siquiera sé a qué me refiero. Se me escapa una risita y me voy a buscar a alguien a quien conozca.

Cesar está sentado en el sofá hablando por teléfono. Trepo por encima del sofá desde la parte trasera y me dejo caer en un cojín.

—Te quieeeroooooo —le balbucea al celular. Supongo que está hablando con Jamal, así que le quito el teléfono y me lo llevo a la oreja.

—¡Lo siento, una buena hermana no deja que su hermano hable por teléfono borracho! —digo, y Jamal se ríe desde el otro lado del celular.

—Okey, cuídalo por mí —me pide, y luego cuelga.

—Qué pesada —se queja Cesar con un puchero.

—Es por tu propio bien —digo, y no porque crea que hará el ridículo con Jamal, sino porque podría acabar saliendo del clóset sin querer delante de todo el mundo si está hablando con su novio como un tortolito.

Cesar apoya la cabeza en mi regazo y bebo un poco de su vaso, ya que a mí se me terminó mi bebida. Empiezo a acariciarle el pelo distraídamente como hacía doña Violeta cuando era pequeña. A veces lo extraño mucho.

—¿Crees que la depresión desaparece en algún momento? —pregunta, arrastrando las palabras.

¡Diablos! Es como si me hubiera leído la mente con lo de doña Violeta.

Reflexiono durante unos instantes antes de responder:

—No creo que desaparezca del todo…, pero me parece que las cosas mejoran. O sea, con estrategias para manejar la presión y el apoyo de los demás, ¿sabes?

Por lo menos, espero que doña Violeta esté mejor con el paso del tiempo. Se me rompe el corazón al verla siempre tan triste.

Cesar mira hacia el horizonte, pensativo.

—Sí, espero que tengas razón.

Pero antes de que podamos profundizar en el tema, se levanta de un salto y va corriendo a jugar *beer pong*.

Mientras estoy sentada en el sofá yo sola, un chico al que no conozco se sienta a mi lado. Supongo que no va a Slayton.

—Ey, ¿qué haces aquí tan solita? —pregunta. Está tan cerca de mi cara que puedo olerle el alcohol en el aliento. Se lame los labios, y yo frunzo los míos. Aunque no hubiera fallado ya en la misión de hacer ver que soy hetero, tengo unos estándares, y este chico no los cumple—. Soy Connor.

Asiento, pero no digo nada.

—¿Y tú? ¿Tienes nombre?

—Yamilet.

«Por favor, vete».

—Oooh, Yamilet… Un nombre precioso. Muy exótico. ¿Hablas español?

Y dale.

—Ajá —respondo mientras miro por encima de él para ver si encuentro a alguien a quien conozca.

—Qué sexy. ¿Puedes decir mi nombre en español?

¿Lo dice en serio? Tengo que reprimirme las ganas de darle una bofetada. En cambio, lo miro con gesto impasible para que sepa que está quedando como un idiota.

—Connor —digo, pronunciándolo a propósito como lo diría alguien blanco, y él se ríe.

—Eres divertida. Y también guapa, ¿lo sabías?

—Sí, lo sé —mascullo.

—Ah, okey. —Ahora parece molesto.

Pongo los ojos en blanco. Es como si esperara que no estuviera de acuerdo con él, pero ¿para qué? Quizá quiere que le dé las gracias, pero solo ha conseguido que quiera romper mi racha pacifista.

Por fin, ¡por fin!, veo a alguien a quien conozco. Emily está bailando con Hunter, pero ahora mismo preferiría estar con ellos que con este tipo.

—¡Okey, adiós! —Me alejo de Connor y voy hacia ellos. Puede que Emily sea amiga de dos de las personas que me caen peor de toda la humanidad, después de Bianca, pero estoy demasiado borracha como para que me importe.

Casi estoy celosa. Se suponía que esta noche iba a hacer ver que soy hetero; si no lo hubiera fastidiado, todavía podría estar bailando con Hunter. Emily se detiene en cuanto me ve y viene a abrazarme. Se dejó suelta la media melena oscura y se la rizó, en lugar de hacerse su habitual cola de caballo que apenas le recoge todo el pelo.

—¡Cómo me alegro de que hayas venido! —exclama. Se separa de mí y me acaricia el pelo como lo hacen las chicas heteros. Si estuviera sobria, quizá no habría ronroneado en voz alta, pero no puedo evitarlo, es muy agradable. Si estuviera sobria, seguramente no la habría dejado tocarme en absoluto. Sin embargo, ahora mismo da igual. Me agarra la mano y me lleva hasta la cocina.

—Te vas a tomar un trago conmigo, ¿okey? —dice mientras sirve los dos vasos.

Esta vez me lo tomo con más tranquilidad. Supongo que debo de ser la clase de persona que se emborracha enseguida, porque la habitación me da vueltas, en el buen sentido. Es como las tazas locas de Disneyland. O eso me imagino, porque nunca he estado allí.

—Quiero ir a Disneyland —balbuceo, pero creo que Emily no me oye, y me preparo otro vodka con Coca-Cola y crema.

—¿Sabes? Antes me intimidabas, pero en realidad eres muy cool —dice, arrastrando las palabras ligeramente.

—¿En serio? Creía que pensabas que era linda. —¿O fue Jenna quien lo dijo? En cualquier caso, yo no soy nada intimidante. Intento que no me moleste que quizá Emily no cree que soy linda.

—¡Claro que sí! —grita, y suspiro aliviada. Lo sabía, sí soy linda. En cambio, no dice nada más sobre que la intimidaba.

—¿Sabes? —digo después de dar otro trago—. Yo pensaba que tú eras cool, pero ahora me intimidas.

—¿Por qué? —Frunce el ceño.

Me encojo de hombros. Me parece que no soy capaz de tener una conversación seria con Emily sobre las personas con las que decide rodearse.

—Bueno, te prometo que no doy miedo. —Me sonríe, me toma de la mano y me lleva otra vez a la pista de baile. Luego me pasa los brazos por encima de los hombros y junta los dedos detrás de mi cabeza. ¡¡¡¿Y esto no da miedo????—. ¿Quieres hacer que Hunter se ponga celoso? —me susurra en la oreja, y antes de que pueda responder, sus caderas acortan la distancia que nos separaba y empezamos a bailar muy pegadas.

Me pregunto si Jamie y Bo bailan así. Seguramente no, porque a Bo no le gustan los bailes. Además, este movimiento es típico de chicas heteros y está pensado puramente para que le guste a Hunter, no a mí. Este me levanta el pulgar como si estuviera orgulloso de mí. Ojalá pudiera decir que disfruto bailando con Emily para llamar la atención de los chicos, pero todo el rato me siento como si estuviera a punto de estallar, como si en cualquier momento alguien fuera a darse cuenta de que soy un fraude. Si Emily supiera la verdad, nunca bailaría conmigo de este modo.

Antes de que me dé cuenta, Jenna se le acerca a Emily por detrás y empieza a bailar muy pegada a ella. Luego Karen se suma detrás de Jenna, y el novio de Karen detrás de ella, y de golpe nos hemos convertido en una conga de la cual no quiero formar parte.

—¡Tengo que orinar! —grito, y huyo hacia el jardín trasero. Me pregunto si pensarán que estoy a punto de hacer pipí aquí afuera, pero me parece que todavía no estoy tan borracha.

Mientras salgo, oigo un montón de chicos que gritan, y al girar me encuentro con que Jenna y Emily están besándose. No puedo describir la sensación que me da al verlo, y me empieza a dar vueltas todo otra vez.

Consigo salir al jardín y me acuesto sobre el césped para que el mundo vuelva a enfocarse. ¿Por qué las chicas heteros se pueden besar delante de todo el mundo y yo no? Cierro los ojos, no me importa lo que esté pasando a mi alrededor.

La última vez que estuve tan borracha, yo fui la que besó a una chica hetero, aunque Bianca no besaba como una chica hetero. Sin embargo, supongo que tendría que haber sido más sensata, porque estábamos jugando a la botella. Cuando la botella me señaló a mí, Bianca me dedicó una miradita especial, se lamió el labio inferior y me sonrió mientras parpadeaba lentamente. Yo no sé nada de relaciones ni de sexo ni de estas cosas, pero fue la mirada más sugerente que nadie me ha dedicado jamás. No sé si mis ojos delataron lo desesperada que estaba por que me besara, pero Bianca no dudó. Se acercó hacia mí gateando y me besó con la boca abierta como si quisiera hacerlo de verdad, y pensé que realmente quería hacerlo.

Pero no, Bianca es solo una de esas chicas heteros que besan a otras chicas cuando hay chicos atractivos alrededor.

Vibra mi celular y me doy cuenta de que todavía estoy acostada en el césped yo sola, y creo que tardo dos minutos enteros en conseguir sacarme el celular del bolsillo. Al ver que es un mensaje de Bo, reprimo una exclamación de sorpresa.

Bo: Puede que haya exagerado…

Dedico todas mis fuerzas a escribir un mensaje que no revele que estoy tan borracha. Tardo varios minutos, pero consigo enviarle un mensaje sin faltas de ortografía.

Yami: Puede que no

Guardo el celular en el bolsillo, vuelvo a cerrar los ojos y me concentro en la música ensordecedora que me llega desde el interior de la casa. No sé cuánto tiempo llevo aquí acostada cuando oigo que dos personas se acuestan a mi lado.

—¡Guau! Miren las estrellas —dice Amber.

Abro los ojos y veo que son David y ella. Qué estrellas tan bonitas. Más que en mi barrio.

—Vaya mierda —comento.

—¿Qué es una mierda? —pregunta David.

—Que incluso las estrellas de los ricos son más bonitas. —Se me rompe la voz y parece que estoy a punto de echarme a llorar. No es justo, yo también quiero estrellas bonitas.

David asiente como si supiera exactamente cómo me siento, y Amber me agarra la mano sin decir nada. Ya sé que las normas estipulan que no tendría que agarrarle la mano a una chica hetero, pero me hace sentir mejor, ¿okey? Las normas también son una mierda.

Se detiene la música y la curiosidad hace que me incorpore. Se oye un coro de gente que les pide a los demás que se callen y entonces Cesar viene corriendo hasta mí y me levanta de golpe.

—¡La policía!

La descarga de adrenalina que me provoca esa palabra me hace serenarme lo suficiente como para echar a correr con él. Es un jardín enorme y me siento casi como si estuviéramos corriendo en un carrusel, pero no permito que eso me ralentice el paso.

El muro del final del jardín es demasiado alto y no puedo saltarlo en mi estado. Cesar intenta ayudarme, pero los dos nos caemos. Él está igual de borracho que yo. Nos arrastramos hasta detrás de un arbusto cerca del muro y nos escondemos ahí. Cuando veo las luces de la policía por encima del muro, me parece que voy a vomitar. Intento no pensar en lo que podría pasar a continuación ni en lo que pasó la última vez que estuvimos en esta situación… Me tapo las orejas y cierro los ojos con fuerza, como si de ese modo fuera a conseguir que los polis se vayan.

Cuando estabilizo mi respiración, me doy cuenta de que somos los únicos que salieron corriendo. Todos los demás están esperando tranquilamente a que les hagan una prueba de alcohol y los detengan, pero nosotros no.

Al cabo de un minuto, vuelve a sonar la música, pero un poco más baja, y la gente se pone a bailar, a fumar y a beber de nuevo. Me duele la cabeza.

—Supongo que ya se fueron. Imagino que es una de las ventajas de vivir en la zona norte —dice Cesar, que se quita el polvo de encima y luego me tiende una mano para ayudarme a levantarme, pero no se la acepto.

Apoyo la cabeza en el muro y alzo la vista para ver las estrellas tan bonitas de los ricos. Aquí todo es tan diferente… Ni siquiera intento frenar las lágrimas que me ruedan por las mejillas.

Cesar se sienta otra vez a mi lado. No hace falta que yo diga algo, ya lo sabe. Solo he ido a otra fiesta de verdad, y él también estaba. Como hoy, apareció la policía, y tiraron la puerta al suelo y entraron aunque no tenían ninguna orden judicial. Vi cómo uno de ellos le estampaba la cabeza a mi amigo Junior contra el suelo de cemento de su garage antes de que yo pudiera huir, pero no todos tuvieron tanta suerte como yo. Toda la gente que no consiguió irse terminó con una multa, aunque no hubiera bebido, y deportaron a la madre de Junior, a pesar de que ella no sabía nada de la fiesta.

Y ahora solo nos pidieron que bajemos la música. No detendrán ni deportarán a nadie. No le estamparán la cabeza contra el suelo a ninguno de los asistentes. Y la puta fiesta continúa como si nada.

—¿Yami? ¿Dónde estás? —me llama Amber, que viene corriendo hacia la zona donde estamos, con David detrás de ella.

Me seco los ojos y salgo de detrás del arbusto, y luego Cesar me imita.

—Aquí.

—¡Pensábamos que te habías ido! —exclama David.

—No, pero creo que me iré ahora.

—Pero estás borracha —responde Cesar arrastrando las palabras y me apunta con un dedo como si me acusara de algo.

—Estoy bien, vendré por ti mañana —digo vocalizando tanto como puedo para demostrárselo, pero Amber y Cesar también están demasiado perjudicados como para detenerme, así que voy directo hacia el coche pasando por toda la multitud sin saludar ni despedirme de nadie.

—¡La-mi-graaah, La-mi-graaah! —me llama el chico «Di mi nombre en español» con un acento muy forzado e inmediatamente se echa a reír. «La migra», de «La migrante». Como si no fuera obvio para todo el mundo que los únicos que salieron corriendo en cuanto apareció la policía fueron los dos chicos mexicanos.

Me giro y me acerco a él con los puños apretados. Si Cesar lo hubiera oído, le habría dado un golpe en la tráquea. Mi hermano no lo escuchó, pero alguien tiene que darle un puñetazo a este tipo, y ahora mismo no me controlo. Siento que estoy en un sueño y que estoy afuera de mi cuerpo observándome mientras camino hasta ese tipo y le asesto un puñetazo en la nariz.

—¡¡¡OOOOOOH!!! —gritan un montón de chicos cuando cae al suelo y no se levanta. Dos de ellos me hacen una reverencia, como si estuvieran agradecidos de que haya dejado en el suelo a su amigo, y yo me doy la vuelta y sigo andando.

Creo que Hunter intenta llamarme cuando paso por su lado, pero sigo derecho. Pareciera que todo el mundo está mirándome, pero no me detengo y la gente se hace a un lado, como si fuera el mar Rojo, para dejarme pasar. Cuando llego a la privacidad del coche de mamá, me doy cuenta de que si me pusiera a conducir ahora mismo quizá no conseguiría llegar a casa. Creo que no sería capaz de andar sin hacer eses, y mucho menos conducir.

Me esperaré.

Es difícil estar sentada de brazos cruzados y no comerte demasiado la cabeza. Intento concentrarme en las pulsaciones lejanas que me noto en la mano en lugar de pensar en las alternativas, como cuando le estamparon la cabeza a Junior contra el cemento, cuando deportaron a su madre, cuando deportaron a papá…

Lo extraño mucho. Extraño sus abrazos y sus reafirmaciones constantes de que todo iría bien. De pequeña, podía acudir a él para cualquier cosa. Él me daba fuerzas y luego hacía que me enfrentara al problema. Quiero contarle lo de esta noche, lo de la policía y que le di un puñetazo a un chico. Quiero contarle lo de Bo y la discusión. Y que me gusta Bo, aunque ella tenga novia y piense que soy hetero.

Igualmente, ¿qué tengo que perder si salgo del clóset con papá? Aunque me odie por ello, tampoco es que lo necesite para sobrevivir, como me ocurre con mamá. En cualquier caso, papá nunca me odiaría y seguramente hará que todo sea mucho más fácil. Sabrá qué decirme exactamente para hacer que deje de sentirme como una mierda. Así que, le mando dos mensajes, dos cosas que me gustaría tener la fuerza para decir más a menudo:

Yami: Te quiero
Yami: Me gustan las chicas

Ya sé que se supone que no tienes que llamar ni enviar mensajes a la gente cuando estás borracha, pero es que hace mucho que se lo quería contar. Supongo que lo de ser hetero se me da peor de lo que pensaba, porque no he podido mantenerlo durante una noche, ni siquiera durante unas pocas horas, pero ya me siento mejor sabiendo que podré hablarlo con papá pronto.

Como ya estoy confesando la verdad por el alcohol, podría aprovechar y llamar a Bo. Está claro que mañana no me arrepentiré de ello. Me sale su buzón de voz, lo cual, si estuviera sobria, me tomaría como un acto de bondad del mismísimo Dios. Sin embargo, estoy borracha y no me importa una mierda que el universo me dé una segunda oportunidad, así que le dejo un mensaje:

—Hum… Hola. —Hago una pausa demasiado larga—. Le di un puñetazo a un tipo. Estuvo genial, creo. Puede que te sorprenda saber que es la primera vez que perpetro un acto violento contra otro ser humano. —No sé por qué estoy hablando con tanta formalidad, quizá para que el hecho de haberle dado un puñetazo a alguien en la cara suene menos violento, pero no dura mucho—. ¿Crees que doy miedo? Me parece que la gente piensa que soy más pesada de lo que soy en realidad. Uf, la fiesta va fatal. Tendría que haberme quedado contigo. Si no fuera tan idiota, tal vez me habrías dejado quedarme. Creo que habría sido mejor así. Solo quiero decirte que no me incomodas. Yo me incomodo a mí misma. Tú eres genial. Eres súper interesante y muy guapa y divertida y demasiado buena para mí. Tu novia tiene muuuuuucha suerte. Por favor, Bo, deja de dedicarme esa miradita tan linda cuando me sonríes, porque literalmente me estoy muriendo por dentro. Vete a la mierda, en serio, lo estás fastidiando todo. Me gustas mucho, ¿sabes? Creo que no lo entiendes. ¡Me guuustaaas! Me gusta estar contigo. O sea, no «estar contigo», sino estar contigo. Obviamente. Porque soy hetero, ¿recuerdas? —Me echo a reír y ya no puedo parar. Mi risa ahora mismo es peor que la de mamá—. ¡ES UNA PUTA BROMA! ¡ME GUSTAN LAS CHICAS! —Me estoy riendo tanto que prácticamente lo estoy gritando y se me saltan las lágrimas de los ojos. Bo pensará que soy divertidísima.

Termino la llamada y vibra el celular, pero no es ni Bo ni papá.

Cesar: LUCHADORA YAMI!!!!!!! TODAVÍA está inconsciente! No sabía que tenías tanta fuerza 😁

Sonrío y reclino el asiento tanto como puedo para ponerme cómoda y luego me acurruco de lado.

Le respondo que ya era hora que me respetara un poco, pero solo lo digo mentalmente. He gastado todas mis fuerzas en escribirle los mensajes a papá. ¿Cuánto tarda en pasarse la borrachera? Espero que no mucho. Me parece que vomitaré si me muevo, así que cierro los ojos.

Apenas unos segundos más tarde me invade un pensamiento que me consume entera. «¿Qué diablos me pasa?».

De pronto vuelvo a tener fuerzas para mandarle un mensaje más a Bo y a papá, y les digo lo mismo a ambos:

Yami: JAJAJA es broma

146

Y luego escribo a Bo otra vez porque a lo mejor todavía no ha escuchado el mensaje.

Yami: Estoy brracha porfa no escucches el mensaje

Ahora que ya tengo la situación controlada, cierro los ojos de nuevo y me duermo.

11

Presentarás falso testimonio sobre mensajes en el buzón de voz

Las vibraciones del celular me despiertan de milagro y tardo unos instantes en darme cuenta de que todavía estoy en el coche de mamá. Como las vibraciones no se detienen, me molesto un poco hasta que me doy cuenta de que quizá sea papá quien me llama. Tengo que entrecerrar los ojos para ver el nombre en el celular. Son casi las tres de la mañana. Eso significa que no he dormido más de diez minutos.

Es Bo. La preciosa Bo.

—Eeeyyyyyy, Bo… Bo-nita —grazno, y entonces echo a reírme. Bonita. Qué lista soy.

—Hum, hola. Perdón que no te contestara, estaba durmiendo. ¿Estás bien?

—Huuum, no, no estoy bien… ¿Alguna vez has visto las estrellas de los pobres, Bo? Son penosas. Ah, ¡y le di un puñetazo a un tipo! —digo, y doy un grito ahogado como si me acabara de enterar yo misma.

—No vas a manejar, ¿verdad? —pregunta, haciendo caso omiso de mi observación sobre las estrellas y todo lo demás. Qué pesada.

—Quizá, no lo sé.

—No, de ninguna manera. ¿Dónde estás?

Lo siguiente que sé es que estoy en el asiento del copiloto del coche de Bo. Estoy segura de que viajé en el tiempo, porque me salté lo que sea que ocurrió entre la conversación anterior y ahora. Qué increíble.

Bo está preguntándome algo y tengo que estrujarme el cerebro para entender qué me dice. Suelto un quejido.

—¿Dónde vives?

Se me escapa la risita. Buen intento, demonio sexy. No te voy a revelar mi identidad secreta de ninguna forma.

Otro salto en el tiempo.

Estoy encorvada sobre un inodoro vomitando. No es mi baño, y alguien está apartándome el pelo de la cara.

Otro salto.

—¿Dónde está? —pregunto gateando por la habitación de Bo, y a continuación miro debajo de su cama.

—¿El qué?

—¡El retrato que me hiciste! Tengo que verlo.

Tengo que encontrar el retrato. Tengo que…

Otro salto.

Bo está ayudándome a meterme en una cama que no es la mía. Tampoco es la suya.

—Puedes dormir aquí. Estaré en mi cuarto por si necesitas algo, ¿okey?

Estoy en su habitación de invitados.

—Espero que tu novia sea súper buena contigo. Te mereces a alguien mejor —balbuceo.

—Gracias…

—¿Te trata bien?

—Sí. Todo es muy reciente todavía, pero me gusta mucho —admite Bo, y yo intento tragarme los celos. Tendría que alegrarme por ella.

—Qué bien. Seguro que es mucho más guapa que Jenna —digo, y Bo baja la mirada—. Y que yo. Lo siento, no me porté bien contigo antes. ¿Por qué eres tan buena conmigo?

No entiendo a Bo. En el colegio parece una tipa fría y malota, pero luego adopta a perros feos y cuida a su amiga borracha a la que tiene todo el derecho del mundo a odiar.

—Para tener buen karma. —Se encoge de hombros, pero me parece que me ha simplificado la explicación, igual que yo simplifiqué «in lak'ech»—. Buenas noches.

Empieza a caminar hacia la puerta, pero hace frío y no quiero que se vaya. Lo que de verdad quiero ahora mismo es un abrazo.

—Nooo… —digo, y estiro los brazos hacia ella—. Acurrúcate conmigo.

Se ríe un poco.

—¿En serio?

Le dedico una enorme sonrisa, intentando que sea de esas que se reflejan en los ojos, con la esperanza de que Bo se quiera fundir en mis brazos del mismo modo que me ocurre a mí con sus sonrisas.

—¿Tienes algo en los ojos? —pregunta, y relajo la mirada.

—Tengo frío —me quejo con un puchero.

En lugar de acurrucarse a mi lado, me pone otra manta encima. Cuando cierro los ojos, sueño que Bo está conmigo en la cama para mantenerme caliente. La Bo de mi sueño está un poco tensa, así que la tomo de los brazos y me los envuelvo como me gusta que me abracen. Por supuesto, yo soy la cucharita pequeña. Ronroneo y la abrazo fuerte por el brazo, que ahora es mi almohada. Puede que Bo todavía crea que soy hetero o puede que no, pero la Bo del sueño lo sabe todo. Me permito a mí misma pensar que es real, que no tiene novia y que lo de acurrucarnos fue idea suya, y también hago ver que le gusto. Creo que podría acostumbrarme a esto de ser homosexual.

Me levanto sola con un dolor de cabeza que parece el castigo de un supervillano; es un nivel de maldad que acabaría con la vida de un cachorrito. El sol que se cuela por las rendijas de las persianas es demasiado fuerte, pero estoy en la cama más cómoda en la que he dormido jamás. No quiero irme nunca.

Tardo un minuto en recordar cómo llegué hasta aquí. Sinceramente, tengo muchas lagunas, lo cual me pone muy nerviosa.

Reúno todas mis fuerzas para incorporarme y veo que en la mesita de noche hay una botella de agua e ibuprofeno. Bo ha pensado en todo. Me tomo el medicamento con un poco de agua y dos segundos más tarde ya me he bebido la botella entera. Me parece que anoche no bebí ni una gota de agua, quizá por eso tengo una resaca tan horrible.

Después de disfrutar unos instantes más de esta cama que, sin duda, está pensada para miembros de la familia real, me levanto. No puedo evitar ver a Bo toda la vida, sobre todo teniendo en cuenta que estoy en su casa. Abro la puerta de la habitación de invitados y descubro que mi amiga está en la sala del piso mirando el celular, sonrojada y sonriendo. Quizá si dejo de sabotearme a mí misma algún día podría tener una novia que me haga sonrojarme cuando miro el celular.

—Ey —digo.

—Ey —responde dejando el celular a un lado—. ¿Estás bien?

—Estoy un poco entumecida y me duele la cabeza, pero sí, estoy bien.

—Me alegro. Parece que la fiesta fue divertida, ¿no?

—La verdad es que no… Gracias por ir a buscarme —digo, y me siento en el otro lado del sofá.

—De nada.

No digo nada durante un rato y ella vuelve a mirar la pantalla.

—¿Ya no estás enojada conmigo? —pregunto al final, y Bo levanta la vista.

—Lo estaba, pero ya se me pasó.

Suspiro aliviada.

—Lo siento muchísimo.

—Ya lo sé, me lo dijiste como un millón de veces anoche —comenta entre risas.

Yo no recuerdo nada de eso, y me pregunto qué más le dije…

—Mierda. ¿Escuchaste el mensaje del buzón de voz?

—¿Qué mensaje? —pregunta mientras desbloquea el celular.

—¡No es nada! En serio, estaba diciendo tonterías por el alcohol. Tendrías que borrarlo…

—Oooh, ¿este mensaje? —Gira el celular para enseñarme que tiene un mensaje pendiente y le da al botón para reproducirlo.

Me abalanzo sobre el teléfono, pero Bo es demasiado rápida. Se levanta del sofá de un salto y tengo que perseguirla alrededor de la mesa de la sala para intentar quitárselo. El mensaje está sonando de fondo, pero grito por encima de la grabación para que no pueda oírla.

«Hum… Hola. Le di un puñetazo a un tipo».

—Ah, ¡ya me enteré de eso! Se lo merecía —dice, y vuelve a reírse.

—¡Para! ¡Dámelo!

Salto por encima de la mesa y ella me esquiva, riendo y tirándome cojines como si fuera un juego, como si mi mayor secreto no estuviera en riesgo.

«Uf, la fiesta va fatal. Tendría que haberme quedado contigo».

—¡LA, LA, LA, LA, LA, LA! —grito, desesperada por intentar que no oiga el mensaje.

Al final consigo hacerle una llave y le sujeto contra el suelo la mano donde tiene el celular. Sigo gritando por encima de la grabación hasta que apenas soy capaz de oírla yo misma, así que quizá ella tampoco puede. Le quito el teléfono y me apresuro a borrar el mensaje antes de que sea demasiado tarde.

«Creo que no lo entiendes. ¡Me guuust…!».

Borrado. Suelto el celular y me dejo caer en el suelo.

—Dios mío, ¿a qué vino todo esto? —pregunta frotándose la mano por donde la presioné contra la alfombra. Me siento mal de haberla lastimado, pero es el precio que tenía que pagar para evitar que descubriera la verdad.

—Perdón, es que es muy vergonzoso. Ya sabes… Estaba muy borracha…

Bo se ríe en silencio, se pone de pie de un salto y me tiende una mano para ayudarme a levantarme. Suspiro aliviada y se la acepto. Cuando me levanta, el dolor de cabeza se intensifica y se me escapa un gruñido.

—Vamos, me muero de hambre.

Me llega el olor a tocino. Al bajar a la cocina, me encuentro a su madre comiendo mientras su padre cocina. Es la primera vez que veo a la madre de Bo. Su padre nos sirve tocino y hot cakes a las dos.

—¡Buenos días! —dice la mujer—. Tú debes de ser Yamilet, ¿no?

Asiento y le tiendo una mano.

—Es un placer.

—Me gustaría hablar contigo sobre lo de anoche —comenta mientras le pone una mano en el hombro a su marido.

—Mamá, ¿en serio? —empieza Bo, pero su padre la interrumpe con un gesto de la mano.

—Oh… Okey —contesto. ¿Bo les contó lo que pasó?

—Hiciste lo correcto, Yamilet. Nos alegramos de que llamaras a Bo para que fuera a recogerte en lugar de ir en coche tú misma hasta tu casa. Hay que ser muy valiente para pedir ayuda —dice su madre, y me da un apretón en el hombro con la mano que tiene libre.

—¿No están enojados? —O sea, saben que bebí alcohol, que Bo fue a buscarme a las tres de la madrugada y que me quedé a dormir aquí porque estaba demasiado borracha para decirle a Bo dónde vivo, ¿y están orgullosos de mí?

—Por favor, tutéanos. Preferiríamos mil veces que molestes a alguien en lugar de que acabes muerta —responde su padre.

—Ah… Bueno, hum, gracias. Por dejarme pasar la noche aquí. Y por los hot cakes —digo, tratando de ocultar que tengo la cara roja como un tomate por la vergüenza. No les comento que en realidad no tenía ninguna intención de pedir ayuda y que llamé a Bo para confesarle algo porque estaba ebria. Prefiero que piensen que soy responsable.

—No podemos evitar que hagan lo que quieran hacer, pero esperamos que lo hagan en un entorno seguro.

—Yami está bien, papá —interrumpe Bo, que intenta salvarme del sermón otra vez, pero su madre continúa.

—Tienes que asegurarte siempre de estar con alguien de confianza, y no debes aceptar nunca bebidas de un desconocido. Mira. —Me quita el teléfono, que estaba en la mesa, y tengo que reprimirme las ganas de quitárselo—. Estoy guardándote mi número. Si en alguna ocasión necesitas ayuda y no te sientes cómoda llamando a tus padres, llámame a mí. No te meterás en ningún lío, y preferiría que fuera un adulto quien vaya a buscarte.

—Gracias… —No sé qué más decir. Los padres de Bo son una maravilla.

Empiezo a comer para tener algo que hacer con las manos y entonces me doy cuenta de que estoy hambrienta, seguramente porque anoche vomité hasta mi alma.

Después de desayunar, Bo me acerca a casa de Hunter, donde dejé el coche de mamá, para que pueda recoger a Cesar e irnos a casa.

—Perdona por lo de mis papás, son un poco intensitos —dice Bo acomodando las manos sobre el volante.

—No, son muy dulces. Mi mamá ya me habría matado. —Me da un escalofrío al imaginar la reacción de mamá al enterarse de que estuve bebiendo en una fiesta y alguien tuvo que ir a buscarme—. Espera, no se lo dirán, ¿verdad?

—No, cómo crees, están muy comprometidos con eso de ser unos «padres cool». —Pone los ojos en blanco al pronunciar la última palabra.

Respiro hondo por los nervios. Por lo menos, mamá no lo sabrá. Y ahora que ese mensaje de voz tan vergonzoso ha desaparecido para siempre, solo queda otra prueba que tengo que encubrir. Debo hablar con papá.

Creo que he intentado llamar a papá diez veces entre las demoledoras siestas por la resaca, pero no contesta, y le tuve que decir a mamá que estoy enferma porque así no hay quien trabaje. En serio, ¿la gente por qué bebe? Por suerte, mamá no quiere que contamine las joyas con mis gérmenes; que Dios me ayude si algún cliente se pone «enfermo» por culpa mía.

Seguramente papá está ocupado o algo así. No han pasado ni veinticuatro horas, todavía es pronto para que me ponga nerviosa. De todos modos, el cuerpo y la cabeza me duelen demasiado como para ponerme nerviosa. Quizá papá ni siquiera ha recibido mi mensaje, y si le lleno el chat con mensajes sobre otras cosas, ¿tal vez el de anoche quedará enterrado bajo la avalancha? Puede que no llegue a verlo.

Pero hay una parte de mí que sí quiere que lo vea. Me dijo que siempre podía ser sincera con él, y eso fue lo que hice. Si hay alguien con quien siento que puedo explicarlo todo, ese es papá. Quiero mucho a Cesar, pero no siempre da buenos consejos, así que decido que esto es algo positivo. El principal problema que podría mandarlo todo a la mierda es que se lo cuente a mamá, pero dudo que lo haga. Siempre ha sabido mantener nuestros asuntos solo entre nosotros y nunca me ha metido en ningún lío con mamá. De todos modos, por si acaso, le mando otro mensaje.

> **Yami:** Por favor, no se lo digas a mami. A diferencia de ti, ella no lo entendería

Me he quitado un peso de encima. Ojalá me respondiera de una maldita vez. Quizá necesita un poco de tiempo para procesarlo, pero tengo paciencia. Puedo tener mucha paciencia.

—Yami, despierta. Necesito que me hagas un favor. —Cesar me sacude el brazo y lo aparto de un manotazo. Si dependiera de mí, me habría pasado todo el día y toda la noche durmiendo.

—¡Cesar, ya basta! ¿Qué quieres?

—Corrieron a Jamal de su casa, ven. —Me saca de la cama antes de que pueda responder, y parece tan urgente que se lo permito.

Jamal y mamá están sentados en la mesa. Él tiene el labio roto y una mejilla hinchada, y solo oigo el final de una conversación entre ellos dos:

—No sabía adónde ir…

—Ay, no, ¿estás bien? —Extiendo la mano para tocarle la mejilla y él se encoge.

—Sí, estoy bien —balbucea sin alzar los ojos para mirarnos a ninguno de los tres.

—No está bien —dice mamá, que suena enojada—. Mijo, ¿quién te hizo esto?

Jamal mantiene la cabeza gacha y no dice nada. Cesar está de pie a unos pocos metros de él, temblando, como si intentara reprimirse las ganas de acercarse más. Supongo que no quiere que mamá vea que está tan afectado.

—Contéstame cuando te hago una pregunta —insiste ella con su voz aterradora.

—Mi padrastro —murmura Jamal mientras mira a la mesa.

Oh, no… Debe de habérselo dicho…

—Ay, Dios mío. —Mamá se santigua y luego le pone una mano en la mejilla con suavidad—. Te quedarás aquí unos cuantos días, ¿okey, mijo? No quiero que te quedes en la calle.

—¿De verdad? —contesta Jamal, quien por fin levanta la vista, y veo que le tiembla la barbilla.

—No te alegres demasiado. Por supuesto, no entrarás en la habitación de Yamilet.

—Puede dormir en mi cuarto —se ofrece Cesar. Aunque todavía me siento fatal, me cuesta no reírme.

—Perfecto, así te asegurarás de que estos dos no se metan en líos, ¿de acuerdo?

Cesar le hace un saludo militar y Jamal apenas consigue ocultar su sonrisa a pesar del labio roto.

12

No codiciarás la vida de tu hermano

Jamal intenta ayudar tanto como puede mientras está con nosotros. Nos ayuda a limpiar y, como tiene coche propio, se ofreció a llevarnos y recogernos del colegio, lo cual es una oferta muy generosa, teniendo en cuenta que Slayton está muy lejos. Implica que nos tiene que llevar a primerísima hora para que luego él tenga tiempo de llegar a Rover, pero así mamá se ahorra el trayecto, y ella no para de decir que podría acostumbrarse a tener a alguien que la ayude. Y, después de unos cuantos días yendo al colegio con Jamal, la verdad es que yo también podría acostumbrarme a ello. Sin duda, a Cesar le anima los días, y con suerte eso se traducirá en que mi hermano se meterá en menos problemas, ¿verdad?

La semana siguiente, después de clase, veo que el coche de Jamal me espera en el estacionamiento.

—¡Ey, Yamilet! —grita Hunter.

Siempre intenta hablar conmigo al terminar las clases y también en Arte. Ya sé que quiere hablar sobre lo que le dije en la fiesta, pero no pienso permitirlo de ninguna manera.

Aquí no ha pasado nada.

Por lo menos, en Arte me basta con dedicarles una mirada rápida a Bo y a David para que Hunter se calle. Tiene la decencia de no decir nada delante de ellos —al fin y al cabo, aseguró que me guardaría el secreto—, pero después de clase se pone muy insistente, así que hago como que no lo oigo y voy directo hacia el coche, donde ya me esperan Cesar y Jamal. No es el método más sostenible a largo plazo, pero por ahora he conseguido evitarlo.

Esquivar a Hunter es más fácil ahora que nos viene a buscar Jamal, porque siempre es muy puntual y puedo darle esquinazo a Hunter en el coche hasta que nos vamos. El único inconveniente es que extraño que Bo nos lleve a la parada del tranvía. (Okey, en realidad la extraño a ella). Aunque vamos juntas a dos clases y siempre como con Amber, David y ella, me parece que me pierdo algo ahora que no tengo esos diez minutos adicionales con Bo. Esto de que te guste alguien es un rollo. Pero Bo tiene novia y yo sigo en el clóset, de modo que no sé por qué me comporto así. Me paso el resto del trayecto hasta casa haciendo ver que no estoy celosa mientras Cesar y Jamal se toman de la mano sobre la consola central del coche.

Si Jamal y Cesar no estuvieran tan acaramelados, tal vez yo no estaría tan apachurrada. Son una pareja rara pero adorable. Nunca los he encontrado besándose ni nada así, pero prácticamente cada día los veo haciendo alguna cosa rara. La última vez trataban de hacer un ejercicio de *press* de banca usándose mutuamente como si fueran la barra, pero no les funcionó. Cuando entro en la habitación de Cesar después de que lleguemos a casa, Jamal está sentado en la cama y parece una ardilla. Tiene la boca completamente llena de merengues, pero eso no detiene a Cesar, que le mete uno más a presión. Jamal dice algo incomprensible y entonces se echa a reír, y atrapa los dulces en la mano mientras los escupe.

—¡Buuu! Llegaste a diez —dice Cesar.

—¿Qué pasa aquí? —los interrumpo. Tengo que saludarlos porque, si no lo hago, aún me convenceré a mí misma de que me lo imaginé.

—Estamos jugando al *chubby bunny*. ¿Quieres probarlo? —dice Jamal después de tirar los merengues a la basura y limpiarse la boca.

—¿Qué demonios es esto del *chubby bunny*?

—Tienes que meterte merengues en la boca y luego decir «*chubby bunny*». Gana el que consigue meterse más —explica Cesar.

Me siento en la cama con ellos, al lado de mi hermano. Mis opciones son esto, sea lo que sea, o ponerme a trabajar, o hacer la tarea; no es una decisión muy difícil.

Los dos tienen una ventaja muy injusta por el tamaño de su boca, pero me esfuerzo al máximo. Cuando llevo seis, Cesar me da unas palmadas en las mejillas y la fuerza hace que los merengues salgan disparados de mi boca. Me da la sensación de que sucede en cámara lenta. Jamal abre mucho los ojos y su grito sube dos octavas al ver que los dulces van directo hacia él.

Me estoy ahogando tanto que ni siquiera soy capaz de reírme.

Jamal salta de la cama como si fuera un gato que huye de una serpiente. Se sacude de arriba abajo e imita el sonido de tener arcadas, y Cesar me da unos golpecitos en la espalda mientras intento recuperar el aire, pero está riéndose tanto que apenas me ayuda.

Entonces Jamal se encuentra un merengue pastoso pegado en la camisa, suelta un grito y se lo lanza a Cesar, y eso da comienzo a una guerra en la que no quiero participar, así que salgo disimuladamente de la habitación mientras se tiran merengues el uno al otro, y espero que estos sean de los nuevos.

Son la pareja más rara que he visto, y les tengo mucha envidia.

Cuando vuelvo a mi habitación, intento evitar mirar el celular. Papá ya tardó más de una semana en «procesarlo» y estoy haciendo un esfuerzo para no ponerme nerviosa. Supongo que necesita un poco más de tiempo, pero no pasa nada. Estoy bien.

Papá y yo hemos pasado más tiempo sin hablar, pero no es normal que no me haya respondido siquiera, porque lo normal es que solo tarde un par de días. Al final decido hacer una lluvia de ideas de todos los motivos lógicos por los que quizá no me ha contestado todavía. Tal vez haya tenido un problema con el celular y no le llegó mi mensaje. Puede que necesite tiempo para darme una respuesta sincera. A lo mejor estoy exagerando.

—¿Alguien ha visto mi celular? —grita mamá, que alza la voz mucho más de lo necesario.

—¡No! —respondo con el mismo tono a la vez que la pantalla de su teléfono se oscurece mientras pulso el botón de apagar el aparato, y luego lo escondo en una caja de zapatos vieja en mi clóset. La esperanza es lo último que se pierde, pero creo que no me puedo permitir el lujo de creer en la promesa que me hizo papá de que me guardaría los secretos. Puede que solo esté ocupado, pero también puede que me odie. Por lo menos, ahora no podrá contárselo a mamá.

No soporto la sensación de no saber qué opina ni si ha visto mi mensaje, de modo que agarro el celular para hacerle un video en Marco Polo y mandárselo.

—Ey, papi... No sé si recibiste mi mensaje de hace unos días. Espero que todo vaya bien entre nosotros. Estoy pasando unos días difíciles y te extraño. Ya me dirás. Te quiero.

Lo envío. Papá siempre me ha dicho que me prepare para lo peor pero espere lo mejor.

Me obligo a respirar hondo y pensar. El peor escenario sería que me echaran de casa. Ojalá pudiera hablar de esto con Cesar, pero se pasa todo el rato con Jamal y no quiero molestarlos, sobre todo porque Jamal está viviendo esa misma situación ahora mismo.

No me queda tiempo para entristecerme si me concentro en la logística. Mamá pensará que perdió el celular y eso me dará un poco de tiempo para pensar qué haré si papá decide contárselo. La verdad, últimamente está tan ocupada con el trabajo y la tienda que apenas lo extrañará.

Si papá encuentra una manera de decírselo, lo negaré todo. Será su palabra contra la mía, y yo tengo un novio falso que me respaldará. Pero... en caso de que eso no funcione, tendría que encontrar otro trabajo como plan B. Si mamá me deshereda, tampoco podré contar con el dinero de las joyas.

Dejo la ansiedad de lado tanto como puedo y me concentro en dar con soluciones. Tengo que empezar a buscar trabajo, solo por si acaso. Después de hacer una búsqueda rápida en Google consigo mejorar mi currículo para que parezca que tengo mucha más experiencia de la que tengo en realidad. Al parecer, soy la «mánager de marketing y redes sociales» de mamá. Además, tengo habilidades creativas, organizativas y de gestión del tiempo gracias al trabajo con la tienda. Todo esto tendría que abrirme las puertas para algún trabajo.

Jamal ya lleva en casa más de «unos cuantos días», como dijo mamá, pero por ahora no le ha pedido que se vaya. Ni siquiera saca el tema al cabo de un par de semanas. Por lo menos, no lo hace delante de mí, pero no creo que la situación se alargue mucho más, porque mamá no tiene ninguna intención de adoptar a otro hijo. A veces me gustaría hablar con Jamal sobre lo que pasó cuando lo echaron de casa, pero es un tema muy sensible para él y no me atrevo a preguntárselo. Tampoco tenemos tanta relación y estaría muy fuera de lugar que lo interrogara al respecto, así que me ocupo de mis propios asuntos, igual que quiero que los demás hagan conmigo.

Lo único que sabe Jamal es que les estoy haciendo un favor a Cesar y a él. Aparentar que somos pareja en realidad es muy divertido, seguramente porque sé que no está interesado, y para mí también es una buena manera de practicar. Además, Cesar se pone un poco celoso de mí, lo cual lo hace más atractivo.

Cuando llega Acción de Gracias, Jamal sigue en casa. Tenemos vacaciones el resto de la semana, pero nosotros no celebramos esta festividad colonial, de modo que para nosotros son solo un par de días sin clases.

Cesar quiere ir a comprar Takis, y mamá nos obliga a Jamal y a mí a acompañarlo para que no estemos solos en casa. También es una buena oportunidad para entregar mi currículo en mano, porque de momento nadie me ha contestado cuando lo he enviado por internet.

Mamá nos da un recipiente lleno de chilaquiles para que se lo llevemos a doña Violeta. Jamal y yo nos tomamos de la mano mientras salimos de casa, pero nos la soltamos en cuanto quedamos fuera del campo visual de mi madre. Hoy hace una brisa muy agradable y el sol no pica demasiado, o sea, que no terminaré con los pies bronceados con la marca de las chanclas. Ya era hora de que la Madre Naturaleza decidiera darnos un descanso del calor.

Aunque Jamal y yo ya no nos damos la mano, cuando están en público Cesar y Jamal tampoco actúan como si fueran una pareja. Es cierto que pasan coches por la calle, y supongo que no se puede ser demasiado precavido. Como mucho se rozan las manos de vez en cuando. Es tan rápido que parece un accidente, pero sucede tan a menudo que tienen que hacerlo a propósito.

Contengo la respiración cuando pasamos por delante de la casa de Bianca, porque no quiero encontrármela. Alguien quitó de en medio nuestros —sus— maceteros. Ya no están afuera y su jardín delantero parece desnudo. Supongo que Bianca los tiró después de que le estropeara las flores. Bien.

Seguimos la música de mariachi, que suena más y más fuerte, hasta que llegamos al porche de doña Violeta. Otra familia se nos adelantó y ya le trajeron comida, así que hay un montón de gente comiendo con ella en el porche y no nos necesita.

Desde aquí veo que Bianca y sus amigas caminan hacia la tienda a la que vamos. Está muy guapa, incluso de lejos, pero ahora ya sé que no es la clase de belleza a la que quieres acercarte. Bianca es guapa como la bruja malvada de *Blancanieves*. Su belleza es de las que dan miedo, de las que no dudarán en envenenarte.

Me apresuro a entrar en casa de doña Violeta para evitar cruzarme con ellas, y Cesar y Jamal saludan a todo el mundo mientras yo guardo los chilaquiles en el refrigerador y me espero un rato para que Bianca pase por delante de la casa. Me pongo una mano en el pecho hasta que el corazón vuelve a latirme con normalidad e intento escuchar la conversación que llega desde afuera para tranquilizarme. Parece que alguien está a punto de irse a la universidad y todos se han puesto a hablar sobre sus futuros. El corazón no se me desacelera hasta que ha pasado bastante tiempo y estoy segura de que no me cruzaré con Bianca de camino a la tienda, y entonces salgo como si no hubiera pasado nada. Gracias a Dios Cesar y Jamal me siguen la corriente y luego retomamos el camino.

—Me parece que nunca hemos hablado de esto, pero ¿cuál es el trabajo de sus sueños? —pregunta Jamal, que continúa con la conversación de casa de doña Violeta.

Me encojo de hombros, porque supongo que en realidad no tengo uno. Quizá, si mis padres me apoyaran más, podría plantearme este tipo de cuestiones. Odio haberlo pensado siquiera, porque todavía no sé si papá me apoya o no…, pero mamá seguramente no. Es decir, no me queda otra que intentar ahorrar suficiente dinero para independizarme si en algún momento fuera necesario, a la vez que me recupero de la herida de la reciente ausencia de papá.

—¿De qué sirve soñar con tener un trabajo en concreto cuando el mañana nunca está garantizado? —plantea Cesar, lo cual me sorprende un poco, porque es un pensamiento algo mórbido para él.

Pienso en el marido de doña Violeta… Es verdad que el mañana nunca está garantizado, pero para mí ese es el motivo opuesto de por qué no sueño con un trabajo en concreto. En mi caso, se trata de planificar para un futuro desconocido.

—Bueno, no está garantizado, pero es probable. Todavía estamos en la prepa, lo más seguro es que tengamos un mañana.

—Pero no lo sabes —balbucea Cesar.

—Igual que tú no sabes si morirás mañana. Ya que estamos, mejor planificar para el futuro, ¿no? —digo.

—Bueno, da igual —concluye Cesar, que pone los ojos en blanco, y yo lo imito.

Imagino que Jamal intenta evitar una discusión entre hermanos, porque enseguida cambia de tema.

—Oye, Yami, ¿cuándo alzarás el vuelo y saldrás del clóset?

—¿Se lo dijiste? —pregunto mientras fulmino a mi hermano con la mirada.

—No tenemos secretos —replica Cesar haciéndole ojitos a su novio—. Es mi otro yo.

¿Quién habría dicho que «in lak'ech» iba a rebotarme de tal manera?

—Eso lo dices sobre todo el mundo —repongo. No me gusta que esa sea la excusa que me da para haberle contado a Jamal lo mío.

—Ey, ya sabes que puedes confiar en Jamal, ¿verdad? —me asegura Cesar.

Jamal me dedica una sonrisa inocente. Sé que no se lo dirá a nadie, pero esa no es la cuestión.

—Mierda, Yami, pensaba que no te importaría —continúa Cesar en vista de que no respondo. Para él, «Mierda, Yami» = «Lo siento», porque es incapaz de pronunciar estas palabras.

—Bueno, pues sí me importa. ¿Cómo te sentirías si fuera y le contara lo tuyo a… Bo o a alguien?

Jamal se queda un poco rezagado para dejarnos espacio para discutir.

—¿Qué? ¿Bo y tú son…?

—¡No! Solo era un ejemplo. Olvídalo.

—¡No, no, no! ¡A mí no me engañas!

—Cesar, basta —digo entre dientes.

—¡Lo sabía! ¡Te gusta Bo!

—¡Cállate! —Le tapo la boca, aunque estamos a unos cuantos kilómetros de nadie que pueda conocer a Bo, y el muy cabrón me lame la mano—. ¡Puaj! —Me estremezco y me la seco en la cadera, y él continúa como si no hubiera hecho una guarrada.

—Oye, cuando le preguntes si quiere salir contigo, ¡te devolveré el favor y me haré pasar por su novio falso! ¡Así podremos tener citas dobles como dos parejas falsas que en realidad son dos parejas de verdad! —Cesar está tan entusiasmado con la idea que prácticamente está dando saltitos. Sin embargo, eso nunca funcionaría, teniendo en cuenta que Bo tiene novia.

—¡No le voy a preguntar si quiere salir conmigo! ¡Para ya! —exclamo. Quiero enojarme, pero la risa me delata.

—Okey, ya paro. —Mi hermano alza las manos para demostrar que se rinde—. Pero, volviendo a lo que decía Jamal, ¿cuándo piensas salir del clóset?

—Ni que tú lo hubieras hecho. No veo que vayas por ahí presentándote como bisexual.

—Ni tú como lesbiana. Nunca te he oído usar esa palabra.

Eso me sorprende un poco, la verdad, porque no me lo había planteado.

—En fin, esa no es la cuestión —dice Cesar—. ¡Deja de evitar mi pregunta!

—Okey. Pues probablemente salga del clóset cuando me independice.

La verdad es que todavía no estoy preparada.

—Cobarde.

—Si yo soy una cobarde, ¡tú eres un hipócrita! Si tan fácil es, ¿por qué no lo has hecho todavía?

—No quería decir eso. No tienes que salir del clóset con todo el mundo, pero sí podrías hablar con Bo.

Canturrea el nombre de mi amiga y me da unos golpecitos en la barriga con el dedo. Si lo que pretende es animarme, no lo está consiguiendo.

Finalmente, Jamal vuelve con nosotros y ya no puedo seguir discutiendo, pero Cesar tiene razón, soy una cobarde. Una cosa es salir del clóset, pero ¿confesarle mis sentimientos a Bo? Me parece que nunca estaré preparada para hacerlo sobria. No después de lo de Bianca. Entre Cesar y yo, él siempre ha sido el más valiente. Sin embargo, hay un código secreto en alguna parte que afirma que no puedes admitir que tu hermano tiene razón, así que les jalo la oreja a Jamal y a él para molestarlos.

—¡Ey! ¿Yo qué hice? —exclama Jamal sobándose la oreja.

—Seguramente te lo merecías. —Me encojo de hombros. Si Jamal está con mi hermano, eso significa que forma parte de la familia. Y a la familia le jalas la oreja para molestarla, es una muestra de cariño.

Ya casi hemos llegado a la tienda, pero la música de doña Violeta suena tan fuerte que todavía la oímos. Ahora está sonando «Cielito lindo» y, de manera instintiva, Cesar y yo empezamos a cantar. Cesar nos pasa los brazos por los hombros a Jamal y a mí mientras imitamos las voces graves de los mariachis a todo pulmón. Jamal enseguida se aprende la parte del «ay, ay, ay, ay», pero no va más allá y se limita a reírse de nosotros, que no tenemos ningún reparo en hacer el ridículo.

De pronto Cesar deja de cantar.

—Mierda… —dice, y se detiene.

—¿Qué pasa? —pregunto.

—Hum… Olvidelacartera —contesta atropelladamente.

—No te preocupes, yo te invito —se ofrece Jamal.

—No, ya no tengo hambre. —Tiene la vista clavada en una camioneta negra que hay en el estacionamiento de la tienda—. Volvamos a casa.

Y entonces los veo por la ventanilla: seis tipos que iban a Rover, y a dos de ellos los reconozco porque Cesar siempre se peleaba con ellos. Nunca había pensado que Cesar fuera la clase de persona que evita las peleas, pero ya está dando media vuelta. No quiere que lo vean.

—Okey, vámonos —accede Jamal al darse cuenta de la situación.

Sin embargo, justo cuando nos giramos se abren las puertas de la tienda y se me encoge el estómago al oír lo que dicen:

—¡Oye, maricón!

Cesar aprieta los puños, pero sigue caminando. Me gustaría dar media vuelta y enfrentarme a ellos por mi hermano, pero esta vez no cuento con el empujoncito del alcohol como ocurrió en la fiesta. Además, son demasiados. Incluso Cesar sabe que no puede contra los seis, ni siquiera si Jamal y yo le ayudamos, aunque para mis adentros espero que no lleguemos a ese punto, porque no sé si tendría las agallas.

—¡Miren, está huyendo otra vez! —exclama uno, y estallan en carcajadas.

Estoy lista para retener a Cesar y convencerlo de que no les haga caso, pero mi hermano no se gira para pelearse con ellos, sino que sale corriendo. Jamal y yo lo imitamos, porque el código secreto también dice que, si uno de nosotros corre, corremos todos, a pesar de que elegí el peor día para salir de casa en chanclas. Los chicos de Rover se suben a la camioneta, con dos de ellos en la parte trasera, y nos empiezan a perseguir.

Yo no soy tan rápida como Cesar y Jamal, así que la distancia entre nosotros se ensancha con cada zancada. De todos modos, corro tan rápido como me lo permiten las malditas chanclas. La camioneta sube una rueda sobre la acera, como si quisieran atropellarnos, y mis pies ya no pueden moverse más deprisa, pero eso no me impide intentarlo. Corro tanto que me duelen los gemelos, pero no consigo alcanzar a Cesar y a Jamal. Un poco más adelante hay un callejón por el que podemos meternos, pero no sé cuánto tardaré en llegar. El vehículo está cada vez más cerca, y es imposible evitar la reja del otro lado de la acera sin tener que cruzar la calle. Entonces suena el claxon de la camioneta a pocos metros detrás de mí, y un grito agudo escapa de mi garganta. Estoy a punto de tropezar, pero sigo corriendo, y Cesar se da la vuelta al oír el grito.

—¡Yami! —Se le abren mucho los ojos cuando ve lo cerca que la tengo. Duda un instante y cambia de dirección.

—¡Cesar, no! —exclama Jamal, que se gira a la vez que Cesar.

Mi hermano corre hacia mí y me empuja contra la reja con tanta fuerza que ahora la camioneta va directo hacia él en lugar de hacia mí.

Cuando están a punto de atropellar a mi hermano, la camioneta pone marcha atrás y se aleja. Las carcajadas son casi tan fuertes como la música.

Me quito una de las chanclas y salgo corriendo hacia ellos, y a continuación suelto un grito de guerra ahogado y la tiro hacia el vehículo. Impacta contra la ventana trasera, pero no me da la satisfacción que quería. Oigo que se ríen y se van, y otro coche termina atropellando mi chancla. Me habrían matado si Cesar no me hubiera apartado...

—¿Estás bien, Yami? —pregunta mi hermano, jadeando.

Me giro hacia él y redirecciono mi ira.

—¿Por qué lo hiciste? —grito. ¡Por poco lo matan!

Se encoge de hombros como si no fuera nada grave, pero lo es. Ni siquiera lo pensó dos veces antes de arriesgar su vida por mí. Me gustaría empujarlo contra la reja, pero en vez de eso le doy un abrazo, y él se ríe incómodo.

—Mira que eres dramática.

Lo abrazo más fuerte antes de soltarlo. Cuando nos damos la vuelta para volver hacia casa, vemos a doña Violeta de pie en el borde de su porche, como si estuviera lista para salir corriendo hacia nosotros. En la otra acera está Bianca, que nos mira con los ojos muy abiertos mientras sus amigas siguen caminando. Por un momento pienso que vendrá a ver si estamos bien, pero da media vuelta y corre hacia sus amigas. Después de tranquilizar a doña Violeta y hacerle prometer que no se lo dirá a mamá, ninguno de nosotros menciona lo ocurrido de camino a casa, ni nunca más.

13

Confesarás tus pecados... o algunos

Cometí el error de publicar un montón de fotos de pulseras de la amistad en Instagram por el Black Friday y ahora tenemos muchísimos pedidos atrasados, pero no puedo quejarme; aunque visualmente prefiero la bisutería de chaquira, tejer pulseras es lo que más me gusta. Cuando me pongo a hacerlas, agarro buen ritmo; es repetitivo y predecible, y hay algo en todo ello que me resulta tranquilizador, como si le estuviera haciendo una trenza a alguien.

Mientras trabajo, pienso en qué estrategia seguiré para buscar trabajo; de ese modo evito pensar en papá. ¿Su falta de respuesta me está empezando a poner nerviosa? Sí, claro que sí. Pero si en lugar de reflexionar al respecto pienso en buscar trabajo, no tendré que lidiar con ese problema, ¿no? Me quedo con esta opción.

Encontrar trabajo es mucho más difícil de lo que me imaginaba, y me parece que ya he agotado todas las opciones que tengo alrededor de casa. He presentado mi currículo en un sitio de comida rápida, una cafetería, una tienda de ropa y como recepcionista, pero nada. Quizá tenga más suerte si busco cerca de Slayton.

Por si acaso, ya tengo fichado un departamento que solo requiere una fianza de un mes y el alquiler es mucho más barato que en el resto de la zona. Si consigo un trabajo con el salario mínimo, me servirá. Por supuesto, no es el departamento más bonito del mundo —eso explica por qué hay varios departamentos disponibles en ese edificio—, pero no está mal. Cesar y yo podríamos dormir en literas o algo así. Sin embargo, para eso primero tengo que conseguir trabajo.

No puedo estresarme demasiado si estoy concentrada. A partir de la semana que viene se celebrará el bazar de invierno, que se lleva a cabo el segundo y el tercer sábado de diciembre, como cada año, y espero ponerme al día con los pedidos de la tienda para vender allí los que me sobren. Se hará en una plaza del centro, y mamá me dijo que si lo monto yo sola me podré quedar todo el dinero que obtenga, salvo los gastos de los materiales. Al ritmo que llevo, creo que este fin de semana me pondré al día con todos los pedidos que tenemos atrasados y luego podré ir al bazar los próximos dos sábados para vender todas las joyas adicionales que haya hecho.

Jamal entra en la sala, se sienta a mi lado y observa mis manos como si intentara entender cómo funciona. Cesar ayuda a mamá a hacer la cena, así que estamos nosotros dos solos.

—Son muy bonitas… —dice Jamal estudiando mis creaciones, y aprovecho la oportunidad para admirarlas yo también. Las pulseras de la amistad tienen paletas diferentes, desde los colores de un atardecer en el desierto hasta el rosa del algodón de azúcar, pasando por una jungla de flores. Los diseños angulares hacen que parezcan sacadas de una calle mexicana, donde estarían a la venta para los transeúntes.

—Gracias. —El cumplido me hace sonreír. Son muy auténticas.

—¿Necesitas ayuda? —pregunta Jamal.

Dejo los hilos que estaba anudando y me estiro los dedos, pues los tengo entumecidos. Tardaría muchísimo en enseñarle a hacer las pulseras, pero quizá me pueda echar una mano con todas las demás tareas que tengo que hacer mientras me pongo al día con los pedidos.

—¿Me puedes cortar estos hilos? Tienen que medir veinticinco centímetros —le explico, y trato de no sonreír demasiado cuando Jamal agarrar una regla y se pone a trabajar.

—Siento lo del otro día —dice mientras mide un hilo—. Pensaba que sabías que Cesar me lo había contado. No quería hacerte sentir mal porque no hayas salido del clóset.

—No me siento mal —respondo enseguida, casi a la defensiva.

—Okey, genial. Porque no tendrías que sentirte mal, cada uno va a su ritmo. —Se detiene un momento y me mira muy serio de nuevo—. Y no eres una cobarde, ¿eh? No creo que Cesar lo dijera en serio. Eres lista.

—¿Qué quieres decir?

—Que eres lista por ser precavida. Yo fui un idiota al salir del clóset.

Me arrepiento de inmediato por haberle contestado mal. Yo estoy preocupada por la posibilidad de que me echen de casa, pero Jamal lo está viviendo en primera persona.

—Lo siento mucho… —No sé qué más decirle para consolarlo—. Si te hace sentir mejor, tampoco soy tan lista. Se lo dije a mi papá.

—¿Cómo se lo tomó?

—Todavía no me ha respondido… Si se lo cuenta a mamá, puede que a mí también me echen de casa.

—No, eso sí que no. No conozco a tu papá, pero tu mamá es demasiado buena, no te haría algo así.

Pero Jamal no lo sabe.

Antes de que pueda responderle, Cesar se apretuja entre los dos.

—La comida ya está lista —anuncia con una sonrisa orgullosa.

—Ese es mi chico. ¡Ustedes dos, los estoy vigilando! —exclama mamá, que se señala los ojos con el dedo índice y el corazón y luego nos señala a Jamal y a mí. Es gracioso, se equivoca por completo.

Como Jamal quiere ayudarme después de cenar, Cesar accede a regañadientes y nos ponemos a trabajar los tres. Hoy ni siquiera tengo que quedarme despierta hasta las mil para llegar a mi objetivo de productividad del día.

El lunes parece que sigo estando de suerte. Solo tenemos clases durante medio día porque se celebra el sacramento de la penitencia. Una vez al año, casi todo el alumnado tiene que confesar sus pecados al cura. Aunque algunos estudiantes deciden no hacerlo, tienen que acudir a la asamblea de todos modos, y se sientan en las últimas filas y no hacen nada en todo el rato. A mamá le daría un infarto si se enterara de que Cesar y yo nos lo saltamos, de modo que ambos participamos. Los alumnos de los cursos superiores somos los últimos en acudir a la iglesia, así que durante toda la mañana hemos tenido clases más cortas antes de ir a confesarnos.

Me castañetean los dientes mientras camino hacia la capilla. Ojalá me hubiera puesto los pantalones en lugar de la falda esta mañana, porque por fin empieza a hacer frío. Bueno, todo el frío que puede hacer en un desierto. Estamos a principios de diciembre y hace poco que las hojas de los árboles han comenzado a cambiar de color. Siempre me quejo del calor, pero sin duda no estoy hecha para el frío. Hunter me encuentra después de la clase cuando todo el mundo se dirige a la capilla y viene corriendo hacia mí.

—¡Ey, Yamilet! —Hago como que no lo escucho y sigo caminando, pero enseguida me alcanza, igual que tarde o temprano me alcanzarán las consecuencias de lo que pasó en la fiesta. Durante las últimas semanas he conseguido evitarlo, pero esta vez no lo vi venir—. ¿Me estás evitando?

—No —miento, obviamente.

—Okey, bien. Pues… Hum… Quería hablar contigo de… Hum… —Me pasa un brazo por los hombros y me susurra—: Ya sabes, de lo que pasó en la fiesta…

Entrecierro los ojos mientras lo miro.

—Sé que te prometí que no diría nada, pero…

—¿A quién se lo dijiste? —Me detengo y le quito el brazo de encima de mí. Ya sabía que no podía confiar en él.

—¡A nadie! Solo iba a decir que tú también sabes uno de mis secretos y… que te agradecería mucho que tampoco se lo contaras a nadie.

—¿Qué? —Mis recuerdos de esa noche son un poco borrosos.

—Que soy…, ya sabes…, virgen. —Dice la última palabra en un susurro.

—¡Ah! —Se me dibuja una sonrisa en los labios. No le contará a nadie mi secreto porque podría devolvérsela. De todos modos, yo nunca se lo diría a nadie, pero el hecho de que Hunter esté preocupado me tranquiliza. Significa que estoy a salvo, por lo menos de su parte. Le agarro el brazo y vuelvo a ponérmelo alrededor de los hombros, porque no me iría mal un poco más de abrigo—. Claro, no diré nada.

Nos sentamos juntos en la capilla y no me da la sensación de que sea simpático conmigo por el mero hecho de que tengo material para chantajearlo. Más bien parece que está siendo agradable porque quiere. Quizá tendría que dejar de pensar en los secretos de los demás como munición contra ellos, pero cuesta mucho abandonar esta mentalidad cuando han usado tu mayor secreto en tu contra.

No fue solo mi sexualidad, no; Bianca lo sabía todo de mí. Visto con perspectiva, era cuestión de tiempo que se enojara y lo soltara todo. La maldad de Bianca es especial. Es la clase de maldad que se sustenta en la confianza, en la vulnerabilidad, en algo real. La clase de maldad que primero hace que la quieras.

Bo me llama la atención desde la banca de enfrente, y abre mucho los ojos y me saca la lengua para hacerme reír. Me fijo en que tiene un nuevo pin en la mochila: al lado del pin del arcoíris hay otro en forma de corazón con las rayas rosas de la bandera lesbiana. No puedo creer que en algún momento dudara de si es lesbiana, y me pregunto si este pin se lo habrá regalado Jamie. Vaya, me aburro a mí misma con esta obsesión por Jamie y Bo.

Por una vez, me alegro de escuchar el sermón del cura, porque me distrae de mis pensamientos, aunque no me hace especial ilusión tener que contarle todos mis secretos a un tipo viejo a quien no conozco de nada. ¿Por qué mi intermediario con Dios tiene que ser un cura?

Si existe un dios, cabría esperar que mis problemas quedaran entre nosotros dos. Asimismo, preferiría que no me condenen a ir al infierno solo porque decidí saltarme el paso de confesarle formalmente mis pecados a un cura para que se los transmita a la entidad omnisciente a la que venera. Empiezo a pensar en todos los pecados que he cometido desde la última vez que me confesé: ser homosexual, beber en una fiesta, molestar a Cesar por el mero hecho de que quería hacerlo… Ser homosexual.

Mamá nos ha obligado a confesarnos dos veces al año desde que tenemos siete años, pero no es como si pudiera dejar de ser homosexual después de confesarlo. Me pregunto cómo funcionan las normas cuando tu «pecado» es algo constante. Si se supone que la confesión tendría que absolverme, no está funcionando. Al día siguiente de confesarme me vuelven a gustar las chicas. Basándome en las reglas que me han explicado, eso significa que la única manera que tengo de ir al cielo es una muerte súbita y espontánea justo en el momento en que el cura me absuelve.

Supongo que no estaba atenta, porque me perdí lo que dijo el cura, pero provoca que Bo se levante y empiece a discutir con él. Sí, exacto: ¡Bo está discutiendo con un cura delante de media escuela! Sabía que tenía ovarios, pero, carajo.

—Es que no entiendo por qué tengo que disculparme por ser exactamente como Dios me hizo —dice.

—El pecado radica en la acción y en los pensamientos, porque el sexo fuera del sagrado matrimonio es un pecado.

—Pero el matrimonio homosexual es legal, así que no es un pecado si estás casado, ¿no? —concluye Bo cruzándose de brazos.

Todo el mundo mueve la cabeza de Bo al cura y viceversa mientras discuten. Imagino que están tan sorprendidos como yo. Noto que los ojos de Hunter se posan sobre mí de vez en cuando, como si quisiera ver cómo reacciono, y yo busco a Cesar entre la gente para mandarnos un poco de solidaridad telepática, pero cuando lo encuentro casi me río por lo sudado y pálido que está. Es como si se hubiera comido un nugget de pollo mohoso de Rover. Esta mañana no parecía enfermo, pero ahora es evidente que tiene mala cara.

—Puede que sea legal a los ojos del Gobierno de Estados Unidos, pero no lo es a los ojos de Dios.

Como Cesar ni siquiera mira al cura y a Bo como los demás, no consigo que haga contacto visual conmigo. Tiene los ojos cerrados y mueve los labios mientras murmura en silencio lo que supongo que debe de ser una oración. No entiendo cómo es posible que una oración le parezca más interesante que la bronca que Bo le está echando al cura. Al final se santigua y abre los ojos, pero la mala cara no se le ha ido. Mi hermano cree mucho en todas estas cosas. Bien por él, supongo. Vuelvo a mirar a Bo.

—¿Por qué? —le espeta.

El cura hace una pausa durante unos instantes.

—Porque así lo describe la Biblia.

—¿Dónde? No me cite el Antiguo Testamento, porque nuestros uniformes están hechos de una mezcla de tejidos. Eso también es un pecado, según el Antiguo Testamento.

—Romanos 1:26 y 1:27. «Por esto Dios los entregó…».

—«… a pasiones vergonzosas», bla, bla, bla. Ya conozco esos versículos. —Alguien reprime una exhalación de sorpresa cuando Bo lo interrumpe—. Habla sobre el adulterio, no sobre la homosexualidad en el contexto de una pareja comprometida. El colegio no nos puede obligar a hacer una asignatura sobre la Biblia todo el año y luego esperar que solo nos aprendamos las partes que le resulten más convenientes.

Ojalá Bo tuviera un micrófono y pudiera dejarlo caer ahora mismo. Aplaudo durante dos segundos antes de darme cuenta de lo que estoy haciendo. Bo me mira y aprieta los labios como si evitara reírse, y entonces me noto un nudo en el estómago cuando soy consciente de que todo el mundo me está mirando a mí. Hunter aplaude unas cuantas veces y me parece que, como estamos tan cerca, la gente da por hecho que fue él quien aplaudió primero. Que Dios lo bendiga, nunca había tenido tantas ganas de abrazar a alguien.

—Señorita Taylor, tienes cinco segundos para sentarte o tendremos que acompañarte a la oficina del director —dice un profesor que está en el extremo de la banca de Bo mientras se levanta.

—No hará falta que me acompañe nadie —responde Bo antes de irse de la iglesia ella solita.

—¿Estás bien? —me susurra Hunter cuando el cura retoma el discurso.

Asiento. Estoy más que bien. Bo sabe contextualizar las cosas por mí y tiene razón: la Biblia dice muchas cosas que la Iglesia católica ignora. ¿Por qué tenemos que fijarnos tanto en este detalle en concreto? No puedo explicar por qué, pero tengo la sensación de estar flotando.

Hacemos una fila junto a los confesionarios según el orden de las bancas. Algunos alumnos salen aliviados y otros llorando, lo cual me intimida muchísimo, aunque también me indica que no soy la única que acumula su peso corporal en vergüenza. Pero ya estoy harta de esto. Cuando termina Cesar, parece que está a punto de vomitar y me pregunto si se siente mal. No tiene buena cara desde que entramos en la capilla.

Al final llega mi turno y ni siquiera me tiemblan las piernas al entrar en el confesionario.

—Perdóneme, padre, he pecado —comienzo—. Esta es la... Hum... No sé cuántas veces me he confesado, pero son muchas.

El cura suelta una risita y me anima a confesarme.

Me planteo decirle que me gustan las chicas. Siempre es lo primero que digo cuando me confieso. Los curas son de las pocas personas a quienes se lo he admitido, dado que tienen que respetar el secreto de confesión. Sin embargo, algo me dice que esta vez no lo haga, así que solo le cuento que le hice daño a Bo y me emborraché. Le confieso todos los secretos que me hacen sentir culpable.

Pero ¿que me gusten las chicas? Me parece que puedo aceptar esa parte de mí misma, o por lo menos intentarlo, a pesar de que haya otra gente que no sea capaz de hacerlo. No tiene sentido odiarme por ello. La penitencia que me impone el cura es rezar un montón de avemarías. Ya lo haré un día de estos.

Al final de la jornada, salgo corriendo para encontrarme con Bo y me aseguro de darle el abrazo que se merece. Como noto que está un poco tensa, doy un paso atrás y junto las manos detrás de la espalda. Supongo que no le gustan mucho los abrazos.

—¿A qué viene eso? —pregunta. Le tiembla el labio como si contuviera una risa.

—Eh… Porque eres genial —respondo, y, a diferencia de Bo, no contengo la sonrisa.

Creo que estamos a punto de tener un «momento» cuando Cesar pasa por nuestro lado sin decir nada, y entonces me doy cuenta de que el coche de Jamal está estacionado junto al bordillo. Suspiro. Jamal prioriza tanto a Cesar que sale antes de la escuela para venir a recogernos. Ya le he dicho que deje de saltarse las clases por nosotros, pero no soy su madre y no puedo obligarlo. Además, tiene tanto desastre en qué pensar ahora mismo que no puedo culparlo por no priorizar los estudios.

—Tengo que irme —le digo a Bo. Estoy a punto de darle otro abrazo pero me reprimo, porque ya se tensó la primera vez, y de pronto no sé qué hacer con el brazo que extendí. Le lanzo un beso antes de darme cuenta de que eso no me ayudará nada a parecer hetero—. ¡Chao! —suelto, porque los italianos se lanzan besos, ¿verdad? Mierda, soy lo peor.

Me voy corriendo hacia el coche antes de que pueda humillarme más a mí misma.

—Veo que las cosas van bien con Bo, ¿eh? —comenta Jamal cuando me subo al asiento trasero. Es lo suficientemente discreto como para esperar a que se cierre la puerta antes de soltar una risotada.

—Cállate.

—¿Eso es que sí? —bromea Jamal mirando a Cesar, pero mi hermano se encoge de hombros. No ríe, ni siquiera sonríe—. Oye, ¿estás bien?

Cesar asiente, pero no dice nada. Por lo general, se pone a bromear cuando está de mal humor para que nadie sepa que está irritado, así que el Cesar callado es nuevo, incluso para mí, y no sé cómo manejarlo. Por lo que parece, Jamal tampoco lo sabe, porque nos pasamos el resto del trayecto a casa sin decir ni una palabra. La música hace de sustituta de la conversación, pero resulta incómodo de todos modos.

Mi hermano le murmura un «gracias» a Jamal cuando llegamos a casa y luego sigue andando él solo.

—¿Pasó algo? —pregunta Jamal, que se gira hacia mí.

—Hoy tuvimos que confesarnos. Quizá se siente mal por hacer que te escupiera merengues en la cara —digo, pero la verdad es que no tengo ni idea de qué le ocurre, aunque seguramente vuelva a ser el de siempre dentro de una hora, que es lo habitual.

Jamal se ríe sin convicción y entramos en casa. Iría a hablar con Cesar, pero parece que ya se ocupa de ello Jamal, porque va directo a la habitación de mi hermano. Yo aprovecho la oportunidad para ponerme a trabajar. Ya terminé los pedidos que me tocaba hacer, pero quiero hacer unos cuantos aretes y collares más para el bazar del sábado. Ir súper preparada siempre ayuda con los nervios.

Cuando mamá llega a casa, pone manos a la obra con las cuentas de chaquira para hacer la mitad que le toca a ella. De fondo suena bajito música de cumbia y de vez en cuando comenta lo bien que me está quedando el collar que estoy haciendo. Hablamos un poco sobre su trabajo y la telenovela que estamos viendo y no me hace ni una sola pregunta sobre Cesar. Estoy empezando a disfrutar de estos ratos con ella, así que intento apartar el pensamiento de que todo esto terminará cuando sepa la verdad sobre mí.

Dentro de un mes le toca renovar el celular y decidió esperar hasta entonces para que le den un celular nuevo con el que sustituirá el que yo le escondí. Me sentiría culpable por habérselo robado si no fuera mi salvación ahora mismo. También estoy desesperada tratando de ahorrar suficiente dinero para independizarme si se entera y me echa de casa. De ese modo, si papá se lo cuenta, no me agarrará desprevenida.

—Oye, mami... —Respiro hondo mientras intento encontrar la valentía para preguntárselo—: ¿Has hablado con papi últimamente?

—Ajá —responde, y su ritmo de trabajo no se altera—. Hemos estado hablando por correo electrónico.

—¿Qué? —Aprieto la cuenta que tenía en la mano con tanta fuerza que sale volando al otro lado de la sala.

Mamá hace un ruido de desaprobación y se levanta para ir a recogerla.

Han estado hablando. Eso elimina todas mis ingenuas teorías de que quizá papá estaba demasiado ocupado para responderme. ¿Le robé el celular para nada? ¿Y si ya lo sabe?

—¿Y de qué… hum… han estado hablando? —Mi corazón me da unas cuantas patadas giratorias contra el pecho, pero consigo guardar la compostura.

—Solo nos hemos puesto al día.

—¿Y te ha contado algo… interesante?

—Nunca me cuenta nada interesante —contesta entre risas, y yo respiro aliviada.

No se lo ha dicho; por lo menos hasta ahora. Y si ha estado hablando con mamá por correo electrónico, ¿eso quiere decir que quizá no ha mirado el celular? Pero, entonces, si ha estado hablando con mamá por correo, ¿por qué no ha hecho lo mismo conmigo? Si se le rompió el celular y no recibió mi mensaje, ¿qué le impide ponerse en contacto conmigo?

Se me encoge el estómago todavía más mientras me estrujo el cerebro buscándole alguna explicación lógica. Papá me quiere, siempre me ha querido, y no es religioso como mamá. Cuando al fin me llame, le explicaré que he estado muy paranoica y luego nos reiremos los dos por haber sido tan ridícula.

—¿Qué pasa, mija? —pregunta mamá, que me mira intranquila, y me doy cuenta de que se me están humedeciendo los ojos.

—Supongo que lo extraño —es todo lo que digo.

—Yo también. —Me da un apretón rápido en la mano antes de volver a ponerse a trabajar—. ¿No han hablado últimamente? —pregunta, muy preocupada.

—Ah, no, sí hablamos —miento. Si no sabe lo que le conté a papá, no hace falta que sepa las consecuencias.

No hablamos demasiado el resto de la noche. Trabajo más rápido para evitar tener que pensar y no me detengo cuando mamá está muy cansada y decide irse a la cama.

Me levanto con una tortícolis horrorosa, acostada en el sofá con una manta encima. Imagino que me quedé dormida mientras trabajaba y mamá debió de ponerme la manta. Tardo un rato en darme cuenta de que Cesar y Jamal están hablando en la puerta de entrada, pero estoy demasiado cansada como para levantarme y darles un poco de privacidad. De todos modos, seguro que lo estoy medio soñando.

—¿Puedo abrazarte? —oigo que pregunta Cesar, y suena como si estuviera llorando. ¿Por qué le pregunta a su novio si puede abrazarlo? No abro los ojos, porque probablemente no tendría que estar viéndolo ni oyéndolo. No sé qué responde Jamal, solo me llegan los sonidos de dos chicos que gimotean en silencio durante lo que me parece una eternidad. Luego se cierra la puerta y Cesar vuelve a su habitación.

Me doy la vuelta sin saber todavía con certeza si estoy soñando.

Cesar: Jamal se fue, por si pregunta mamá

—¿Estás bien? —le pregunto a Cesar en el baño mientras nos arreglamos para ir al colegio.

—¿Por qué no iba a estarlo? —replica, y a continuación se mete el cepillo de dientes en la boca y empieza a cepillarse. Es un movimiento inteligente, porque así no tiene que dar respuestas coherentes.

—Ayer estabas raro, y como Jamal se fue a casa, quería comprobarlo. Todavía puede venir a vernos, ¿no?

Cesar contesta con un gruñido poco entusiasta, pero no para de cepillarse los dientes hasta que está listo para escupir la pasta.

—No se fue a casa. Se va a quedar… —escupe— con su primo. En Nuevo México.

—Diablos, qué mal… ¿Y ustedes dos están bien?

—De maravilla.

No me lo creo ni por asomo y estoy a punto de decírselo, pero entonces hace un gesto con la mano como si me disparara y me salpica en el ojo con agua sucia del cepillo de dientes.

—¡Qué asco! —exclamo. Le quito el cepillo de dientes y lo salpico, pero él sale corriendo a su habitación mientras se muere de risa.

Me estremezco y me limpio la cara del agua asquerosa llena de babas. Una parte de mí está preocupada de que me oculte algo de lo que pasó entre Jamal y él, pero no parece muy afectado. Por lo menos, vuelve a ser el de siempre, más o menos.

Cuando voy a decirle a mamá que Jamal se fue me la encuentro con los lentes que se pone siempre después de llorar. Está sentada en el mármol con la laptop abierta.

—Mami, ¿qué pasa? —pregunto.

Le da la vuelta a la computadora y me enseña un correo electrónico de Jamal. Parece que finalmente no tendré que darle la noticia, lo hizo él mismo con un mensaje de despedida bastante largo en el que nos da las gracias a todos por dejarlo quedarse. Mira que es inocente la pobre.

—Extrañaré a ese chico después de las últimas semanas. ¿Estarán bien ustedes dos?

—Intentaremos mantener la relación a distancia —digo sin pensarlo dos veces. Lo de mentir se está convirtiendo en un acto reflejo.

—Bueno. Rezaré por ustedes.

—Tampoco es que se haya muerto —comenta Cesar cuando entra en la cocina y agarra un trozo de pan de la tostadora.

—No seas cruel —lo regaña mamá antes de arrastrarnos al coche para llevarnos al colegio.

En clase de Arte volvemos a tener otro día de libertad creativa.

Recorro el aula con la mirada mientras trato de pensar en qué puedo hacer. Los retratos que David y Hunter se hicieron el uno al otro llevan un tiempo colgados en la pared, junto a algunos proyectos de otros alumnos, y no paso por alto que Bo sigue sin dejarme ver el retrato que me hizo hace meses. La única cosa peor que saber cómo me ve en realidad es… no saberlo.

Al final, Bo y yo hacemos un dibujo conjuntamente. Yo hago un garabato pequeño con un lápiz café oscuro y le entrego el dibujo para que añada algo. Nos pasamos casi toda la clase así, intercambiándonos el papel.

Bo se succiona las mejillas cuando está concentrada y tiene que ponerse el pelo detrás de las orejas todo el rato porque siempre se le cae en la cara. La parte homosexual de mi cerebro quiere que me quite la liga de mi trenza y entonces yo le trence el pelo a ella para que no le moleste. Al fin y al cabo, tiene que apartarse el pelo de los ojos para crear arte.

En cambio, la parte práctica de mi cerebro sabe que, a este ritmo, tarde o temprano acabaré tonteando y me descubrirán. Tengo que andar con más cuidado.

Puede que la esté mirando demasiado, porque se da cuenta y levanta la vista hacia mí. Yo enseguida bajo los ojos hacia el dibujo.

—¿Necesitan una habitación, chicas? —pregunta David.

Supongo que Hunter da por hecho que también se lo conté a David, porque de pronto abre mucho los ojos.

—Yo no he di… —empieza Hunter.

Toso para evitar que termine la frase, y él se mete los labios hacia dentro. Imagino que he estado mirando con cara de embobada el pelo de Bo que quiero ponerle detrás de la oreja. Una cosa es que Bo se dé cuenta de que la estaba mirando, pero ¿David? ¿Quién más puede ver que claramente me gustan las chicas? Abro la boca para defenderme, para darle algún tipo de excusa, pero no me sale la voz. No quiero decir alguna tontería como la última vez.

—Era broma —dice David en vista de que ninguna de las dos responde. ¿Por qué iba a bromear al respecto? No tiene ninguna gracia, ni siquiera aunque no estuviera fantaseando en secreto con trenzarle el pelo a Bo.

—Es hetero, David —comenta Bo como si nada antes de devolverme el dibujo.

Suelto una risa forzada y le tomo la hoja a mi compañera. Gracias a Dios tengo algo menos homosexual en lo que concentrarme. Empieza a parecer una cara y hay dos esferas que podrían ser los ojos, así que me pongo a colorearlas. Los patrones que hizo Bo a su alrededor le dan más dimensión y son como dos agujeros negros que lo atraen todo hacia sí mismos. No sé si mi subconsciente estaba pensando en los magnéticos ojos de Bo cuando hacía mi parte, pero eso es lo que dibujamos.

Por supuesto, sacamos un sobresaliente.

Cuando suena el timbre que indica la hora de la comida, me quedo aquí en lugar de ir a nuestra mesa habitual en el comedor con Bo y David. Debo hacer más joyas y tengo muy poco tiempo libre para ello, de modo que decido aprovechar la política de la profesora Felix de dejar la puerta del aula abierta durante el almuerzo. Como tenemos Arte justo antes de la comida, me resulta muy práctico.

—¿No vienes? —pregunta Bo cuando David y ella se dan cuenta de que no me levanto al terminar la clase.

—No, creo que me quedaré y haré algunas joyas.

—¡Suena divertido! ¿Quieres que te haga compañía? —se ofrece Bo.

—Solo si me echas una mano —digo, medio en broma medio en serio. Me iría muy bien una ayudita. Con Jamal aprendí que pedirle a la gente que te ayude con las tareas más sencillas te puede ahorrar mucho tiempo.

Organizamos una pequeña cadena de producción en el aula de Arte: Bo corta los hilos, David les pone las cuentas y yo los trenzo y los anudo. Cuando acaba el descanso de la comida, he terminado todos los collares de cuentas que necesitaré para el fin de semana.

14

Te harás rica

El sábado tengo el puesto listo antes de que empiece el bazar. Aunque llego muy temprano, ya hay varios vendedores que han montado su puesto. El olor a fritanga y a cajeta de la churrería me llega directamente gracias al viento de diciembre y hace que me arrepienta de haberme saltado el desayuno. Hay muchas opciones gastronómicas que podría comer, pero no tiene sentido venir aquí solo para comerme los potenciales ingresos. Todas las mesas están puestas en torno a la plaza, mirando hacia el centro, y dejaron un espacio vacío para la entrada. Por suerte, la mesa que se me asignó está justo en la entrada, de modo que seré una de las primeras y las últimas tiendas y solo habrá una mesa a mi lado, es decir, tendré menos competencia directa. La señora contigua a la mía vende champurrado y aguas frescas, lo cual es genial, porque no tendré que competir con ella por los mismos clientes.

He hecho todo lo que estaba en mis manos para prepararme, el resto depende del universo. Con cada venta estaré un paso más cerca de conseguir la independencia financiera.

Las primeras horas son flojas. Le sonrío a todo aquel que pasa por delante de mi puesto, pero la mayoría de la gente evita hacer contacto visual conmigo y la mesa. Está claro que sonreír a la gente para intentar que se sienta obligada a acercarse no está funcionando, así que lo dejo estar.

Ya ha pasado prácticamente medio día cuando un señor mayor blanco se detiene en mi mesa durante más de unos pocos instantes. Estamos en el exterior en diciembre, pero el hombre está sudando más que yo cuando voy a misa. Se frota la barbilla y se pasa una eternidad observando todas las joyas una a una.

—¿Está buscando algo en concreto? —pregunto para romper el silencio.

—Olvidé que era nuestro aniversario y le gusta el lila.

Entro en acción enseguida y le enseño un collar de cuentas color lila y verde con un diseño floral muy detallado.

—¡Seguro que lo perdonará si le regala este collar! ¡Es el favorito de mi mamá! —exclamo, y lo sujeto contra mi cuello para que pueda verlo mejor.

—¿Cuánto cuesta?

—Ciento diez—digo con tanta confianza como puedo.

—Me lo llevo por cincuenta —responde inspeccionándolo como si no valiera ni un dólar más.

Vuelvo a dejar el collar en la mesa y lo miro parpadeando.

—Lo siento, cuesta ciento diez.

Reducir el precio, aunque sea un dólar, me parece insultante, y ¿espera rebajarlo más de la mitad? Los precios ya son bastante bajos considerando los gastos de los materiales y el tiempo que les dedicamos.

—Sesenta, es mi última oferta —insiste, y acaricia el collar. Tengo que reprimirme las ganas de darle un golpe en las manos sudorosas para apartarlas de mi arte.

—Cien —ofrezco. Detesto a la gente que regatea, pero me preocupa que no venda nada si no soy flexible con este tipo, y me aguanto porque no quiero terminar viviendo en la calle si mamá me echa de casa. Necesito cerrar la venta. Además, ya lo contaminó con sus dedos grasientos que parecen salchichas.

—¿Sabes qué? Ya volveré luego —dice, y empieza a girarse.

He visto a mamá hacer exactamente esto muchas veces y sé que no volverá.

—¡Espere! —grito más fuerte de lo que sería necesario—. Okey, sesenta. —Odio la desesperación que se me nota en la voz.

Sonríe y se saca la cartera. Intento que no se me humedezcan los ojos mientras le envuelvo el collar y acepto su dinero. Cincuenta dólares menos de lo que tendría que llevarme.

Al mediodía empieza a llegar mucha más gente, gracias a Dios, porque tengo que compensar las pocas ventas de la mañana. En condiciones normales, estar en un sitio tan concurrido yo sola sería mi peor pesadilla, pero convierto la mesa en un escudo y las joyas en armas para enfrentarme a la multitud de gente.

Me preparo para la avalancha cuando muchas de las otras mesas empiezan a acumular filas de clientes. Una familia de cinco se acerca a mi mesa y le sonrío a uno de los adultos. Ellos me devuelven el gesto, pero, justo cuando llegan a mi mesa, veo a Bianca y a su madre en la entrada.

Se me sale el corazón del pecho y no puedo pensar con claridad. Lo único que sé es que no puedo permitir que me vean. Todavía estoy reprimiéndome las lágrimas por el tipo de los dedos de salchicha, y si Bianca me ve triste sabrá que también estoy fracasando en esto.

—¡Lo siento mucho, pero tengo que hacer una pausa! ¿Podrían volver más tarde? —Las palabras suenan tan desesperadas que la familia no se molesta, pero dudo que vuelvan dentro de un rato. Levanto la manta del césped, la tiro por encima de la mesa y a continuación me escondo debajo.

La señora del champurrado me mira extrañada, así que me llevo un dedo a los labios. Sacude la cabeza y sigue con lo suyo.

El instinto me dice que me levante y me las arregle para ganar algo de dinero, pero no puedo. No puedo verlas y se me comienzan a formar lágrimas en los ojos. Odio que Bianca aún tenga el poder de hacerme llorar. Ni siquiera ha hecho nada y ya me escondí debajo de una mesa llorando como una criatura.

Me quedo sentada por lo menos durante una hora antes de que empiece a dolerme la espalda. Miro la hora en el celular, pero lo aparto enseguida porque ahora mismo no quiero ver una foto de papá. Si él no quiere saber nada de mí, ¿por qué sigue siendo mi fondo de pantalla? Supongo que no me atrevo a cambiarlo, por eso evito mirar la pantalla.

Okey, Yami, concéntrate. Solo quedan un par de horas antes de que tenga que recoger las cosas, no puedo quedarme aquí escondida todo el día.

Miro por debajo de la manta y confirmo que se han ido.

Con mucho cuidado, retiro la manta de la mesa. Me perdí la hora pico y ya no queda prácticamente nadie. Lo único que consigo vender en las siguientes dos horas es un par de pulseras de la amistad, y cuando estoy a punto de recoger el puesto solo he recaudado cien dólares después de pasarme todo el día trabajando.

A última hora, mientras estoy recogiendo las cosas como la fracasada que soy, una viejita y un chico que debe de tener mi edad se acercan a la mesa. Él tiene los brazos llenos de bolsas de la compra que trajo de casa. Deben de estar forrados si se han gastado tanto dinero llenando todas esas bolsas.

La señora camina hacia mi mesa mucho más rápido de lo que tendría que ser capaz. Sin decir nada, empieza a escoger pulseras, aretes y collares y me los entrega. Me quedo paralizada unos instantes, pero enseguida reacciono y empiezo a envolverlos y a calcular mentalmente cuánto costará todo esto. Le doy las gracias cada vez que me da un producto.

—Gracias.

Cien.

—Gracias.

Más cincuenta.

—Gracias.

Más treinta y cinco.

—Gracias.

Más ciento veinte.

Pierdo la cuenta cuando el chico la detiene antes de que me dé unos aretes.

—Marisol y las demás ya tienen algo parecido, abuelita.

—Ay, sí, por esto te pido que me acompañes. —La viejita me mira antes de continuar—: Estoy adelantando las compras de Navidad para mis nietos.

Asiento como si fuera totalmente lógico gastarse cientos de dólares en un día. Solo por ella, el día me ha salido rentable. Cuantas más joyas le doy, menos lógica le veo a los números. Tengo que abrir la calculadora del celular para volver a la realidad y se me humedecen los ojos cuando veo el precio final.

—Muchas gracias —digo otra vez cuando le doy la bolsa, y me seco los ojos avergonzada. ¿Qué clase de comerciante llora cuando hace una venta?

La mujer me sonríe y me da un beso en la mejilla, y no dejo de llorar cuando se va.

Ya tengo suficiente dinero para la fianza del departamento.

El lunes Bo no viene porque agarró un virus. Lo único que quiero es hablar de lo bien que me fue en el bazar, pero por algún motivo interrumpir las miraditas acarameladas de Amber y David para explicarles lo del sábado no resulta tan emocionante. El día se me hace eteeernooo sin Bo. Cuando noto que estoy hecha polvo, me doy cuenta de que ya estoy loquita por ella. La negación ya no es un método tan fiable como antes para afrontar los problemas.

Tendría que haberlo previsto, porque así fue como empezó con Bianca. No puedo volver a la misma situación.

Las cosas se fueron a la mierda en cuanto me percaté de que sentía algo por Bianca, y no estoy preparada para enamorarme de Bo, sobre todo porque ella ya me dejó claro que no siente nada por mí el día que nos saltamos el baile juntas. Además, tiene novia, de quien me gustaría no estar celosa, pero hacer ver que no siento nada tampoco está funcionando.

Ni siquiera puedo fingirlo mientras hago la tarea; solo soy capaz de pensar en que estoy muy jodida. Después de fallar al intentar razonar conmigo misma, voy a la habitación de Cesar.

—¡Cesar, ayúdame! —digo mientras me dejo caer sobre la cama boca abajo.

Él está sentado en su escritorio haciendo la tarea.

—¿Qué pasa?

—Tenías razón. Me gusta Bo.

—Okey, y…

—Es horroroso.

—¿Qué? ¿Por qué? —Deja el bolígrafo en la mesa y me mira.

Gruño contra el edredón. Espero que con esto baste para responderle por telepatía, porque no tengo la energía para decirlo en voz alta. Es horroroso porque yo no le gusto a ella, porque quiero que piense que soy hetero pero a la vez quiero gustarle. Y no le gustaré si cree que soy hetero, y decirle cómo me siento podría fastidiar su relación. En realidad espero que ya hayan roto, pero me siento fatal por desearle eso a alguien que me importa.

—No le des tantas vueltas. ¡Se supone que estás en la fase divertida! —dice.

—¿Cómo va a ser divertido? Siento que están aplastándome desde todos los lados, me estoy volviendo loca. ¿Por eso dice la gente que está «loca de amor»? —Me doy la vuelta—. En serio, explícame por qué se supone que esto es divertido, a ver si se me pasan las ganas de morirme.

Cesar pone una expresión que me resulta indescifrable.

—Lo siento, no tendría que bromear con estas cosas —me disculpo.

Mi hermano sacude la cabeza como si quisiera sacudirse de encima los pensamientos que acaban de sobrevenirle.

—A ver. Tienes que dejar de lado cualquier expectativa que tengas de la otra persona y gozar de la sensación, ¿sabes? No eches a las mariposas del estómago, y disfruta cuando haga algo adorable simplemente porque es adorable. Si te gusta alguien, se supone que tiene que ser divertido.

—¿Cómo es que has madurado tanto? ¿Tan buena influencia es Jamal?

—Para nada, es que soy súper maduro.

Sonríe. Luego dirige la vista hacia el anillo de compromiso que tiene en la mesita de noche, y la sonrisa desaparece.

—¿Están bien?

—Sí —responde enseguida y me mira molesto—. No cambies de tema: ¿qué pasa entre Bo y tú?

—No pasa nada entre Bo y yo. Me gusta, ya está, y no va a pasar nada.

—¿Por qué no?

—Porque no se lo voy a decir. Ya sé que no le gusto en ese sentido y creo que tiene novia. —Suspiro. Prefiero no mencionar el humillante dato de que le dije a Bo que era hetero.

—¿Qué quieres decir con que «crees» que tiene novia?

—Me lo dijo el día del baile.

—¿Y te ha mencionado algo de su novia desde entonces?

—Bueno, no, pero…

—Entonces seguramente fue algo rápido. Apuesto a que está soltera.

Me doy la vuelta y descanso la barbilla sobre la palma de la mano.

—Pero me imagino que Bo habría dicho algo si hubieran roto.

—La gente no siempre habla de estos temas, Yami. Cosas de la vida.

—Supongo… —replico, pero no estoy del todo convencida. ¿Bo no lo habría mencionado?

—¿Por qué estás tan desesperada por mantener tus sentimientos en secreto? Ya sabes que es lesbiana. Si resulta que no siente lo mismo, por lo menos te entenderá y no irá contándoselo a todo el mundo.

—¡Eso no lo sabes! ¿Y si se lo dice a todos?

—¿Por qué haría tal cosa?

—No lo sé, para humillarme… —Suena ridículo cuando lo digo en voz alta.

—A mí me parece que te estás inventando excusas porque tienes miedo.

—¿Tú no tienes miedo? —pregunto. Él también debe de estar asustado de que mamá se entere.

—Me refería a Bo.

—No tengo miedo —respondo poniendo los ojos en blanco.

Me dedica una sonrisita como si supiera que tiene razón. Y sí la tiene, pero no pienso admitírselo. Sin embargo, dejo que me aconseje y me haga las preguntas que quiera. No son más que palabras vacías, porque no voy a hacer nada al respecto hasta que ya le haya quitado toda la diversión y mis sentimientos desaparezcan.

Mi celular emite un ruidito. Lo agarro más rápido de lo que sería normal por si acaso es papá.

Bianca: Te extraño…

Me quedo mirando el mensaje. En parte me parece que, cuando pestañee, me daré cuenta de que alucino. Pero el nombre de la pantalla no cambia, por mucho que pestañee varias veces, y se me dibuja una sonrisa en la cara.

—Aaay, es ella, ¿verdad? —dice Cesar.

—Hum, sí. —Ya sé que se refiere a Bo, pero no quiero tener que explicarle la situación. Todavía no le he contado lo que pasó con Bianca y ahora mismo no puedo lidiar con sus preguntas, así que le miento.

—Okey, muy bien, puedes irte —dice mi hermano, y me río.

—¿Me estás echando?

—Sí, ve a hablar con tu chica.

Agarro el celular, voy corriendo a mi habitación y me siento en la cama observando el «Te extraño…» de la pantalla.

No es una disculpa, lo sé, pero me hace sentirme bien. No estoy sonriendo porque me haya enviado un mensaje, sino porque me extraña. Soy consciente de que no sentía lo mismo por mí, pero, carajo, qué bien me sienta saber que está pensando en mí. Me da la sensación de que gané, porque ella está pensando en mí, y yo estoy pensando en otra persona, en alguien que es mejor que ella.

Me parece que la haré esperar.

En la pantalla aparecen unos puntitos para indicarme que está escribiendo. Como antes le respondía a los mensajes enseguida, no está acostumbrada a esto, y no tarda ni un minuto en llegarme otro mensaje.

Bianca: *como amiga

Vuelvo a poner los ojos en blanco, pero esta vez con un gesto tan exagerado que podría provocarme una migraña. ¿Por qué demonios le pareció necesario añadir esa aclaración? Es como si me estuviera echando en cara que se siente incómoda con mi sexualidad. No iba a contestarle, pero mis dedos ya han empezado a escribir frenéticamente. La descarga de adrenalina es irreal.

Yami: Primero de todo
Yami: zorra

Vuelven a aparecer los puntitos de antes, pero sigo escribiendo y le mando algunos mensajes más antes de que me llegue su respuesta.

Yami: Yo no te extraño
Yami: Y segundo
Yami: Con el debido respeto, vete a la mierda
Yami: *como amiga

Bloqueo su número antes de que le dé tiempo de contestar.

15

No venerarás a ídolos falsos

La siguiente semana estoy tan concentrada haciendo joyas para el segundo bazar que los últimos días de clase antes de las vacaciones de Navidad se me pasan volando. Mientras yo trabajo en las joyas para el bazar, mamá avanza con los pedidos de Etsy; es una dinámica perfecta. Casi estoy tentada a pedirle que venga conmigo al bazar esta semana, pero sé que eso la haría retrasarse mucho. Este fin de semana no acepta que le ayude con los pedidos de la tienda debido al bazar, de modo que tengo que apechugar e ir sin ella. Mantengo las manos ocupadas con las cuentas y no me molesto en mirar el celular cuando vibra. Antes corría a mirarlo con cada notificación por si acaso era un mensaje de papá, pero ahora ya perdí la esperanza. Papá no quiere hablar conmigo… Pues okey. Quizá algún día procesaré lo que todo esto significa para mí, pero por ahora lo único que tengo para evitar que me desmorone son las distracciones.

La última clase de Slayton terminó hace unas horas, así que los demás alumnos están de vacaciones, pero yo estoy trabajando más que nunca. Es mi última oportunidad en el bazar, pero no soy muy optimista. De no haber sido por esa viejita de la semana pasada, no habría vendido más de tres joyas en todo el día. El sábado, aunque apenas he dormido, ya estoy despierta a las cuatro de la madrugada estresada por el resto del día.

Entonces oigo que algo se cae en la sala y, antes de que mi cerebro pueda procesar lo que estoy haciendo, me levanto y agarro el bate de metal que cuelga de la puerta del baño. En verano entraron a robar a nuestros vecinos cuando estaban de vacaciones, pero hay que tenerlos bien puestos para entrar en una casa que tiene un coche estacionado afuera. Recorro el pasillo lentamente aferrándome al bate con tanta fuerza que hasta me duelen las manos. Mamá no querría que me arriesgara de este modo, pero no quiero que nos roben, y menos hoy, que necesito todas esas joyas para el bazar. Tener algo que perder me hace más valiente. Llego hasta el final del pasillo, lista para atacar al ladrón con el bate, y justo en ese momento oigo un paso en la sala contigua. Me tenso y me lanzo.

Y le asesto un golpe en la cabeza a mi hermano.

Cesar lo esquiva por poco y cae al suelo.

—¡Por el amor de Dios, Yami!

Suelto el bate y me abrazo el pecho aliviada.

—¡Pensaba que eras un ladrón! ¿Qué haces aquí tan temprano?

—Bueno, pues suerte que no lo soy, ¡fuiste lentísima con el bate! —Se ríe, pero él también se abraza el pecho—. Es que no podía dormir.

Este chico de verdad que nunca duerme, ¿no? Lo ayudo a levantarse y entonces veo que se cayó sobre unas joyas. Supongo que las tiró antes, por eso escuché un ruido.

—Oh, no… —Me pongo en cuatro patas enseguida para ver si algo se estropeó y confirmo que se rompieron un collar y dos pulseras.

—Mierda, Yami —dice Cesar al darse cuenta.

—No pasa nada. —Suspiro. Es culpa mía por atacarlo con el bate. Es un rollo, pero los podré arreglar—. Tampoco los habría vendido, se me da fatal.

Debo de parecer patética, así que me levanto. Si fuera Cesar, ya lo habría vendido todo. Si puede encandilar a unos desconocidos igual que a mamá, estaría regalado… Reprimo un grito de sorpresa por la idea que acabo de tener.

—¡Cesar, tienes que venir conmigo!

—¿Al bazar? ¿Todo el día? —Me mira como si me dijera «Ni de broma».

—¿Y si te doy el diez por ciento? —le suplico, y su expresión inmediatamente pasa a decir «¡Claro que sí!».

No sé de dónde ha aprendido Cesar todo esto, pero hace las cosas de una manera muy diferente a como las hago yo. Primero, nos ha hecho salir de casa con los uniformes del colegio para que la gente sepa que somos estudiantes y les demos pena; no me sorprende en absoluto que Cesar sepa hacer sentir mal a la gente para que compre cosas. Luego nos hace pasar por casa de doña Violeta para pedirle que nos preste al perro durante el día, vete a saber por qué. Y por último montamos la mesa de otra manera: ahora solo hemos expuesto un producto de cada tipo para que parezca que son únicos. (¡Esto fue idea mía!). De ese modo, si algunos clientes en potencia quieren «volver más tarde», tendrán miedo de arriesgarse a que otra persona haya comprado lo que ellos querían.

Después de explicarle todos los precios a Cesar, me hace contarle punto por punto lo que pasó la semana pasada para entender qué falló.

—Ay, Yami, qué dulce e inocente… —Sacude la cabeza y hace un ruidito de desaprobación. Le daría un golpe, pero hay un niño pequeño que está arrastrando a su madre hacia nosotros.

—¿Puedo acariciar a su perro? —pregunta, y su madre nos mira como si nos pidiera perdón.

Cesar se pone a jugar con el niño y la mujer empieza a mirar los productos de nuestra mesa mientras espera.

—¿Cuánto cuestan? —pregunta señalando unos aretes dorados tradicionales.

Cesar interviene antes de que pueda decirle que son sesenta dólares:

—Normalmente son ochenta, pero te llevas un descuento por tener un hijo tan gracioso. Setenta.

Ella se ríe y… ¡saca su cartera!

Cuando se va, soy setenta dólares más rica. Bueno, sesenta y tres después de que le pague a Cesar.

Mi hermano ve que otra persona está mirando al perro.

—¡Puedes acariciarlo si quieres! —le grita, y se acerca.

Así una y otra vez. De verdad que es un genio.

A lo largo del día tenemos un flujo de clientes bastante estable, en su mayor parte gracias al perro o a que Cesar le grita cumplidos a la gente y les dice lo bien que le quedarían una pulsera, un collar o unos aretes con su tono de piel. Lo está dando todo por ese diez por ciento.

Sin embargo, cuando llega el mediodía ya está a punto de quedarse dormido. No me extraña, porque parece que no pegó ojo en toda la noche. Como ya hemos ganado casi el doble que la semana pasada, decidimos terminar por hoy y volver a casa.

Tengo ahorros para la fianza y dos meses, más o menos, y eso hace que ya no esté tan estresada por encontrar otro trabajo. Tarde o temprano lo necesitaré, pero el hecho de que nadie quiera contratarme ya no me escuece tanto ahora mismo. ¡Soy una máquina de producir joyas y dinero!

Cuento en Insta lo bien que nos fue hoy en el bazar y luego me pongo a mirar las fotos de los demás. Jamal subió una foto hace poco, así que entro en su perfil porque tengo curiosidad por saber cómo le va en Nuevo México. Pero enseguida reconozco el patio de Rover de fondo en una de sus fotos más recientes. ¡De ayer! ¡Está por aquí!

Me pregunto durante cuánto tiempo tiene previsto quedarse. Si no pasa a saludarnos, lo arrastraré a casa yo misma. De pronto se me enciende una lucecita en la cabeza: si Jamal viene a casa como mi novio falso, quizá podré revertir todo lo que ha ocurrido con papá. Si le mando un video de mi «novio» y yo, tal vez se olvidará de lo que le dije.

Me equivoqué al querer que papá lo supiera. No vale la pena. Salir del clóset con él fue un error, pero lo puedo arreglar, de modo que llamo a Jamal para ver si puede venir para hacer un video juntos.

—¿Yami? —Jamal parece sorprendido al responder.

—Ey, novio falso, necesito que me hagas un favor.

—¿Pasó algo?

—No, no. ¿Hasta cuándo estarás por aquí? —pregunto impaciente.

—¿Qué quieres decir?

—Antes de que te vayas, ¿podrías venir a casa algún día y grabar un video conmigo? Es para enviárselo a mi papá.

—¿Irme adónde? Y, hum…, ¿estás segura de que a Cesar le parecería bien?

—A Nuevo México. Estás viviendo con tu primo, ¿no? —digo lentamente, empezando a cuestionarme toda mi vida. ¿Qué está pasando?—. ¿Por qué no iba a parecerle bien a Cesar?

—¿A Nuevo México? Yami, estoy viviendo en casa de mi primo en Phoenix. Cesar y yo… cortamos… —Se le rompe un poco la voz—. ¿No te lo dijo?

Abro la boca para contestarle, pero lo único que me sale es un pequeño graznido. Por supuesto, no me lo dijo. Jamal ni siquiera se fue a otro estado. Al final consigo musitar una disculpa y luego cuelgo y voy a la habitación de Cesar, que está haciendo su tarea en la cama. No levanta la vista hacia mí hasta que me siento a su lado.

—Oye… Hum… ¿Cómo estás? —le pregunto, y le dedico una mirada para pedirle telepáticamente que se abra conmigo y me cuente qué pasó con Jamal.

—¿Bien? —Entrecierra los ojos para mirarme, y yo imito su gesto.

—¿Qué pasó entre Jamal y tú? —Voy al grano. Si no, me saldrá barba antes de que terminemos de irnos por las ramas. Estoy totalmente dispuesta a romper nuestra norma de solo preguntar las cosas una vez, pero mi hermano me responde directamente.

—Rompimos —dice, como si no fuera algo importante.

—¿Qué? ¿Por qué?

Estuvimos todo el día en el bazar y en ningún momento dijo nada. ¿Cómo no me di cuenta?

—No te preocupes, todavía puedes usarlo como tu novio falso —responde, y no estoy segura de si lo dice con sarcasmo.

—Pero ¿tú estás bien?

—Sí, estoy bien. ¿Estás bien tú?

Siempre hace lo mismo, y yo nunca estoy preparada para que le dé la vuelta y lo convierta en una pregunta sobre mí. A ver si le gusta que le devuelva el revés.

—Estoy bien, ¿y tú?

—Estoy bien, ¿y tú? —repite, sonriendo.

Podríamos estarnos así toda la eternidad. ¿Quizá si yo me abro un poco él se animará a hacer lo mismo?

—¿Has hablado con papá? —pregunto.

—Sí, esta mañana me envió un video, pero todavía no lo he visto.

—Ponlo —le pido, y me acerco a él para poder ver el celular por encima de su hombro.

Cesar abre la aplicación de Marco Polo y pone el video de papá. Al ver su cara me entran ganas de llorar. Lo extraño mucho.

—¡Hola, peque! Tengo que enseñarte una cosa. —Papá es el único a quien Cesar le permite que lo llame «peque». Mi hermano siempre ha sido bajito para su edad, y el hecho de haberse saltado un curso hace que parezca aún más pequeño. La cámara se mueve para enfocar un lago en medio de una plaza y entonces hace zum en un pato café con bastantes pelillos en la cabeza. Se oye a papá reírse y la cámara vuelve a enfocarse en él—. ¿Te acuerdas de Canela? ¿Verdad que se parece? Pensé que te gustaría verlo. —Sigue riendo y termina el video.

Se me contrae la garganta. Cuando éramos pequeños, papá nos llevaba a Cesar y a mí al parque para dar de comer a los patos. Canela era el único pato que siempre tenía una bolita de pelo en la cabeza, y era nuestra favorita por eso. La «adoptamos» y la buscábamos a ella en concreto cada vez que íbamos al parque. Yo estaba con ellos, pero papá solo quiso enseñárselo a Cesar.

Mandó el video esta mañana, lo que vuelve a confirmarme que podría haberme contestado el mensaje pero no lo ha hecho. A estas alturas ya podría haberme respondido cientos de veces, y ahora está hablando con Cesar de algo en lo que yo también participé. Me dan ganas de vomitar.

Ya no puedo dejarlo pasar. Mi padre, mi ídolo, la persona en la que más confiaba de todo el mundo, no quiere saber nada de mí.

Me parece que es una estupidez que haya un estigma por no salir del clóset. Nos putean por «vivir una mentira» cuando lo único que queremos es sobrevivir. No quiero perder constantemente a todos mis allegados. No quiero que me deshereden y me echen de casa. Es una cuestión de supervivencia, no de ser un mentiroso. No le debo la verdad a nadie, y tardaré el tiempo que necesite en hablar de ello. Y, maldición, quizá ese momento no llegue nunca.

Además, tampoco es que pueda salir del clóset una vez y olvidarme del tema. Ya lo he hecho seis veces: con Bianca, Cesar, Hunter, Jamal, mi padre y Bo, aunque quizá Bo no cuenta, porque me parece que no llegó a escuchar el mensaje. Si yo «estoy viviendo una mentira», entonces también lo están haciendo todas las personas heteros que nunca han tenido que «salir del clóset» con todas y cada una de las personas que forman parte de su vida. No tendría que hablar de esto si no se me antoja, no quiero tener que contárselo a todo el mundo, y menos después de ver cómo reaccionó papá, o cómo no reaccionó.

—¿Estás bien? —pregunta Cesar.

Sacudo la cabeza y me limpio la nariz.

—¿Estás enojada con él o algo?

Vuelvo a sacudir la cabeza y me voy antes de que vea que estoy llorando. Quizá esto de abrirse el uno con el otro puede esperar.

Cesar y yo estamos callados durante la cena.

—Últimamente no has dicho nada de Jamal. ¿Qué pasó? —me pregunta mamá.

—Hum… —Miro a Cesar, que apuñala su enchilada con el tenedor y mantiene la vista clavada en la comida. Hace un rato me dijo que podía continuar siendo mi novio falso…—. Nada, estamos bien. Regresó aquí.

—Pensaba que habían roto —dice Cesar con frialdad.

Tengo que hacer un esfuerzo para no poner los ojos en blanco. No hay quien lo entienda. Vuelve a apuñalar el plato con el tenedor, pero no se lleva ni un trozo de comida a la boca. ¿Qué quiere que haga?

Mamá casi se atraganta comiendo.

—¿Por qué?

—Pues… Hum…

Ni siquiera sé realmente por qué rompieron Cesar y Jamal, y no tengo ni idea de qué responder. ¿Me puso los cuernos? ¿Le puse los cuernos yo a él? ¿Ya no lo quiero?

Mamá añade algunas preguntas más:

—¿Te lastimó? ¿Te engaño? —Ahoga un grito—. Es gay, ¿verdad? ¡Ya sabía que ese chico tenía algún problema!

Okey, eso me dolió. Yo también aprieto el cubierto con un poco más de fuerza.

—Esperaba equivocarme, pero siempre lo sospeché. Qué pena, mira que es guapo… —Hace un gesto reprobatorio y luego chasquea los dedos como si acabara de resolver un misterio—. Por eso lo echaron de casa, ¿no? Sus padres seguro se enteraron. Eso me parece más lógico.

—Mamá, no… —digo con un hilo de voz. Espero que piense que es porque estoy triste por haber cortado, y no porque acabo de confirmar que ser homosexual es una ofensa que conlleva que te deshereden—. No quiero hablar de esto, ¿okey? —Cesar tampoco quería hablar del tema, así que es una reacción creíble.

—Tengo tarea —dice Cesar. Lleva el plato que apenas ha tocado hasta el fregadero, lo deja caer con un fuerte estruendo y luego se va dando grandes zancadas.

Ojalá yo pudiera hacer lo mismo.

—¿Qué le pasa? —pregunta mamá, que ni siquiera espera a que Cesar ya no pueda oírla.

«Quizá esté enojado porque su madre es homofóbica».

Me encojo de hombros.

—Bueno, nos va bien que se haya ido, porque quería hablar de un asunto contigo —susurra.

—¿Okey?

—Como se acerca el cumpleaños de tu hermano, he pensado que podríamos hacer algo especial.

—Ah, ¿sí?

El cumpleaños de Cesar es el 23 de diciembre, y el mío, el 12 de febrero, o sea, que nuestros cumpleaños siempre quedan a la sombra de una celebración más grande. Por lo menos Cesar recibe el doble de regalos.

—He estado ahorrando y ¡tengo suficiente dinero para que ustedes dos vayan a ver a su papá durante las vacaciones de Navidad! —me explica mientras me enseña un itinerario impreso y se emociona.

Nos vamos el lunes. Me tengo que tragar toda la bilis que me sube. Mamá no sabe que papá no me habla y no puedo decírselo sin arriesgarme a recibir el mismo trato de su parte. O un trato peor, porque dependo de ella para sobrevivir.

—¿Tú no irías? —pregunto.

—Solo tengo dinero para dos boletos, así que no, pero no pasa nada. Siempre celebran Navidad conmigo, ya es hora de que un año estén con papá —dice. Parece triste por no poder ir, pero a la vez se ve muy feliz por mí, y no puedo más.

—Mamá… —Ahora las dos estamos emocionándonos. Si me lo hubiera dicho hace dos meses, habrían sido lágrimas de felicidad, y me imagino que mamá cree que lo son.

—¡¿QUÉ?! —grita Cesar desde el pasillo. Seguramente estaba escuchando a escondidas para ver si seguíamos hablando de Jamal, y ahora viene corriendo a la mesa y se sienta con nosotras—. ¿Iremos a ver a papá?

Mamá alza los brazos en señal de derrota.

—¿No podías esperarte a que te sorprendiera?

—¡Muchas gracias, mami! ¡Gracias, gracias! —La abraza muy fuerte y le da un beso en la mejilla.

Cesar y mamá se ponen a hablar atropelladamente, pero yo no puedo concentrarme.

—No puedo ir —los interrumpo.

—¿Y por qué no? —pregunta mamá con su voz de dar miedo.

No puedo más, me derrumbo. Estoy hecha un mar de lágrimas y llantos. Mamá deja a Cesar y viene a abrazarme a mí, y su tono de voz cambia por completo:

—Mija, ¿qué ocurre?

Como no puedo decírselo, me limito a llorar contra su pecho. Ella no dice nada, tan solo me acaricia la espalda, y su ternura consigue que mis lágrimas se detengan. Ojalá las cosas entre nosotras siguieran así para siempre. Me seco los ojos, tengo que recomponerme e inventarme una excusa.

—Es que estoy muy estresada con la tarea. Tengo que entregar un proyecto enorme después de las vacaciones y debo quedarme aquí para terminarlo.

—No pasa nada, mija, no pasa nada. —Me acaricia el pelo.

—Mami, ¿me acompañarás con el boleto de Yami? —pregunta Cesar.

Se me vuelve a contraer la garganta. Si mamá va y papá se lo cuenta…

—¿Y dejar a Yamilet aquí sola? Creo que no —dice, y suelto una bocanada de aire.

—Hum… Pero yo voy a ir de todos modos, ¿no? —continúa Cesar, y mamá se masajea las sienes.

—Mijo, no quiero que tengas que tomar el vuelo tú solo.

—¿En serio? ¡Es mi regalo de cumple! ¡Haz la tarea allá y punto, Yami! —grita.

—No puedo… No puedo… —Se me rompe la voz.

Ahora estamos llorando tanto Cesar como yo, y al final mamá accede:

—Okey. Pero si voy, ¿cómo sabré que no vas a quemar la casa?

—Soy prácticamente una adulta. No pasará nada. ¡Mírame! ¡Estoy renunciando a irme de vacaciones con papá para hacer la tarea! —Me sorbo los mocos, pero me parece que sueno convincente de todos modos—. Si eso no te demuestra lo responsable que soy, no sé qué te lo demostraría.

Mamá se muerde el labio.

—Bueno… Supongo que ya eres mayorcita. Pero si te quedas aquí, quiero que te concentres en ese proyecto. Nada de trabajar ni cosas por el estilo, ¿de acuerdo?

—¿En serio? ¿Y todos los pedidos de la tienda? —pregunto.

—Ya me encargaba yo de todo esto antes de que empezaras a ayudarme y también me encargaré de eso ahora. Tú concéntrate en la tarea y yo me ocuparé del resto, con el favor de Dios.

—Okey, mami.

Me acerca a ella y me abraza. Quiero mucho a mi madre. Por ahora disfrutaré de sus abrazos, antes de que decida que no quiere saber nada de mí cuando papá le haya contado su versión. Supongo que se lo dirá cuando la vea. Hay una parte de mí que es egoísta y quiere convencerla de que se quede, pero sé que Cesar no me lo perdonaría jamás si le fastidiara el viaje. La verdad, yo tampoco me lo perdonaría a mí misma.

Me parece que debería avisarle a Cesar. Si va a estar con papá, tendría que saber qué opina realmente de la gente como nosotros, así que lo sigo hasta su habitación.

—¿Puedo ayudarte? —pregunta cuando se da cuenta de que lo estoy siguiendo.

—Salí del clóset con papá —susurro cuando entro en su habitación y cierro la puerta detrás de mí.

—¿Qué? ¿Y qué te dijo?

—Nada. Le envié un mensaje después de la fiesta del baile y todavía no tengo noticias de él.

—Ah… —Se rasca la cabeza—. ¿Quizá no le llegó el mensaje?

—Sí le llegó —le espeto.

—¿Cómo lo sabes?

—¡Porque lo sé! También le envié un video y no me ha dicho nada.

—En serio, no vas a convencerme de que no vaya, si eso es lo que pretendes hacer.

—Solo quiero que tengas cuidado. Pero ¿por qué querrías ir si sabes que es homofóbico? Si se entera de lo tuyo, te tratará igual que a mí. —Me siento fatal en cuanto pronuncio estas palabras, aunque es verdad.

—¡Mira que eres dramática! Seguramente no vio tu mensaje.

—Entonces ¿por qué te envió un video a ti y no a mí? ¡Canela era el pato de los dos, tanto tuyo como mío! —exclamo. Estoy llorando otra vez.

—¡Mierda, Yami, no eres el centro del mundo! —Golpea el escritorio con el puño.

Doy un paso hacia atrás. Basta con que Cesar me levante la voz para que deje de llorar, más por la sorpresa que por otro motivo.

—¡También tiene derecho a hablarme a mí primero de vez en cuando! Papá me envió un video porque sabía que estaba teniendo un día de mierda. ¿Puedes dejar que me ocupe de mis propios problemas, aunque sea un solo día? No quiero hablar de esto contigo —dice; está temblando.

—¡Bueno, pues yo también estoy teniendo un día de mierda! ¿Por qué no habla conmigo? —Sé que no estoy siendo justa, que Cesar no tiene la culpa de que papá me odie.

—¡Quizá porque no sabes dejar a la gente tranquila! ¡No es responsabilidad tuya arreglar todos los problemas! Siempre te estás metiendo en mis asuntos. Con Jamal, el futbol americano y ahora papá… ¡Deja que haga lo que quiero hacer de una puta vez! ¡También es mi padre!

—¿De qué hablas? Si no te hubiera ayudado con Jamal…

—¡Nunca te pedí que me ayudaras! ¡En ningún momento te pedí que aparentaras que Jamal era tu novio ni que me siguieras a Slayton! Y no conseguirás que me aleje de papá solo porque él no quiera hablar contigo.

No puedo parar de llorar, lo odio. Y odio que tenga razón.

—Papá no me habla… —No soy consciente de lo que significa realmente hasta que lo digo en voz alta, y se me escapa otro llanto.

Cesar suspira y suaviza el tono de voz:

—Mierda, Yami, seguramente está ocupado o algo así.

No puedo seguir hablando de papá o me resultará imposible parar de llorar, así que me voy.

Quizá tenga que darle un poco de espacio a Cesar. Tengo que lidiar con mis propios problemas yo sola y dejar que él haga lo mismo con los suyos. En eso tiene razón, y si tiene tantas ganas de que lo deje solo, eso haré, pero se equivoca con lo de papá.

El padre de Bo me está llamando. Muy temprano. Es domingo y todavía no tengo intención de despertarme de verdad. Ya sé que les di mi número de teléfono a sus padres, pero en realidad no esperaba que me llamaran. En cualquier caso, respondo porque quiero causarles una mejor impresión de mí misma; no me gustaría que piensen que soy una borracha.

—¿Hola?

—Hola, ¿eres Yamilet?

—Sí, hola, señor Taylor —respondo intentando igualar su tono animado.

—Por favor, llámame Rick.

—Okey, ¿qué pasa?

—Tengo un problema y creo que podrás ayudarme a resolverlo. —Suena como un anuncio de la tele y me cuesta reprimir la risa.

—Ah, ¿sí?

—Estoy haciendo unas tartas.

—Okey…

—Y es imposible que Emma, Bo y yo nos las podamos comer todas nosotros solos. Necesitamos que nos ayudes, Yamilet —dice con tono apremiante, como si estuviera enviándome a una misión trascendental.

—¡Papá! ¡Deja de llamar a mis amigas! —oigo que Bo grita de fondo.

—También es mi amiga, ¿verdad, Yamilet? —Noto que sonríe, aunque no pueda verlo, y me río.

Se oyen unos ruidos como si estuvieran forcejeando al otro lado de la línea y a continuación me habla Bo en lugar de su padre. Basta con su voz para que sienta mariposas en el estómago.

—Perdona lo de mi papá. Es que… él es así. A veces se aburre y se pone a hacer un montón de tartas. No tienes que venir si no quieres, pero habrá tarta. Mucha. Por si se te antoja.

—¿De qué es la tarta?

Bo le repite mi pregunta a su padre y él responde tan fuerte que puedo oírlo a través del teléfono:

—¡De calabaza, de manzana y de cerezas! ¡Si prefieres otra cosa, también puedo hacerla!

Vuelvo a reírme.

—Suena genial. Veré si alguien puede acompañarme en coche.

—¡Genial! ¡Cesar también puede venir si quiere!

—Me parece que está ocupado —miento, porque he estado evitándolo desde nuestra pelea.

Como Amber está de viaje, solo vamos David y yo. Me siento aliviada de que no haya invitado a Hunter, porque entonces tendría que decírselo a Cesar. A veces se me olvida que Bo no tiene tanta relación con Hunter como con David, Amber y yo, y hoy me alegro de que sea así.

Mi casa le queda de camino a David, así que reúno el coraje para preguntarle si puede pasar a buscarme. No me importa que David sepa dónde vivo, porque sé que no me juzgará. No es que crea que Bo me juzgaría, pero… es diferente. En la reserva navajo, donde vive David, tampoco hay muchas casas tan grandes como la de Bo.

David pita el claxon cuando su vieja camioneta azul se detiene delante de mi casa. Me subo al asiento del copiloto de un salto y cierro la puerta, pero pesa menos de lo que pensaba y se cierra demasiado fuerte. El chico ahoga un grito.

—¡Ten cuidado con Tootsie! Es demasiado vieja para que le den portazos.

Parece que la camioneta se llama Tootsie.

—Perdón… ¿Por qué ese nombre?

—Creo que le queda perfecto, ¿no crees? —Sonríe y acaricia el volante con cariño.

—Pues ¿sabes qué? Claro que le queda. —No puedo explicarlo, pero por algún motivo tiene sentido.

Nos pasamos todo el trayecto escuchando metalcore. Bueno, en lugar de escuchar la música, más bien oigo a David gritando y golpeando el volante como si fuera una batería. No tengo ni idea de cómo lo hace la gente para que sus voces suenen así, pero la verdad es que resulta impresionante.

Cuando finalmente llegamos a casa de Bo, su padre abre la puerta y nos hace un gesto con la mano para que nos acerquemos.

—¡Adelante! —Luego vuelve corriendo a la cocina y nos deja la puerta abierta para que entremos.

—¡Hola! ¡Qué alegría verlos! —exclama la madre de Bo, que apaga el televisor de la sala y se levanta del sofá para venir a saludarnos.

—¡Bo! ¡Ya llegaron nuestros amigos! —le avisa su padre desde la cocina.

—¡«Mis» amigos, papá! —grita Bo desde el piso de arriba, y unos pocos segundos más tarde baja corriendo las escaleras. Lleva un overol de mezclilla holgado con un tirante bajado y la camiseta blanca corta que tiene debajo deja entrever un poco de piel en ambos lados. La piel expuesta de los costados es igual a la parte más sexy de la anatomía lesbiana. ¿Quién le dio permiso de ser tan guapa?

El padre de Bo no me da una oportunidad para que se me trabe la lengua, porque inmediatamente nos empuja hacia la mesa del comedor. Después de hacer que nos sentemos, se va a la cocina bailando, aunque no hay música. Mamá nunca tendría invitados sin música de fondo, así que me da la sensación de que falta algo.

—No se preocupen, las tartas de Rick son las mejores —nos asegura la madre de Bo mientras nos sentamos.

—Qué vergüenza… —Bo se tapa la cara, pero está riéndose.

—¿En serio? ¡Tu papá es genial! —dice David.

Bo pone los ojos en blanco y entonces llega su padre, que carga muy hábilmente con tres tartas.

La espera mientras los deja en la mesa, los corta y los sirve se me hace eterna. Si fuera mi madre, cada uno se serviría su porción, lo cual preferiría porque así podría controlar cuándo me lleno la boca de esta magnífica tarta, pero parece ser que esta es la manera «adecuada» de hacerlo.

David, Bo y yo nos pasamos un rato llevándonos trozos de tarta a la boca antes de que ninguno de los tres esté preparado para mantener una conversación decente. Mientras comemos, lo único que se oye son los sonidos de cortar la tarta y de los cubiertos contra el plato, hasta que el padre de Bo rompe el silencio:

—Bueno, ¿tienen planes para el resto de las vacaciones?

—Yo le echaré una mano a papá en el trabajo —explica David mientras mastica.

—Seguro será divertido —dice la madre de Bo.

—Instalar baldosas, súper divertido —responde David con una sonrisa burlona.

—¿Y tú, Yamilet? —pregunta la madre de Bo.

Me meto un trozo bastante grande de tarta en la boca en lugar de contestar. Muy elegante, ya lo sé. No es una solución ideal, porque tarde o temprano tendré que masticar y tragar la comida y entonces me tocará responder la pregunta.

—Hum… No haré nada.

—¿Qué? ¿No tienes planes para Navidad? —se sorprende el padre de Bo. Su esposa le pisa el pie por debajo de la mesa y él da un brinco—. Lo siento, ¿no tienes planes para las vacaciones?

Es toda una novedad que no den por hecho que celebramos las tradiciones católicas a pesar de ir a Slayton.

—No… —No tengo fuerzas para inventarme una mentira, así que les digo la verdad—: Mamá y Cesar se irán a México a ver a mi papá por el cumpleaños de Cesar, pero yo no quería ir.

El padre de Bo ahoga un grito.

—¿Estarás sola en Navidad?

Otro pisotón por debajo de la mesa.

—Sí, y claro que celebramos Navidad, pero… —Tengo que controlar mi respiración para no emocionarme. No puedo decirles lo de mi padre sin tener que contarles todo lo demás—. Tengo un proyecto muy grande para Química y debo quedarme en casa para hacerlo.

Bo ladea la cabeza como un cachorrito confundido y David me mira como si supiera que estoy mintiendo. Mierda. Tenemos el mismo profesor y deben de saber que no hay ningún proyecto, pero dice mucho de ellos que no me pongan en evidencia.

—Ay, cariño… —La madre de Bo extiende el brazo por encima de la mesa y me agarra la mano—. ¡Puedes quedarte con nosotros! No quiero que pases todas las vacaciones sola.

—¿En serio? —pregunto mirando a Bo, no a sus padres, porque quiero confirmar que le parezca bien. Nunca me he quedado en casa de nadie durante más de un fin de semana, y si Bo todavía tiene novia puede que las cosas sean un poco incómodas. Seguramente le tendría que preguntar sobre este tema en algún momento, pero me preocupa delatarme a mí misma. Por un instante Bo tiene una expresión indescifrable, pero luego se sonroja y sonríe.

—¡Pues claro! —responden sus padres.

Enarco las cejas hacia Bo pidiéndole que conteste. Entendería perfectamente que no quisiera que me pase dos semanas enteras en su casa.

—¡Sí, será divertido! —dice, y sonríe de nuevo.

—¡Genial! A mi mamá seguro que le encanta esta idea, estaba preocupada por dejarme sola.

Claro que parece una mejora respecto a pasar todas las vacaciones sumida en la autocompasión.

Acompañar a Cesar y a mi madre al aeropuerto es más duro de lo que esperaba. No he hablado mucho con Cesar últimamente, lo cual no me parece justo, porque el único motivo de que yo no le hable es que él no me habla a mí. Si él se disculpara, lo perdonaría al momento. Sé que es muy infantil guardarle rencor, pero ¿qué se supone que tengo que hacer? Si yo soy una zorra infantil, Cesar también lo es; ni siquiera ha cedido para hacer algún tipo de broma sobre que me quede con Bo. No se me dan bien los conflictos, pero ya es demasiado tarde para volver atrás. Aunque solemos resolver nuestras peleas en apenas un día, en este caso sucede algo diferente, y no sé qué es, pero lo odio.

Cuando mamá no mira, meto su celular disimuladamente en el bolso para que lo encuentre más tarde. No tiene ningún sentido que lo siga escondiendo si va a ver a papá en persona. Al despedirnos me da el abrazo más fuerte que me ha dado jamás y se pone a llorar, pero no siento nada. Ahora mismo no puedo sentir nada porque, si lo hago, me vendré abajo. Mamá nos mira a la expectativa, así que Cesar me da un abrazo rápido y yo le devuelvo el gesto. No me echo a llorar hasta que me doy la vuelta.

Voy directamente al estacionamiento y no miro atrás.

16

No te enojarás por tonterías

Estoy contenta de estar con la familia de Bo para que así no me coma demasiado la cabeza, pero quizá pasar las vacaciones con la chica que me gusta no fue la mejor idea. ¿Y si pasar tanto tiempo a solas con Bo me lleva a hacer algo muy impropio de mí, como salir del clóset con ella... otra vez? Podría haberme quedado en casa, pero ya no hay marcha atrás: estoy aquí con Bo. Bo, que es perfecta y con quien evito entablar contacto visual porque no puedo mirarla sin sentirme perdida. Esto será interesante.

Mientras están en México, mamá me envía videos por Marco Polo para tenerme al día. A veces también sale Cesar, pero como una voz de fondo. Si mamá le pide que me salude, él hace un gesto con la mano, pero no dice casi nada. Papá no aparece en los videos. Si ya le contó a mamá por qué no quiere hablar conmigo, entonces parece que a ella no le importa que sea homosexual, pero supongo que no se lo ha dicho y yo no voy a sacar el tema. Si lo hago y resulta que papá no le ha dicho nada, entonces estoy jodida, y si se lo dijo y yo saco el tema, ¿en qué saldría ganando? ¿En que lo sabría? No, no me hace falta. Ya estoy bien con la incertidumbre.

La mitad de las veces que mamá me manda un video está visitando a la familia de papá, así que las llamadas suelen ser bastante cortas. Me quedo mirando la aplicación durante un rato después de que termine el video de mamá. No es que espere que vaya a pasar algo; de hecho, sé que no pasará nada, y precisamente por eso me quedo mirando la pantalla, porque quiero hacer que pase algo. Estoy preparada para hablar con él. Con papá no. No estaré preparada para hablar con papá hasta que él esté preparado para hablar conmigo, si es que ese momento llega en algún punto.

Empiezo un video para Cesar.

—Ey, hola… Últimamente no hemos hablado y te extraño… —Me estoy enredando, pero no quiero dejar de hablar, porque hace mucho que no tengo contacto con él y esto es lo más cerca que he estado de conseguirlo—. ¿Qué tal todo por Chiapas? —Hago una pausa como si esperara una respuesta—. No sé si sigues enojado conmigo, pero yo ya no lo estoy. De hecho, en ningún momento estuve enojada, es solo que me cuesta mucho la comunicación humana. Lo reconozco. En fin, dime algo si no me odias, por favor. Adiós… —Cuelgo antes de decir «te quiero».

Termino el video y respiro hondo. Ahora mismo no quiero estar sola, de modo que voy a buscar a Bo. Está estirada en el sofá con el celular, y algunos mechones de pelo se le han salido del chongo desenfadado que lleva. Se ve incluso más guapa con este peinado de lo que me podría imaginar, y la visualizo apoyando la cabeza en mi regazo mientras le peino esos mechones rebeldes. Aunque está delante de mí, ese pensamiento me hace sentirme sola. No puedo ir por el mundo jugando con el pelo de una chica que tiene pareja.

Entonces me doy cuenta de que Bo también ha estado sola la mayoría de las vacaciones. ¿Quizá Cesar tiene razón y ya no tiene novia? No, no, no. Bo me lo habría dicho si hubieran roto, ella no es como Cesar. ¿Puede que no la haya invitado por mí? Me pregunto si el hecho de que esté en su casa hace que no se sienta cómoda trayéndola.

—Deberías invitar a Jamie —digo mientras me siento en el otro sofá. ¿Por qué la estoy animando a invitarla? Lo odio, pero verla con su novia quizá me ayudará a superarlo, aunque tal vez quieran que les dejen espacio—. Tengo el coche de mi mamá, puedo irme a algún sitio y dejarlas solas. Si quieres.

Se le apaga el rostro y casi parece triste. Mierda. Quizá sí rompieron y yo acabo de reabrir la herida.

Suspira.

—Por desgracia, no está aquí. Está con sus papás durante las vacaciones.

Ah.

—Lo siento, qué pena. —Para ella y también para mí.

Bo se hunde en el sofá y me siento mal por haberla puesto triste. Odio que ahora la conversación se haya enrarecido.

—Bueno, ¿y cómo es esto de salir con una universitaria? —En parte se lo pregunto porque me gustaría animarla, pero también siento curiosidad. Supongo que Jamie se fue a casa de sus padres durante las vacaciones en lugar de quedarse en la residencia de la universidad y me pregunto si Bo está preocupada por lo que pueda pasar entre ellas cuando nos graduemos.

—Solo tiene un año más, no es tan raro.

—Ah, ¡no quería decir que fuera raro! Solo tenía curiosidad.

—No pasa nada.

Se hace un silencio incómodo y no sé cómo cambiar de tema. El estado de ánimo de Bo cambió por completo cuando mencioné a Jamie, así que imagino que la extraña mucho. Yo no estoy celosa, para nada. El silencio entre nosotras hace que no esté para nada celosa de que Bo seguramente no tenga silencios incómodos como este con su novia. Extraño la cumbia de mamá llenando el silencio, e incluso la música triste de doña Violeta. ¿Cómo se supone que tengo que animarme si no hay música?

—¿Nunca escuchan música? —pregunto.

A veces Bo sí la escucha con los audífonos, pero nunca se oye música en voz alta en esta casa. Yo no tengo auriculares, y me da un poco de rabia que Bo se los ponga en lugar de compartir su música conmigo.

—¿Qué? Pues claro que sí.

—Pero ¿tienen una norma que prohíbe poner música en alto o algo así? —No pretendo ser sarcástica, de verdad me pregunto si hay algún motivo superior por el que no pongan música.

—Hum… ¿No?

—Bueno, pues ¿tienen una bocina? Tengo ansiedad.

—¡Sí! Un momento. —Se levanta del sofá de un salto y se va a su cuarto. Cuando vuelve, tiene una bocina inalámbrica, la pone en la mesa y la configura con su celular—. ¿Qué quieres escuchar?

—Tú eliges. Es que necesito un poco de ruido.

—Prométeme que no te reirás de mí.

—Te lo prometo.

Dudo que su lista de reproducción pueda ser más cursi que la mía, que es una mezcla aleatoria de música de Disney, reguetón, cumbia y bandas sonoras.

—De hecho, ¿sabes qué? Si eres capaz de decirme con total sinceridad que no te dan ganas de bailar al escucharla, entonces sí puedes reírte de mí, pero eso no va a pasar —asegura.

No sé por qué, pero ya me ha hecho sentir mejor antes incluso de que empiece a sonar la música. Entonces le da al botón de play y se pone a bailar. No sé qué me esperaba, pero está claro que no era esto.

—¿Disco?

—¿Qué problema tienes con la música disco?

—Nada, solo que no me lo esperaba.

—Te doy un dato: la caída de la música disco es un resultado directo de la homofobia y del racismo. Como persona homosexual y asiática, no podría ofenderme más —explica Bo, y al terminar se tira al suelo de espaldas y levanta la pierna con gran dosis de dramatismo para rematar su argumento. Luego se pone de pie y empieza a saltar y girar en círculos.

No sé por qué, pero pensaba que Bo bailaría bien. Parece perfecta en todos los sentidos porque es una genio en todo, o eso pensaba, pero en esto está claro que le gano. De todos modos, no sé por qué me pidió que no me ría de ella, porque resulta obvio que no le asusta que la juzgue.

Me señala como si estuviera invitándome a bailar con ella, pero prefiero mirarla, y entonces hace como si me tirara el típico lazo de los vaqueros para atraparme y luego acercarme a ella.

No tengo ninguna alternativa.

Me levanto del sofá en contra de mi voluntad y de pronto estoy saltando y dando vueltas con ella. Es como si estuviéramos en una discoteca en el espacio, esa es la sensación que me transmite la música disco. En serio, tiene que volver a ponerse de moda.

Bo me agarra de las manos y por algún motivo la música hace que no me coma la cabeza. Ambas empezamos a dar vueltas hasta que me parece que toda la sala gira, excepto mi amiga, como si ella fuera la única cosa estable a mi alrededor. Echa la cabeza hacia atrás riéndose y me aprieta las manos con más fuerza para compensar que ahora nos movemos más deprisa, pero de pronto me tropiezo con la nada y las dos salimos disparadas en direcciones opuestas, riendo histéricamente por encima de la música.

Me gusta que Bo me haga olvidarme de las cosas. No tengo que preocuparme sobre qué piensa la gente y puedo disfrutar de estar con ella sin pensar en todo lo demás. No pienso ni en papá ni en Cesar hasta el atardecer, cuando reviso Marco Polo y confirmo que no tengo ninguna notificación. Cesar todavía no se ha dado cuenta del video, así que por lo menos no me ha dejado en visto como papá. Hace unas horas le mandé otro video por su cumpleaños, pero tampoco me ha respondido.

El sonido de la puerta del garage al abrirse me saca del bajón. Bo y yo vamos a saludar, pero su madre no parece demasiado contenta.

—Rick, por favor, ¿puedes lavar los platos? Llevo todo el día trabajando y no me gusta llegar a casa y encontrarme el fregadero lleno.

Ojalá pudiera desaparecer ahora mismo. Creo que no tendría que ver las discusiones de otras familias, pero parece que a ellos no les importa que esté aquí. Rick, que está mirando la tele en la sala, no responde.

—¿¿¿Hola??? ¿No me oíste?

Como tampoco contesta, interviene Bo:

—Papá, mamá te está llamando.

—Tranquila, cariño, ya voy —contesta finalmente Rick mientras apaga la tele.

—Al menos, podrías responderme para que no hable sola.

—Bueno, perdón, no respondo bien a las quejas.

Bo carraspea y sus padres recuerdan que tienen público. El padre de Bo se pone rojo, musita una disculpa apresurada y se pone a lavar los platos, y la madre de Bo parece que se fija en su hija por primera vez desde que llegó. Extiende los brazos para abrazarla y Bo corre hacia ella y la aprieta con fuerza. No es el típico abrazo de «Hola, mamá», sino que es un abrazo de verdad, de esos en que las dos personas se apretujan. Siempre había creído que a Bo no le gustaban los abrazos, pero imagino que me equivocaba. Quizá solo le gustan con su familia. Yo no he abrazado a nadie desde que mamá y Cesar se fueron, y extraño los abrazos de mamá… Puede que esté un poco falta de muestras de cariño. Pfff. Supongo que aún no he superado el bajón.

Es bonito ver lo mucho que Rick y Emma quieren a Bo. Y cuánto la quieren sus perros. Y sus amigos. Y yo. La quiere mucha gente.

Pensándolo bien, supongo que a mí también. Mamá me quiere mucho y, aunque ahora esté ignorándome, sé que muy muy en el fondo Cesar también me quiere. Pero en el caso de mamá, por lo menos, parece que es un amor condicional. Si no soy exactamente la persona que quiere que sea, entonces no soy digna de amor. Quizá en realidad no me quiere a mí sino a la persona que cree que soy, como Bianca. Y papá. Mierda, mi propio padre.

Hace mucho que no tengo una relación cercana de verdad con nadie. Lo más parecido son las amistades que tengo, que están limitadas por mis mentiras. Ya sé que la Yami hetero es digna de amor, pero a veces me pregunto qué pasa conmigo. Siempre pierdo a la gente cuando se entera de lo mío. Excepto a Cesar, aunque ahora quizá también lo he perdido. No lo sé.

Tal vez esté siendo dramática. Es mi hermano, y es normal que los hermanos se peleen. Seguramente no sea nada grave.

De todos modos, tengo una burbujita en el pecho que ha ido creciendo estos últimos dos días, desde que se fueron. Me pregunto si se estarán divirtiendo ahora mismo. Si se la estarán pasando tan bien todos juntos que ni siquiera me extrañarán. Me pregunto si estarán cuchicheando sobre cuánto me odian y si eso estrechará su relación.

Y si mamá ya lo sabe, me pregunto si Cesar está bien.

17

Te acordarás de tus antepasados y los santificarás

Los padres de Bo tienen la norma de no hacerse regalos por Navidad, pero igualmente me parece que tendría que regalarles un detalle para darles las gracias, porque me han dejado quedarme aquí y me están haciendo compañía durante las vacaciones. Mañana es Navidad, así que no tengo mucho tiempo para pensar nada. Lo mínimo que puedo hacer es… algo, pero no tengo ni idea. Ni siquiera me dejan hacer los quehaceres de la casa porque soy «la invitada». Me siento como una carga enorme porque no puedo hacer nada.

No consigo entender por qué son tan amables conmigo. Está claro que no me lo merezco. Quizá tendría que irme a casa y ahorrarles los problemas, pero, al mismo tiempo, soy egoísta y quiero este trato especial. Cuando regrese a casa después de las vacaciones tendré que enfrentarme a mi madre. Si aún no sabe que me gustan las chicas, seguramente se entere antes de que la vuelva a ver. Quedarme aquí hace que el problema parezca mucho más lejano.

Todavía no sé qué haré con el problema del dinero cuando mi madre se entere. ¿Tal vez si dejo los estudios me resultará más fácil encontrar trabajo, porque podría trabajar de tiempo completo? Nunca me había planteado dejar la escuela, pero no me quedará otra alternativa si me echan de la casa. La verdad, tampoco es que haya sido nunca una gran alumna.

Bo interrumpe mis pensamientos con «Take Me to Church» a todo volumen mientras se da un baño. Desde que saqué el tema, pone música en alto más a menudo, y parece que esta canción es una de sus favoritas. La describe como «el himno lésbico» y ya me ha quedado claro que no le da miedo cantarla a pleno pulmón en la regadera, y su voz resuena por todo el piso superior, amortiguada solo por el agua que cae. Yo me moriría de vergüenza si alguien me oyera cantar, sobre todo en la regadera, pero supongo que esta es otra de las diferencias entre Bo y yo: a ella no le da miedo nada.

A veces me gustaría parecerme más a ella. Yo misma, orgullosa, feliz, con el apoyo de los demás. Pero a la vez también querría parecerme menos a ella. Me gustaría que no tuviera que querer ser yo misma sin avergonzarme. Ojalá no hubiera nada que me hiciera sentir así.

No sé qué más puedo hacer y, por primera vez en mucho tiempo, rezo.

Pero tampoco hace que me sienta mejor.

Son las dos de la madrugada y llevo por lo menos un par de horas acostada en la cama mirando el techo. Oficialmente es Navidad. Después de pasarme todo el día trabajando ayer, me siento avergonzada con el regalo que les preparé. No sé qué pensaba, es demasiado personal. Seguramente creerán que es estúpido y sabrán que lo hice a mano porque no podía permitirme comprarles un regalo de verdad.

Quizá no tendría que haberme molestado. Ni ellos son mi familia ni esta es mi casa. Es demasiado perfecta. Los padres de Bo son demasiado simpáticos conmigo y todos están siempre demasiado contentos. Y yo también intento ser perfecta y simpática, y mostrarme contenta, pero me siento como una impostora y ahora mismo lo que quisiera es ahogarme en mi tristeza. Como ya veo que esta noche me resultará imposible dormir, bajo a la cocina para comer unas papas fritas o algo así.

Al pasar por delante de la habitación de los padres de Bo, el sonido de sus voces al discutir me desconcierta un poco. ¿Todavía están despiertos? Me tapo las orejas y sigo adelante, porque no quiero entrometerme en sus asuntos. Este es un motivo más por el que siento que no encajo aquí. Abro la despensa y saco una bolsa de papas cuando oigo mi nombre, y eso hace que me detenga y los escuche sin ningún tipo de vergüenza. Parece que se han tranquilizado y que ahora están hablando con normalidad, pero si antes estaban discutiendo por algo relacionado conmigo, entonces también es asunto mío.

—¿Por qué crees que no se fue a México con su familia? —Es la voz de Rick, y siento que me da un vuelco el corazón. ¿Saben que les mentí sobre el proyecto de Química? Quizá están más familiarizados con el plan de estudios de lo que creía. Tendría que haber hecho como que hacía la tarea para disimular. Como me estoy comiendo tanto la cabeza, me pierdo una parte de la conversación.

—Pobre chiquilla, nadie tendría que vivir así. —Ahora es la madre de Bo.

¿Vivir cómo? No sé qué se imaginan, pero yo estoy bien. No necesito su caridad, ni su compasión. No me las merezco. Doy unos pasos hacia atrás y corro hasta mi dormitorio en el piso de arriba. Sin pensarlo dos veces, empiezo a hacer la maleta. Le haré un favor a todo el mundo si me voy antes de que se levanten.

Cuando ya estoy lista, vuelvo a bajar a hurtadillas. Mientras estoy cruzando la cocina, se enciende el grifo del fregadero y se me escapa un grito. Y al padre de Bo también, a la vez que se le cae al suelo un vaso de plástico.

Parece que se quita un peso de encima al ver que soy yo.

—¿Qué haces despierta? —pregunta, y entonces su vista se dirige a mi maleta—. ¿Te vas?

—Ah, iba a… Hum… —Soy incapaz de inventarme una mentira creíble y noto que se me encienden las mejillas, pero me obligo a mirarlo a los ojos—. Los oí hablando de mí.

—Ay, cariño, lo siento. —Creo que está sorprendido y un poco confundido, como si todavía no entendiera por qué me voy.

—No quiero ser una carga para ustedes —digo.

—Okey, lo digo en el mejor sentido del mundo, pero ¿de qué hablas?

—No quiero que discutan por culpa mía. Y no tienen que cuidarme porque sientan pena por mí. —Me cruzo de brazos. Sé que parece que me pongo a la defensiva, pero en este caso es más bien como un abrazo a mí misma.

—Cielo, de verdad lamento que nos hayas oído discutiendo otra vez, pero tienes que entender que son cosas que pasan. No tiene nada que ver contigo y no es lo que estábamos diciendo. —Se le suaviza la expresión.

—Entonces ¿qué estaban diciendo? —pregunto, y me aferro a la maleta con una mano para estabilizarme, pero también por si acaso quiero salir corriendo.

Rick suspira.

—Que nos gustaría que te sintieras cómoda para contarnos la verdad sobre lo que está pasando en tu familia, pero entiendo que eso no es asunto nuestro. Es que estamos preocupados por ti. Nos importas, Yamilet, y nos gusta que estés aquí. No eres para nada una carga, al contrario.

Abro la boca, pero no me salen las palabras, y soy incapaz de relajar los hombros. Se me empiezan a humedecer los ojos y noto que me tiemblan los labios.

—No me hace ninguna gracia que tengas que estar sola tanto tiempo, especialmente durante las vacaciones, pero si es lo que quieres, no te lo impediré. ¿Es lo que quieres de verdad?

—¡No! —Odio que la palabra me salga como un llanto.

Rick me pone una mano en el hombro y su gesto me arranca las lágrimas de los ojos. No quería, pero suavizo el agarre de la maleta, la dejo caer y lo abrazo. Él da un paso atrás sorprendido y luego empieza a frotarme la espalda.

—Ey, no pasa nada, no pasa nada —repite una y otra vez hasta que me aparto.

—Lo siento, qué vergüenza —digo mientras me tapo la cara con las manos.

—A ver, yo no soy un experto en esta clase de cosas, pero me parece que aquí está pasando algo más grande. ¿Quieres hablar de eso?

Me muerdo el labio inferior para evitar que siga temblando.

—Extraño a mi papá —susurro. Ni siquiera estoy segura de si me oye.

—Quizá tendríamos que sentarnos —sugiere. Se dirige hacia el sofá y se sienta, y yo lo sigo—. La adolescencia debe de ser una época muy difícil para ti. Estoy seguro de que todo es muy confuso. Tienes que descubrir muchas cosas de ti misma y no todo el mundo te apoyará, pero sabes que yo estoy en tu equipo, ¿verdad? Y Emma también. Puede que a veces discutamos, pero eso no significa que no nos queramos el uno al otro, o a Bo, o a ti, ¿okey?

No sé si es la típica charla para animar a un adolescente con problemas o si trata de insinuar algo. ¿Sabe que me gustan las chicas? No, no puede saberlo. ¿Lo sospecha? ¿Le estoy dando demasiadas vueltas?

—Gracias —es lo único que consigo decirle.

Me sonríe y señala mi maleta.

—Oye, si todavía quieres irte, no hay problema, pero me encantaría que te quedaras a desayunar. Iba a hacer tu desayuno favorito.

—¿Cómo sabes cuál es mi favorito?

—Porque estás a punto de decírmelo. —Sonríe—. Bueno, ¿qué hay para desayunar?

—Burritos de chorizo —respondo. No sé por qué, pero hablar de mi desayuno favorito hace que me emocione.

—Marchando. Y si todavía quieres irte después de que te haga unos burritos de chorizo tremendos, no habrá ningún problema, pero no sin antes despedirte como es debido, ¿eh?

—Okey. Gracias, señor Taylor —digo y me seco los ojos.

—Rick. —Me acerca hacia él para darme otro abrazo—. Y ahora ve a dormir un poco. Es demasiado temprano para estar llorando. Guárdatelo para las lágrimas de felicidad que se te saltarán cuando estés comiendo los mejores burritos de chorizo de tu vida.

Me río, porque dudo que pueda superar los de mamá. Me da una palmada en la espalda y me manda escaleras arriba.

Rick es un buen cocinero. De hecho, es un cocinero magnífico. Sin embargo, sus burritos no tienen el sabor al que estoy acostumbrada.

O sea, son geniales, incluso puede que estén al mismo nivel que los de mamá, pero es que no quería unos burritos de chorizo buenos, quería los de mi madre. Quería a mamá. En realidad, también quiero a Cesar. Y a papá. A los tres juntos.

Me siento un poco como una mierda por no estar agradecida por los burritos que estoy comiéndome. Los engullo como si fueran exactamente lo que necesitaba, sonrío, doy las gracias y repito, pero no es lo mismo.

Nos juntamos alrededor del árbol para los «regalos», que básicamente consiste en formar un círculo y hacer una lluvia de ideas de cosas que podemos hacer todos juntos. En lugar de darnos regalos, la idea es pasarnos el día haciendo cosas que queramos hacer, aunque las actividades pueden celebrarse entre hoy y la víspera de Año Nuevo. Es el primer año que no me ha arrastrado nadie a misa por Navidad y es una sensación extraña, pero en el buen sentido.

La madre de Bo quiere ver una película en familia en casa, y eso me pone nerviosa porque no sé si estoy incluida en el plan, porque dijo «en familia». Rick quiere hacer una carrera con bloques de hielo, lo cual solo hice una vez cuando era pequeña, y Bo y yo tardamos más en decidir qué queremos hacer.

—¿Quizá podemos conseguir pases culturales de la biblioteca? —propongo, porque es la única actividad gratuita que se me ocurre. La biblioteca ofrece «pases culturales» gratis para acontecimientos locales.

—¡Me parece una idea genial! Miraré qué hacen estos días —dice la madre de Bo, que saca su celular y empieza a escribir algo.

—Para mi regalo, ¿podemos ir a cenar al C-Fu? —pregunta Bo.

—¡Claro! —responde su padre.

Nunca he estado ahí, pero, por lo que he oído, es un restaurante chino muy elegante y es el favorito de Bo.

—Estoy viendo lo de los pases culturales —comenta Emma mientras desliza el dedo por la pantalla—. Podemos ir al centro de ciencias, al jardín japonés de la amistad y… ¡Ah! ¡Esto parece interesante! Hay un ballet… Uy, vaya, lo pronunciaré fatal. ¡Hay un «festival de ballet folclórico» el día 28! ¿A cuál quieres ir, Yamilet?

No es una decisión difícil, pero titubeo al preguntarlo.

—¿Podemos ir al espectáculo folclórico? —propongo con un hilo de voz, y apenas me oigo a mí misma. Desde que empecé en Slayton, me he sentido un poco apartada de mi cultura, y además ahora me siento súper nostálgica. Ir a un baile mexicano parece que es justo lo que necesito en estos momentos. Además, también me parece buena idea compartir un poco de mi identidad con Bo y su familia, es mi manera de abrirme con ellos.

El padre de Bo alza el puño.

—Esperaba que escogieras ese. Okey, pues hoy podemos ver la peli e ir al C-Fu si no está demasiado lleno. El 28 iremos al festival y me parece que la carrera con bloques de hielo podría ser la actividad de la víspera de Año Nuevo.

Sé que hoy será divertido, pero me muero de ganas de que llegue el día del baile.

—¿Qué peli quieren ver? —pregunta Bo.

—¡Elígela tú, Yamilet! ¿Cuál es tu preferida? —dice la madre de Bo. O sea, que tengo permiso para participar. Supongo que tendría que haber sido obvio, porque tampoco es que fueran a pedirme que me esconda en la habitación de invitados o que me vaya mientras ellos ven una peli.

—No creo que la tengan —respondo. Mi peli preferida es *Selena*, por supuesto. Verla es prácticamente un rito de paso para los estadounidenses mexicanos, pero seguro que no es tan popular como para que la familia de Bo la tenga.

—Quizá no, pero entonces la compraremos —contesta la madre de Bo, y tengo que pestañear para no mostrar mi sorpresa. Me alucina que puedan comprar cualquier película que se les antoje ver.

—*Selena*. —Al decirlo se me contrae el cuello un poco como si fuera una tortuga tímida. No sé por qué el hecho de que me incluyan intencionadamente en una actividad en familia me pone tan nerviosa. No es algo tan personal como ir a un baile folclórico, pero compartir mi película preferida con ellos también es una manera de abrirme.

—¡Voy a comprarla ahora mismo! —exclama la madre de Bo.

Menos de una hora más tarde, estamos todos en la sala con palomitas y refrescos. Emma y Rick están acurrucados en un sofá y Bo y yo estamos sentadas en el otro. Cuando no discuten, los padres de Bo son muy dulces el uno con el otro. En cuanto a nosotras, de vez en cuando la rodilla de Bo toca la mía. Algo es algo.

Bueno, okey. No es algo y punto. Puede que esté un poco falta de muestras de cariño. Cuando nuestras rodillas se rozan, es como si una energía estática me recorriera todo el cuerpo y hace que se me pongan de punta los pelos de los brazos. ¿Qué clase de persona siente mariposas en el estómago por un roce de rodillas? Una sensación abrasadora me inunda la cara antes de que pueda disfrutar demasiado de las mariposas. Me da la impresión de que todo mi entorno nota cuándo me gusta una chica, como si irradiara alguna especie de aura homosexual muy intensa, y eso me aterroriza. Bo se mueve, como si retrocediera repelida, y mi rodilla se queda sola. Sin embargo, entonces sube las piernas al sofá y las cruza. ¡Ahora se están tocando nuestros muslos!

De pronto me cuesta respirar. Me da miedo que uno de los pelos erizados de mi brazo la pinche como si yo fuera un cactus, porque entonces se dará cuenta. Oigo la voz de Bianca en mis adentros diciéndome que soy asquerosa, así que me cruzo de brazos para que mis pelos vuelvan a su posición normal y también cruzo las piernas para que nuestros muslos no se toquen. Me paso el resto de la película terriblemente alerta de cada centímetro de mi cuerpo, de cuánto espacio ocupo, de cuánta distancia hay entre Bo y yo en cada instante. De si parece que estoy demasiado cómoda con ella o demasiado poco cómoda. De si respiro demasiado fuerte. No quiero ninguna aura homosexual, y tampoco consigo disfrutar de *Selena* porque estoy muy concentrada en que no nos toquemos.

No me doy cuenta de lo hambrienta que estoy hasta que Rick menciona el C-Fu después de la peli. Cuando llegamos al restaurante, está bastante concurrido, pero al parecer no lo suficiente como para que nos vayamos y volvamos otro día. Mientras esperamos a que llegue la comida, Bo y yo paseamos por el local. Mi amiga parece muy contenta de que esté aquí con ella, así que me obligo a tragarme mi angustia y mi vergüenza y me permito disfrutar de su sonrisa contagiosa.

En algunas paredes hay unas peceras enormes, y Bo me agarra de la muñeca y me lleva hasta una de ellas. No ha dejado de sonreír desde que llegamos e irradia una felicidad deslumbrante. Casi hace que me olvide del hambre que tengo.

—¿Cuál es el que te parece más apetitoso? —pregunta.

Miro a mi alrededor y veo una especie de molusco enorme que parece un pene flácido reseco. Lo señalo con una sonrisa.

—Ese. El pez pene. Mmm...

—¡Yamilet! —Se atraganta con sus propias carcajadas y resuella. No me parece que sea tan divertido, pero no voy a quejarme por haberla hecho reír, y menos cuando se ve y suena así (beso de chef).

—¿Y a ti? —pregunto, y ella me señala una de las peceras más bajas.

—¿Ves ese de ahí que parece que está de mal humor? Es un pez de roca, quedan muy bien en la sopa. El tuyo es una *Panopea generosa*.

Se pone a señalar diferentes peces y me los explica todos. Se enreda un poco, pero nunca la había visto tan ilusionada por algo, salvo quizá por la música disco. Bo sabe un montón sobre muchas cosas distintas, como la música disco y la justicia social, pero no me esperaba que fuera una experta en peces.

A mí no es un tema que me interese especialmente, pero Bo está muy emocionada y es difícil no contagiarse. Me encuentro preguntándole cosas solo para oírla hablar, y no me canso.

—¿Cómo sabes tantas cosas sobre los peces? —le pregunto cuando ya me los ha explicado todos.

—Es que me gusta mucho este restaurante. —Se encoge de hombros, pero me parece que hay algo más que no me cuenta. Antes de que pueda insistir, cambia de tema—: Oye... Me dijo papá que intentaste irte —comenta como quien no quiere la cosa, sin apartar la vista de la pecera.

—Ah, hum... Sí, supongo que me sentía mal por entrometerme en su Navidad.

—Dios mío, entrométete más, por favor. ¡Sería aburridísimo que te fueras!

—¿De verdad?

—En serio, haces que mis papás se porten mejor. Se pelean mucho más cuando no estás, y es más divertido contigo en casa. —Aparta la cabeza de la pecera y me dedica una sonrisa ladeada de oreja a oreja. Es adorable—. Además, te extrañaría mucho.

—¿De verdad? —repito, y esta vez apenas escondo el gritito que amenaza con escaparse.

—¡Pues claro! ¿Acaso tú no me extrañarías?

Por supuesto que sí, pero me quedo paralizada. Sin embargo, no tengo tiempo para responder, porque Rick nos llama para avisarnos que ya llegó nuestra comida. Qué bien, no sé si habría podido decirle a Bo que la extrañaría sin revelarle accidentalmente todos mis sentimientos.

Dejé que Bo escogiera mi plato y mi bebida, y ella pidió por mí sus favoritos: sopa de cangrejo y un té de perlas. Empiezo con la bebida, porque es un poco menos atrevida que el plato principal, y mastico las perlas de tapioca frías mientras reúno las agallas para comerme la sopa. Poco a poco.

—¿No te gusta la sopa? —me pregunta Bo cuando se da cuenta de que todavía no la he tocado.

Como no quiero herir sus sentimientos, agarro una gran cucharada de comida y me la llevo a la boca con gesto muy teatral… y la escupo de inmediato.

No es que esté mala, es que está ardiendo.

Bo y Rick se ríen histéricos, y Emma, que parece casi tan avergonzada como yo, se tapa la boca. Por suerte, no salpiqué la sopa en sus platos, solo me manché a mí misma.

—Quizá sea mejor que primero soples —dice Bo entre carcajadas y resuellos.

Después de limpiarme, voy por el segundo intento. Esta vez agarro menos comida y le soplo antes de bajar con mucho cuidado la lengua hasta la cuchara. Enseguida le enseño el pulgar a mi amiga y ella suspira aliviada. Sabía que me gustaba el cangrejo, pero nunca lo había probado en una sopa. Su textura cremosa y escamosa es aún más suave en esta sopa tan espesa, y me encanta. Vuelvo a agarrar comida, soplo y la sorbo de inmediato, y Bo hace lo mismo.

Después de atiborrarnos con pudin de mango de postre, regresamos a casa de Bo y todos nos sentamos en los sofás de la sala. Están riendo y hablando, pero yo no les presto atención. Me río con ellos, pero en realidad estoy dudando de si debería darles mi regalo o no. Sé que los padres de Bo no tardarán en irse a la cama pronto, de modo que si les quiero dar mi regalo de mierda tiene que ser ahora.

—Hum… Ya sé que no íbamos a darnos regalos, pero les hice una cosa —digo en cuanto hay una pausa en la conversación—. No es exactamente un regalo de Navidad, sino más bien un regalo… ¿de agradecimiento? Porque los aprecio mucho. No sé por qué son todos tan amables conmigo cuando no he hecho nada por merecerlo, así que gracias. De corazón. —Saco un retrato familiar hecho con cuentas de un envoltorio que tenía en mi bolso y extiendo la mano para que alguien lo agarre. Es pequeño, del tamaño de una tarjeta de felicitación, porque no tenía más materiales para hacer nada más grande. La verdad, me da hasta vergüenza mirarlo, porque Bo es una artista con mucho más talento que yo. ¿En qué pensaba al hacerles un regalo artístico cuando Bo es tan buena que podría dedicarse a ello de manera profesional? ¿Y con cuentas, con todas las opciones que hay? ¿Y si creen que es una estupidez?—. No es muy bueno, les tendría que haber comprado un regalo de verdad —digo evitando hacer contacto visual con ellos mientras observan el retrato, seguramente escudriñando todos los defectos y comparándolo con las obras perfectas de Bo.

—¡También hiciste a Gregory y Dante! —exclama Bo antes de abrazarme. Creo que es la primera vez que lo hace.

Yo la abracé después de confesarnos, pero esta vez es diferente. Toda ella se aprieta contra mí, y su mejilla queda apoyada en mi cuello. Me estremezco, aunque espero que no note el escalofrío que me recorre la espalda, le devuelvo el gesto y disfruto del abrazo durante unos instantes antes de recordar que sus padres están detrás de ella. Carraspeo y doy un paso hacia atrás.

—Ay, cielo, ¡es precioso! ¡Muchísimas gracias! —dice Emma, que está emocionándose.

—¡Podemos colgarlo en la pared con el resto de los retratos familiares! Tenemos que enmarcarlo —añade Rick.

—Yamilet, sabes que siempre serás bienvenida en esta casa, ¿verdad? —Ahora es la madre de Bo quien me abraza, y luego se le unen Rick y finalmente ella.

El abrazo grupal es tan fuerte que me cuesta un poco respirar, pero es una sensación agradable. Se alarga más que la mayoría de los abrazos; aun así, termina demasiado deprisa. De pronto alguien me llama, de modo que saco el celular del bolsillo, pero es un número que no reconozco y decido no contestar.

Al final todos nos vamos a nuestras habitaciones para pasar la noche. Cuando me acuesto en la cama, Gregory sube de un salto y se pone a mi lado para que le rasque la oreja.

Alguien está llamándome otra vez. Normalmente los números desconocidos no insisten, así que acepto la llamada.

—¿Sí?

—¿Cómo te atreves a ignorar mi primera llamada?

Me incorporo tan rápido que asusto a Gregory.

—¿Cesar?

—No, soy tu otro hermano que tiene exactamente la misma voz.

—Okey, bueno, es que podrías haber sido un estafador que intentaba robarme la identidad. Para empezar, no sé por qué pensabas que iba a contestarle el teléfono a un número desconocido.

—Pues está claro que no soy un estafador. Estoy usando un celular de prepago porque el mío se me rompió.

Claro, se le estropeó el celular. ¡Por eso no ha visto ninguno de mis videos! Le quiero preguntar si papá le ha dicho algo a mamá, pero no estoy preparada para que me dé una respuesta sincera.

—Bueno, ¿y por qué me llamaste? —pregunto. Como todavía no estoy segura de que no esté enojado, me ando con pies de plomo.

—¿Qué? ¿No puedo llamar a mi hermana en Navidad solo para saludarla?

—Aaayyy, ¿me extrañabas?

—Cállate. —A pesar de su incapacidad para ponerse sentimental, me llega su mensaje telepático: por supuesto que me extrañaba.

—Yo también te extrañaba —respondo como si estuviera bromeando, pero lo digo totalmente en serio. Casi oigo su sonrisa.

—Bueno... Hum... Me parece que... tendría que pedirte perdón. Por estallar contigo —dice Cesar, y tardo unos instantes en procesar que está disculpándose de verdad.

—Gracias, Cesar. —Noto que me estoy emocionando.

—¿Qué? ¿Ya diste un primer paso con Bo? —Cambia de tema con tanta rapidez como cuando se disculpó. Parece que las cosas vuelven a la normalidad.

—¡Cesar! ¡No! —le grito en un susurro, aunque sería imposible que alguien lo oiga.

—¿Por qué no? Estás en la situación ideal. Podrías ir a su habitación y encandilarla ahora mismo.

—¿Encandilarla? Pero en serio, ¿en qué siglo estamos? —Sigo susurrando por si acaso. No le menciono que, en efecto, Bo todavía tiene novia, porque Cesar por fin me habla y no quiero fastidiarlo siendo una pesada.

—Mira, esto es lo que tienes que hacer —dice, y me lo imagino inclinándose hacia delante como si fuera un secreto—. Tienes que inventarte una excusa para ir a su habitación. Miente y dile que crees que dejaste el celular allá o algo así.

—Hoy ni siquiera he estado en su habitación...

—Mmm. Okey, pues dile que tuviste una pesadilla y que necesitas que te abrace para dormir. Y ¡bum! Se acurrucan.

Pongo los ojos en blanco.

—Okey, oficialmente no voy a seguir tus consejos.

Justo entonces Bo abre la puerta e instintivamente lanzo el celular a la otra punta de la habitación, como si de alguna manera así fuera a destruir las pruebas de que estaba hablando de ella. Gregory se asusta y se va de la cama, y puede que ahora tengamos el celular roto tanto mi hermano como yo. Bo se queda de pie junto a la puerta riéndose.

—Perdón, no quería asustarte. —Se acerca al celular y lo recoge—. Por suerte, parece que no está roto.

Desde donde estoy, oigo a Cesar que grita desde el teléfono:

—¿ES ELLA? ¡YAMI, YA SABES QUÉ TIENES QUE HACER!

Salto de la cama y le arrebato el celular a Bo.

—Okey, adiós, Cesar. ¡Buenas noches! —Cuelgo y suelto una risita nerviosa—. Perdón, no le hagas caso a mi hermano, por favor.

—Okey… Hum. Vine para ver si mi otro zapato estaba aquí, creo que se lo llevó Gregory.

—Ah —digo mientras miro debajo de la cama para ver si está el zapato.

Intento hacer caso omiso de la voz de Cesar que resuena en mi cabeza diciéndome que Bo está usando una excusa que no se aleja demasiado de la que él me había propuesto. Debajo de la cama no hay ningún zapato, y contengo la respiración como si así fuera a relajar los rápidos latidos de mi corazón. ¿Acaso voy a presenciar cómo funciona el plan de Cesar pero desde el otro punto de vista?

—Mmm, miraré abajo —dice Bo, y se va.

Dejo ir una bocanada de aire y me acuesto en la cama. Supongo que en realidad no se había inventado ninguna excusa para pasar el rato conmigo, porque se fue de inmediato cuando no encontró el zapato. Me pregunto cómo habría salido el plan de Cesar si yo hubiera ido a su habitación para buscar algo que no estaba ahí. ¿Qué se suponía que tenía que decir? ¿«Ah, vaya, parece que mi celular no está aquí, pero, oye, ¡vamos a acurrucarnos!»? No habría funcionado.

Cesar está dándome malos consejos para ligar, así que me alegro de que las cosas hayan vuelto a la normalidad, y saber que no está enojado conmigo me pone aún más nostálgica. Como si él también lo notara, Gregory vuelve a subirse a la cama de un salto y me da todos los arrumacos que necesito.

Cuando llega el día del festival empiezo a ponerme nerviosa. Ya sé que es solo para pasárnosla bien, pero ahora mismo me siento como si estuviera desnuda. El simple hecho de ir les dará a Bo y a sus padres algunas pistas sobre mi cultura y cómo me crié, y dejar al descubierto mis capas no siempre ha sido una decisión inteligente. La gente está feliz con las partes de mí misma con las que se sienten cómodos, pero no puedo ser ni demasiado morena ni demasiado homosexual ni demasiado nada que me identifique de verdad. Es agotador. Ya sé que Bo y su familia podrían aceptar mi sexualidad, porque Bo es lesbiana, y obviamente eso no sería un problema. Además, sus padres son geniales. Sin embargo, no quiero descubrir que no son tan geniales como me imaginaba. Quizá les dan miedo los grandes grupos de mexicanos escandalosos o algo así.

Cuando llegamos al festival, los padres de Bo son de las pocas personas blancas presentes. Y, por una vez, no soy yo la que debería sentirse incómoda. Ahora estoy con mi gente. No es que quiera que Rick y Emma se sientan incómodos; al revés, no quiero que se sientan así para nada. Es solo que estoy harta de ser la persona que tiene que asumir la incomodidad en todas las situaciones para que el resto de la gente sienta que todo es normal. Para mí, esta es la normalidad.

Todo el mundo está sonriendo y puedo respirar. No necesito su aprobación, pero resulta agradable ver que Bo y sus padres están divirtiéndose. Después de todo lo que han hecho por mí, quiero ofrecerles algo yo también. Quiero que se enamoren de los colores y la música y la ropa y los bailes, como me pasó a mí de pequeña.

De niña hacía baile folclórico, porque mi madre me apuntó a clases, y hoy todavía me arrepiento de haberlo dejado. Me parece que no era nada buena, pero solo tenía cinco años, así que en realidad no se le daba bien a nadie. Sin embargo, siempre me sentí preciosa zapateando y agitando la falda alrededor de mi cintura. Así fue como aprendí a mantenerme recta, sonreír y estar presentable, que irónicamente es el motivo de que algunas personas me dijeran que «actuaba como una persona blanca». Los que me enseñaron a bailar son los mismos que me enseñaron sobre las culturas de nuestros ancestros indígenas.

Sé que en gran parte el baile folclórico proviene de una combinación de las culturas y los bailes españoles e indígenas, y soy del todo consciente de que mantenerme recta y sonreír seguramente provenga más bien de la parte española, pero el baile folclórico no se reduce a la postura y las sonrisas. Se trata de la música, los colores, el baile. Es un baile del orgullo mexicano. De mi gente. De mi corazón.

Puede que no conozca los idiomas de mis ancestros y que no sepa mucho de ellos; es una de las consecuencias de la colonización. Sin embargo, cuando veo a mi gente bailando, cuando veo mi propia piel en el escenario, la alegría de sus rostros y sus cuerpos de alguna manera parece ancestral, y siento que mis antepasados han estado conmigo todo este tiempo. Prácticamente puedo verlos aquí ahora mismo, bailando con nosotros.

No es algo que pueda contarles a Bo y a su familia. Lo único que espero es que se la pasen bien mientras mi espíritu encuentra una manera de regresar a su hogar: México.

A lo largo del espectáculo voy comprobando sus expresiones para confirmar si lo están disfrutando. Los padres de Bo sonríen, ríen y aplauden, pero me cuesta un poco más descifrar las expresiones de Bo. No aparta la vista de los bailarines excepto para mirarme de vez en cuando, lo cual hace que yo enseguida desvíe los ojos al escenario. Tengo que ser más disimulada y vigilar cuánto la miro, o no mirarla tanto directamente.

Imposible. Tendré que ser más disimulada.

Me resisto a las ganas de agarrarle la mano, aunque me parece que es el momento perfecto para hacerlo. Estamos sentadas la una al lado de la otra y tenemos las manos a un par de centímetros. Además, hace un poco de frío. Lo más lógico sería que acortáramos la distancia entre nosotras para calentarnos un poco los dedos. Tomarse de la mano no es algo que solo puedan hacer las lesbianas. Bo nos tomó la mano a Amber y a mí el día en que fuimos al cine, y no éramos más que tres amigas tomándose de la mano, pero quizá sea algo que solo se hace en las pelis de miedo… o cuando no tienes una novia con el pelo azul y unos piercings muy lindos.

Antes de que pueda decidirme, aparta la mano y saca el celular. Intento mantener la mirada hacia delante, pero me duele un poco que el celular le resulte más interesante que el espectáculo. Un minuto más tarde sigue concentrada en la pantalla, y al final miro por encima de su hombro por curiosidad y veo que está fisgoneando el perfil de Instagram de Jenna. Noto que se me calientan las orejas a pesar del frío y de pronto siento celos tanto de Jamie como de Jenna. Además, estoy enojada con Bo, me parece fatal que esté haciendo esto aquí. No sé si estoy exagerando porque estoy celosa o si es que estoy dolida, y con razón. También estoy preocupada por Bo. ¿Todavía siente algo por su Bianca? Cuando se da cuenta de que la estoy mirando, se apresura a guardar el teléfono en el bolsillo y se ruboriza. Y yo decido guardarme las manos para mí misma.

Los padres de Bo se pasan todo el trayecto de vuelta elogiando el espectáculo, pero Bo no dice nada. Me espero hasta que llegamos a casa y entonces voy a su cuarto para intentar que entre en razón. Jenna es una persona horrible y homofóbica y no se merece ni un segundo de la atención de Bo.

Al entrar veo que junto a su escritorio hay un caballete y un lienzo cubierto con una sábana.

—¿En qué estás trabajando? —pregunto para hacer tiempo hasta que saque el tema de Jenna.

Se sonroja por un instante y carraspea.

—Es un proyecto para la exposición de arte del colegio.

—¿Puedo verlo?

—En la exposición, sí.

Lo dejo pasar porque suena un poco extraña. En realidad, lleva todo el día rara. La exposición no es hasta marzo, así que tendré que esperar una temporada. Le haría alguna broma sobre esto, pero no parece que esté de humor.

—¿Estás bien? —me intereso. Si todavía me gustara Bianca, tengo claro que yo no lo estaría.

—Hum… —Va a cerrar la puerta antes de responder—: Si te lo cuento, no puedes decírselo a nadie, ¿okey?

—Claro, te prometo que no diré nada.

Me siento en su cama con las piernas cruzadas con la esperanza de que Bo saque el tema de Jenna antes de que tenga que hacerlo yo. Es la primera vez que me siento en su cama, pero me parece que ya hemos llegado a este nivel de amistad. Cuando mi amiga se sienta enfrente de mí, el peso hunde el colchón lo suficiente para que mis rodillas se deslicen hasta las suyas y se rocen. Me echo para atrás, aunque en realidad no quiero, pero no puedo fastidiar esta conversación poniéndome nerviosa.

—Okey… —empieza, pero se queda en silencio unos instantes antes de decir nada más—. No me malinterpretes, quiero mucho a mis papás, pero es un poco raro estar siempre rodeada de personas blancas. Apenas conozco a gente china. —Habla más deprisa de lo normal y no para de levantar y bajar la rodilla. No me esperaba que dijera esto, pero es importante, de modo que me espero a que continúe—: Creo que esta noche estaba un poco celosa de ti. Parecías estar tan en tu mundo… Era como que encajabas a la perfección, ¿sabes? Lo más cercano que tengo a mi cultura es ir a restaurantes chinos y tener todas estas decoraciones y estatuas en casa, y tuve que buscar yo misma qué significaban. Tengo que buscar todos los datos yo sola porque no tengo a nadie a quien se lo pueda preguntar. Por eso sé tanto sobre los malditos peces. —Pone los ojos en blanco por lo que acaba de decir, respira hondo y retoma el discurso—: O sea, ya sé que mis papás solo pretenden que sienta una conexión con mis raíces, pero me resulta extraño porque ellos no tienen ninguna conexión con mi cultura. Los quiero, y nunca le puedes contar a nadie lo que te estoy diciendo, pero… a veces me da la sensación de que son un poco racistas. Sí, ya sé que tienen buena intención y que solo están mal informados, pero igualmente… Me da una vergüenza tremenda. Todas las cosas chinas que han puesto por la casa parecen forzadas, casi como si estuviera falsificando mi cultura. Que si accesorios chinos por un lado, que si decoración china por el otro… A veces me parece que estas cosas son más importantes que yo.

Y mientras tanto me da la sensación de que ni siquiera puedo afirmar que soy china, y me siento culpable por sentirme así, como si estuviera desechando una parte de mí misma, pero a la vez también me siento culpable por querer ser más china, ¿me entiendes? Porque mis papás son blancos. Es una mierda. Lo han dado todo por mí y aquí estoy yo, quejándome.

Nunca había pensado que Bo pudiera estar celosa de mí. Yo estoy celosa de ella todo el rato porque puede ser ella misma abiertamente sin tener que preocuparse por las consecuencias, pero me parece que ella piensa lo mismo de mí.

—Sí, te entiendo —digo—. Creo que es importante que recuerdes que no hay una sola manera correcta de ser china, igual que no hay una sola manera correcta de ser homosexual o católico o lo que sea. Y no creo que seas una desagradecida. Que tus papás te hayan criado no significa que les debas nada. Esa es su responsabilidad, literalmente. Es normal que tengas sentimientos encontrados, y entiendo a qué te refieres cuando dices que te sientes culpable en ambos casos. ¿Alguna vez lo has hablado con ellos?

Bo deja de mover la rodilla.

—Me da miedo.

—¿Por qué?

—No quiero empezar una pelea. Solo quiero que lo entiendan, ¿sabes? Ufff, perdón por soltarte todo este rollo, es que no sé con quién más hablarlo. Si en algún momento les comentara algo a mis papás, sé que eso heriría sus sentimientos, y Amber no me entendería. Aunque no seas adoptada y eso, me da la sensación de que… No sé…

—Sí, ya sé a qué te refieres. ¿Es porque no soy blanca?

—¿Eso es racista? —Bo se tapa la boca para reprimir una risita.

—No creo. No puedo entender todo lo que te ocurre porque no soy adoptada, pero por lo menos sé a lo que te refieres. No es lo mismo, pero a veces me siento muy alejada de mi cultura. Mi papá era el que conocía toda nuestra historia y esa clase de cosas…

—Dejo la frase a medias porque ahora mismo no quiero hablar de papá.

Bo asiente.

—Ya. Mis padres biológicos murieron cuando yo era bebé, así que nunca he podido formar parte de mi cultura de una manera auténtica, ¿sabes?

Sacudo la cabeza.

—Bo, cualquier cosa que hagas para formar parte de tu cultura es auténtica, porque es tuya.

Diablos, me parece que yo también necesitaba oír estas palabras.

—Gracias. De todos modos, es un poco raro que mi relación con mi cultura provenga únicamente de mis padres blancos, ¿me entiendes? Es que no lo entienden.

—Claro, tiene lógica. Creo que es natural sentir esta separación cultural, y es un rollo que tus papás no lo comprendan. Creo que mucha gente blanca no entiende lo que se siente al ser la única persona, ¿no?

—¡Exacto! ¡No saben lo que se siente al no ser blanco en un entorno lleno de gente blanca! Es una de las cosas que me encantaron de esta noche. Pienso que mis papás se sintieron como suelo sentirme yo. Diría que nunca habían sido una minoría tan pequeña en ningún lugar. Aunque no es lo mismo, porque solo fueron a ver un espectáculo y luego volvieron a la comodidad de su casa, donde nunca más tendrán que pensar en razas. No puedo hablar de estas cosas con mis papás ni con Amber.

—¿Ni con... Jenna? —tanteo.

Bo suspira.

—Esperaba que no lo mencionaras. No sé por qué estaba mirando su perfil de Instagram. Es que la odio tanto que quiero saber qué está haciendo, ¿sabes? No sé explicarlo.

—¿Todavía te gusta? —le pregunto con las palabras ardiéndome en la garganta.

—¡No! Te... Tengo novia. No me... —Entierra el rostro entre las manos—. Solo quería dejar de darle vueltas en la cabeza, por eso saqué mi celular, y entonces me apareció su foto y me enojé y empecé a ver su perfil por la rabia... Ufff, sueno ridícula.

Tendría que haber disfrutado del baile y punto, pero estaba celosa y odio sentirme así contigo, de modo que intenté distraerme.

—Ya, lo entiendo —digo. Yo también he entrado en el perfil de Bianca varias veces, furiosa—. ¿Todavía te sientes así?

—¿Celosa? —Bo empieza a morderse las uñas—. En el fondo, no. Sé que hoy era tu noche. Es solo que yo no he tenido ninguna noche para mí, ¿me explico? Estoy acostumbrada a que no haya nadie más como yo en la sala.

—¿La única china?

—China, lesbiana, etcétera.

«In lak'ech».

—Debe de ser difícil. —Sé que lo es, sé que es difícil no ser blanco ni hetero, pero no puedo decírselo.

Bo asiente.

—Me parece que siempre soy un tema controvertido del que nadie quiere hablar. No sé si me explico. La gente se incomoda por mi simple presencia, pero nadie quiere reconocerlo. Ya sé que mi situación es mucho más fácil que la de otra gente gracias a mis papás y a que tengo la piel clara, pero de todos modos me siento invisible. Soy como la lesbiana de Schrödinger. Tengo que ir por el mundo gritando que soy lesbiana y china para demostrar que existo de verdad.

—¿Por eso llevas los Vans de los colores del arcoíris? ¿Y los pines? —pregunto.

—Me ayuda el hecho de no tener que salir del clóset con todas las personas a las que conozco.

—Es muy inteligente, pero ¿no te da miedo a veces parecer que eres… demasiado lesbiana?

Porque a mí me daría miedo.

—Sí, a veces…

—¿Por eso no abrazas a las chicas?

—¿Qué?

—Es que he visto que abrazas mucho a tus papás, y a veces también a David, pero casi nunca nos abrazas ni a Amber ni a mí.

Al principio pensaba que no te caía bien, pero Amber es tu mejor amiga, así que ¿quizá es porque somos chicas?

Se queda callada unos instantes.

—Bueno, sí. Supongo que es eso. No quiero… incomodarlas ni nada por el estilo.

Extiendo los brazos hacia los lados y hago un gesto con las manos para invitarla a que me abrace.

—A mí no me incomodas.

Bo sonríe y acepta la oferta. Su suéter me da la sensación de estar abrazando una almohada, me encanta, y su pelo huele a vainilla. Intento no disfrutar demasiado del abrazo o al final será ella la que se sentirá incómoda.

—Me gustan mucho los abrazos, puedes darme uno siempre que quieras, ¿okey? —digo mientras me separo de ella, porque no quiero perderme en esa almohada con aroma a vainilla.

—Gracias, Yamilet. Es genial que estés aquí. Me alegro de que hayas venido.

Sus ojos son tan bonitos como siempre, pero no puedo apartar la vista de sus labios.

—Yo también. Oye, si quieres puedes llamarme Yami.

Me parece que se ha ganado el derecho a llamarme por mi apodo. Me levanto y me voy, porque si me quedo más tiempo en la cama de Bo quizá no podré resistirme a las ganas de besarla.

18

No actuarás como una adulta

Por la mañana me levanto con unas ganas irrefrenables de bailar. No basta con haber visto un espectáculo, sino que necesito moverme, así que me dirijo a la sala, donde Bo está jugando a un videojuego de lucha. La bocina está sobre la mesa, pidiendo a gritos que alguien la use.

No quiero tener que llevármelo a mi cuarto y, como Bo me hizo bailar con su música favorita, lo más justo es que ahora ella baile con la mía, ¿no?

—¿Todo bien? —pregunta Bo deteniendo el juego.

—Sí. Hum… ¿Estás ocupada ahora mismo?

Estoy haciendo que la situación se vuelva incómoda. ¿Por qué no lo fue cuando Bo quería que bailara con ella?

—No. ¿Qué pasa? —Deja el control.

—¿Te acuerdas de cuando me hiciste bailar con tu música preferida?

—Sí. —Sonríe.

—¿Quieres escuchar la mía?

—¡Claro! —Se levanta de un salto y le ofrezco una mano.

—¿Sabes bailar cumbia?

Mi amiga sacude la cabeza y yo pongo «Baila esta cumbia», de Selena, y le enseño los pasos. Ella imita los movimientos de mis pies hasta que domina lo más básico y entonces nos ponemos a hacer tonterías, dando vueltas, probando algunos pasos más complicados y haciendo que Bo se incline hacia atrás mientras yo la sujeto por la espalda. Cuando la levanto después de hacerla reclinarse por primera vez, parece impresionada, y yo sonrío con la barbilla bien alta. Sí, tengo la fuerza para sujetarla mientras se inclina sobre mí y luego ayudarla a subir. Para impresionarla aún más, la hago girar y luego lo repetimos, pero en esta ocasión se levanta riendo y toda roja.

—¡Otra vez! —grita, y lo repito encantada.

Entonces le tomo una mano, la llevo hasta encima de nuestras cabezas y la hago girar, y ahora se queda girando y girando. Por supuesto, no tardó en volver a su paso básico estrella de moverse en círculos sobre sí misma, y se la está pasando tan bien que decido imitarla. Bo se echa a reír cuando me uno a ella y, vaya, su risa... Podría escucharla todo el día.

Me paso una buena parte del siguiente día sentada en el sofá de la sala del piso de arriba con la esperanza de que Bo salga de su habitación para estar conmigo. Lleva todo el día ahí metida y no quiero molestarla a no ser que ella quiera mi compañía, así que me quedo sentada esperándola.

Después de lo que me parece una eternidad, aunque en realidad solo es una hora más, al fin sale de su habitación y se dirige al sofá decidida, como si tuviera una misión. En lugar de sentarse a mi lado, se queda de pie frente a mí.

—Voy a hacerlo —afirma sacando pecho.

—¿Hacer el qué? —pregunto incorporándome.

—Voy a enfrentarme a mis papás. Sobre lo que hablamos después del espectáculo de baile folclórico. Pero necesito que vengas conmigo para darme apoyo moral.

—Claro —digo, y me levanto del sofá encantada.

Me lleva hasta el piso de abajo, donde sus padres están sentados en el sofá mirando algo en Netflix. Bo se queda ahí plantada sin decir nada hasta que ellos paran la tele.

—¿Todo bien, chicas? —pregunta Rick.

Bo abre la boca para hablar, pero no le sale ninguna palabra. Cuando me extiende una mano temblorosa, se la tomo y la aprieto.

—Yo… Hum… Tengo algo que decirles —empieza Bo con un tono de voz inseguro.

—¿De qué se trata? —quiere saber Emma.

Bo hace otra pausa larga e incómoda.

—Okey, bueno… ¿Ven todas estas decoraciones y cosas chinas que han puesto por la casa? —dice, y me aprieta la mano más fuerte que cuando vimos esa peli de terror con Amber.

—Sí… —responde Rick poco a poco, como si esperara a que Bo continúe.

—Bueno, pues estaba pensando que creo que me gustaría que… lo rebajaran un poco, ¿saben?

Emma enarca una ceja y Rick mira a Bo triste y sorprendido.

—¿Por qué lo dices, cariño? —pregunta su madre.

Bo duda, y le aprieto un poco más la mano.

«Lo estás haciendo genial», le dice mi mano.

Mi amiga respira hondo y al final lo suelta:

—Es que me da la sensación de que ustedes dos están explorando mi cultura por mí y yo soy una mera observadora. Quiero ser yo la que explore durante una temporada. Aunque sea solo ir a restaurantes chinos o ver *c-dramas* o lo que sea, pero me parece que tendría que ser bajo mis condiciones, ¿me explico? —Al final me suelta la mano e inhala, como si lo hubiera dicho todo seguido sin respirar.

La madre de Bo se tapa la boca.

—Ay, cielo, lamento muchísimo que te hayamos hecho sentir así.

—Nunca hemos querido hacerte daño, Bo. No fue nuestra intención en ningún momento. Lo sabes, ¿verdad? —dice Rick.

—Sí, ya lo sé, ya lo sé. Me quieren y solo querían ayudar. Pero las intenciones no cambian el impacto, y, en cualquier caso, tardé bastante en ser consciente de cómo me sentía respecto a todo esto.

—Siéntate con nosotros —le pide Emma mientras da unos golpecitos con la palma de la mano en el sofá.

Doy un paso hacia atrás y de pronto me doy cuenta de lo incómodo que resulta que esté en medio de esta discusión familiar tan íntima. Bo me mira y le intento mandar un mensaje telepático como haría con Cesar: «¿Quieres que me quede?».

—No hace falta que te quedes para esta parte, Yami. Gracias.

Alarga el brazo para darme un último apretón en la mano antes de sentarse con sus padres. Estoy tan sorprendida de que le haya llegado mi mensaje que casi me quedo allá plantada, pero al final consigo dedicarle una sonrisa de ánimo antes de subir las escaleras y volver al dormitorio de invitados.

Podría acostumbrarme a estar de vacaciones. Sé que tendré que trabajar el doble cuando vuelva a casa, pero ese puede ser mi propósito de Año Nuevo. Mamá y Cesar vuelven mañana para celebrar la víspera de Año Nuevo, es decir, que me queda un día para disfrutar antes de que tenga que preocuparme del trabajo y mi intención es aprovecharlo al máximo. Me resulta más fácil no preocuparme cuando no estoy con mamá; me siento culpable al pensarlo, pero es la verdad. Si no está cerca para recordarme todo lo que tengo que perder, mi única preocupación es la carrera con bloques de hielo.

Agarrar un bloque de hielo enorme y usarlo como base para aventarte colina abajo ya de por sí es bastante divertido, pero parece que a la familia Taylor le gusta llevarlo al extremo: congelan unas cuerdas en los bloques que hacen de asas y te permiten controlar mejor la dirección.

Esperamos hasta las diez y media de la noche, más o menos, y entonces nos dirigimos al parque, porque así estaremos afuera cuando empiecen los fuegos artificiales. Llevamos los trineos de hielo guardados en dos baúles diferentes y tenemos que cargarlos hasta arriba de la colina, más allá del lago, para cuando sea la hora.

Al llegar, me sitúo en un punto donde parece que el césped es más corto. Es mejor así porque habrá menos tracción. La primera bajada es solo para tantear el terreno, pero resulta que Bo desciende a la vez que yo, y soy una zorra muy competitiva. No voy a dejar que me gane de ninguna manera. Vamos muy parejas, pero veo que un poco más adelante hay un bulto en el suelo. Estiro la cuerda hacia un lado para esquivarlo, pero jalo demasiado fuerte hacia la izquierda y choco contra el trineo de Bo. Por un instante parece desconcertada, pero entonces jala de su cuerda y me devuelve el golpe. Oficialmente estamos haciendo una guerra de golpes en trineo.

Después de unos cuantos golpes, las dos terminamos cayendo de los bloques de hielo antes de llegar hasta abajo.

—¡Ja! ¡Gano yo! —exclama Rick mientras baja a toda velocidad por nuestro lado.

—¿Era una carrera? —grita la madre de Bo desde lo alto de la colina.

Bo se ríe y pone los ojos en blanco, y entonces me da su celular.

—Yami, ¿puedes grabarlo? Quiero probar una cosa.

Asiento y ella corre colina arriba con el trineo de hielo. Entonces se sube encima del bloque y se encorva lo suficiente para agarrar las asas.

—Okey, ¿estás grabando?

Le enseño un pulgar, y ella se inclina hacia delante y empieza a hacer surf sobre hielo por la colina. No sé cómo consigue parecer torpe y una genio a la vez; Bo es un enigma. Sin embargo, viene directo hacia mí sobre el trineo y las dos empezamos a gritar como si estuviéramos a punto de morir. Me quedo tan congelada como su trineo cuando mi amiga y su bloque de hielo me tiran al suelo.

Es como la típica escena que aparece en todas las comedias románticas, cuando el interés romántico y el protagonista chocan y terminan en una posición incómoda uno encima del otro. Excepto que, de alguna manera, no es incómodo. Las dos nos estamos riendo tanto que no podemos respirar. Si fuera una película, creo que ahora es cuando se supone que tendríamos que besarnos.

Solo cuando los padres de Bo llegan para ayudarnos recuerdo que ellos también están aquí. Es casi como la primera vez que bailamos juntas, cuando todo me resultaba borroso excepto ella. Las cosas a veces son así con Bo: vertiginosas y asombrosas, pero siempre está a mi lado cuando vuelvo a la superficie para respirar.

Bo nos graba a todos la siguiente vez que bajamos, y yo decido intentar algo cool para la cámara y me lanzo bocabajo para maximizar la aerodinámica. Bo me persigue por la colina grabándome y animándome y, cuanto más bajo, más rápido voy. Por la posición en la que estoy, no puedo detenerme cuando llego abajo de la colina, sino que voy directo hacia el lago. Estoy a punto de caer en el agua cuando Bo se abalanza sobre mí y me agarra por los tobillos para evitarlo, pero el bloque de hielo sale disparado de debajo de mí y se sumerge en el lago.

Cuando me suelta, giro sobre mí misma.

—¡LO GRABÉ! —exclama Bo, que da unos saltitos y menea el trasero haciendo un baile de celebración.

—¡Me salvaste! —Me levanto y la abrazo hasta tirarla al suelo, y las dos nos echamos a reír otra vez—. Gracias por no dejarme caer en el lago para ganar más visualizaciones.

—¡Ay, no, ni se me había ocurrido!

Se incorpora y chasca los dedos como si estuviera decepcionada. Yo me río y me hago un ovillo de lado. La adrenalina es agotadora, de verdad. Bo se acuesta junto a mí y estoy segura de que estoy soñando, porque los fuegos artificiales empiezan justo en el momento en que ella me mira. Veo que los fuegos estallan en el reflejo de sus ojos durante un instante antes de acostarme de espaldas para verlos yo misma. Nos quedamos ahí estiradas mientras el cielo se llena de luces de los colores del arcoíris.

Los padres de Bo se reúnen con nosotras y nos ofrecen una manta, chocolate caliente y Oreos. Como solo trajeron dos mantas, Bo y yo compartimos una. Miro a Rick con gesto suspicaz, porque está claro que podría haber agarrado más de dos mantas, pero tampoco voy a quejarme. Hace suficiente frío como para que una chica hetero quiera acurrucarse con su amiga para entrar en calor, aunque esta tenga novia, ¿verdad?

Cuando Bo apoya la cabeza en mi hombro, quiero fundirme con el césped que hay debajo de mí. Porque a Bo ya no le asusta incomodarme. Porque se siente a gusto así. Porque sus padres están justo a nuestro lado y no es raro. Respondo apoyando mi cabeza sobre la suya para que sepa que no me resulta nada extraño. Y porque quiero. Porque yo también me siento a gusto.

Aunque estoy loquita por Bo, ahora mismo no se trata de eso. Simplemente estoy contenta de tener una relación tan estrecha con alguien.

Los padres de Bo no tardan en empezar a recoger las cosas.

—¿Qué? ¿Ya nos vamos a casa? —lamenta Bo.

—No, nos vamos nosotros —dice su madre—. Cariño, ya estamos viejos. Ustedes dos disfruten de los fuegos artificiales.

No tengo que esconder que estoy aliviada. Parece un momento muy íntimo y no quiero fastidiarlo volviendo a casa, así que Bo y yo nos quedamos estiradas en el césped.

—¿Sería raro que nos abrazáramos? —pregunta Bo.

Gracias a Dios, porque, más allá de mi sexualidad, estoy congelada.

—No, para nada. Hace frío. —Nos tapo a las dos con la manta que nos dejaron sus padres y le envuelvo el brazo como si se tratara de una almohada de cuerpo entero, y noto que está temblando.

Espero que no se dé cuenta de las ganas que tenía de acurrucarme con ella desde que tuve ese sueño la noche de la fiesta, aunque esto es mucho mejor. No decimos nada durante un rato; antes pensaba que los silencios siempre eran incómodos, pero ahora veo que no. Simplemente estoy disfrutando de los fuegos artificiales y de su compañía, y no necesito música.

Cuando los fuegos se ralentizan un poco, me incorporo para ver su reflejo brillante en el lago. Me gusta cómo el agua distorsiona la luz lo suficiente como para que parezca un sueño.

—Yamilet. ¿Te he dicho alguna vez que me gusta mucho tu nombre?

—Ah, ¿sí? —Noto que se me oscurecen las mejillas, y espero que piense que es por la temperatura.

—Sí, es muy bonito.

—A mí también me gusta tu nombre.

Gira la cabeza muy rápido y me mira escéptica.

—¿Qué? ¿Por qué te cuesta tanto creerlo? —replico.

—Porque es un nombre raro. Es el típico nombre que le pondrías a un perro.

—Bueno, pues a mí me gusta. Tengo permiso para que me guste, ¿okey? Es lindo. Las dos tenemos nombres raros pero bonitos. A mí me encanta el mío, pero ojalá más gente lo pronunciara bien.

—Ay, mierda, ¿lo digo mal?

—De hecho, no. Muchas personas ni siquiera lo intentan. No es tan difícil de pronunciar, pero la gente siempre se equivoca.

—Qué mal. Todo el mundo se cree que Bo es un apodo, pero no, es mi nombre real. Por lo menos, nadie lo pronuncia mal —comenta riéndose.

—¿Qué significa?

—Tú primero —dice. Por algún motivo, se ruboriza.

—Uy, un momento. —La verdad es que no sé qué significa, así que tengo que sacar el celular para buscarlo—: Al parecer, es el equivalente en español de Jamila, que significa «precioso».

—¡No inventes! —exclama Bo, y golpea el suelo con las manos—. ¡Mi nombre significa lo mismo!

—¿En serio?

—¡SÍ! Se supone que viene del francés mal escrito, pero sí.

Se me escapa una risita. Bo. «Bo-nita».

—Te queda muy bien —digo sonriendo. Es lo más cerca que puedo estar de confesarle mis sentimientos. Un mensaje cifrado de que creo que es preciosa.

Ella vuelve a sonrojarse.

—Okey, pues las dos tenemos buenos nombres.

Nos quedamos calladas durante un rato. Cada vez que descubro alguna cosa nueva sobre Bo, me cuesta más negar lo mucho que me gusta. Lo admito, aunque sea solo para mí misma: me gusta mucho.

Me parece que estoy más cómoda en el silencio que ella, porque vuelve a hablar al cabo de unos pocos minutos:

—¿Puedo hacerte una pregunta personal?

—Claro, pero entonces yo también puedo hacerte una. —Sonrío.

—Okey, empieza tú.

Me gusta el juego de las preguntas. La gente dice que es un método excelente para ligar, pero en realidad solo quiero conocerla mejor. Las primeras preguntas que se me ocurren tienen que ver con su proceso de salir del clóset. ¿Sus padres siempre la han apoyado tanto? ¿Y sus amigos? Lo siguiente que quiero preguntarle es sobre su novia. ¿Es feliz? ¿Van muy en serio? Pero lo mejor va a ser que me aleje de los temas relacionados con la sexualidad, por si acaso ella también me pregunta a mí, y al final opto por una pregunta más segura:

—¿Cuál es tu propósito de Año Nuevo?

—Tomarme las cosas menos personales —responde enseguida, y resulta obvio que ya había pensado en ello—. ¿Y tú?

—Hacerme rica.

—¡No, en serio! —Se ríe—. Dime una cosa que de verdad quieras hacer mejor.

Lo decía en serio, aunque fuera una exageración. Tengo que hacerme suficiente rica como para ser independiente en el aspecto económico. Sin embargo, no sé si Bo lo entendería, porque ella ya es rica. Igualmente, levanto la vista hacia el cielo y pienso. Hay muchas cosas que quiero hacer mejor además de ganar dinero.

—Supongo que quiero ser más valiente —contesto. Valiente como Bo.

—Okey. Pues yo intentaré tomarme las cosas menos personales —dice levantando el dedo pequeño, y yo enlazo el mío con el suyo— y tú serás más valiente.

Sus ojos son tan reflectantes bajo la luz de la luna que creo que me veo a mí misma. Podría decirle cómo me siento. Podría besarla bajo los fuegos artificiales.

«Sé valiente».

El estruendo de los siguientes fuegos me devuelve a la realidad. Es un propósito de Año Nuevo, puedo empezar a trabajar en ello mañana.

—Okey, me toca a mí… ¿Por qué no fuiste de verdad a México con tu familia? ¿No quieres ver a tu papá?

Se me apaga la sonrisa. Cuando no respondo, Bo sigue hablando:

—Es que… he visto tu fondo de pantalla. Parecen muy felices.

Pienso que en este momento podría contárselo todo. Que me gustan las chicas. Que a mi padre no le parece bien. Que puede que se lo diga a mi madre mientras está allá.

Pero no soy valiente.

Ni siquiera tengo la valentía necesaria para cambiar el maldito fondo de pantalla. Si lo hago, será como admitir que papá nunca cambiará de opinión. Y no es que no confíe en Bo; sí confío en ella, más que en Cesar, más que en ninguna otra persona ahora mismo, pero… no estoy preparada para contárselo.

—Perdón, no tienes que contestar. No tendría que habértelo preguntado.

—No pasa nada. Es que… ya no me llevo bien con mi papá, pero no quiero hablar de eso. —El simple hecho de mencionarlo hace que me entren ganas de llorar.

—Okey, lo entiendo.

—Me toca a mí. —Quiero quitar el foco de mi padre lo antes posible—. ¿Por qué adoptas animales feos?

—¡No son feos!

—Un poco sí lo son —insisto sin parar de reír, y ella me mira con el ceño fruncido. Al principio es un gesto divertido, pero luego su mirada viaja hasta el lago y se muerde el labio.

—Supongo que quiero adoptar a los animales que el resto de la gente deja de lado. Los animales lindos no tienen ningún problema para que los adopten, pero a los feos es posible que al final los acaben sacrificando, ¿sabes?

Asiento.

—Nunca me lo había planteado así —digo. No me sorprende que Bo piense en el bienestar de los animales «feos»—. Bueno, te toca.

Bo se gira para volver a mirarme.

—Okey… Hum… —Lo piensa durante un minuto—. ¿Te da vergüenza que conozca a tu mamá?

—Ya la conociste en el partido de futbol americano.

—Sí, pero eso fue en grupo. O sea, nunca quieres que vaya a tu casa y prefieres tomar el tranvía en lugar de dejar que te acompañe, pero en cambio David pasó a buscarte cuando vinieron a casa hace unos días. Quizá le estoy dando demasiadas vueltas, pero pensaba que tal vez no querías que tu mamá me conozca demasiado. Porque soy lesbiana y eso… —Empieza a moverse nerviosa—. Perdón, ya sé que va en contra de mi propósito de Año Nuevo. Es que a veces me pongo un poco paranoica, no me hagas caso.

Se equivoca, pero odio lo mucho que la entiendo. Me resulta un poco sorprendente, porque Bo suele parecer una persona muy confiada.

—¿Por qué no me lo habías dicho? —pregunto.

Se encoge de hombros.

—No lo sé. Creo que me daba miedo saber la verdad.

Parece que Bo no tiene reparos en llamarles la atención a los profesores y al director, incluso a los curas, pero se contiene con sus amigos. Me parece que lo entiendo. Cuando se trata de alguien que te importa, tienes más que perder, pero ¿de verdad le da miedo perderme a mí?

—Pues no me das vergüenza, para nada —digo. Aunque mi madre es homofóbica, nunca trataría mal a un invitado, sea quien sea—. Hum… De hecho, lo que me da vergüenza es que sepas dónde vivo.

—¿Por qué?

—Es tan… diferente de este barrio. —Volteo a ver hacia el lago en lugar de mirarla a ella.

—¿Te parece que te juzgaré o algo así?

—No lo sé…

—Ya sé que la mayoría de la gente no tiene tanto dinero como nosotros, ni que una gran proporción de los alumnos de Slayton. No estoy tan apartada del resto del mundo. No quiero que te sientas incómoda ni nada de eso, pero no tienes nada de lo que avergonzarte.

—Okey.

—¿Crees que algún día me dejarás acompañarte a casa?

Me muerdo el interior de la mejilla mientras pienso en ello.

—Seguramente no.

—Okey. No pasa nada, supongo… —Aparta la mirada, y creo que herí sus sentimientos.

Soy consciente de que no me juzgará, pero quizá no estoy tan preparada como yo creía para dejar que Bo me conozca. Quiero que me conozca en ciertos aspectos. Quiero que conozca las partes buenas, como la manera en que pienso y lo que me gusta. Quiero que sepa todas las cosas que tenemos en común. Bueno, no, todas no; la mayoría.

Quiero que sepa que a las dos nos encantan los animales, que nuestros nombres significan lo mismo, que las dos somos competitivas y que nos gusta la misma clase de bromas. Y puede que una parte de mí incluso quiera que sepa que me gustan las chicas. Lo que quiero es seguir sintiendo que somos iguales.

Aunque no lo somos.

19

Apéndice: sí actuarás como una adulta

Sé que puedo volver siempre que quiera, pero me entristece irme de casa de Bo al día siguiente. Toca volver al modo supervivencia. A la madre de Bo se le humedecen los ojos cuando los abrazo para despedirme.

—¡Nos ha encantado tenerte en casa, Yamilet! ¡Ve con cuidado en la carretera! —dice.

—Mamá, todavía es mi amiga. Tampoco es que no vayas a verla nunca más. —Bo la aparta para abrazarme—. En serio, espero que mis papás no te hayan asustado tanto como para que no vuelvas.

—¡No! ¡Los quiero! —exclamo, y me sorprende lo cariñosa que me pongo.

—¡Y nosotros a ti! —grita el padre de Bo y hace un corazón con las manos.

Los extrañaré, pero cuando llego al aeropuerto corro hacia mi madre y me abalanzo sobre ella para abrazarla en cuanto la veo. He añorado sus abrazos. La he añorado a ella.

—Ay, mija, me romperás la espalda —se queja, pero me apretuja igual de fuerte.

Cesar carraspea y libero a mamá para abrazarlo. A él también lo extrañe. Mucho. Quiero preguntarles cómo les fue en el viaje, pero a la vez no quiero que me cuenten cosas de papá, y me parece que Cesar capta mi mensaje telepático. Me devuelve el abrazo y comenta que ha extrañado mucho su cama.

Y eso me recuerda que yo también he extrañado mucho la mía.

La cama de la habitación de invitados de Bo es mucho más cómoda, pero ahora mismo no querría estar en ninguna otra cama que no sea la mía. En cuanto llegamos a casa, me dejo caer en ella. Chirría un poco, como suplicándome que no me lance, pero me da igual. Cuando nos hemos puesto cómodos, ya vuelve a resonar música cumbia por toda la casa. Cuánto lo había extrañado.

Después de que Cesar y yo tengamos suficiente tiempo para empaparnos de la sensación de volver a estar en nuestras camas, mi hermano entra en mi cuarto y se sienta en los pies de la cama.

—Ey —lo saludo, pero al principio no contesta. Me incorporo y me apoyo en la pared, esperando que diga lo que sea que quiere contarme.

—Tenías razón.

—¿Sobre qué?

—Sobre papá. Tenías razón.

Se me encoge el estómago. Ay, no…

—¿A qué te refieres? —pregunto. ¿Cesar también salió del clóset con él?

—No paraba de decir tonterías que me enfurecían. O sea, me alegro de haber ido y me la pasé bien, ¿sabes? Pero entiendo por qué no querías que fuera y por qué no querías ir —dice mientras se frota la nuca. Me parece que es otra de sus casi disculpas.

No me puedo concentrar en nada más que no sean las «tonterías» que decía papá y me pregunto si le habrá dicho a mamá algo sobre mí.

—¿Qué decía?

—Da igual.

—¿Qué decía? —insisto, esta vez con un tono de voz firme.

—Hablaba de ti, ¿okey?

Pues claro. Me gustaría sorprenderme, llorar, pero ya lo sabía. Fui una estúpida al intentar justificar a mi padre.

—¿Qué decía, Cesar?

El estómago se me encoge aún más. Sé que oír la respuesta podría hundirme, pero tengo que saberlo.

—Es un imbécil homofóbico, no importa lo que piense.

—No es verdad y lo sabes. Es nuestro padre. —Sí importa lo que piense, aunque me encantaría que no fuera así, pero siempre me importará su opinión.

—¿Y qué? Que eyaculara dentro de mamá no significa que tenga que importar lo que él piense.

—¡Qué asco, para! Espera, ¿se lo contó? —Me aferro tanto a mis rodillas que me hago daño. No quiero oír la respuesta, pero tengo que saberlo.

Sacude la cabeza.

—Cree que ya se te pasará. Dice que no quiere que te echen de casa porque es una «etapa». No se lo contará, solo estaba desahogándose conmigo.

No sé cómo se supone que tendría que sentirme. ¿Triste porque papá todavía se niega a hablar conmigo o aliviada porque intenta protegerme de mamá? Me masajeo las sienes para calmarme el dolor de cabeza.

—En fin. ¿Qué pasó entre Bo y tú? —pregunta, y me guiña un ojo. Siempre cambia de tema antes de que se ponga demasiado emotivo, y ahora mismo me alegro de que sea así.

—¡Nada! —Le doy un golpe con la almohada.

—Más te vale hacer algo con esa chica. ¡No se quedará esperándote toda la vida!

—Tiene novia. En todo caso, soy yo la que está esperándola.

—¡Discrepo! —exclama, y levanta un dedo como si estuviéramos en un debate político—. Le gustas.

—¡Yo discrepo! —También le levanto un dedo.

—¡No tienes que suplicárselo, tú solo invítala a salir! —Suelta una risita y me doy cuenta de que intenta fastidiarme, así que lo empujo para echarlo de la cama—. ¡Sabes que tengo razón! —dice, y le tiro la almohada mientras sale corriendo de mi cuarto.

Me cuesta mucho acostumbrarme a volver a la escuela. Me gustaba estar de vacaciones, sin tarea, con Bo y sus padres ricos, poniéndome la ropa que se me antojaba... Ahora tengo que hacer un trayecto en coche de cuarenta minutos para ir a un colegio repleto de alumnos blancos y heteros que llevan la misma ropa que yo. Soy igualita a ellos, pero a la vez no.

No han pasado muchos días, pero tengo ganas de volver a ver a Bo y al resto de nuestros amigos. He extrañado tener amigos; no solo desde las vacaciones, sino desde Bianca.

Cuando llego a nuestro rincón habitual en la hora de la comida, Amber tiene la cabeza apoyada en la mesa y está gruñendo, y David le palmea la espalda.

—¿Qué ocurre? —pregunto.

—Tiene la crisis de los dieciséis —explica Bo.

Amber levanta la vista hacia mí antes de hablar:

—Mi prima se irá a la universidad el año que viene y ya sabe exactamente qué quiere hacer y por qué, ¡y yo todavía no tengo ni idea de qué quiero hacer con mi vida! ¡Solo me queda un año para decidirlo!

—Todo irá bien —aseguro.

—Pero ¿cómo puedes saberlo? —pregunta ella.

—Porque no tienes que decidirlo en un año. Si escoges algo que no te gusta, siempre puedes cambiarte de carrera, ¿no? —Tampoco es que vayan a echarla de casa si tarda un par de años en encontrar algo que le apasione.

—Ni siquiera sé a qué universidad quiero ir —se lamenta, y vuelve a bajar la cabeza.

Casi pongo los ojos en blanco antes de darme cuenta de que eso es muy desconsiderado de mi parte.

—Pero ¡eso es bueno! Significa que tienes opciones, amor —dice David, y yo empiezo a desconectarme.

La gente como Amber y Bo pueden hacer lo que les dé la gana con sus vidas después de la preparatoria, porque sus padres se lo pagarán. En cambio, en cuanto termine la prepa yo seguramente tendré que buscarme un trabajo de tiempo completo que odiaré. Así Cesar y yo podremos salir del clóset con mamá y podré alquilar un departamento si nos echa de la casa.

La verdad, por muy asustada que esté Amber, a mí me aterra la idea de que todos, excepto yo, vayan a tener éxito y yo me quede rezagada. Lo más probable es que termine trabajando en un centro de atención telefónica y odie mi vida, como mamá. De hecho, no, ella no odia su vida. Mamá adora todo lo que tenga relación con este país, incluyendo su trabajo de mierda que prácticamente hace que tenga que vivir mes a mes, por mucho que yo la ayude. Lo mejor que puedo hacer por mi futuro ahora mismo es ahorrar, lo cual sería mucho más fácil si consiguiera otro trabajo.

A estas alturas ya he entregado mi currículo en todos los sitios a los que puedo ir a pie desde mi casa o desde Slayton. Todavía nada. Necesito tomarme un descanso, y eso que aún no tengo trabajo. Lo cierto es que buscar trabajo es un trabajo en sí mismo.

Yo también bajo la cabeza y gruño como Amber.

—¿Y a ti qué te pasa? —pregunta Bo.

—Estoy preocupada por el dinero. Tengo que encontrar un trabajo que esté mejor pagado.

—¿Has probado el Taco Bell que hay aquí al lado? —sugiere David.

—Lo he probado todo —respondo, sin mirarlo.

—¿Y alguna tienda del centro comercial? —propone mientras le sigue acariciando la espalda a Amber.

Hago un gesto de negación, porque por algún motivo David cree que todavía no se me habían ocurrido ninguna de estas opciones.

—¡Oh! —exclama Bo, y golpea la mesa con la palma de las manos—. ¡Tendrías que trabajar para mi mamá! Hace tiempo que busca un secretario para todos sus asuntos como abogada.

Levanto la cabeza de inmediato. Eso sí que no se me había ocurrido.

—¿Cuánto paga?

Se encoge de hombros.

—No lo sé. Llámala después de clases y pregúntaselo.

Amber vuelve a gruñir y todos nos ponemos a consolarla de nuevo.

En cuanto llego a casa, me pongo a completar los pedidos y llamo a la madre de Bo mientras trabajo. Si estoy haciendo una pulsera mientras hablo con ella, quizá me pondré menos nerviosa. De pronto empiezo a trenzar más deprisa.

—Ey, Yamilet, ¿cómo estás? —dice Rick al contestar el teléfono.

—Hola, señor Taylor —lo saludo e intento sonar tan profesional como puedo, porque podría convertirse en una entrevista por teléfono—. Hace tiempo que estoy buscando trabajo y escuché que la señora Taylor necesita un secretario, ¿no?

—¡Sí! ¿Quieres el trabajo? Solo tienes que decírmelo y despediré a su secretario actual —me ofrece riéndose. ¿Cómo puede reírse ante la idea de echar a alguien?

—Ah, lo siento, no, no. No sabía que ya había encontrado a alguien.

—No hay problema, ¡ahora mismo lo hago! ¡Estás despedido! —Se hace una breve pausa y luego vuelve a hablar imitando una voz extraña—: ¡Nooo! ¡Tengo una familia!

—Hum… Okey… —A veces es muy rarito y no sé cómo responder.

—Perdón, perdón, fue un chiste malo, ya lo sé —dice después de soltar una risita.

—Entonces… ¿significa que tengo el trabajo?

—Espera. ¡Emma! ¡El teléfono! —grita, y oigo unos ruiditos antes de que se ponga su mujer.

—Hola, Yamilet. Disculpa. Rick ha estado ayudándome mientras encontraba a alguien. ¿Estás buscando trabajo? ¿Tienes experiencia?

—¡Sí! Ahora mismo estoy trabajando como mánager de redes sociales y marketing para la tienda de bisutería de mi mamá. ¡Bo me dijo que puede que necesite ayuda y me interesa el puesto!

—No le menciono que me paso noventa y nueve por ciento del tiempo de mi jornada haciendo joyas, porque supongo que no me tocará hacer muchas joyas si hago de secretaria—. Ya sé que estoy en la escuela, pero ¡soy muy trabajadora, de verdad! —añado desesperada.

—¡No te preocupes, Yamilet! El trabajo es bastante sencillo. Se trata de comprobar mis correos electrónicos y ordenar las facturas, podrías arreglártelas perfectamente con la experiencia que tienes. Hagamos unos días de prueba y, si todo va bien, lo convertiremos en un trabajo a largo plazo.

—¡Genial! O sea, muchas gracias, señora Taylor.

Se ríe.

—Puedes llamarme Emma. ¿Tienes computadora y conexión a internet?

—Mi laptop es un poco vieja, pero funciona, y sí tenemos internet —respondo. No es necesario que sepa que comparto la computadora con Cesar y mi madre. Por ahora me bastará.

—Perfecto, pues empecemos los fines de semana. No necesitaré más de quince horas a la semana, más o menos. ¿Te parece bien? ¿Puedes empezar este sábado?

—Sí. ¡Muchas gracias! —digo, y tengo que reprimirme un gritito.

—¡Pues nos vemos entonces!

—¡Genial!

Podré ayudar a mamá después de clase y trabajar para Emma los fines de semana, y haré mi tarea en el tranvía o mientras espero a que Cesar termine el castigo en caso de que tenga que quedarse después de clases.

Estoy tan emocionada que me resultará imposible dormir esta noche, así que me quedo haciendo pulseras de la amistad. Antes de que pueda avanzar mucho, vibra mi celular y una foto de Bo ilumina la pantalla. Supongo que en algún momento me robó el celular y se tomó esa foto, porque está claro que yo no la tomé. En la foto se ve sacando la lengua con los ojos cerrados. Me río y contesto el teléfono, y me lo pongo entre el cuello y el hombro para que me queden las manos libres y pueda continuar trabajando.

—¡No puedo creer que vayas a trabajar para mi mamá! —exclama antes de que tenga la oportunidad de decir nada.

—¡Ey, necesitaba encontrar trabajo y nadie quería contratarme!

—Es una excusa vacía. Trabajar para Emma habría sido mi primera elección.

—Bueno, si decides dejar el trabajo, más te vale que no resulte incómodo. Todavía tendrías que poder venir a casa y así.

Me gusta hablar por teléfono porque puedo sonrojarme o sonreír o lo que sea y Bo no se entera.

—Claro que será incómodo, pero seguiré yendo de todos modos.

—Eso espero. Ya te extraño. La casa parece muy vacía sin ti.

—Yo también te extraño —confieso, porque no se lo dije la otra vez. Querría haber sido la primera en decirlo, pero Bo siempre se me adelanta. Me doy cuenta de que se oye una música que no logro identificar del todo. Suena casi como…—. ¿Qué estás escuchando?

—A Selena —contesta, como si este nombre no fuera la flecha de Cupido impactándome de lleno en el corazón—. Esperaba que pudieras oírla. La he escuchado mucho desde que te fuiste. Ya entiendo por qué estás obsesionada con ella.

—Estoy muy orgullosa —digo imitando un tono de voz afectado, y ella se ríe.

—Bueno, tengo que hacer la tarea. ¡Luego hablamos!

—¡Hasta luego! —me despido, e intento no sonar decepcionada, porque podría pasarme toda la noche hablando con ella.

En lugar de eso, mantengo las manos ocupadas durante varias horas. Cuando la casa se queda a oscuras, uso la linterna del celular porque no quiero despertar a nadie si enciendo la luz. Al final se le acaba la batería, pero mis ojos se ajustan a la oscuridad y trabajo toda la noche con las manos y los ojos muy cansados.

—¿Qué haces despierta a estas horas?

No reparo en que es de madrugada hasta que Cesar entra en la sala y me llama la atención porque todavía estoy trabajando.

—Supongo que perdí la noción del tiempo. —Bostezo y termino de poner las últimas cuentas en el collar que estoy haciendo. Se sienta a mi lado—. ¿Y tú qué haces despierto a estas horas?

—Lo mismo de siempre.

—¿Qué es? —Ladeo la cabeza, pero mis dedos siguen trabajando por sí solos aunque están entumecidos. Sé que no descansa, porque se queda dormido en clase muy a menudo, pero daba por hecho que el motivo de que se acostara tarde era que tenía que hacer tarea o algo así.

—No lo sé. No se me apaga el cerebro.

Asiento, pero estoy demasiado cansada para procesarlo.

—¿Te echo una mano? —se ofrece.

—Okey.

Empieza a trenzar una pulsera y trabajamos en silencio durante un rato. Estoy a punto de quedarme dormida cuando vuelve a hablar:

—No lo decía en serio, lo que dije hace unos días…

—¿El qué?

—No estaba enojado porque me hubieras ayudado. Estaba enojado porque no me lo merecía. Te mereces algo mejor.

Levanto la vista y lo miro a los ojos por primera vez en toda la noche. Están rojos e hinchados, como si hubiera estado llorando.

—¿Qué te pasa? ¿Estás bien?

—Estoy cansado. —Bosteza—. Buenas noches, Yami.

Deja la pulsera a medio trenzar en el sofá y vuelve a su habitación. En lugar de seguirlo y hacerle más preguntas, retomo el trabajo.

Después de completar el periodo de prueba como secretaria de Emma y de conseguir el trabajo oficialmente, tengo la sensación de que mi vida es como un disco rayado. Si ocurre algo interesante, no me doy cuenta porque estoy encallada en un bucle. Clases. Tarea. Trabajar. Dormir. Clases. Tarea. Trabajar. Dormir. Clases. Trabajar. Trabajar. Trabajar. Clases. Trabajar. Trabajar. Trabajar. Trabajar. Trabajar…

Antes de que me dé cuenta, ya pasó un mes y tengo una cantidad de ahorros decente. Además, gasto menos dinero ahora que lo tengo que cuando estaba pobre. Quiero seguir haciéndome un colchón para cuando me independice, y al terminar la preparatoria buscaré un trabajo de tiempo completo. La conversación con Cesar me confirmó una cosa: incluso papá cree que mamá me echará de casa si se entera, y eso hace que me ponga las pilas.

Lo peor de trabajar tanto es perderme salidas en grupo o tener que decirle que no a Cesar cuando quiere pasar el rato o ir a comprar Takis, que es casi cada día. Últimamente, la hora de la comida en el colegio es el único momento en que tengo alguna interacción social.

—¿Este fin no es tu cumple? ¿Qué harás? —pregunta Amber.

—Necesito dinero, así que trabajar —contesto. Casi no me había dado cuenta de que se acercaba la fecha.

—Pero ¡tenemos que celebrarlo! —exclama ella, que me agarra por los hombros y me sacude, y David y Bo se unen con un coro de síes.

—¡Lo siento! Tengo dos trabajos y prácticamente todo el tiempo libre lo dedico a mi tarea.

Este año mi cumpleaños cae en sábado, pero ni siquiera puedo celebrarlo más tarde entre semana porque estoy muy atrasada con mi tarea. Al oír mis palabras, todos fruncen el ceño y compartimos un minuto de silencio por mi vida social.

—Tengo una idea —dice Amber.

—Te escucho —respondo.

—Podemos hacer algo durante el día.

—¿Quieres decir que nos saltemos las clases? —David parece muy sorprendido.

—Sí, o sea, solo es un día. ¡Lo haremos el lunes! No podemos permitir que no celebre su cumpleaños. —Amber lo mira y hace un gesto reprobador.

—¡Me parece perfecto! ¿Qué opinas, Yami? —Bo me sonríe.

—¿Crees que a Jamie le importará? —pregunto, porque el lunes es el día de San Valentín—. Quizá podrías venir con ella.

¿Por qué dije tal cosa? No quiero celebrar mi cumpleaños con la novia de Bo.

—¿Quién es Jamie? —quiere saber Amber.

—Mi novia —contesta Bo remarcando la última palabra, y la mira abriendo mucho los ojos. ¿Cómo es que Amber no sabe quién es Jamie?—. Hum, no. No querrá faltar a clase.

—Aaaaaah, claro. Jamie. ¡Qué tonta! —exclama Amber con una risita nerviosa, y David ladea la cabeza, confundido.

Me les quedo mirando durante un segundo. No puedo creer que haya tardado tanto en darme cuenta.

Jamie no es real.

Durante todo este tiempo he estado celosa de alguien que no existe. No sé si tendría que estar contenta de que no haya ninguna Jamie o si debería enojarme porque Bo me ha mentido. ¿Por qué me mentiría? ¿Sabe que me gusta? ¿Lo ha hecho porque no quiere salir conmigo?

Aparto ese pensamiento de mi cabeza muy deprisa. Bo no sabe cómo me siento, no puede saberlo.

—Bueno, pues ¿lo hacemos? —plantea Bo.

Me encojo de hombros intentando disimular que estoy nerviosa.

—¿En qué otro momento tendré una oportunidad para celebrarlo?

Tengo que admitir que necesito un día libre. Cesar podrá pedirles la tarea a mis profesores para que no me atrase demasiado.

—¡Vamos, David, será divertido! —Amber lo mira pestañeando y le toma la mano.

—¿No les preocupa que nos metamos en un lío? —pregunta el chico mirándonos a las tres, como si intentara buscar a alguien que esté tan asustado como él. Es la clase de persona que odia perderse planes, y precisamente esto es lo que salvará mi cumpleaños.

—En la vida a veces hay que arriesgarse, ¿no? —dice Bo.

—Exacto. Y en esta familia nos sacrificamos por nuestros amigos —añade Amber haciéndole un puchero.

—¿Porfis? ¿Por mi cumple? —añado, mirándolo con tristeza.

Bo también pone cara de cachorrito, y las tres combinadas somos tan adorables que David no puede resistirse.

—Está bien, vamos —cede al final.

—Genial. El lunes por la mañana dejaré el coche en la parte trasera del estacionamiento, y aquellos a quienes traen en coche al colegio podrán encontrarse conmigo allá —dice Bo.

—¿Cuál es el plan? —pregunto.

—¡Será una sorpresa! —exclama Amber.

—Okey, pero espero que no veamos ninguna peli de miedo.

Bo sonríe.

—Hecho.

20

No admitirás que es una cita

Mamá me reclama porque me voy a pasar mi cumpleaños trabajando todo el día, así que después de mucho suplicármelo, dejo que nos lleve a comer a Cesar y a mí, pero como rápido porque no tengo tiempo que perder. Por supuesto, Emma me ofreció el día libre, pero necesito el dinero. La verdad, siento que he malgastado un poco la pizza, porque estaba buena pero no tuve tiempo para disfrutarla. Cuando volvemos a casa, me doy un segundo para mirar el celular antes de ponerme a trabajar de nuevo en la computadora. No espero nada de papá, pero la minúscula esperanza que me quedaba muere al no recibir ningún mensaje suyo justamente el día de mi cumpleaños. En cambio, sí me felicitan Bo, Amber y David.

Y Bianca.

—Hum… Bianca me envió un mensaje para pedirme que te felicite —dice Cesar entrando en mi habitación.

—¿Por qué hablas con Bianca? —le suelto.

—Porque quería que te felicitara. ¿Bloqueaste su número o algo así? —pregunta.

—Sí. Por mí, que se atragante y se muera. No le respondas.

—Uy, ¿todavía están así? ¿Qué hizo? —Enarca una ceja.

Suspiro.

—El año pasado divulgó que me gustan las chicas.

—¿En serio?, no me lo habías dicho.

—No quería hablar del tema.

—Ah, okey. ¿Y ahora quieres hablar de eso?

Se acuesta en mi cama como si estuviéramos a punto de tener una conversación muy profunda, pero no tengo tiempo. Se supone que tendría que estar trabajando.

—La verdad es que no.

Abro Outlook y empiezo a revisar los correos de Emma y a agendarle las citas.

—Estoy aburrido. ¿Me acompañas a comprar Takis? —propone, y se incorpora como si estuviera listo para levantarse de la cama de un salto e irnos.

—Pero si acabamos de comer.

—Okey, pues entonces vayamos a ver a doña Violeta. Me ha estado preguntando por ti.

—Mierda…

Últimamente no he tenido tiempo para ir a verla, con el trabajo y todo lo demás.

—Y yo todavía tengo hambre —añade—. Podemos ir a casa de doña Violeta y luego ir a comprar Takis. No hay nada malo en comer Takis como postre, ¿no?

—No, pero es que tengo que trabajar. Lo siento, Cesar. Salúdala de mi parte —digo sin apartar la vista de la computadora.

—Okey, bueno, feliz cumpleaños.

—Gracias.

Se queda unos instantes y luego suspira y se va.

Cuando llega el lunes, estoy un poco nerviosa. No sé qué me espera. Me levanto muy temprano para prepararme; tengo que llevar el uniforme igualmente, pero pongo especial cariño en peinarme y maquillarme. Cesar entra en el baño. Está aún más dormido que de costumbre, y tiene unas ojeras muy marcadas.

—¿No podías dormir? —le pregunto mientras me pongo unos aretes de chaquira en lugar de mis aros de siempre. Tienen un diseño de unos corazones rojos para celebrar San Valentín.

Sacude la cabeza y se echa agua en la cara. Seguramente está triste porque es el día de los enamorados y quizá extraña a Jamal.

—Hoy me saltaré las clases con Bo y los demás —susurro, aunque mamá está bañándose y no puede oírnos. Contarle mis planes es como invitarlo a que se una, y lo habitual es que se autoinvite, pero esta vez no lo hace.

—Ah, qué divertido —dice, y luego se cepilla los dientes y se va mientras yo termino de maquillarme.

Por una vez que quiero que Cesar se autoinvite, parece que no le interesa. Es el día de San Valentín y me preocupa que parezca una cita doble, porque David y Amber están súper acaramelados. No sé cómo me hace sentir eso.

En cuanto mamá nos deja a Cesar y a mí en el colegio, voy directo hacia el coche de Bo, que está en la parte trasera del estacionamiento. Mi amiga ya está allí, de modo que me subo al asiento del copiloto y espero a que lleguen Amber y David.

—Bueno, ¿cuál es el plan? —pregunto.

—Ya lo veráááás —canturrea—. Será divertido, te lo prometo.

Entonces nos llega un mensaje de Amber por el chat grupal.

Amber: Mamá tiene que pasar por la gasolinera, David y yo llegamos un poco tarde. Nos vemos enseguida ♥

Cuanto más tiempo los esperemos, más probabilidades hay de que nos descubran. Al estar en medio del estacionamiento de la escuela, es como si estuviéramos esperando a que alguien se dé cuenta de que no vamos a ir a clase. Por sentido común, tendrían que haber llegado temprano para que nadie intentara pararlos antes de que se encuentren con nosotros.

Cuando suena el primer timbre, las probabilidades de que nos descubran aumentan de manera exponencial, de modo que les mando un mensaje.

Yami: Hum… qué significa exactamente «un poco tarde»?

Justo entonces nos ve el policía del campus.

—Mierda, tenemos que irnos —digo.

—No pasa nada, seguramente cree que acabamos de llegar. Dentro de un minuto ya se le habrá olvidado.

Suspiro. Más vale que Amber y David se apresuren, o de lo contrario nos descubrirán.

Pero al poli no solo no se le olvidó, sino que además viene directo hacia nosotras.

—Mierda, mierda, mierda, ¡VAMOS! —grito.

En lugar de ponerse a conducir, Bo grita como si la estuvieran asesinando. Bajo los parasoles para que no nos reconozca, y al final mi amiga aprieta el acelerador cuando el poli está a solo unos pocos metros. Ahora estamos gritando las dos, porque el coche va directo hacia el hombre, que salta para esquivarnos. Apenas oigo sus gritos por culpa de nuestros alaridos. Pasamos por encima de los baches a toda velocidad y de alguna manera conseguimos salir del estacionamiento ilesas.

Y entonces empezamos a reírnos a carcajadas. Bo tiene que detener el coche en un lado de la calle para no chocar con nadie.

—¡Mierda, el corazón me late a mil por hora! —exclama, y se da unos golpecitos en el pecho para imitar lo rápido que le late.

—¡No puedo creer que casi atropellaras a un poli!

—¡Lo siento! ¡Me puse nerviosa!

Me río hasta que no es más que un resuello silencioso. Me duelen los costados y se me saltan las lágrimas de los ojos, y a Bo se le escapan unos grititos que solo pueden hacerse cuando estás riendo tanto que hasta es malo para la salud. Cuando inhala se le escapa uno de estos chillidos y hace que yo me ría más. Cada vez que me parece que ya estoy tranquilizándome, lo vuelve a hacer y me da risa de nuevo. Nos pasamos así unos cinco minutos antes de que nos calmemos por fin. Ambas estamos jadeando y llorando, y está claro que ya hice todas las abdominales de esta semana.

Al final, cuando ya he recuperado la normalidad, miro los mensajes que nos envió Amber.

Amber: Vimos que casi atropellan a Jim! Me reí tanto que nos atrapó mientras intentábamos irnos

Amber: Nos obligó a ir a clase 😞 Tendrían que haberlo atropellado de verdad

Amber: FBI, si lo están leyendo era broma. Por favor, no me detengan

Vuelvo a reírme y le enseño los mensajes a Bo.

—Parece que al final somos solo nosotras dos —digo, convencida de que estoy sudando y que mi cerebro ha dejado de funcionar.

¿¿¿Bo y yo??? ¿¿¿Solas??? ¿¿¿El día de San Valentín??? ¿¿¿ES UNA CITA???

—Lo siento, ¿no te importa? —pregunta.

Carraspeo antes de hablar:

—A ver, no hay vuelta atrás desde el momento en que casi cometes un homicidio involuntario.

—Mierda. ¿Crees que habrá anotado la matrícula? ¿Y si reconoce el coche?

—Diría que estaba un poquito ocupado esquivándote como para anotar la matrícula.

—Okey, sí. Bueno, si no te importa ir sin ellos, cuenta conmigo. Al fin y al cabo, estamos celebrando tu cumple. —Sonríe.

—Pues vamos. Qué mal que no puedan venir, pero tengo ganas de hacer lo que habían planeado, que es…

—Primero, desayunar —explica Bo, y vuelve a poner el coche en marcha.

Me lleva a una cafetería donde tienen juegos de mesa. Bo quiere que elija yo el juego, pero no se me da decidir, de modo que los escogemos al azar y al final terminamos con Monopoly y Conecta 4.

Cuando el mesero se acerca a nuestra mesa, nos mira extrañado.

—¿No tendrían que estar en clase?

Mierda. Llevamos puesto el uniforme.

—Hum… —empieza Bo. Normalmente es muy buena con las palabras, pero al parecer lo de improvisar no se le da tan bien.

—Hoy las clases empiezan más tarde. Denos un minuto para mirar el menú —le pido.

—Ah, okey… —responde el mesero, pero me parece que no lo convencí—. Volveré luego.

Se pone a hablar con alguien detrás de la barra y ya sé que seguramente no es nada, pero me imagino que están conspirando contra nosotras para mandarnos a la escuela.

—¡Vamos, vamos, vamos! —exclama Bo, que me agarra del brazo y me jala para alejarnos de la mesa.

Salimos de la cafetería corriendo a toda prisa. Es divertido hacer como si la situación fuera más arriesgada de lo que es en realidad. Somos dos agentes secretas en una misión y no podemos permitir que nos descubran, así que nos retiramos al coche.

—Tendríamos que ir a mi casa y ponernos ropa de civiles —propone Bo con una voz de espía súper sexy que me hace estremecerme.

—¿Tu papá no estará en casa? —pregunto, al recordar que Rick no trabaja.

—Suele ir al Starbucks por la mañana e imagino que no habrá llegado, pero tendremos que darnos prisa.

Por si acaso, nos estacionamos unas cuantas casas antes de llegar a la suya. De ese modo, si su padre está dentro, no verá el coche de inmediato. Bo es la espía y yo soy la conductora que espera en el coche para huir lo antes posible. Mi amiga agarra su mochila, saca del llavero la llave de su casa y abre la puerta del coche, y yo me quedo en el vehículo con el motor aún en marcha.

—Si no he vuelto dentro de cinco minutos —dice, y casi se le rompe la voz, de modo que termina susurrando las siguientes palabras—, espera más.

Y, antes de que pueda responder, se aleja haciendo volteretas y gateando como si fuera un soldado, haciendo payasadas de forma muy teatral. Al final se cuela por la reja lateral, y me espero hasta que esté fuera de mi campo de visión antes de llevarme una mano al pecho como si me desmayara. Bo tenía que hacer ver precisamente que era una espía…

Me voy al asiento del conductor y espero a que vuelva. Al cabo de un minuto, me llama.

—¿Conseguiste la ropa? —pregunto.

—No, mi papá está aquí —murmura—. Como no puedo subir a mi habitación sin que me descubra, opto por el plan B: me parece que habrá ropa en el cuarto de la lavadora.

Cuelga antes de que pueda contestar. ¿Quién se cree que es, Batman?

La puerta frontal se abre, pero no es Bo quien sale, sino su padre. Se sienta en el porche y se pone a leer un libro, así que le mando un mensaje rápido a Bo para avisarle que su padre está en el jardín delantero, y me responde con un emoji de un pulgar hacia arriba.

A continuación se abre la reja por donde entró y aparece Bo de nuevo gateando como un militar por todo el lateral de la casa. Bajo las ventanillas del coche con la esperanza de que, si le doy la oportunidad, dé un salto impresionante para entrar por la ventana mientras yo empiezo a conducir. Si se mantiene lo suficientemente baja, es posible que su padre no la vea, pero en cuanto Bo llega al porche su padre baja el libro y clava la mirada en su hija. Mi amiga se queda congelada y a mí me parece que se me saldrá el corazón del pecho de lo nerviosa que estoy por ella. Y por mí.

En lugar de levantarse e intentar explicarse, sale corriendo hacia el coche gritando a viva voz. No reduce la velocidad cuando se acerca al vehículo, o sea, que estoy a punto de presenciar un salto muy sexy por la ventanilla.

Sin embargo, no es tan impresionante como me esperaba, porque se queda encallada a la mitad por culpa de la mochila.

—¡Jala de mí para que entre! —grita.

La agarro de los brazos y jalo, y ella entra en el coche como buenamente puede. En realidad, habría sido mucho más rápido que hubiera usado la puerta. Acelero, pero no demasiado fuerte, porque no es mi coche y no tengo intención de estropearlo. Por el retrovisor veo a Rick sacudiendo la cabeza y riendo, es decir, que por lo menos no está enojado.

—¡Uooo! —grito hacia afuera de la ventana y me río. Me da la sensación de que estamos en una persecución a gran velocidad, aunque en realidad he bajado a diez kilómetros por hora para poder sacar la cabeza por la ventana.

Bo no se ríe conmigo.

—Tengo malas noticias…

—Mierda. ¿No conseguiste ropa?

—No, sí tengo ropa, pero… —Abre el cierre de la mochila y saca un par de leggins, unos pantalones cortos de basquetbol enormes y una camiseta muy grande. Está claro que los pantalones y la camiseta son de Rick.

—No te preocupes, saldremos adelante —digo, esforzándome para igualar su nivel de dramatismo.

Entramos en una gasolinera para cambiarnos. Yo agarro los leggins y la camiseta, que me queda hasta la mitad de los muslos y parece un vestido, y Bo se pone la sudadera del uniforme del colegio en lugar de la camisa y la combina con los pantalones cortos de su padre. Le quedan tan grandes que tiene que anudárselos por la cintura con una liga del pelo para que no se le caigan. Estos modelitos nos hacen parecer mucho más bajas de lo que ya somos. Tenemos un aspecto lamentable, pero estamos juntas.

Yo todavía tengo hambre, porque no pudimos comer nada en la cafetería, así que la siguiente parada es ir al supermercado a agarrar muestras de comida gratis. Para no llamar la atención, nos colamos con otra familia y los seguimos bastante cerca como para que la mujer de la entrada piense que vamos juntos, pero a la vez suficientemente lejos como para no alertarlos. Es el plan perfecto.

Nos separamos para abarcar más superficie y maximizar el número de muestras. Después de conseguir dos muestras de todo lo que hay en la tienda, volvemos a encontrarnos en la entrada y ambas tenemos la mochila llena de comida gratis.

—Vamos a enviarles una selfi a Amber y a David —propone Bo.

Saco el celular y hacemos una pose traviesa para enseñarles las mochilas llenas, y la mujer de la entrada se nos acerca.

—Ay, ¡feliz día de San Valentín a las dos!

Bo y yo damos un salto por esta inesperada felicitación. Tengo el mal hábito de lanzar el celular al suelo cuando me asusto, y me da la sensación de que el mundo entero va en cámara lenta mientras el teléfono vuela por el aire.

—¡NO! —exclamo mientras intento atraparlo, pero no sirve de nada. El ruido que hace al impactar contra la superficie nos deja a todas abatidas. Bueno, sobre todo a mí.

—Ay, cuánto lo siento, no quería asustarte —dice la mujer. Recoge mi celular y me lo da, y veo que la pantalla está rota. Mierda.

—No pasa nada —contesto, aunque estoy gritando para mis adentros. No quiero que piense que me estoy saltando las clases, de modo que pongo voz de adulta—: Bueno, así me ahorro pagar las facturas del celular.

Sonríe. Está funcionando.

—Solo quería decirles que me parece muy bonito ver a parejas jóvenes como ustedes por aquí. ¿Cuánto hace que están juntas?

Miro a Bo para ver qué respondemos, y parece que ella está a punto de salir gritando por cuarta vez en lo que vamos del día, así que decido que esta vez me encargaré yo antes de que mi amiga se eche a correr.

—El mes que viene hará un año. —Le dedico mi sonrisa más dulce y luego le agarro la mano a Bo y empezamos a caminar. El corazón me late a mil por hora, pero hago como si nada. Si no hubiera intervenido, Bo seguramente se habría quedado ahí plantada o habría huido. Esto de hacer de agente secreta no es su fuerte.

—¿Todo bien? —me susurra cuando salimos de la tienda. Tiene las mejillas sonrojadas y baja la vista hasta nuestros dedos entrelazados, y entonces me doy cuenta de que esto es muy fuerte.

—Sí —digo, y me sorprendo a mí misma porque no tengo que pensarlo siquiera—. Mejor que continuemos metidas en nuestros personajes, por si acaso… hum… vuelve a mirarnos o algo.

Bo me dedica una sonrisa ladeada y seguimos con las manos entrelazadas mientras cruzamos el estacionamiento.

Ya en la privacidad del coche de Bo, vaciamos las mochilas para dejar al descubierto el botín. Se supone que tendría que ser un aperitivo antes de comer de verdad en el centro comercial, pero hay una cantidad decente de comida y quedamos bastante llenas.

—Siento mucho lo de tu celular. ¿Todavía funciona? —pregunta Bo.

—Lo dudo.

Lo saco para enseñárselo: la pantalla está de todo tipo de colores raros, e incluso parece bonita. Sin embargo, ahora mismo me da igual que esté roto. No tendré que preocuparme por la ira de mamá hasta que llegue a casa. Querrá matarme por haberme saltado las clases, pero ese problema pertenece al futuro. Ahora me preocuparé de que alguien haya dado por hecho que estoy en una relación con Bo y no me he autodestruido. La mujer sabía que las dos éramos homosexuales y no me molestó para nada. No era más que una desconocida, pero sentí que alguien me veía. Y me gustó.

—Ni siquiera me había dado cuenta de que es San Valentín —digo, aunque está claro que lo sabía. De inmediato deseo que me trague el asiento del coche. ¡Llevo puestos unos aretes de corazón!

Bo sabe que estoy mintiendo, pero no dice nada. De hecho, una parte de mí se pregunta si David y Amber se perdieron el plan a propósito para dejarnos a solas. Amber lleva muchísimo tiempo intentando encontrarle novia a Bo, y como Jamie no existe... Me pregunto si Bo estaba metida en todo esto. ¿Quizá se supone que es una cita?

—Sí, por eso te pregunté antes si no te molestaba que estuviéramos tú y yo solas. No quería que fuera raro.

Okey, pues no es una cita. Solo somos dos amigas que no están haciendo nada raro.

—Ah, okey. No, no creo que sea raro. Muchos años he celebrado mi cumple el día de San Valentín. —Mentira. Celebro mi cumple el día de mi cumple.

Bo me sonríe solo con los ojos. Estoy convencida de que estamos coqueteando, pero quizá solo sea cosa mía.

La siguiente parada es el salón recreativo que hay en el centro comercial outlet de mi barrio. Nunca dejaré que Bo se acerque más a mi casa que esto. Es difícil concentrarse en los juegos cuando no paro de preocuparme por entender si esto es una cita o no. O sea, ya sé que se supone que no lo es, pero me pregunto qué le parece a ella.

Hacemos bastantes cosas típicas de las citas, como reírnos y tocarnos el brazo jugueteando, y ella me consigue un montón de premios al ganar algunas partidas. Es cursi, pero siento unas cosquillitas en el estómago todo el rato, y el día se me pasa muy deprisa con ella.

Cuando nos sentamos para comer en el restaurante del centro recreativo, dice algo que hace que se me pare el corazón.

—Oye, ¿quieres ser mi novia otra vez? —pregunta mientras me enseña el menú con aire casual, como si no acabara de dejar todo mi mundo patas arriba.

—¿Qué? —Quiero asegurarme de que lo oí bien. Es imposible que me acabe de preguntar si quiero salir con ella.

Bo señala el menú y ríe. En negrita dice que ofrecen helado gratis el día de San Valentín a las parejas que compren cualquier comida en el restaurante. Intento que no se note que me hundo, porque cuando pensaba que me estaba pidiendo si quería salir con ella de verdad ni siquiera me asusté.

—¡Ah! —Carraspeo—. ¡Claro! Por el helado.

Otra vez hacemos como si estuviéramos juntas, pero estoy nerviosa ante la perspectiva de hacer cualquier cosa que no sea tomarla de la mano, porque no quiero incomodarla. Lo que me extraña es que también nos tomemos de la mano cuando no nos mira nadie. Yo no seré quien la suelte, y parece que ella tampoco, así que seguimos así.

Ambas con un cono de helado en la mano que tenemos libre, paseamos por el centro comercial haciendo gala de nuestra relación falsa. Bo parece que se ha olvidado por completo de su otra novia falsa; miente incluso peor que yo. El miedo de parecer «demasiado lesbiana» suele hacer que se me encoja el estómago, pero ahora mismo estoy muy emocionada para pensar con claridad. No quiero echar a perder el momento pensando en cómo actuaría si me gustaran los chicos.

Bo sonríe de oreja a oreja y de vez en cuando balancea nuestras manos entrelazadas como si fuéramos niñas. A veces es tan adorable… No, siempre lo es. Cuando estoy con ella, me siento como si fuera pequeña. Ya sé que técnicamente todavía soy pequeña, pero me muero de ganas de jubilarme. Me sorprende que no tenga la cabeza llena de canas debido a todo el trabajo y la tarea y el estrés, pero con Bo es diferente. Me siento como una niña, como si todo fuera posible si me lo puedo imaginar.

Aparentar que Bo es mi pareja es diferente que con Jamal. Cuando él me tomaba de la mano, no sentía una calidez en todo el cuerpo, ni se me ponían de punta los pelos de la nuca. Nunca nos tomábamos de la mano durante más tiempo del necesario y la gente no nos miraba raro, a diferencia de ahora, pero por algún motivo ni siquiera eso me molesta.

Me da la sensación de estar flotando, hasta que veo a la persona que tiene el poder de hacer que me derrumbe.

21

Pisarás una pieza de lego descalza, zorra

Bianca.

Estamos caminando directamente hacia ella y ya es demasiado tarde para dar media vuelta. En lugar de intentar esconderme, agarro la mano de Bo más fuerte. Quiero que Bianca lo vea. Bo me mira con curiosidad, pero lo único que puedo hacer es sonreírle. Que se joda Bianca. Ahora mismo estoy feliz y ni siquiera ella puede fastidiarlo.

Con el rabillo del ojo veo que Bianca está completamente boquiabierta, lo cual significa que nos vio. ¿Está celosa? Tiene que ser desolador darse cuenta de que ya no es el centro de mi universo, aunque nunca lo ha sido. Bo y yo pasamos por su lado y ni siquiera me giro para mirarla.

—¿Yami? —me grita Bianca cuando pienso que ya estoy a salvo.

Bo gira la cabeza, lo cual arruina mi teatrito de que Bianca no existe, pero continúo caminando.

—Me parece que alguien te está llamando —dice Bo.

—No, no escuché nada. —Camino más rápido y jalo a Bo para que me siga.

—¡Yami! —La voz de Bianca ahora suena más cerca, y antes de que me dé cuenta me agarra por el hombro.

Al final suelto la mano de Bo y aparto a Bianca.

—No me toques —digo mientras le quito la mano de mi hombro. En serio, ¿cómo se atreve?

—Perdón. —Bianca alza las manos—. Cuánto tiempo… Me alegro de que… hum… hayas pasado página.

—No es asunto tuyo, pero que sepas que pasé página hace mucho tiempo —digo, y le sonrío a Bo solo con los ojos. No estoy haciéndolo por Bianca, supongo que en realidad intento decirle algo a Bo. Quizá ahora lo entienda todo, y tal vez quiero que lo haga. Quiero que sea un momento dulce entre nosotras, pero Bo tiene una especie de tic en un ojo y el otro parece que está a punto de salírsele de la cavidad.

—Okey, bueno… Genial. Es genial. Soy Bianca, por cierto —le dice a Bo con una sonrisa altanera, como esperando que mi amiga esté celosa o que, por lo menos, haya oído hablar de ella, pero no es el caso.

—Yo soy Bo —contesta, y me quito un peso de encima al ver que no intenta mantener una conversación con ella. De seguro ya se dio cuenta de cuánto odio a nuestra compañía—. Tenemos un poco de prisa, pero ¡encantada de conocerte! —añade Bo y me ofrece una mano.

Se la tomo y caminamos hacia el estacionamiento sin mirar atrás. Estoy segura de que la cara de Bianca no tiene precio, pero prefiero mirar a Bo.

—Bueno… ¿Quieres explicarme lo que acaba de pasar? —pregunta Bo cuando Bianca ya no puede oírnos.

—Ahora mismo no —respondo. No permitiré que Bianca me ponga de mal humor ni siquiera por un segundo.

Cuando salimos del centro comercial, ya hace una hora que se ha puesto el sol. Nos quedamos afuera del coche de Bo durante un minuto, todavía tomadas de la mano.

—¿Puedo acompañarte a casa? —se ofrece.

Dudo. No porque no quiera que me lleve a casa, al contrario, sí quiero, pero es un paso muy grande. Y, por primera vez, dejo que Bo me acompañe.

Pensaba que el hecho de que Bo estuviera sentada afuera de mi casa me daría vergüenza, pero no. Es uno de los muchos detalles de mí misma que he compartido con ella. En los últimos meses he tenido la oportunidad de conocerla mucho mejor, y lo justo es que ella también sepa algunas cosas de mí. Quiero contarle más, como que me gustan las chicas y, más en concreto, que me gusta ella, pero prefiero ir paso a paso.

No salgo del coche cuando se detiene. No quiero que termine el día todavía, y espero que Bo tampoco. El coche de Jamal está en la calle en lugar del de mamá, lo cual significa que ella todavía está en el trabajo, así que no tengo prisa por entrar. Me alegro de que Jamal y Cesar por fin se hayan dado cuenta de que están hechos el uno para el otro. Si están tratando de arreglar las cosas, no quiero interrumpirlos.

—Bueno, ¿cómo te sentiste siendo lesbiana por un día? —pregunta Bo riéndose.

—¿Qué? —es todo lo que puedo decir, porque no me atrevo a admitirle que lo soy cada día.

—Como es San Valentín, todo el mundo pensó que éramos una pareja —responde, y creo que fue raro que le haya pedido que lo explique—. Perdón, no quería incomodarte.

Odio que tenga miedo de incomodarme otra vez. Pensaba que esto ya lo habíamos dejado atrás, pero no puedo culparla, yo también me he pasado todo el día asustada porque no quería incomodarla.

De pronto me siento muy valiente. Tiene la mano apoyada en la consola central del coche, así que extiendo el brazo y entrelazo mis dedos con los suyos. Con ella no estoy incómoda, ni un poquito.

—Estoy cómoda —susurro—. ¿Y tú?

No sé si lo hago por voluntad propia o porque Bo es como un imán por culpa de sus ojos, pero me estoy inclinando hacia ella. Y ella hacia mí.

Su frente toca la mía y cierro los ojos. Tengo la respiración agitada, y nuestros rostros están tan cerca que estoy segura de que Bo debe de notar el aire que sale de mi boca.

«Sé valiente».

—¿Puedo…? —digo, sin aliento.

—Por favor.

Dejo de resistirme a la atracción magnética y me apresuro a acortar la distancia entre nuestros labios. Besar a Bo es como estar en un tanque de aislamiento sensorial: todo cuanto nos rodea desaparece y la suavidad de sus labios sobre los míos es lo único que me ata a este plano de existencia para evitar que me vaya flotando hasta las nubes. Contengo la respiración como si así pudiera detener el tiempo y mantenernos aquí en este momento…, este momento en el que no importa nada más. Ninguna de las mentiras que he dicho puede tocarnos hasta que tenga que volver a respirar.

—Te mentí —suelto, mientras me aparto de ella.

Quizá haya un buen motivo para darle tantas vueltas a todo. No tendría que haberla besado, pero ya no hay vuelta atrás. Me preparo para recibir toda su ira. Confío en Bo y ella también confiaba en mí… Y entonces oigo la voz de Bianca en mi cabeza.

«Confiaba en ti… ¿Cómo pudiste hacerme esto?».

—¿Qué? —pregunta Bo. Abre los ojos y pestañea como si necesitara un momento para volver a la realidad y procesar lo que acabo de decir.

—Cuando dije que era hetero… —Ya sé que el beso seguramente me delató, pero necesito decirlo—: No lo soy.

—Ya, ya lo sé. —Ni siquiera me sorprende que lo sepa. Después de lo que pasó con Bianca antes, ¿cómo no iba a saberlo?—. Yo también te mentí… No tengo novia.

—Ya… Ya lo sé. —Sonrío.

—¿No estás enojada? —decimos las dos al unísono.

—No —respondo riéndome. Estoy muy aliviada de oír que Bo está soltera oficialmente.

—Yo tampoco —Sonríe y me agarra la mano—. Pero ¿por qué no estás enojada? Te mentí.

—Y yo te mentí a ti.

—Sí, pero lo tuyo no era sobre mí. Sé que es muy difícil salir del clóset, sobre todo si estudias en Slayton. Te estabas protegiendo, igual que hacía yo hasta hace un año. —Me aprieta la mano—. Lo entiendo.

—Gracias. —Le devuelvo el apretón y cierro los ojos. «Bo lo entiende».

—Pero quiero dejar clara una cosa. El día en que me dijiste que eras hetero…

—Todavía me siento fatal. Hum… Te veías muy guapa y me parecía que te habías dado cuenta de lo que pensaba y me puse nerviosa.

—¡Yo sí me puse nerviosa! —Se ríe—. ¡Por eso te dije que tenía novia! Y desde entonces la mentira se fue haciendo más y más grande y me daba mucha vergüenza admitirlo. Pensaba que habías sido un poco desconsiderada, pero en realidad éramos dos lesbianas histéricas.

—Totalmente.

Descansa la cabeza sobre mi hombro y se ríe contra mí. Yo también apoyo la cabeza en la suya y me río con ella. Hoy nos hemos reído mucho, como me pasa siempre cuando estoy con Bo. Tengo la sensación de que me morí y fui al cielo, porque esto no puede ser real. Antes de que pueda darle más vueltas por todas las implicaciones de hoy y del beso, empieza a vibrar mi celular, lo cual no pensaba que fuera posible, la verdad.

—Ufff… Debe de ser mi mamá.

Se ilumina la pantalla, pero no puedo ver el nombre por todas las grietas, así que no le presto atención. De todos modos, no estoy segura de que el teléfono funcione aunque intente responder.

—Gracias por hoy. Me la pasé genial —digo.

—Yo también. ¿Quizá la próxima vez me dejarás entrar?

—Sí, cuenta con ello.

Me agarra la mano y me da un beso en el dorso. Ay, por favor, pero qué adorable es.

Vuelve a vibrar mi celular.

—Será mejor que responda… —gruño. Mamá. Me. Matará—. Mami, puedo explicártelo… —empiezo, pero una voz me corta.

—¿Dónde estás? —Es Jamal, que prácticamente está gritando.

—¿Jamal? —pregunto extrañada.

Echo un vistazo a Bo. Parece sorprendida, casi dolida, y no tarda en romper el contacto visual y se pone a mirar por la ventana del coche. Supongo que debe de parecerle mal que esté hablando por teléfono con mi «ex» en lugar de darle un beso de buenas noches.

—Yami, ¿dónde estás? —La agitación en su tono de voz hace que me note una presión en el pecho. Habla tan fuerte que estoy segura de que Bo también puede oírlo.

—Acabo de llegar a casa, ¿por qué? —digo desabrochándome el cinturón.

Ahora habla más bajo, con la voz casi rota:

—Estoy aquí. Te llevaré al hospital. Es Cesar.

Mis pies se mueven por sí solos y corro hacia casa sin pensarlo dos veces. Ni siquiera le digo nada a Bo, simplemente corro.

22

Olvídate de los mandamientos, guíate por el código

Cesar quería suicidarse y yo no lo sabía.

Ya está en el hospital con mamá, y gracias a Dios Jamal me esperó hasta que llegué a casa para acompañarme. Estoy convencida de que mamá lo obligó.

—Lo siento, lo siento —murmura Jamal mientras se aferra al volante con tanta fuerza que se le marcan las venas. No estoy segura de si habla conmigo o no—. ¿Crees que hice lo correcto? No sé qué se suponía que debía hacer. —Prácticamente está hiperventilando.

Si Jamal no hubiera estado ahí...

—Cuéntame qué pasó. Todo —consigo decirle.

Jamal ya me ha contado la historia dos veces, pero parece que soy incapaz de retener los detalles. Todo lo que viene después de «Cesar quería suicidarse» me resulta borroso. Esta vez me obligo a procesar sus palabras.

—Me llamó hace un rato, estaba llorando mucho y era difícil entenderle, pero no paraba de suplicarme que lo detuviera. Como no sabía de qué hablaba, vine. —Respira a trompicones antes de continuar—. Cesar... Cesar quería... —Se le rompe la voz como si estuviera a punto de echarse a llorar.

—Quería ¿qué? —insisto, aunque ya sé la respuesta, pero necesito oírlo en voz alta.

Jamal se seca con una mano el río de lágrimas que le rueda por una mejilla y se sorbe los mocos.

—Morir, Yami. Pero supongo que a la vez no quería, porque, de lo contrario, no me habría llamado, ¿no? —Parece que está intentando convencerse a sí mismo más que a mí. Me mira con los ojos humedecidos y yo asiento, porque las palabras escapan de mí.

—Espera, ¿se hizo daño? —pregunto, y me tapo la boca.

—No, llegué antes de que hiciera algo y llamamos a un teléfono de atención para estos casos. No sabía qué más podíamos hacer. Él no se tranquilizaba, así que nos pidieron que hiciéramos una llamada compartida con tu mamá y que lo llevara al hospital. No me lo impidió, creo que sabe que necesita ayuda.

Tiene la voz agitada, y no soy capaz de decir nada más.

Tendría que haber sido yo. ¿Por qué no me llamó a mí? No tenía ni idea de que necesitara ayuda. Le iba bien en la prepa, no se había metido en ninguna pelea…, pero está claro que no era tan feliz como aparentaba. Recuerdo la conversación que tuvimos Cesar, Jamal y yo cuando fuimos a comprar Takis y Cesar dijo que el mañana no estaba garantizado. Pensaba que quería decir que cualquiera puede morir en cualquier momento, pero no; lo que decía era que su futuro no estaba garantizado. Estoy muy enojada conmigo misma por no haberlo entendido entonces. Él intentaba decírmelo… Se supone que nos leemos los pensamientos el uno al otro. «In lak'ech ala k'in». Tendría que haberme dado cuenta. ¡Tendría que haberlo visto!

Suena el celular de Jamal y me lo pasa. Mamá empieza a gritar antes de que pueda decir nada:

—¿A ti qué te pasa, niña? ¡Tendrías que haber estado allá! En cambio, preferiste saltarte las clases para estar con algún chico por una celebración estúpida mientras Jamal estaba aquí haciendo tu trabajo.

—No es por eso… —empiezo, pero no puedo discutírselo. Tiene razón. Tendría que haber estado en casa con él, y ella tendría que estar a su lado ahora mismo en lugar de dedicarse a gritarme—. Ya casi llego, así que podrás echarme en cara que todo es culpa mía cuando nos veamos.

Cuelgo. Quiero llorar, pero no puedo.

—No es culpa tuya, Yami —asegura Jamal, y justo entonces llegamos a Urgencias—. Manténganme al día, ¿okey?

Asiento y salgo del coche. Tengo que quedarme en una salita en lugar de estar con mi hermano mientras espero a que mamá me lleve hasta su habitación. Lo único que oigo es su voz gritándome en la oreja que tendría que haber estado con él. «Tendría que haber estado con él». Pero estaba celebrando mi cumple. Estaba pasándomela bien mientras mi hermano…

No tengo ni idea de cuánto rato estoy en esta sala hasta que oigo su voz de verdad.

—Está bien, mi amor, Cesar está bien —dice, y noto que está sollozando.

Supongo que está contándole a papá lo que pasó, y de forma egoísta me pregunto si ahora estaría dispuesto a hablar conmigo teniendo en cuenta la intensidad de la situación. Pero antes de que tenga ocasión de pedirle a mamá si puedo hablar con él, cuelga y me abraza. Esto no me lo esperaba. Está llorando, pero yo no. No puedo. No hasta que haya visto a mi hermano. Me agarra de la mano y me lleva por varios pasillos; el hospital es como un laberinto. Incluso con mamá guiándome, me siento muy perdida.

La puerta de la habitación de Cesar está abierta de par en par y en una esquina hay una mujer con ropa quirúrgica. Parece cansada, pero no tanto como Cesar. La habitación está completamente vacía salvo por la cama y la silla donde está sentada la mujer. Cesar tiene los ojos hinchados con ojeras que me indican que lleva unos cuantos días sin dormir de verdad. ¿Cómo puedo haber pasado por alto todas las señales? No dice nada cuando entramos, se limita a mirar al techo en lugar de dirigir la vista hacia nosotras. El único sonido de la habitación es el llanto de mamá. Se aferra a un rosario y susurra plegarias en español entre sollozos.

—Mami, por favor, deja de llorar —es todo lo que dice Cesar antes de volver a cerrar los ojos, pero mamá no lo hace.

Quiero decir algo, pero ¿cómo puedo reconfortarlo ahora mismo? Me gustaría preguntarle si está bien, pero es obvio que no.

Entonces entran dos hombres. Uno parece mucho más joven que el otro.

—Señora Flores, ¿podemos robarle un minuto? —pregunta el mayor sin mirarnos ni a Cesar ni a mí en ningún momento.

—No te preocupes, mijo, todo irá bien —asegura mamá mientras se seca los ojos. Me parece que está intentando convencerse a sí misma más que al resto.

Sale con los dos hombres y nos quedamos solos la mujer de la esquina, Cesar y yo. Le echo una mirada a la desconocida; supongo que la privacidad es un lujo que no podemos permitirnos.

—Ey —digo cuando se ha ido mamá. ¿Qué más puedo decir?

—Ey. —No es gran cosa, pero, por lo menos, Cesar habla.

—¿Quiénes son esos tipos?

—El psiquiatra y su becario.

—Ah, genial.

Nunca he tenido una conversación tan forzada con él. Me siento muy rígida y poco natural. Se supone que las cosas no son así, no con Cesar.

—¿Por qué no me llamaste a mí? —No tendría que preguntárselo, y menos ahora, pero se me escapa.

No responde.

—Hablé con Jamal… —continúo, con la esperanza de que así diga algo.

—Me gusta que lo sigas usando como tu novio falso, aunque rompimos. Genial, Yami —dice con un tono de voz frío.

—¿Qué? No lo… Solo me contó que lo llamaste.

Cesar permanece en silencio.

—Sabes que puedes hablar conmigo, ¿verdad?

Nada.

—Lo digo en serio. Cuenta conmigo. Siempre…

Tensa la mandíbula.

—Cesar, dime algo, por favor. —Se me rompe la voz y el «por favor» me sale como un gimoteo.

—Estoy bien.

—¡Está claro que no estás bien, Cesar! —exclamo, aunque no quería alzar la voz.

—Ah, ¿ahora sí te das cuenta? —me espeta.

—¿Cómo tendría que darme cuenta si no hablas conmigo?

—¿En serio? ¡Eres tú la que no ha hablado conmigo últimamente!

—Tienen que calmarse, por favor —dice la mujer con amabilidad, pero tiene un tono de advertencia.

—Perdón —murmuramos los dos.

—No te llamé porque no me habrías contestado. Nunca respondes, siempre estás ocupada. Y mamá también. Jamal siempre está a mi lado… Mamá y tú no pueden ayudarme. —Sus palabras me lastiman y dejan un vacío en mi interior.

Abro la boca, pero no me sale nada. Quizá no le falte razón, he estado tan ocupada con el trabajo y la escuela y Bo que apenas he tenido ocasión para preocuparme por Cesar. Pienso en todas las veces en que le dije que no podía estar con él estas últimas semanas… Tenía una responsabilidad, cuidarlo, y no lo hice. Me limpio los ojos antes de que me caiga alguna lágrima.

—Lo… Lo siento mucho… —Por supuesto que no lo vi venir, he estado demasiado ocupada con el trabajo—. Me alegro de que hayas llamado a alguien. Si murieras, yo… —No sé qué haría. Quizá yo también me moriría—. *In lak'ech*… —Es todo lo que consigo decir.

—Basta. —Aprieta los puños y me fulmina con la mirada—. Olvídalo, ¿okey? No quiero hablar del tema.

—Okey, solo… Por favor, prométeme que no te harás daño. —Se me rompe la voz.

—¡Yami, carajo, que pares! —suelta mientras agarra las sábanas con los puños.

Cuando estoy segura de que me echarán, mamá regresa con los hombres trajeados. Ella va directo al lado de Cesar y le agarra la mano, y el becario también se acerca.

—Cesar, fuiste muy valiente al pedir ayuda. Todos nos alegramos de que lo hicieras. Por suerte, ya tenemos una cama para ti en el Centro de Salud Mental Horizonte, que se especializa en tratar a jóvenes como tú.

—Mami, ¿lo ves bien? —pregunta él con un hilo de voz, y apenas lo oigo. Mamá y yo sabemos lo que quiere decir de verdad: «¿Nos lo podemos permitir?».

—Lo siento, chico, pero en realidad no tienes alternativa. Tanto si te gusta como si no, es la opción más segura para ti —interviene el psiquiatra, que parece que tiene prisa.

No es que tengamos que convencer mucho más a Cesar, solo necesita un segundo.

—¿Mamá? —insiste Cesar. Lo veo asustado por primera vez desde que llegué.

—No pasa nada, mijo. Lo que quiero es que estés a salvo. Eso es lo único que importa. —Le acaricia el dorso de la mano con el pulgar y él se la aprieta.

—Pero… —empieza a protestar Cesar, pero el médico lo interrumpe.

—Como decía, es por tu propia seguridad. No soy un gran partidario de internar a la gente de forma involuntaria, pero esa es la única alternativa que tienes —repite, y suspira como si pensara que sería muy molesto tener que hacerlo así.

—Dale un minuto, ¿okey? Por Dios… —le espeta la enfermera.

Me dan ganas de abrazarla. Supongo que no todo el mundo en este hospital tiene tan poco tacto.

El hombre vuelve a suspirar.

—Sí, lo siento. El día ha sido muy largo.

Ojalá pudiera darle un puñetazo en la tráquea. Mi hermano podría haber muerto, pero resulta que quien ha tenido un día muy largo es este tipo.

—Todo irá bien, cielo —lo tranquiliza la enfermera, y se le suaviza la voz cuando centra su atención en Cesar.

Él se queda observando el techo y cierra los ojos como si se arrepintiera. Le caen un par de lágrimas por las mejillas y mamá se las seca.

—Solo son tres días de hospitalización, siempre que todo vaya bien. Si para entonces estás listo, podrás ir a casa y seguir un tratamiento ambulatorio, ¿de acuerdo? —explica el becario.

Cesar suelta un pequeño gimoteo y no contesta, y el psiquiatra vuelve a intervenir:

—Mira, aquí todos intentamos ayudarte, y me temo que tengo muchos otros pacientes que también necesitan ayuda. Así que lo haremos por las buenas o por las malas, ¿okey?

Cuánto lo odio. En serio, odio a este tipo.

Después de una pausa larga, Cesar vuelve a hablar.

—Iré, doctor —dice, como si se ahogara.

El «doctor» me mata. Me parece una mierda que tenga que ser respetuoso con este imbécil para que así deje de amenazarlo con llevárselo «por las malas», cuando Cesar no se ha puesto violento.

—Buen chico —repite, y tiene los huevos de acercarse a él y despeinarlo.

—No lo toques —le espeto, porque sé que Cesar quiere decirlo, pero no puede.

—Yamilet, ya puedes irte a casa —dice mamá, pero no me muevo.

Todos me están mirando. Quiero ayudar a mi hermano, pero no sé cómo.

—No pasa nada, Yami, vete. Estaré bien —me asegura Cesar, pero me parece que no convence a nadie.

—Vete a casa, yo me encargo —me ordena mamá antes de darme las llaves.

Ambas estamos llorando, pero no puedo quedarme aquí para siempre y tampoco puedo ir a Horizonte con Cesar, de modo que me voy a casa.

23

In lak'ech ala k'in

El espejo agrietado de mi habitación se burla de mí. Hace zum en mi nariz llena de mocos y en mis pestañas húmedas. Golpeo el puño contra el escritorio, pero no noto nada. Lo único que siento es que estoy mareada y enojada, y me aferro a los bordes del tocador para mantener el equilibrio. Quiero culpar a alguien, y no puedo dejar de pensar en el doctor amenazando a Cesar, ni en que mis padres son homofóbicos, ni en que Cesar quería…

Los laterales de mi campo visual se oscurecen y solo veo mi reflejo resquebrajado devolviéndome la mirada. La voz de mamá resuena en mi cabeza.

«¡Tendrías que haber estado allí!».

Me arrepiento de haberle dado un puñetazo al espejo hace unos meses, porque así podría hacerlo ahora.

«¡Tendrías que haber estado allí!».

Vuelvo a golpearlo de todos modos. Y otra vez. Y otra.

No oigo mis llantos ni me noto la sangre que cae de mis nudillos.

—¡Tendrías que haber estado allí! —le grito a lo que queda de mi reflejo.

Lo golpeo hasta que cae el último trozo del espejo roto del tocador.

Mis rodillas están a punto de ceder, así que voy a trompicones hasta el baño para lavarme la sangre de las manos. Me niego a mirarme a la cara y me concentro en la sangre. Tengo muchísima en las manos, que no consigo que dejen de temblar. No sé si es por la rabia o por la pérdida de sangre. Además, ya empiezan a hincharse.

También quiero darle un puñetazo a este espejo, pero este es nuestro, de los dos, y apenas me quedan fuerzas para sacar los trocitos de cristal que quedaron en mis nudillos.

Dejo que el agua caiga sobre mis manos. No sé cuánto rato me quedo así; unos minutos, tal vez una hora. Da igual.

Cesar tiene gasas y vendas debajo del lavamanos, aunque no ha tenido que usarlas en todo el año. Pensaba que esto significaba que estaba mejorando, pero quizá es que había perdido las ganas de seguir luchando.

Tendría que haber estado allí…

Tardo más de lo que debería en vendarme las manos, pero es que no consigo que estén quietas. Cuando termino, alzo la vista y veo que el Código del Corazón me devuelve la mirada: «In Lak'ech Ala K'in».

Manché el poema de sangre.

Al final mis rodillas ceden y sollozo en el suelo del baño hasta que me quedo dormida por el agotamiento.

Me despierto en mi cama. Mamá debió de traerme hasta aquí, lo que significa que vio los cristales en la alfombra y no me ha matado. Abre la regadera de su baño, pero la oigo sollozando de todos modos. Cuando se disipa el sonido del agua, los llantos se hacen más fuertes. Al final oigo unos pasos y un hilo de luz se cuela en mi habitación por la puerta entreabierta.

—¿Estás despierta, mija? —pregunta con voz ronca.

—Sí.

Enciende la luz y se sienta en los pies de mi cama sin mencionar los cristales del suelo. No se ha molestado en ponerse los lentes oscuros que siempre usa para ocultar que ha estado llorando y tiene el celular de Cesar en una mano.

—Tengo que contarte algo. Lo siento mucho.

—¿Qué? —Me incorporo tan deprisa que la visión se me vuelve blanca. No puedo procesar más malas noticias.

—Mija, no sé cómo decírtelo…

—Dímelo y punto, mami. Me estás asustando —insisto. Por mucho que no quiera recibir más malas noticias, tampoco quiero no saber qué ocurre.

—Creo que Jamal te estaba poniendo los cuernos… con tu hermano.

—¡¿Qué?! —Me parece que estoy delirando. ¿Por qué saca este tema ahora?

Me enseña el teléfono de Cesar como si quisiera que lea algunos mensajes. Yo me pondría furiosa si Cesar leyera mis mensajes, así que aparto el celular. Me parece que es una invasión a la privacidad muy grande.

—¿Revisaste su celular?

—Quería saber qué pasó, en qué me equivoqué… —Se pone a llorar otra vez.

Me sorprende que no me culpe a mí. Si tuviera fuerza en las manos, las extendería para sostenérselas.

—No llores, mami. Lo siento… ¿Qué decías?

Carraspea antes de hablar:

—Cesar y Jamal. Estaban juntos, ¿lo sabías?

Decido que lo mejor es decirle la verdad y admitirlo. Estoy demasiado involucrada como para hacerme la inocente.

—Sí.

Hace una mueca.

—Intentaba protegerlo, como me dijiste que hiciera —digo.

—Protegerlo… ¿de mí? —pregunta, y se toca los labios temblorosos con la yema de los dedos.

Asiento con cautela, porque me da miedo haber cruzado una línea, pero a una parte de mí no le importa. Quiero decirle que soy homosexual para que no recaiga tanta presión sobre Cesar, pero no me atrevo a hacerlo. Qué mala soy. Todavía faltan tres días para que vuelva Cesar, y pienso decírselo antes.

—¿En qué me equivoqué? —se lamenta con la cara entre las manos.

Contarle la verdad será difícil, pero su reprobación simplemente me da más ganas de decírselo para que Cesar no tenga que lidiar con esto solo. Se saca el rosario del bolsillo, pero la interrumpo antes de que empiece a rezar.

—No hay nada malo en no ser hetero, mamá.

—Pero ¿por qué querría…? —Se le rompe la voz—. No sé cómo no me di cuenta.

—Yo tampoco… —De todas las personas que hay en el mundo, yo tendría que haber visto las señales de que Cesar no estaba bien.

—He pasado por alto tantas cosas… ¿Sabías que no estaba en el equipo de futbol americano?

No soy capaz de contestarle.

—Pensaba que las cosas le iban muy bien. —Se seca la cara y se va.

Todavía estoy despierta cuando suena la alarma el día siguiente, pero no puedo ir a la escuela. Me hundiré en cuanto Bo me pregunte qué pasa, y no tengo intención de ponerme a llorar en público en un futuro cercano. No me muevo hasta que mamá entra en mi habitación como un torbellino palmoteando. De verdad pretende que hagamos como que no pasó nada.

—¡Es hora de irnos! ¿Qué haces en la cama?

—Estoy enferma… —digo.

—No, claro que no. No vas a saltarte las clases dos días seguidos, listilla. Vas a ir al colegio.

—No, no pienso ir.

—¡Sí! —Ahora está gritando—. ¡Ya te saltaste las clases ayer y mira cómo terminamos!

—¿Qué demonios significa eso? —Aparto el edredón de un golpe y me incorporo, aunque en parte tiene razón. No sé por qué la estoy retando a que lo diga.

—¡No volviste a casa con él! ¡Se supone que tenías que estar aquí! —Tiene la voz ronca de llorar, pero no por eso deja de intentar gritarme. Es verdad, pero es culpa mía tanto como suya.

—Ah, o sea que ¿ahora es culpa mía? —Ya sé que sí, pero no es solo responsabilidad mía.

Me avienta el bolso, pero falla.

—¡SÍ! —El grito no suena como mi madre. Es un sonido grave y desgarrador, como si su voz real estuviera atrapada en lo más profundo.

—¡Vete a la mierda! —grito, haciendo caso omiso del vapor que escapa de sus orejas—. ¡Eres tú la que hace bromas sobre la gente homosexual delante de nosotros! ¡Eres tú la que dijo que Jamal tenía algún problema porque creías que era gay!

Le tiemblan los labios, y no sé si es porque está a punto de abalanzarse sobre mí o si es que se pondrá a llorar otra vez. Su rostro es inexpresivo.

—Pues quédate en casa. Y limpia estas mierdas. —Se pone muy recta, va a recoger su bolso y se marcha. Oigo que cierra la puerta de casa, arranca el coche y se va.

No salgo de la cama para nada excepto para ir al baño, y no puedo usar el baño que compartimos Cesar y yo, porque no puedo ver el poema manchado de sangre, de modo que uso el de mamá. Suena el teléfono fijo, pero lo ignoro y me dejo caer sobre la cama de mamá. Lo único que quiero es dormir, pero el maldito teléfono no deja de sonar. Seguramente está llamando mamá para poder gritarme un poco más, así que me cubro la cabeza con la almohada y rezo para que deje de sonar.

La tercera vez que llama, lanzo la almohada a un lado y voy a la cocina con grandes zancadas para contestar el teléfono.

—¿Qué quieres? —grito.

—Yami, soy Jamal —dice, llorando—. Por favor, dime que Cesar está bien. No me contesta al teléfono.

—Es que no lo tiene —respondo resoplando.

No tengo ni idea de qué decirle. Porque no, no está bien, y tampoco sé qué querría Cesar que le cuente. ¿Se enojaría si le digo que está en el hospital Horizonte? Ahora me arrepiento de no haber revisado el celular de mi hermano, porque así tendría alguna idea de qué decirle a Jamal. Pero Cesar lo llamó a él, no a mí.

—Pero ¿está bien? ¿Se metió en algún problema? ¿Está bien?

—Está vivo —es todo lo que consigo decir.

De pronto me encuentro entrando en la habitación de Cesar, que parece muy vacía. Toda la casa lo parece. Veo que en la mesita de noche tiene el anillo que le regaló Jamal, y me sorprende que todavía lo tenga.

—¿Dónde está? ¿Puedo hablar con él? —Jamal suena desesperado, no puedo mantenerlo apartado de todo.

—Está en un hospital psiquiátrico y por ahora solo lo dejan hablar con familiares, lo siento.

—¿Puedes decirle que no estoy enojado con él? Y que nunca podría odiarlo. Díselo de mi parte, ¿okey?

Cierro los ojos y dejo que me salga una lágrima pequeña y deshidratada.

—Se lo diré. Gracias, Jamal.

—Y que lo quiero —suelta.

—Ah… No sé si eso lo ayudaría ahora mismo… —explico. Me gustaría decírselo a Cesar, pero, sinceramente, viendo cómo está, quizá no sea buena idea que extrañe a su ex en este momento.

—Pues dile todo lo demás. Gracias, Yami. —Cuelga.

Me acuesto en la cama de Cesar y finalmente me duermo.

No quiero tentar la suerte con mamá, así que al día siguiente me levanto cuando suena la alarma y me pongo una de las sudaderas del uniforme de Cesar, porque me queda grande y así oculto los nudillos heridos. Me echo gotas en los ojos para que estén menos rojos y dedico unos minutos adicionales a maquillarme. Me tiembla la mano, pero tiene que quedarme perfecto. Un maquillaje de ojos perfecto es lo único que me motivará hoy para que no se me humedezcan. Me quedan demasiado bien como para que los arruine llorando.

Mamá me lleva al colegio y ninguna de las dos dice nada de lo que pasó ayer ni el día anterior.

Bo se sienta a mi lado en la primera hora y le sonrío como si todo fuera de maravilla, pero me observa confundida.

—¿Está todo bien? —me pregunta, e inmediatamente me siento culpable.

—¡Ajá! —Vuelvo a sonreírle tratando de no hablar del tema y no hacer contacto visual con ella. Creo que si me mira a los ojos lo sabrá, y ahora mismo no puedo con su brujería. Puede que sea un poco escueta con ella, pero es solamente porque no quiero llorar.

Me paso el día sonriendo con los labios apretados y asintiendo a la gente. Hunter, David y algunos de los amigos de Cesar del equipo de futbol americano me preguntan todo el rato dónde está y les digo que no se sentía bien. Le pido a los profesores que me den su tarea para que no se quede atrasado. Tal vez así se mantenga ocupado en Horizonte. Sin embargo, las clases que tengo con Bo son las más difíciles, porque parece que es la única que se ha dado cuenta de que algo no está bien.

En clase de Arte me quedo mirando un lienzo en blanco prácticamente toda la hora.

—Oye, ¿podemos hablar, Yami? —me pide Bo tocándome el hombro.

Ya debería saber que es mejor que no me toque cuando estoy a punto de ponerme a llorar, porque lo único que quiero hacer es darme la vuelta, que me abrace y llorar, pero no puedo, así que le sonrío y asiento, como he hecho todo el día.

Ahora se me acerca para que solo pueda oírla yo:

—¿Me estás evitando?

No puedo pensar en los sentimientos de Bo ahora mismo. No puedo lidiar con más sentimientos. Ya sé que está mal, que parece que está ignorándola después de besarnos y que debe de creer que es por Jamal, mi «ex», pero no puedo pensar en ello. No puedo pensar que Bo está enojada conmigo, además de todo el resto.

—Yami. —Vuelve a tocarme el hombro y ya no puedo más.

Le aparto la mano y salgo corriendo. Agarro la mochila y voy directo al baño sin pedirle permiso a la profesora Felix.

Lo primero que hago cuando llego al baño es sacar el maquillaje.

—No, no, no…

Como el delineador se me está empezando a correr, agarro una toalla de papel y me seco el borde del ojo para que no me manche la mejilla. Cuando la puerta comienza a abrirse, me apresuro a entrar en un cubículo y cierro la puerta antes de que entre alguien.

Por debajo de la puerta veo unos Vans de los colores del arcoíris; es Bo. Contra mi voluntad, se me escapa un llanto feo desde lo más profundo de la garganta. Ya no puedo llorar en silencio. Oigo que la puerta del cubículo de al lado se abre y que Bo se sienta. Parece un confesionario, pero un cura nunca podría absolverme de mi culpa, y Bo tampoco.

Su mano aparece por debajo de la pared con una bandera blanca, literalmente: me ofrece papel higiénico, como la primera vez que vine aquí a llorar. Pues claro que era Bo, siempre fue ella. Quiero reírme, pero no puedo parar de llorar. Acepto el papel para sonarme la nariz y Bo abre la puerta de su cubículo y toca en la mía.

La abro y me dejo caer entre sus brazos. Ella retrocede unos pasos por la sorpresa, pero me sostiene.

—Estoy aquí —me dice, y es todo lo que necesito oír.

Estoy harta de esta vida doble, de las mentiras. Al fin dejo que todos mis secretos salgan a raudales de mí, como si fuera una presa rota, y no me detengo hasta que me libero del más mínimo secreto. Le cuento lo de Cesar y Jamal. Lo de Bianca y mi padre. Todo.

Mis rodillas ceden y Bo me acompaña hasta el suelo para que me siente. Me acaricia la espalda y, cuando termino, me deja llorar en sus brazos hasta que la presa se queda seca.

24

Tú eres mi otro yo

Bo me acompaña a la biblioteca después de las clases, y pongo los ojos en blanco al ver a Karen y a su novio, que están besándose en la esquina más apartada de la sala. Es miércoles, así que Bo quiere llevarme a casa cuando acabemos, y a mí me iría bien el apoyo moral, porque tengo que arreglar una cosa antes de que Cesar vuelva a casa.

En la biblioteca, escribo en la computadora el Código del Corazón y el poema, y cambio la tipografía como doce veces antes de conseguir que quede exactamente como lo tenía Cesar. No quiero que sepa que se lo manché de sangre. Cuando al final lo igualo, lo imprimo y dejo que Bo me lleve a casa. Una parte de mí se siente culpable de que todavía tenga sentimientos por ella, pero a la vez me parece que Cesar se enojaría si dejara de hablar con Bo por lo que pasó con él, porque lleva todo el año tratando de convencerme de que salga con ella.

Me paso todo el trayecto observando el poema sin decir nada, no quiero hablar. Bo me toma la mano y me estremezco. No era consciente de cuánto puede doler que te tomen de la mano.

No me pregunta por las costras que tengo; en cambio, se acerca una mano a los labios y me da un beso suave entre los nudillos como si me entendiera. Cuando llegamos a casa, no salgo del coche. La calle está vacía, pero de todos modos la situación me resulta demasiado familiar y no quiero volver a entrar sola. Tengo que parpadear para dejar de ver borroso.

—¿Yami? —Bo parece preocupada.

—¿Quieres entrar?

Sonríe.

—¿Estás segura?

Asiento.

A modo de respuesta, sale del coche y me abre la puerta. Le tomo la mano con suavidad y la llevo directamente al baño para enseñarle el Código del Corazón. Quito el viejo poema del espejo y Bo me ayuda a enganchar el nuevo exactamente como estaba antes. Pensaba que me resultaría incómodo enseñarle el poema, pero me siento aliviada. Lo último que quiero ahora mismo es estar sola, y ella está conmigo.

—¿Quieres hablar de eso? —pregunta, y niego con la cabeza—. ¿Puedo hacer algo para…? —empieza, pero la interrumpo jalándola hacia mí para darle un beso.

Se le escapa un sonido de sorpresa, pero me devuelve el beso. No sé qué estoy haciendo, pero sé que no quiero hablar. Quiero sentir algo que no sea dolor, y en este momento lo consigo.

Acerco más a Bo y retrocedo hacia la puerta del baño, y entonces deslizo una mano hacia mi espalda, abro la puerta y entramos a trompicones en mi habitación, pero no puedo pasar por alto el ruido del cristal crujiendo bajo nuestros pies, y sé que Bo tampoco. Sin querer me sale un gimoteo patético, y no me doy cuenta de que mis mejillas están húmedas hasta que Bo se aparta.

Pasea la vista desde los vidrios en la alfombra hasta mis manos, y luego sube otra vez hasta mis ojos. Me los limpio y bajo la mirada para evitar hacer contacto visual, pero en el suelo están los trozos de cristal, y tampoco quiero verlos.

—Lo siento… No sé qué estoy haciendo —digo temblando.

—No tienes que disculparte por nada, Yami.

No podría equivocarse más. Doy unos pasos hacia atrás hasta mi cama sin apartar la vista de los cristales del suelo y me siento en el borde.

—Ey, no pasa nada. Ahora vuelvo.

Dejo que se vaya. Seguramente la asusté, y no la culpo. Me quito los zapatos de una patada y me hago una bolita en la cama, pero no oigo que se abra la puerta de casa. En cambio, sí oigo que se abre el grifo de la cocina y luego Bo regresa con un vaso de agua.

—¿Dónde tienen la aspiradora? —pregunta mientras me da el vaso, y me quedo mirando el agua.

—¿No te vas?

—No, a no ser que quieras que me vaya.

—En el clóset del pasillo. —Se lo señalo con una sonrisa a pesar de la situación—. Pero no tienes que limpiar todo esto, puedo hacerlo yo —digo, aunque sé que no lo haré hasta que mamá me obligue.

Bo hace caso omiso del comentario y se da la vuelta para ir a buscar el aparato. Me levanto para ayudarle, pero Bo aparta mis zapatos para que no pueda ponérmelos.

—¡Quédate en la cama o te cortarás los pies!

Me río y me termino el vaso de agua mientras los trocitos de cristal desaparecen del suelo.

Bo se va antes de que mamá vuelva a casa, de modo que tengo un rato para mí. Todavía estoy enojada con mi madre, pero ahora mismo casi prefiero estar con ella que a solas con mis pensamientos. Saco la computadora para distraerme y busco en Google «Cómo ayudar a alguien que quiere suicidarse», y básicamente dice que tengo que hacerle una serie de preguntas. Suspiro y cierro la computadora, porque sé que Cesar lo odiaría. Y, además, ¿qué sabrá Google? Supongo que esperaba que me dijera algo que tenga más sentido que todo esto.

Cuando llega mamá, ni siquiera entra en casa, sino que toca el claxon para que salga. Hoy vamos a ver a Cesar en Horizonte, pero como mamá y yo apenas nos hablamos, hacemos todo el trayecto en silencio hasta que le pido que pare en la gasolinera para comprarle Takis a Cesar. Al visitarlo, entramos de una en una, así que no tiene que aguantar la tensión que hay entre nosotras mientras estamos con él.

Me dicen que Cesar y yo podemos compartir los Takis, pero que él solo puede comerlos durante la visita. Mamá entra primero y yo me quedo en la sala de espera hasta que vuelve. Cuando finalmente me cede el turno, me parece que los Takis ya se habrán puesto rancios.

Las visitas se hacen en una sala comunitaria donde hay unos cuantos pacientes más con sus familiares. En los laterales de la estancia hay unos enfermeros, pero parecen más bien guardias de seguridad. De manera instintiva, quiero sacar a mi hermano de este lugar, pero tengo que recordarme que está aquí para que lo ayuden. Porque necesita ayuda.

Las ojeras de Cesar ya no son tan marcadas, o sea, que por lo menos está durmiendo un poco. Se me hace raro verlo sin los collares de la cruz y del jaguar, pero supongo que aquí no le dejan llevarlos. Me siento al otro lado de la mesa y le acerco los Takis y la tarea como ofrenda de paz.

—Qué bien me conoces. Gracias.

Sin embargo, en realidad parece que no lo conozco tan bien. Me obligo a reír para que no se sienta incómodo.

—Mañana saldré —dice con una sonrisa.

El gesto parece muy forzado, y me pregunto si sus sonrisas siempre han sido tan poco naturales y yo no me había dado cuenta. ¿Ha sido así todo el tiempo? Ahora mismo, no tengo ninguna duda de que su felicidad es completamente falsa.

Ojalá supiera cómo ayudarlo. Entonces recuerdo el artículo que encontré antes y supongo que vale la pena plantearle esas dudas.

—¿Desde cuándo? —pregunto, y Cesar me mira confundido—. ¿Desde cuándo te sientes así?

Suspira.

—¿Tenemos que hablar de esto ahora?

Sacudo la cabeza. No quiero que tenga que profundizar en cualquier trauma si no quiere, y menos ahora, por mucho que yo me muera por saberlo.

Debe de notar un dejo de desesperación en mi mirada, porque contesta igualmente.

—Hace mucho, ¿okey? Hace mucho. —Antes de que pueda disculparme, cambia de tema, como siempre—: Yami, no te imaginas lo aburrido que es esto.

—Ah, ¿sí?

—No me dejan hacer nada. Estamos todo el día haciendo terapia y coloreando cuadernos.

—Pero ¿crees que está ayudándote, aunque sea un poco?

Se recoloca en el asiento y se encoge de hombros.

—¿Cómo van las sesiones de terapia?

Cesar no suele hablar de sus sentimientos, pero me permito a mí misma alimentar la esperanza de que lo estén ayudando.

—Supongo que bien.

Espero un instante hasta que me doy cuenta de que no piensa decirme nada más por ahora.

—Oye, creo que tendría que avisarte… —empiezo. Tiene derecho a saber lo de mamá y Jamal.

—¿Qué?

—Prométeme que no te pondrás nervioso.

—Dímelo de una vez —insiste mientras juguetea con la bolsa de Takis, que todavía no ha abierto.

—Hum… Mamá estuvo mirando tu celular.

—Mierda. —Se pasa una mano por el pelo—. ¿Y qué dijo?

—No mucho, pero sabe lo de Jamal…

Cesar se tapa la cara. Lo estoy empeorando todo, no tendría que habérselo dicho.

—Pero ¡no pasa nada! No creo que esté enojada contigo, y te prometo que yo también saldré del clóset antes de que vayas a casa. Y tengo trabajo y suficientes ahorros para pagar la fianza de un departamento que tengo fichado, podremos arreglárnoslas tú y yo si es necesario. —Hablo tan deprisa que no sé si entiende nada de lo que le digo, así que continúo más despacio—: Cuenta conmigo, ¿okey?

Está callado durante unos instantes. Odio que el trabajo sea uno de los motivos por los cuales no he podido estar con Cesar, pero ahora más que nunca es importante que tengamos un plan B.

—¿De verdad tienes suficiente dinero para rentar un departamento? —pregunta.

Nos costaría llegar a final de mes y no tengo ni idea de cómo podríamos independizarnos siendo menores, pero asiento. Ya lo averiguaré, llegado el caso. Intento dejar de mover las manos para que Cesar no se dé cuenta de que estoy muerta de miedo.

—Supongo que tengo que darte las gracias. —Esta vez no se obliga a sonreír, pero yo sí.

—Y… Hum… También hablé con Jamal —continúo. Quizá sí hay una cosa que puede animarlo.

—¿Sí?

—Quería saber si estás bien. No está enojado ni te odia. —De alguna manera, las palabras no suenan tan potentes cuando las pronuncio yo como cuando las dijo Jamal.

—Pues debería… —Cesar tiene los ojos vidriosos, como si estuviera a punto de echarse a llorar.

—¿Por qué?

—Porque lo dio todo por mí y yo rompí con él cuando más me necesitaba. Él no hizo nada mal, y yo lo jodí. Toma, no tengo hambre —dice, y me devuelve la bolsa.

—No pasa nada. Los sentimientos cambian, no es culpa tuya.

Abro la bolsa con la esperanza de que así empiece a comer inconscientemente. No sé por qué tengo tantas ganas de que se coma los Takis, solo quiero que una pequeña proporción de todo esto parezca normal.

—Pero mis sentimientos no cambiaron, es solo que soy una persona de mierda.

—No es verdad.

Como no contesta, sigo hablando:

—Entonces, ¿por qué cortaste con él?

Guarda silencio durante unos instantes. Respira con lentitud y se clava las uñas en la palma de las manos. Me parece que pasa un minuto entero antes de que diga nada.

—¿Por qué Dios me hizo así si se supone que no puedo ser como soy? —pregunta. Le tiembla la barbilla, y se abraza a sí mismo.

Quiero abrazarlo yo también, pero ni siquiera sé si está permitido.

—No lo sé. —Yo también me lo pregunto siempre—. ¿Por eso rompiste con Jamal? ¿Porque querrías ser hetero?

Tarda un rato en contestar.

—Era mi penitencia.

—Tu penitencia… —Repito, y tardo un poco en procesar qué quiere decir—. ¿De cuando nos confesamos? ¡¿El cura te hizo romper con él?!

Nunca me había imaginado que pudiera enojarme tanto con un cura. ¿Qué derecho cree que tiene de jugar a ser Dios con la vida de los demás?

—Nadie me obligó a hacer nada. Solo quería hacer lo que dice Dios… Pensaba que podría ser mejor, que a partir de entonces podría salir con chicas. Y que así todo iría bien con papá.

—«Mejor»… ¿Quieres decir hetero? —aventuro, pero no responde—. ¿Y yo qué? Entonces, ¿yo iré al infierno? ¿Y Jamal?

—*In lak'ech…* —responde, y se encoge de hombros, como para decir que todos iremos al infierno. Qué manera tan penosa de usar esta frase.

—Bueno, pues yo creo que no. Ninguno de nosotros tres tiene nada de malo. Ninguno de nosotros tiene nada que arreglar, aparte de tu actitud retrógrada.

Noto un tono de irritación en su risa.

—Okey, ¿y tú por qué sigues en el clóset?

—¿En serio? Se lo dije a papá, a ti, a Bo… Es un proceso. Voy avanzando. No es una cosa que hagas un día y punto, y no tiene nada que ver con la vergüenza. Y si estás avergonzado de ti mismo, entonces ¿también te avergüenzas de mí? ¿Y de Jamal? ¿Es así como te sientes?

—No me avergüenzo de ti… —dice con un tono más suave. No me doy cuenta de que estoy llorando hasta que me toma de la mano con cuidado. No dice nada de las costras—. Yami, no me avergüenzo de ti, ¿me oyes?

Incluso ahora, mientras mi hermano está ingresado en un puto hospital, siente que debe consolarme, en lugar de que sea al revés. Lo odio.

—Pues ¿por qué te avergüenzas de ti mismo?

Baja la mirada y no responde.

—Fuiste tú quien lo dijo. *In lak'ech.* Sabes qué significa, lo sé. «Tú eres mi otro yo». Yo te quiero y me quiero a mí misma. ¡Me quiero a mí misma! Y sé que tú también me quieres. —Le pongo la otra mano encima de la suya de modo que quede hecho un sándwich entre mis dos manos—. No puedes decirme «in lak'ech» si no lo dices en serio. Tienes que quererte a ti mismo. Y si no lo haces por ti, hazlo por mí. O por Jamal. O por mamá.

Cesar deja caer la cabeza hasta apoyar la frente en el dorso de mi mano y gimotea. Me gustaría saltar por encima de la mesa y abrazarlo, pero no quiero que me echen. Soy consciente de que no puedo quitarle toda la vergüenza que siente, pero puedo empezar por demostrarle que no me avergüenzo para nada. Y no solo eso, sino que, en realidad, me enorgullezco. No puedo hacer que se quiera a sí mismo, pero lo más parecido que puedo hacer es quererme a mí misma sin ninguna vergüenza delante de él. Igual que Bo ha hecho conmigo. Quizá así lo entienda.

No hace ningún ruido, pero noto que se me está humedeciendo la mano por sus lágrimas.

—Necesito poder ver tus manos, cielo —le dice una enfermera.

Cesar pone las manos planas sobre la mesa sin levantar la cabeza y respira hondo como si intentara calmarse. Entiendo el motivo, pero odio que no podamos tener un momento de tranquilidad, y fulmino a la enfermera con la mirada, aunque sé que no es culpa suya. ¿Por qué no puede ser culpa de alguien? Lo único que queremos todos es que mi hermano viva.

Se limpia las lágrimas y se seca la nariz.

—¿Quieres que le dé una paliza a la enfermera por ti? —me ofrezco, porque si Cesar no va a romper la tensión con sus bromas de siempre, lo haré yo.

Casi se atraganta riendo.

—No, lo que quiero es que me expliques cómo saliste del clóset con Bo. —Gira la cabeza hacia mí y mete la mano en la bolsa de Takis.

Puede que las cosas no vuelvan a la normalidad en un futuro próximo, pero está comiendo su comida favorita mientras chismorrea sobre mi vida amorosa, así que vamos por el buen camino.

Después de la visita, mamá sale a pasear y tarda más o menos una hora en volver. Ya sé que lo único que quiere es evitarme, y yo también quiero evitarla a ella, pero me dije a mí misma que saldría del clóset con ella antes de que Cesar volviera a casa. Como mi hermano me dijo que mañana ya podrá irse, tendría que decírselo ahora.

—Siéntate, mija, quiero hablar contigo —dice mamá en cuanto entra por la puerta de casa.

—Yo también —respondo, intentando que el nudo que tengo en la garganta no mengüe la falsa confianza que intento transmitir con la voz.

Nos sentamos en la mesa y empiezo a pasarme la mano por el pelo. Suele ser ella la que me acaricia el pelo cuando estoy nerviosa, pero obviamente ahora no puedo pedírselo.

Las dos hablamos a la vez:

—Lo siento, mija…

—Me gustan las chicas…

Mamá cierra los ojos.

—¿Qué?

Me enderezo y hablo con más confianza:

—Mami, soy lesbiana.

Creo que es la primera vez que he usado esta palabra para describirme y me gusta cómo me siento.

—Okey. —Se pellizca el puente de la nariz y espero a que me dé un sermón, pero no dice nada.

—Hum… ¿Te parece… bien?

—Mija, ve a buscarme un vaso de agua, ¿okey?

Es una petición extraña, pero lo hago y luego me siento delante de ella. Se bebe todo el vaso antes de decir nada.

—Ay, Dios mío, todos mis hijos.

Me muevo incómoda en la silla.

—¿Desde cuándo lo sabes? —pregunta.

—No lo sé. Hace bastante, creo. —Quizá no hace tanto tiempo, pero no quiero decirle que hace solo un par de años porque entonces me diría que no es más que una etapa. Ya aprendí la lección con Bianca—. Mira, ya encontré un departamento para Cesar y para mí. Si quieres que nos vayamos, dímelo lo antes posible para que sepa si necesito…

—Mija… —Extiende las manos sobre la mesa hacia mí con las palmas mirando arriba, y este gesto hace que se me humedezcan los ojos. Se las agarro y me da un apretón—. Por favor, no se vayan… —dice, y no se molesta en secarse las lágrimas que se le escapan.

—Okey, mami —susurro.

Yo tampoco me las seco, porque prefiero seguir sintiendo sus manos. Estoy tan sorprendida que me cuesta pensar con claridad. Mamá quiere que nos quedemos…

—Ya sé que les he dicho algunas idioteces a tu hermano y a ti a lo largo de los años. —Sacude la cabeza y me masajea el dorso de las manos con los pulgares—. ¿Sabes qué? Me importa un carajo si son bisexuales, homosexuales o lo que sea. Solo quiero que hablen conmigo. No lo sabía. ¿Cómo iba a saberlo si ninguno de los dos habla conmigo? Ninguno. Tuve que enterarme de lo de tu hermano después de que casi… —deja la frase a medias y aparta una mano de las mías para taparse la boca.

No puedo creer lo identificada que me siento con lo que está diciendo. Supongo que entiendo por qué Cesar no quería hablar conmigo, si siente algo parecido cuando habla con mamá.

—No tendría que haberte hecho cargar con todo esto, Yamilet. Lo que le pasó a tu hermano no es culpa tuya, ya lo sé, y espero que tú también lo sepas. He sido muy injusta y dura contigo, lo siento. Quiero que sepas que te agradezco todo lo que has hecho por nosotros. Es una responsabilidad más grande de lo que cualquier persona de tu edad debería asumir. He estado muy preocupada por Cesar y, aun así, no he visto las señales. Y mírate las manos, mija, yo… —Inhala con brusquedad y exhala mientras tiembla—. Prométeme que hablarás conmigo antes de llegar a ese punto. Soy consciente de que no te lo puse fácil, pero, por favor, habla conmigo si necesitas cualquier cosa, ¿okey, mija?

—Okey, mami. Gracias.

Se seca los ojos.

—Entonces…, ¿te parece bien?

Me toma de las mejillas y me da un beso en la frente.

—Mija, te quiero. Eso no cambiará nunca.

—Yo también te quiero, mami. —Me deslizo para estar a su lado, la envuelvo con los brazos y dejo que todos mis músculos se relajen. ¡Le parece bien! Todavía me quiere.

—Y avísame si alguien te da problemas, tanto a ti como a tu hermano, ¿de acuerdo?

Respiro hondo y suelto el aire poco a poco.

—Hum, papá nos ha dado problemas…

Parpadea lentamente.

—¿Cómo dices?

—Se lo conté en octubre y no me dirige la palabra desde entonces, por eso no quería ir a verlo.

Empieza a susurrar ordinarieces en español que no repetiré, saca su celular del bolsillo y se va con grandes zancadas.

Aunque mamá esté de nuestro bando, no termino de sentirme bien en casa sin Cesar. Estoy preocupada por él, pero con un poco de suerte lo peor ya ha pasado. En el colegio, Bo me hace sentir mejor. Además, contar con el apoyo de mamá hace que todo sea mucho más fácil. Ni siquiera podría describir lo agradable que es. Ya no tengo que preocuparme de que nos echen de casa, ni de tener que mantenernos a Cesar y a mí. Ahora que no debo apresurarme para mantenerme a mí misma, tengo tiempo para decidir qué quiero hacer con mi vida, y no saber qué quiero hacer es el alivio más grande que podría imaginar. La incertidumbre es emocionante, porque ahora tengo la opción de decidir.

Cuando mamá me recoge del colegio el jueves, no vamos directo a casa, sino que vamos a buscar a Cesar. Por fin. Me da la sensación de que ha pasado un año.

Mamá debe de haber estado ocupada todo el día, porque cuando llegamos a casa vemos que hay papel picado de decoración colgando del techo, y me parece que los detallados diseños de los papeles de colores los hizo ella. Todavía no es Pascua, pero también hay un montón de huevos de confeti de diferentes colores por toda la casa, y sobre la mesa veo un pan dulce con la masa tintada de rosa, lila y azul. Tardo un minuto en procesarlo todo.

—Hum, ¿qué celebramos? —pregunta Cesar.

—Son los colores del orgullo y de la bandera bi —explica mamá con una sonrisa de oreja a oreja.

Cesar y yo nos echamos a reír. Ay, mamá se ha esforzado mucho, es muy dulce.

—¡Ey! Me parece genial, ¿okey? ¡Si se identifican como lesbiana y bi, está bien, sean ustedes mismos! —dice, y nos jala para abrazarnos.

Sé que está sobrecompensando por los comentarios que hizo a lo largo de los años, pero de todos modos es bonito tener a alguien que lo celebre y nos diga que no pasa nada.

—No tenías que hacer todo esto —comenta Cesar mientras se escabulle del abrazo.

Imagino que está un poco saturado, como es lógico. Hasta no hace mucho, yo también pensaba que mamá nos desheredaría si se enteraba, y ahora va a tope con los colores del arcoíris. Es un poco agobiante.

—Sí tenía que hacerlo, porque ¡quiero a mi hijo bi y a mi hija lesbiana! ¡Los quiero! —Nos pellizca las mejillas a ambos y le da un beso en la nariz a Cesar.

—Ya, ¿y qué me dices de la Biblia? —pregunta Cesar escéptico.

—Mijo, si la Biblia me dice que no tendría que querer a mis hijos, entonces la Biblia se equivoca.

Cesar y yo compartimos una mirada telepática que quiere decir «¿Quééé?». Mamá nunca ha dicho nada que contradiga la fe, nunca.

—Mami, estás muy rara... —murmura mi hermano, y no lo culpo.

Ya sé qué está haciendo mamá: intenta compensar lo de papá. Tras el comentario de Cesar, la sonrisa de mamá desaparece, lo mira a sus ojos tristes y deja el teatrito de lado.

—Mijo, he rezado mucho por todo esto, y la respuesta me parece clara. ¿Cómo podría abandonar a mis hijos cuando me necesitan más que nunca? Ahora que he visto lo que ocurre... —dice emocionada—, lo que ocurre si no los apoyo con todas mis fuerzas, ¿cómo no iba a querer a mis hijos al máximo? No estoy mandando la Biblia al carajo, solo digo que los quiero, a los dos, y eso no cambiará jamás. La Biblia también dice que hay que querer a todo el mundo y que no se debe juzgar a la gente, y creo que Dios tiene espacio en el cielo para todas las personas de buen corazón. —Nos da unos golpecitos en el pecho a ambos.

Pongo los ojos en blanco porque es muy cursi, pero eso no impide que se me llenen de lágrimas. Miro a Cesar y veo que él ya ha aceptado su respuesta y que se está atiborrando con pan dulce. Como no quiero que mamá se haya esforzado en balde, yo también voy directo a la comida.

Es un poco difícil conseguir que se alarguen los momentos de felicidad cuando hay que vigilar a alguien. Todos tenemos que dormir con la puerta abierta por si acaso; como mi cuarto está justo al lado del de Cesar, mamá quería que cambiáramos de habitación para que ella pudiera vigilarlo mejor, pero me negué. Me gusta mi habitación y me parece que Cesar preferiría tenerme a mí merodeando por aquí en lugar de a mamá. Además, yo también quiero estar a su lado por si necesita algo.

Pronto empezará a ir a terapia y espero que eso le ayude, aunque no parece muy emocionado ante esta perspectiva. Mamá me ofreció la posibilidad de que yo también vaya a un psicólogo, pero creo que todavía no estoy preparada para ello. Cesar se toma los antidepresivos de un pastillero diario para que mamá y yo podamos confirmar que sigue el tratamiento, y también que no toma demasiados. Ni siquiera sé dónde guarda el bote mamá, es la única que rellena el pastillero. No me gusta la sensación de estar espiando a Cesar, pero es lo que toca; es mejor espiarlo que perderlo.

Me levanto temprano con una ranchera animada y despúes me llega el aroma de huevos y tocino. Mamá nunca nos prepara el desayuno entre semana, salvo cuando Cesar tiene partido, y esta no es la clase de música que suele poner. Sigo el rastro hasta el pasillo y veo que Cesar ya está sacando la cabeza desde su habitación, de modo que vamos juntos a la cocina, pero nos encontramos con que no es mamá, sino doña Violeta. Mueve los pies al ritmo de la música y le da la vuelta al tocino en el comal. Antes de que tengamos ocasión de hacer ruido, nos pide silencio.

—Su mamá tuvo una noche muy larga. Déjenla dormir antes de que tenga que irse a trabajar, ¿okey?

Cesar y yo corremos a abrazarla muy fuerte.

—Te extrañé —le digo, aunque no hace mucho desde la última vez que la vi.

Esta es la doña Violeta que conozco. Mamá seguramente le habrá contado lo de Cesar y quizá la mujer necesitaba cuidar de alguien, como hacía antes.

—¿Estás bien? —le pregunta Cesar. No la habíamos visto salir del porche desde el funeral de su marido.

Doña Violeta nos dedica una sonrisa triste.

—No te preocupes por mí, mijo. Deja que te cuide durante unos días. —Le da un beso en la frente y vuelve a concentrarse en el desayuno.

Los milagros como este solo ocurren en los que parecen los momentos más oscuros. Doña Violeta se queda en casa con Cesar para que mamá no tenga que faltar al trabajo y arriesgarse a que la despidan. Cesar todavía no está listo para volver a la escuela y mamá no quería obligarlo, y doña Violeta se ha ofrecido a echarnos una mano. Pase lo que pase, mi hermano no estará solo.

El sábado me gustaría quedarme con Cesar y trabajar desde casa, pero él prefiere la compañía de la computadora antes que la mía, de modo que me voy a trabajar a casa de Bo para usar una computadora que les sobra. No quiero que Cesar se sienta como un bebé, sobre todo porque ya tiene a su niñera de cuando era pequeño cuidándolo y ayudándolo con todo lo que necesite, así que mamá me deja el coche para ir a trabajar y se queda con Cesar y doña Violeta.

Tengo que admitir que he extrañado mucho a Rick y a Emma, y cuando trabajo en su casa el tiempo se me pasa mucho más rápido. Sin embargo, soy un poco menos productiva.

Es la primera vez que vuelvo a su casa desde las vacaciones de Navidad, y me fijo en que escucharon a Bo y quitaron la mayoría de las decoraciones chinas. Me alegro de que le estén dando espacio para explorar su cultura en sus propios términos.

Emma me deja usar su estudio para trabajar y Bo viene a verme siempre que puede para darme un beso rápido, pero sus padres no la dejan estar conmigo porque saben que me distraeré. Me parece que no saben que Bo y yo nos gustamos, y es divertido darnos algún beso a escondidas cuando no están mirando. Es como si volviéramos a ser agentes secretas, excepto que esta vez la misión es ser adorables y hacer cosas de pareja, como besarnos y tomarnos de la mano. A veces basta con que me dedique esa mirada suya cuando nadie me ve y me empiezo a derretir por dentro.

Sin embargo, en el colegio nunca intenta hacer nada así. Sabe que es decisión mía cuándo quiero salir del clóset en Slayton y no intenta forzarme, pero ya me estoy impacientando conmigo misma. Los besos y los cariños a escondidas son emocionantes, pero estoy preparada para hacerlo de verdad. Quiero decirle que me gusta Bo a mamá, a los padres de Bo, a todo el colegio y a todo el mundo. Nunca había querido salir del clóset completamente por una cuestión de supervivencia, pero ahora que mamá y papá lo saben, ya ha pasado lo peor. No van a echarme ni a desheredarme. Es una mierda que papá no me hable, pero es lo peor que podría pasar a estas alturas. Sé que a mis amigos no les importaría, porque no tienen ningún problema con Bo.

Además, quiero demostrarles a Cesar y a Bo que no me avergüenzo. No quiero que Cesar se sienta obligado a salir del clóset, pero quizá el hecho de que yo lo haga le facilite la tarea cuando decida que quiere hacerlo.

Ya nadie puede hacerme daño como me lo hicieron papá y Bianca. Estoy preparada.

En cuanto llego a casa, empiezo a planearlo. Está decidido, voy a pedirle que salga conmigo. Oficialmente. Todavía no, pero pasará. Solo tengo que pensar cómo. Cesar es mi persona de referencia cuando necesito consejo, y estoy demasiado emocionada como para esperar a que termine de hacer la tarea.

—Oye, Cesar, ¿tienes un minuto? —Entro en su habitación y él enseguida se mete algo en el bolsillo, pero me doy cuenta—. Hum... ¿Qué es eso?

—¿Qué querías decirme?

Es un experto en cambiar de tema, pero no me lo trago, y me aprovecharé de que su debilidad es que no puede resistirse a un buen chisme.

—Es un asunto relacionado con Bo... —Hago una pausa para ver su reacción, y mi hermano enarca las cejas. Ha caído—. Pero primero tú: ¿qué tienes en el bolsillo?

Me mira entrecerrando los ojos.

—Eres buena, muy buena.

—Lo sé. Pues eso, ¿qué intentas esconder?

Suspira y se saca del bolsillo el anillo que le dio Jamal.

—Ya sé que tendría que devolvérselo...

—No tienes que hacerlo de inmediato. Puedes esperar hasta que estés preparado para verlo en persona —sugiero.

—Pero han pasado meses.

—Entonces ¿qué quieres hacer?

—No lo sé. Me parece que no me he hecho acreedor del derecho a conservarlo. Estaba demasiado avergonzado de mí mismo como para ponérmelo cuando tuve ocasión —dice jugueteando con el anillo. Entiendo por qué no quiere devolvérselo, eso significaría que la relación ha terminado de verdad, pero Jamal todavía lo quie-

311

re y Cesar obviamente también lo quiere a él; solo tiene que aceptarse más a sí mismo.

—¿Todavía te sientes avergonzado? —pregunto, con la esperanza de que me dé una respuesta que no duela.

—Estoy en eso —responde, y se encoge de hombros. Es mejor que un «sí» directo, pero me hace daño saber que aún está lidiando con este problema—. Bueno, en fin, ¿qué pasa con Bo?

—Pero espera… ¿Estás bien?

Aunque tengo ganas de hablar de Bo, no quiero que esquive la conversación tan fácilmente. Me siento en la cama mirando hacia él para poder tener una conversación sincera, pero Cesar no se mueve del escritorio.

—Estaré bien. —Tiene la mirada fija en la libreta y no para de apretar el botón del lapicero como si prefiriera hacer la tarea que hablar de esto, pero me alegro de que no mienta y diga que está de maravilla. Sí, algún día estará bien—. ¿Ahora podemos hablar de Bo y de ti?

Sé que está cambiando de tema otra vez, pero no quiero insistir demasiado y que nos distanciemos. Ya hablará conmigo cuando esté preparado.

—Le voy a preguntar si quiere salir conmigo.

Gira la cabeza hacia mí de golpe como si fuera un búho y casi se cae de la silla.

—¿Cuándo? ¿Cómo? ¿Puedo verlo?

—¡Por dios, relájate! —Me río—. Todavía no lo sé, por eso necesito que me ayudes.

Se recoloca para mirarme y termina sentado al revés en la silla.

—Eres tú quien está loquita por Bo. ¿Qué le gusta?

—Pues… —Estoy en blanco. Le gustan el arte, la música disco y las muestras gratuitas del súper. Le gusta el helado, le gusta… ¡Ah!—. ¡Es perfecto, muchas gracias!

—¿De nada? —dice, y vuelvo a mi habitación para elaborar un plan.

Le voy a pedir que vaya al baile de final de curso conmigo. Y sé exactamente cómo lo haré.

25

Si te hago daño a ti, me hago daño a mí mismo

Justo cuando estoy a punto de empezar a prepararme para irme a la cama, oigo a mamá llorando desde su cuarto. Nunca ha sido la clase de persona que llora en silencio, pero hoy hace más ruido que de costumbre. Salgo de mi habitación y veo que Cesar ha pensado lo mismo que yo, así que compartimos una mirada que telepáticamente quiere decir «¿Sabes qué ocurre?», y ambos nos encogemos de hombros. Recorremos el pasillo hasta su cuarto para animarla, pero nada más abrir la puerta me arrepiento de haber venido con mi hermano.

—¡Podría haber muerto! ¿Lo entiendes? ¡¿Y ni siquiera quieres hablar con él?! —le grita mamá al teléfono.

Cesar se detiene de inmediato. Le tiembla la barbilla y no soporto ver el dolor en su mirada. Imagino que estaba en fase de negación con papá, igual que me pasó a mí los primeros meses después de que dejara de hablarme.

—Quiero hablar con él —digo, y voy directo hacia el lateral de la cama de mamá.

—Enfréntate a las consecuencias de tus acciones —le solloza mamá al teléfono antes de dármelo.

Me quedo mirando el celular con cara de póquer mientras las palabras brotan de mí:

—Ya no eres nadie en nuestras vidas. Y es decisión mía, no tuya. ¿Qué clase de imbécil se describe como un activista, pero luego se niega a hablar con sus propios hijos cuando las cosas se ponen difíciles? ¡Estamos mejor sin ti, qué hijo de la chingada!

313

En lugar de regañarme por haber dicho palabrotas, mamá se levanta de la cama, se queda de pie a mi lado y empieza a insultarlo conmigo.

—¡Vete al diablo, Emiliano! ¡Cesar y Yami son perfectos y no te necesitan para nada! ¡Yo los querré por ti y por mí, pinche…!

Mientras sigue gritando, Cesar se nos acerca por detrás y se suma:

—¡Eso, vete al diablo cabrón! ¡NOSOTROS te desheredamos a TI! ¿Me oyes? ¡Para mí estás MUERTO! —grita, y se le escapan unas gotas de baba de la boca. Al hablar señala el teléfono con el dedo como si papá pudiera verlo.

Seguimos así durante un minuto entero, gritándole los tres a la vez como unos auténticos mexicanos. Tardo un rato en darme cuenta de que ya colgó, y vete a saber cuánto escuchó realmente, pero nos sienta bien decirlo en voz alta.

Dejo caer el brazo con el que sujeto el celular para que mamá y Cesar sepan que papá ya no nos oye. Luego me acerco a ambos para abrazarlos y todos nos dejamos envolver como si esto fuera lo único que evita que nos desplomemos.

—Las quiero —dice Cesar resoplando.

Mamá nos abraza muy fuerte, y yo los apretujo aún más.

—Los quiero mucho.

Oigo a César paseándose por su habitación antes de que suene la alarma. Hoy volverá a clase por primera vez después de una semana, así que seguramente está nervioso ante la idea de ver a todo el mundo. Hasta yo estoy nerviosa. Me he esforzado por evitar que corran rumores sobre por qué no ha ido a la escuela estos días y les dije a todos que tenía neumonía, de modo que no debería haber ningún problema. En cualquier caso, no lo culpo por estar angustiado.

La última vez que lo vi fue durante el almuerzo y tenía perfectamente controlado el teatrito de que «todo va bien». Después de confirmar que está bien, Hunter y yo vamos al aula de Arte. La exposición se celebrará por fin esta semana y yo no he hecho muchos proyectos que valga la pena exponer; de hecho, solo hay uno, y ahora vine a preparar otro. Como me iría bien tener una segunda opinión, le pedí a Hunter que me acompañe. No quiero molestar a Cesar, y Hunter es la otra persona de la escuela que sabe que me gustan las chicas, aparte de Bo. Y está claro que ella no puede ayudarme en este asunto.

—¿Cómo lo ves? —le pregunto a Hunter mientras le enseño el cuarto esbozo que he hecho.

—¡Ah! ¡Este me gusta mucho! ¡Está genial! —dice mientras me da una palmada de ánimos en la espalda. Ha dicho lo mismo sobre todas las demás ideas que he tenido. Es muy buen chico, pero lo de hacer críticas constructivas no se le da nada bien, y al final lo dejo libre para que vaya a comer.

Cuando se ha ido, la profesora Felix deja de corregir nuestros bodegones de la semana pasada y se sienta delante de mí. Veo que me mira como si quisiera decir algo, lo cual me pone un poco nerviosa, porque estoy segura de que me oyó hablando con Hunter sobre que quiero invitar a Bo al baile de final de curso. Siempre me ha parecido una persona muy abierta, pero ¿y si me equivoco?

—¿Qué? —pregunto con una risita nerviosa.

Sonríe, pero noto un dejo de tristeza en sus ojos.

—Nada, solo que me gustaría ser tan valiente como tú.

—¿A qué se refiere?

Hace una pausa antes de continuar:

—Solo te lo cuento porque creo que a tu edad me habría ayudado mucho que un adulto de mi entorno se abriera conmigo, pero necesito que sepas que no estás sola.

Me le quedo mirando con los ojos muy abiertos. ¿Está... saliendo del clóset conmigo?

—Soy consciente de lo que la gente dice sobre mí y sé que muchos alumnos ya lo sospechan, pero he pensado que te lo diría en persona. Estoy contigo.

—¿Usted tampoco es hetero? —No es la manera más discreta de preguntarlo, pero ¿cuándo he destacado yo por ser discreta?

Niega con la cabeza.

—No, pero todavía no he salido del clóset. No en Slayton. Será nuestro secreto, ¿okey?

—Claro.

—Si en cualquier momento necesitas algo, como hablar o usar mi aula, cuenta conmigo, ¿de acuerdo? —Me ofrece una cálida sonrisa.

—Gracias —digo. No sé qué más podría decir, pero de verdad espero que un «gracias» sea suficiente para transmitirle cuánto significa para mí.

—A mí me gusta este. —Señala uno de los primeros esbozos que he hecho—. Tiene un mensaje muy potente.

Asiento y me pongo a trabajar para terminar el diseño que escogió. En realidad esperaba que seleccionara ese. Me siento un poco más relajada mientras trabajo sabiendo que la profesora Felix está a mi lado y me apoya. Para cuando termino el esbozo, ella está casi tan ilusionada como yo con lo que he planeado. Pero no del todo.

No, quien está más ilusionada soy yo, claramente.

El viernes mamá quiere pasar un rato en familia antes de la exposición, así que Cesar y yo le ayudamos a hacer algunas joyas en casa después de las clases. Cuando éramos pequeños lo hacíamos juntos para divertirnos, pero de eso ya hace años. Aunque mi cumpleaños fue hace menos de tres semanas, han pasado muchas cosas desde entonces y parece que no hayamos pasado tiempo juntos en familia desde hace una eternidad. Por lo menos, no en el buen sentido. Ahora que puedo relajarme junto a mamá, todo es muy diferente, y parece que eso es exactamente lo que nos faltaba.

—¿Por qué sonríes tanto? —pregunta mamá.

—No lo sé. Los extrañaba.

Mamá extiende los brazos para tomarnos una mano a mí y otra a Cesar y nos da un apretón.

—Extrañaba esto —dice.

Supongo que Cesar se sentirá avergonzado y querrá cambiar de tema, pero me equivoco.

—Yo también. —Apoya la cabeza en la mano de mamá y cierra los ojos, como si su mano fuera un cojín, y se le curvan un poco los labios hacia arriba.

Mamá se inclina sobre la mesa y le da un beso en la frente, y luego lo repite conmigo.

—Tengo algo para ti —anuncia mientras saca una cosa del bolsillo—. No es un iPhone, pero tengo que poder contactarte.

Me da un celular paleolítico a juego con el de Cesar, y lo primero que hago es tomarnos una foto de los tres para ponerla de fondo de pantalla. Me emociono al mirarla; puede que no tenga a papá, pero tengo a mamá y a Cesar, y no necesito nada más.

Nos pasamos una hora usando las joyas como excusa para ponernos al día, sobre todo acerca de trivialidades. Cómo le va en el trabajo a mamá, si Cesar ha podido recuperar las clases, si me gusta el trabajo con Emma…, pero estoy un poco distraída.

Por dos motivos.

Primero, por la exposición, claro. Y segundo, por mis padres. ¿Qué les pasará? ¿Mamá perdonará a papá por lo que hizo? Porque, las cosas como son, yo no creo que pueda hacerlo jamás. Al final suelto la pregunta porque estoy harta de guardarme las cosas para mí:

—Oye, ¿qué pasará con papá y tú?

Mamá titubea y suspira.

—Hasta que no quiera tener una relación con sus hijos, nada.

—¿Y estás conforme? —pregunta Cesar, incrédulo.

Me cuesta mucho creerlo, porque no pensaba que mamá quisiera a nadie más que a papá. Le da un apretón en el hombro antes de responder:

—Mira, su padre ha sido el amor de mi vida, pero… no sé cómo puedo querer a alguien que no sabe querer a mis hijos.

Me gusta que diga «mis» hijos. Es la única progenitora que importa.

—En fin, ya basta de hablar de cosas tristes. Es un día importante, mija. ¿Estás preparada? —me pregunta secándose las lágrimas y esboza una sonrisa.

—¡No! —digo con la mirada clavada en los aretes, pero, sinceramente, es una mentira.

Voy a usar la exposición para invitar a Bo al baile y no podría estar más preparada. Contar con la aprobación de una profesora hace que sea mucho menos intimidante. Ninguna pareja homosexual ha intentado jamás ir al baile del colegio, aunque no hay ninguna norma que lo prohíba. Lo he comprobado. Dos veces.

—Está mintiendo. Está preparada para este momento desde que conoció a Bo. —Cesar se ríe y lo fulmino con la mirada, pero tiene razón.

Mientras hablamos, me pongo a hacer unos aretes para Bo. Ni siquiera sé si le gustan los aretes, pero es divertido hacerlos pensando en ella. Son bonitos, así que, si los odia, podría quedármelos para usarlos yo. Y si dice que sí le gustan, se los daré antes del baile.

Alzo los ojos y me encuentro a Cesar observando la pulsera que no se está molestando en hacer.

—Amigo, ¿estás bien? —me intereso. Cuelo el «amigo» para relajar un poco el ambiente, pero tarda un rato en contestar.

Mamá y yo ya tenemos la vista entrenada y estamos alertas para ver qué dice, y me doy cuenta de que debe de resultarle un poco intimidante.

—¿Puedo ir a una psicóloga diferente? —pregunta al final.

—¿Por qué? —Mamá deja de mover las manos y me percato de que intenta mantener un tono de voz tranquilo.

—No termino de sentirme a gusto.

—Bueno, quizá se tarde un poco en acostumbrarse. —Su mano vacila, pero se pone a trabajar de nuevo.

—Estoy bastante seguro de que soy el único chico bi al que ha conocido esa mujer. Preferiría no pasarme las sesiones haciéndola de profesor.

Mamá lo mira y le toma la cara.

—Okey, encontraremos a alguien con más experiencia.

—¡Ya sé a quién quiero! —exclama Cesar. Va corriendo a su habitación y vuelve con la computadora, donde está abierta una pestaña con psicólogos especializados en pacientes LGTBIQ+. La psicóloga que destacó es una mujer mayor latina.

Mamá estudia la página y frunce el ceño.

—Mijo, no acepta nuestro seguro.

—Ah. —Cesar hace una mueca.

—¿Crees que quizá te ayudaría ir a algún grupo de apoyo? ¿Tal vez con adolescentes, como tú? —titubea mamá.

—No… Ya es bastante difícil tener que explicarle mi mierda a una sola persona —murmura él.

En lugar de seguir haciendo joyas, nos ponemos a buscar un psicólogo. Los tres nos sentamos en torno a la computadora y estudiamos la lista de opciones. Para cuando tenemos que irnos a la exposición, Cesar ya encontró a varios especialistas que le gustan. Me alegro de que nos haya explicado el problema en lugar de guardárselo para sí mismo. Al ver a Cesar sonreír por lo del psicólogo, sé que vamos por buen camino.

Amber, David y Bo y sus padres nos esperan afuera del auditorio cuando llegamos a la exposición.

—Señor y señora Taylor, ella es mi mamá —los presento. Sueno mucho más formal de lo habitual, pero es que mamá se avergonzaría si los llamara por sus nombres de pila o si no la presentara como es debido.

—¡Es un placer conocerlos por fin! Soy Maria. —Mamá les estrecha la mano y abraza a Bo, a David y a Amber, aunque solo los había visto una vez.

—¡Igualmente! —dice Rick.

La exposición se celebra en el gimnasio y es como un laberinto. Pusieron unos pasillos temporales para que puedas seguir la ruta y ver cada obra de una en una. Simulo que me interesan los proyectos de todo el mundo, pero en realidad estoy aquí por los de David,

Hunter y Bo… y los míos, supongo. La verdad, ahora mismo preferiría no pensar en eso.

Bo y David tienen varias piezas repartidas por toda la exposición, y yo solo tengo dos: un cuadro de un atardecer en un desierto y el lienzo que me pone tan nerviosa que vea todo el mundo. La profesora Felix me dijo que lo pondría cerca del final, y eso hace que sea incapaz de estarme quieta mientras observamos los proyectos de los demás.

Entonces me llama la atención un cuadro y me detengo. Soy yo.

En clase, Bo dibujó el retrato con un lápiz, pero ahora este cuadro está pintado de verdad. Debe de haber pasado mucho rato haciéndolo afuera de clase, porque no la he vuelto a ver trabajando en el proyecto desde entonces.

Mamá se me acerca y me pone una mano en los hombros.

—Bo, ¿lo hiciste tú? —pregunta, y parece que está a punto de echarse a llorar.

—Sí. ¿Te gusta, Yami? —responde, nerviosa.

Es precioso. Ha captado a la perfección el estilo de Selena que siempre intento imitar. Igualó el maquillaje, que es exactamente como me gusta hacérmelo, y las comisuras de los labios están ligeramente curvadas hacia arriba, porque imagino que es la expresión que ponía de manera inconsciente cuando la hice de modelo. Me dibujó como si supiera el significado de la vida y me lo guardara como un secreto. Pintó todas las partes de mí por las que me siento acomplejada, y me encanta cómo me veo a través de sus ojos. Mi mandíbula cuadrada, mis ojos un poco separados, mi boca amplia y mi nariz aguileña no podrían parecer más perfectos.

—Hiciste el delineado súper bien… —digo mientras me limpio una lágrima del ojo. Sabía que era guapa, pero mira nada más. Me dibujó como a una diosa.

Bo se ríe aliviada.

—Me preocupaba que no fuera capaz de representarte con justicia.

Mamá la abraza fuerte.

—¡Es precioso, mija! —exclama, y entonces me abraza a mí—. ¡Como mi chica!

Le tomo una foto al retrato para poder verlo cuando no me sienta bien conmigo misma. Ay, Dios, cuánto quiero a Bo.

Vaya. ¡Quiero a Bo!

Desde más adelante nos llegan unos murmullos, lo cual significa que seguramente han visto mi proyecto, y al doblar la esquina nos lo encontramos. Me concentro en que no se me salga el corazón del pecho y avanzo con lentitud. No es ninguna obra maestra, para nada. Pinté el lienzo con los colores del arcoíris, pero antes le enganché un montón de cinta adhesiva que deletreaba la palabra «¿Baile?», de modo que al quitar las cintas apareció el texto en blanco con los colores alrededor.

No lo firmé con mi nombre, así que la gente no sabe que es mío, y nadie me mira hasta que doy un paso al frente para ponerme junto al lienzo y me pongo a hablar.

—Hum… Okey, no se me dan muy bien estas cosas —empiezo, tratando de no juguetear con mi camisa, y con el rabillo del ojo veo a mamá, que asiente para darme ánimos.

Respiro hondo y clavo la mirada en Bo para que todo el mundo sepa qué está a punto de pasar. Oigo un par de gritillos de sorpresa reprimidos y cada vez se acercan más personas. Bo se ha tapado la boca, pero veo en sus ojos que está sonriendo. El público crece a medida que llega la gente; todo el mundo se queda en silencio.

Me saco un papel del bolsillo, porque sé que olvidaré las palabras que ensayé si no las leo. Me tiembla en la mano, pero empiezo a leer y me preparo para que todos me abucheen.

—Bo, ya sé que las demostraciones de afecto en público son más cosa tuya que mía —digo, y algunas personas se ríen—, pero quiero parecerme más a ti. No quiero disculparme por quién soy, ni por mi aspecto, ni por mis sentimientos. Creo que eres increíble y preciosa y me inspiras, y no lo lamento ni un poquito. ¿Quieres ir al baile conmigo?

No me da tiempo para ponerme nerviosa, porque en cuanto termino me abraza. Nadie abuchea; es más, todo el mundo guarda silencio.

—¿Esto es que sí? —pregunto.

Bo asiente y me besa delante de todos, y yo le devuelvo el beso. Cesar es el primero en vitorearnos y noto que Bo esboza una sonrisa mientras nos besamos, y mis labios la imitan. Oigo que alguien silba y a continuación se le unen unos cuantos más, y estoy demasiado feliz para que me importe qué piensa el resto de la gente.

—¡Okey, muy bien, ya basta! —exclama un profesor para que nos alejemos del cuadro.

Le tomo la mano a Bo y salimos corriendo juntas como si huyéramos de una explosión. Amber, David y Cesar nos siguen. Cuando al final salen los padres de Bo y mi madre, me preparo para su reacción. Mamá ya sabía que lo iba a hacer, pero ¿y si a los padres de Bo no les parece bien?

Emma extiende un brazo y me toca el hombro con una cálida sonrisa.

—Estoy orgullosa de ti, lo que hiciste fue muy valiente.

De nuevo, agradezco tener la piel morena para que no se note que me ruborizo.

—Gracias.

—Bueno, ¿cómo la convenciste para ir a un baile del colegio? —me pregunta Rick mientras sacude con suavidad a Bo por los hombros.

—No fue tan difícil. —Me río.

La profesora Felix y el director, el señor Cappa, salen del gimnasio y me pongo alerta de inmediato, pero intento no prestarles atención a pesar de que los oigo discutir mientras nos vamos.

—¿Quién quiere helado? —pregunto.

Bo y yo nos pasamos todo el rato tomadas de la mano delante de todo el mundo.

El lunes por la mañana, después de las plegarias y del Juramento a la Bandera en clase de Lengua, se hacen algunos anuncios del colegio por la tele, como es habitual. Uno de los alumnos está entrevistando al director y yo me desconecto de lo que dicen, pero en cuanto menciona el baile lo escucho con atención.

—Quiero recordarles lo que es apropiado para el baile. Queremos mantener un ambiente seguro, así que si alguien baila de forma no adecuada recibirá un aviso y luego se le invitará a irse. Parejas: asegúrense de dejar espacio para el Espíritu Santo, o sea, ¡treinta centímetros de distancia! El código de vestimenta se revisará estrictamente y los que no sigan las normas no podrán entrar al recinto.

»Asimismo, parece que hay cierta confusión respecto a las normas. Quiero dejar claro que el Colegio Católico Slayton no permite parejas románticas del mismo sexo en el baile. Cambiaremos el código de conducta con efecto inmediato para evitar más… incidentes.

Sigue hablando, pero ya no oigo nada más. Todos nos miran a Bo y a mí, porque prácticamente todo el mundo ya se enteró de lo que pasó en la exposición. Me tiemblan las manos y preferiría estar en cualquier otro lugar que no sea aquí. Cuando terminan los anuncios, no es Bo quien habla, sino yo:

—Bueno, agradezco la sutileza de decir delante de todo el colegio que Bo y yo no podemos ir al baile. Fue súper discreto y sensible.

—Pues no hubieran montado un numerito el otro día —dice Karen en voz baja, pero suficientemente fuerte como para que la oiga toda la clase.

—¿Perdón? —respondo levantándome.

—¿En serio? Pero ¿a ti qué te pasa? —le espeta Emily a Karen, y el hecho de que otra persona, aparte de Bo y yo, diga algo me quita mucha presión de encima.

—Siéntate, señorita Flores. El director tan solo estaba enumerando las normas, como hace cada año antes del baile —asegura la profesora Havens.

—Vaya idiotez —suelta Bo—. ¿Por qué no dijo nada sobre parejas del mismo sexo el año pasado? Literalmente dijo que acaban de crear esa norma para que nosotras no podamos ir.

—Vigila el lenguaje, señorita Taylor.

Bo se cruza de brazos y se reclina sobre la silla. En otras circunstancias ya se habría levantado y estaría discutiendo, pero supongo que llegas a un punto en el que te agotas. Sin embargo, no es mi caso.

—Podría haber hablado con nosotras dos en privado en lugar de hacer un anuncio público —añado.

Nadie duda de que las palabras del señor Cappa se referían a nosotras.

—Siéntate, señorita Flores, o tendré que pedirte que vayas a la oficina del director.

—No hará falta que me lo pida —digo, y agarro mi mochila y me voy.

Dos segundos más tarde vuelve a abrirse la puerta del aula.

—¡Espera! —exclama Bo, que corre hacia mí, y vamos a la oficina del director juntas tomadas de la mano.

26

Si te amo y respeto…

Me enderezo y camino como si estuviera orgullosa, pero estoy muerta de nervios. Jamás me habían mandado a la oficina del director. Para Bo es algo normal, pero a mí me parece que es el fin del mundo.

Una de las secretarias nos dice que podemos entrar a ver al señor Cappa, y lo hacemos tomadas de la mano. Creo que Bo quiere demostrar que tenemos razón, pero yo me limito a aferrarme a ella para protegerme. Me da la sensación de que es más seguro que ir sola. El director, que está sentado en su escritorio, suspira al vernos y nos hace un gesto para que nos sentemos.

—Estaba a punto de llamarlas. ¿Tenemos otro problema?

Uso mi mejor voz de alumna inteligente al hablar:

—El anuncio fue de mal gusto. Fue humillante, por no decir que es completamente erróneo. Muchas chicas van juntas al baile como amigas. —Me gustaría continuar y decir las cosas como son: que esto es una injusticia monstruosa, pero me reprimo para que me tome en serio.

—Si quisieran ir al baile como amigas no sería ningún problema, pero hubo una muestra de afecto inapropiada en la exposición y parte del público se sintió incómodo. Como saben, este colegio se rige por las leyes de la fe católica y las actividades homosexuales no están permitidas en el campus. Lo lamento, pero esta clase de comportamiento inadecuado no puede quedar impune —dice, y nos da a ambas un papel de castigo.

Me río. Ahora mismo me resulta más fácil reír que llorar.

—¿Quiere ser usted quien se lo diga a mis padres o los llamo yo? —pregunta Bo. Por esto me gustan sus padres: Bo sabe que la apoyan. Puedo imaginarme a Emma montando un escándalo por este tema.

—Informaré a sus familias de cómo se han comportado hoy.

—Genial. —Bo le dedica una sonrisa dulce, como si se tratara de un juego, pero yo no sonrío. Nos castigaron después de las clases... Por mucho que mamá me apoye, me va a MATAR.

—Se pueden ir —dice, y señala la puerta con un gesto para que nos vayamos.

Pensaba que discutir con el director sería mucho más satisfactorio, pero ahora solo quiero vomitar.

El resto del día Bo y yo somos como celebridades, aunque, bueno, no somos las favoritas de mucha gente. Por supuesto, soy consciente de los susurros que se oyen cuando pasamos por donde sea, y las noticias no tardan en propagarse en este colegio, de modo que en la segunda clase todo el mundo ya sabe que nos castigaron por la invitación al baile. Bo me sonríe cuando me ve entre clases como si todo fuera normal, como si no nos estuvieran castigando y humillando públicamente por algo que quería celebrar el viernes por la noche, pero me obligo a devolverle la sonrisa.

Gente a la que apenas conozco se me acerca cada dos por tres para decirme que soy muy valiente, que nos apoyan a Bo y a mí, que tienen un primo homosexual o no sé qué, pero la única persona que me hace sentir bien de verdad es Cesar. Hunter y él se sientan hoy con nosotros en la comida.

—¿Van a ir al baile luego de todo esto o...? —pregunta David.

—No —responde Bo.

Se me encoge un poquito el corazón, pero intento que no se note. Tenía muchas ganas de ir al baile. Con Bo. Aunque tuviéramos que fingir que íbamos juntas en plan platónico. Me hacía mucha ilusión...

—Bien hecho —dice Cesar—. De todos modos, a nadie le importa el baile. Tendríamos que boicotearlo.

—¿Boicotear el baile? Suena bien —añade Emily mientras deja la bandeja entre Amber y Hunter—. ¿Puedo sentarme aquí? —pregunta, y se sienta cuando asentimos—. Karen, Jenna y yo ya no somos amigas… —Suena triste, pero no lo parece—. No sabía dónde sentarme…

—Gracias a Dios. Tenía ganas de que por fin las dejaras —comenta Amber.

—Ya hace tiempo que me lo planteaba, créeme… —Emily suspira y entonces todos vuelven a discutir sobre el boicot del baile.

Creo que se esperan que me alegre ante esta perspectiva, pero no es así. Lo único que quería era experimentar un baile cursi de cuento de hadas como el resto de la gente, y ahora lo que quiero es estar enojada durante unos instantes, así que me paso el resto de la comida callada. Lo entiendo; quieren mantenerse motivados y tiene sentido boicotear el baile después de lo que pasó, pero es que me hacía mucha ilusión ir. Aunque estaba preocupada por muchas cosas mientras me preparaba para la exposición, ni siquiera se me ocurrió que pudiera meterme en un problema por ello. En ningún momento pensé que pudieran castigarme.

Por un día que me castigan después de clase, a Cesar no lo castigan. Me arrastro hasta mi casillero antes de tener que irme al comedor y quedarme sentada en silencio durante una hora, pero cuando llego me encuentro a Amber delante de mi casillero. Me bloquea el paso, y no se aparta cuando me acerco.

—¿Qué ocurre? —pregunto.

—¡Nada! ¡No hay nada que ver! —exclama, con la sonrisa más falsa del universo y con la espalda firme contra mi casillero—. ¿Tienes los apuntes de Religión? Se me olvidó apuntar lo que explicaba la profe…

—Amber —digo, tratando de mantener la voz tranquila.

—Es que me quedé completamente en blanco, ¿sabes? Y el jueves tenemos el examen…

—¿Qué le pasó a mi casillero?

¿Alguien le hizo algo? Parece surrealista. Miro a mi alrededor para ver si hay alguien atento a mi reacción y me doy cuenta de que todos tienen la mirada clavada en mí, igual que a lo largo de todo el día.

—No tienes que verlo, lo limpiaré —asegura Amber.

—Puedo lidiar con eso —insisto. Supongo que se resistirá cuando voy a apartarla, pero se mueve a un lado antes de que pueda hacerlo.

«TORTILLERA FEA».

Se me tensa la mandíbula, pero aparte de eso no muestro ninguna emoción en mi rostro. No le daré a nadie la satisfacción de verme reaccionar. Abro el casillero y dejo los libros dentro como si no hubiera visto nada.

—¡Aquí están! —Bo se nos acerca y cierro la puerta para que pueda verlo. Por un instante abre mucho los ojos y luego empieza a escudriñar el patio, como si retara a la gente que nos mira a meterse en sus propios asuntos.

—No, deja que miren —digo, y le doy un beso en la mano para joder a quienquiera que lo haya hecho.

—¿Estás bien? —me pregunta Bo, que está un poco roja.

—Estoy bien —respondo, y me aferro a su mano como si fuera una cuerda salvavidas. Me arden las mejillas y las orejas, pero sé que el autor del graffiti nos está mirando y no pienso permitir que gane.

Bo me suelta para abrir el cierre de su mochila y saca un permanente. Luego tacha la palabra «FEA» y la sustituye por «GUAPA» y la rodea con un corazón, y yo me río mucho más de lo que sería lógico en esta situación.

—No te preocupes —dice mientras me agarra la mano—. Se aburren enseguida si no dejas que te afecten estas cosas.

Me da un apretón en la mano y nos vamos juntas al castigo.

Después de que entremos Bo y yo, un flujo constante de alumnos empieza a llegar al comedor. Muchos más de lo normal. Como no podemos estar en la misma mesa, Bo se sienta de cara a mí para que podamos seguir viéndonos. No está permitido que los alumnos castigados se sienten directamente delante de los unos de los otros, así que nos repartimos en las mesas que hay por todo el comedor.

Sin embargo, parece que el flujo de alumnos no se detiene. Miro a mi alrededor y veo a Cesar, Hunter, David, Amber, Emily y un montón de gente que sé que no está castigada. Al cabo de un par de minutos, hay por lo menos cuarenta adolescentes paseándose por el comedor.

David y Amber se sientan tan cerca de Bo y de mí como les está permitido, y antes de que nos demos cuenta las mesas ya se han llenado y la gente se empieza a quedar de pie junto a las paredes. Han orquestado un boicot para Bo y para mí. Cuando mis ojos se encuentran con los de Cesar, que está en la otra punta del comedor, él me enseña un pulgar y me dan ganas de llorar. A pesar de todo lo que le ha pasado últimamente, está aquí para apoyarme. Siempre nos ayudamos el uno al otro; él puede contar conmigo y yo con él, pase lo que pase.

Al principio pienso que Bo está detrás de todo esto, pero ella parece tan sorprendida como yo. Nadie saca la tarea. Se limitan a quedarse sentados en silencio con los que sí estamos castigados. El silencio es tan absoluto que incluso oigo los resoplidos de Bo. Al verla, me doy cuenta de que está secándose las mejillas. Ojalá pudiera acercarme y abrazarla, porque yo también necesito un abrazo, pero no tenemos permiso para hablar ni movernos, excepto para ir al baño. Entonces Bo me mira y me sonríe, y me quito un gran peso de encima cuando comprendo que está llorando de felicidad.

Le devuelvo la sonrisa. Quizá no podamos ir al baile, y quizá algunas personas de este colegio nos odien para siempre, pero Bo y yo ya no somos las únicas que afirman que esto está mal. Toda la gente del comedor nos apoya, y siento que hoy hemos avanzado, que hoy fue una victoria.

Contengo la respiración casi todo el trayecto de vuelta a casa esperando a que mamá me mate. Lo hará de un momento a otro.

O no.

No lo menciona en todo el trayecto. Sé que estaba medio metida en todo el asunto de invitar a Bo al baile, pero no es que sea la persona más congruente del mundo, sobre todo cuando yo me meto en problemas, y eso hace que me mantenga alerta.

No dice nada sobre el castigo en el coche. Ni cuando llegamos a casa. Ni en la cena. Al final se lo pregunto porque ya no aguanto el suspenso:

—Mami…, ¿hablaste con el señor Cappa?

—Sí. Y le dije cuatro cosas, eso te lo aseguro.

—¿Cómo? —Me gustaría preguntarle si el director le dijo que me mandaron a su oficina, pero no quiero meterme en líos si no es necesario. ¿Tal vez mamá se refiere a otro señor Cappa?

—Lamento lo del baile, mija. —Me pone una mano en el hombro y me da un apretón—. Vaya mierda ese tal señor Caca, ¿no?

Se me escapa una risotada ante tal apodo.

—Gracias.

—Diablos, mamá es una malota —dice Cesar.

—¿Por qué están tan sorprendidos? —Mamá chasquea la lengua.

—Pensaba que me había metido en un problema —admito.

—¿Por qué? No hiciste nada malo. Seguiste las normas y entonces las cambiaron. Eso no es justo. —Sacude la cabeza, levanta nuestros platos vacíos y se va a la cocina. Mamá solo nos recoge los platos cuando está orgullosa de nosotros o enojada, pero en este último caso no se espera a que terminemos la comida.

Las miraditas y los susurros no se detienen el martes. No estoy segura de quién está de mi lado y quién no, y es exasperante. Ojalá pudiera leerles los pensamientos para saber a quién tengo que fulminar con mi mirada láser y a quién tengo que bendecir con una sonrisa. Me pregunto cuánto durará todo esto… ¿Bo también se convirtió en una celebridad cuando salió del clóset? Seguramente recibió aún más atención, porque en ese momento era la única homosexual. En cualquier caso, a la gente le encantan los chismes amorosos, así que les emociona que haya una pareja de lesbianas en su colegio católico.

330

En la comida, Bo, Amber y Emily están cuchicheando entre sí.

—¿Por qué tantos secretos? —pregunta David.

En lugar de responder, Bo se sube a la mesa y saca un maldito megáfono de la mochila.

—¿Pueden prestarme atención un momento, por favor? —grita, y toda la sala se queda en silencio—. Como algunos ya saben, no podré ir al baile, y me consta que no soy la única de este colegio que no está de acuerdo con las normas. Esto va para todos los que sientan que Slayton o su código de conducta los han privado de sus derechos, o si quieren vestirse como les dé la gana y bailar sin dejarle un hueco a Jesús: voy a celebrar un antibaile en mi casa en el mismo horario que el baile normal. Y otra cosa. —Se baja de la mesa de un salto y deja el megáfono a un lado. Entonces apoya una rodilla en el suelo y me agarra la mano. Todo el mundo guarda un silencio sepulcral para oír lo que dice a continuación—: Yami, ¿quieres ir al antibaile conmigo?

No puedo dejar de sonreír. La gente nos está vitoreando tan fuerte que creo que Bo apenas oye mi «sí», de modo que también asiento por si acaso y nos abrazamos. La gente nos silba y nos grita para que nos besemos, pero no lo hacemos. Porque no quiero besarla por ellos ni que nos metamos en más líos, pero volvemos a abrazarnos.

—¿A tus padres les parece bien? —pregunto por encima de todo el ruido.

—¡Fue idea suya! Querían montar un alboroto por todo esto, pero les dije que solo conseguirían avergonzarme y esta es la siguiente mejor solución. —Ríe.

El apoyo de los demás alumnos es alucinante. Pensaba que nos abuchearían y nos arrojarían comida.

En realidad, los vítores provienen solo de una minoría, pero son los más fuertes, y se los agradezco. Hay mucha más gente que nos juzga con la mirada, mientras que otros se quedan sentados incómodos y algunos aplauden porque creen que es lo que se supone que tienen que hacer. Estoy segura de que a la mayoría le da igual, pero es un asunto controvertido y este colegio a veces es muy aburrido, así que lo entiendo.

El alboroto no disminuye en toda la semana. Más o menos la mitad de las invitaciones de las siguientes dos semanas son para el antibaile e incluso hay dos de parejas del mismo sexo. Supongo que somos unas pioneras. No sé si son heteros y lo hicieron para posicionarse en todo este tema o si es que realmente se gustan, pero lo consideraré una victoria en cualquier caso. La gente incluso ha comenzado a llamarlo el baile gay.

Cuando solo quedan un par de días, me voy de compras con Amber para buscar un vestido, porque Bo dice que quiere dejarse sorprender al ver lo guapa que voy. Amber nos hace de intermediaria, y su trabajo consiste en aconsejarnos a las dos sobre qué ponernos basándose en las decisiones de la otra. Con su ayuda, al final me decanto por un vestido lila que es corto por delante y largo por atrás, con unas mangas largas de malla brillante. Creo que me hace parecer la princesa de un cuento de hadas y me paso los siguientes días muy ilusionada por el vestido.

La mañana del baile me despierto a las cinco. En realidad, no hace falta que madrugue tanto, pero ya no puedo dormir. Cesar también está despierto, lo oigo paseándose por su habitación. Llamo a su puerta, que ya está abierta, para que me vea, y él me hace un gesto de asentimiento, pero no se detiene. Entro, me siento en la cama y me espero un minuto por si acaso tiene pensado quedarse quieto en un futuro próximo, pero no parece que sea el caso.

—¿Qué haces? —pregunto al final.

—Ejercicio.

Enarco una ceja.

—Me dijeron que es bueno que me mueva si empiezo a tener ganas de… Ya sabes.

Que Cesar admita que ha tenido pensamientos suicidas me sienta como una patada en el estómago. No esperaba que se curara por completo de la noche a la mañana, pero es muy duro oír que todavía se siente… así.

—¿Quieres hablar del tema? —me ofrezco.

Ralentiza un poco el ritmo.

—Hum… ¿Quizá? —responde, y ahora sí se detiene.

—¿Qué pasa?

—A ver, no voy a hacerlo, ¿okey? Es solo que a veces me enfurezco mucho y no sé cómo apagarlo.

—¿Por qué te enfureces tanto?

Al final se sienta y suspira.

—No te lo tomes a mal, ¿okey?

—Okey…

—Me alegro por Bo y por ti… De verdad. O sea, estoy súper feliz. Pero, a la vez, es un poco un lío. Me siento como un idiota… por lo de Jamal. Era mi persona, ¿sabes? Siempre me tomaba en serio, incluso cuando intentaba taparlo todo con bromas. Él siempre se tomaba en serio lo que decía. Y lo jodí. Y tú estás aquí tan orgullosa, afuera del clóset con Bo…, y yo ni siquiera fui capaz de ponerme el anillo. Me siento como un puto cobarde.

—No eres un cobarde. Jamal sabía que no te lo pondrías enseguida. Sabía que lo harías a tu ritmo, cuando quisieras salir del clóset. Yo lo hice solo porque sentía que estaba preparada, y no deberías sentir que tú también tienes que hacerlo por el mero hecho de que yo lo hice. Ni por Jamal ni por nadie, solo por ti. No tiene nada que ver con tu valentía.

—No tengo miedo de salir del clóset, es que… No sé explicarlo.

—¿Te sientes avergonzado…?

—¡No lo sé! —grita—. A ver, no estoy avergonzado de ti. Ni de Jamal, ni de Bo, ni de nadie. Es personal. Pero no puedo estar con Jamal sin hacer que él se sienta igual, ¿me explico? Me cuesta mucho dejar de lado esta sensación, pero lo estoy intentando. En serio.

—Lo sé.

Se pasa un rato sin decir nada.

—Invité a Jamal al baile gay y dijo que sí. Creo… que me pondré el anillo.

—¿De verdad? —Sé que es un momento serio, pero tengo que fruncir los labios para reprimir un grito y Cesar se ríe.

—Adelante, Yami.

—¡Aaaaaah, cómo me alegro por ti! —suelto—. ¡Por fin podremos hacer citas dobles! ¡Ni siquiera tendremos que hacerlo con unas parejas falsas! —Lo abrazo, y él me lo permite aunque no me devuelve el gesto.

—Creo que ya no quiere ser mi novio. Me gustaría estar con él, pero no sé si estoy preparado para meterme de nuevo en una relación. Por ahora, tan solo iremos al baile gay. Como amigos.

—¿Amigos que están enamorados el uno del otro?

—Sí —dice mi hermano riéndose, pero noto que es una risa forzada—. Supongo que ya veremos cómo van las cosas.

—Seguramente será bueno que se lo tomen con calma. Así tendrás tiempo para cuidarte a ti primero. Porque tienes que cuidarte, Cesar, de verdad.

—Ojalá pudiera deshacerlo. Dejé que el cura me comiera la cabeza, ¿sabes? No podía dejar de pensar en lo que dijo cuando discutía con Bo, y cuando me dijo que tenía que romper con Jamal sentí que era la única opción que tenía.

—De hecho, a mí esa discusión me hizo verlo de una forma completamente distinta. —Casi me río—. Bo también recitaba versículos de la Biblia, y solo porque ella no es un cura no significa que se equivoque. Fue entonces cuando decidí que podía aceptarlo.

Cesar se ríe.

—¿Cómo es posible que oyéramos exactamente la misma conversación y sacáramos conclusiones tan opuestas? Pensaba que tú y yo éramos iguales.

—En realidad somos muy diferentes —admito sonriéndole.

—¿Qué fue del «in lak'ech»? Estás rompiendo mi lema.

Ahora soy yo quien ríe.

—«In lak'ech» no significa necesariamente que seamos iguales. Es como que… nos vemos el uno al otro, ¿sabes? Yo te entiendo.

—Sí, y yo te entiendo a ti. —Me dedica una media sonrisa, y ahora mismo para mí ya es suficiente.

—Bueno, voy a empezar a arreglarme.

—¿Qué? Pero ¡si no tenemos que irnos hasta dentro de varias horas!

—¡Exacto! ¡No puedo perder el tiempo! —exclamo, y me doy la vuelta para irme.

—Espera… —empieza Cesar, y al girarme me encuentro con un abrazo que casi me asfixia, pero yo también lo apretujo con fuerza.

—Gracias, Yami.

No me suelta durante unos instantes, ni yo tampoco.

—¿Por qué?

Suspira y finalmente se aparta.

—Por todo. Es que… haces mucho por mí. Sé que no me lo merezco…

—Claro que te lo mereces —lo corto.

—… pero quiero que sepas que te lo agradezco. Mucho. Así que gracias… —dice mirándose los pies—. Y ahora ve a peinarte, pareces un chupacabras.

—¡No vuelvas a insultar a los chupacabras de esta manera! —respondo para que se ría, y esta vez lo consigo. Tengo que admitir que ahora mismo tengo el pelo fatal, no me lo he tocado desde que me desperté—. Te quiero, 'manito —añado dándole otro abrazo rápido antes de ir a arreglarme.

Tardo casi todo el día en peinarme y maquillarme, porque me desmaquillo y vuelvo a empezar tres veces antes de que me sienta satisfecha. Llevo una sombra de ojos lila y un labial del mismo color a juego con el vestido. Normalmente me siento muy confiada con cómo me maquillo, pero hoy lo único que me importa es si Bo pensará que me queda bien. Eso espero, después de todo este esfuerzo.

Tengo que ayudar a Cesar a arreglarse, aunque él solo tiene que preocuparse por ponerse el traje y los zapatos, pero tarda prácticamente lo mismo que yo en peinarse. En realidad, se pasa el rato mirándose en el espejo (mirada de exasperación).

Como el baile gay empieza a las siete, Bo vendrá a recogernos a Cesar, a Jamal y a mí a las cuatro y media para ir a cenar, porque si alguien se retrasa no podemos ser ni Bo ni yo, ya que Bo es la anfitriona.

Mamá nos toma un millón de fotos a Cesar y a mí antes de que alguien llame a la puerta. Cuando me asomo por la mirilla me encuentro a Jamal jugueteando con la manga del traje, así que arrastro a Cesar hasta la puerta.

—¡Es para ti! —le susurro para que Jamal no me oiga, y luego empujo a mi hermano hacia la puerta y me voy para que puedan tener un momento de intimidad.

En cambio, mamá no les da ni unos segundos. Está detrás de Cesar y enseguida hace entrar a Jamal y lo empieza a bombardear con fotos. El chico está un poco tenso y resulta obvio que está nervioso, porque no ha visto a mamá desde que nosotros dos fingíamos que estábamos saliendo.

—Te ves muy guapo —le dice mamá en lugar de sermonearlo por haber mentido, y a continuación lo abraza—. Te he extrañado, mijo.

—Yo también, señora Flores. —Jamal la abraza fuerte antes de que mamá lo arrastre hasta Cesar para tomarles fotos a los dos.

Jamal tarda unos minutos en percatarse del anillo que se puso Cesar, y entonces lo abraza con tanto ímpetu que hasta parece doloroso, pero mi hermano le devuelve el gesto y al final Jamal le agarra la mano y besa el anillo. Son tan lindos que quiero derretirme, de verdad. Espero que mamá haya capturado el momento en alguna foto.

Cuando Bo llama a la puerta, agarro los aretes que le hice y corro a abrirle la puerta antes de que mamá pueda intervenir. La cierro detrás de mí para que mi madre no le dé el mismo trato que a Jamal y mantengo los aretes escondidos en una mano detrás de la espalda. Bo lleva unos tacones lilas y un traje ajustado con un corsé lila por debajo. Me parece que estoy enamorada. En serio. Puede incluso que se me caiga un poco la baba.

Su mano me roza el cuello y luego la descansa en la parte trasera de mi cabeza y me da el beso más tierno que me han dado en toda mi vida. No puedo respirar hasta que se aparta.

—Quería un poco de tu labial —dice chasqueando los labios—. Y estás preciosa.

Se me escapa una risita. No es nuestro primer beso, así que no sé por qué estoy tan atontada.

—Te hice una cosa —le explico, y le enseño los aretes: unos aros con nudos chinos lilas dentro de los agujeros—. Espero que no sea raro, pero pensé que sería bonito hacerte un regalo cultural, ya que las dos estamos intentando reconectar con nuestras raíces. Son unos aros porque… bueno, porque me gustan. Y el lila es porque te gusta a ti. ¡Y los nudos chinos son para tener buena suerte! Y el lila es el color del… hum… romance… No me había dado cuenta hasta ahora de lo cursi que es.

—¡No! ¡Son perfectos, me encantan! Gracias. —Se ruboriza y se aparta el pelo hasta dejar a la vista las orejas—. Pónmelos.

Apenas tengo tiempo de hacerlo antes de que mamá abra la puerta y nos haga entrar para tomar más fotos. No para de decir lo guapos que estamos todos, y nos toma unas fotos a Bo y a mí y luego a todos juntos. Jamal y yo también nos tomamos un par de fotos divertidas como si fuéramos pareja. Por esto necesitábamos la red de seguridad de salir de casa a las cuatro y media en lugar de a las cinco, porque mamá no sabe hacer las cosas rápido. Tras mucho insistir, al final nos vamos a cenar. Como es el antibaile, decidimos ir al sitio menos glamuroso que conocemos: McDonald's, aunque el de la zona norte de la ciudad curiosamente es muy elegante. Incluso tienen una maldita fuente de agua en una de las paredes. ¿Qué hace un McDonald's intentando parecer un restaurante de cinco estrellas?

Amber y David se encuentran con nosotros allí y parecen sorprendidos al ver a Jamal hasta que me doy cuenta de que todavía creen que es mi ex.

—En realidad Jamal no es mi ex —digo para relajar el ambiente.

—¿Qué? —preguntan Amber y David a la vez, y Bo se limita a masticar la comida.

—Sí… Es una historia divertida —comenta Cesar, y todos se nos quedan mirando a la espera de una respuesta. En cambio, Cesar los hace esperar para crear más expectativas mientras come. Es un poco cabrón—. Yami estaba ayudándome porque… hum… soy bi. Y ella fingía que mi novio era su novio para que pudiera venir a casa y así.

—Habla como si nada, aunque en realidad es un paso muy grande que lo diga en voz alta, pero no puedo culparlo. No es mucho mejor que yo, que le grito de forma compulsiva «SOY LESBIANA» a cualquier persona con quien quiera salir del clóset.

—Entonces ¿Jamal y tú están juntos? —les pregunta Amber.

Cesar baja la vista y se pasa una mano por el pelo.

—Pues… —empieza Jamal, y desvía la mirada hacia un lado como si intentara ver la reacción de Cesar, pero él no hace nada—. Lo estábamos, sí.

David inhala entre los dientes y la situación vuelve a enrarecerse. Ojalá pudiera darle un sape a mi hermano. ¿Por qué no dice nada?

—Pero es genial que todavía sean amigos —dice Amber.

—Sí, es genial —responde Jamal, y me apresuro a cambiar de tema antes de que el pobre chico implosione.

Llegamos a casa de Bo a las seis y media, lo cual es perfecto porque quiero poder relajarme un poco antes de que empiece a llegar la gente. Sacaron todos los muebles para dejar espacio en la sala para bailar, y en el patio hay un montón de mesas y sillas para que la gente pueda sentarse. Bo y yo subimos al estudio del segundo piso y dejamos atrás al resto de la gente.

Estoy muy ilusionada por el baile gay, pero en realidad lo único que quiero hacer ahora mismo es estar a solas con Bo. Quiero saborear todo el tiempo que tenemos hasta que empiecen a llegar los invitados, y entonces podremos bailar toda la noche. Si mamá estuviera aquí nos regañaría por estar solas en una habitación, pero no está aquí y tampoco es como si fuéramos a acostarnos ni nada así. Ni siquiera estoy remotamente preparada para eso. Por ahora, el simple hecho de agarrarle la mano ya me provoca una descarga eléctrica que me recorre todo el sistema nervioso.

—¿Cómo estás? —me pregunta Bo. Me resulta un poco extraño que nos hagamos una pregunta tan genérica como esta, pero estoy en una nube y así se lo digo.

—Genial. Tan genial que no puedes ni imaginártelo.

—Creo que un poquito sí me lo puedo imaginar.

Me sonríe y entrelaza sus dedos con los míos, y en cuanto lo hace siento que todo mi cuerpo se relaja, como si me hubiera liberado de toda la tensión que acumulaba. No sé cómo lo hace, es como una hechicera. Estoy a punto de seguir hablando y soltarle que creo que estoy enamorada de ella cuando literalmente me salva el timbre.

… me amo y respeto yo

Apenas son las siete y ya llegó alguien. Nunca entenderé por qué la gente quiere llegar al antibaile con puntualidad. En los cinco segundos posteriores a que llamen a la puerta, todos nos ponemos en nuestros sitios. Mientras Bo y yo volvemos a la planta baja, David pone música, porque se ofreció voluntario para hacer de DJ durante la noche, lo cual básicamente significa que pondrá su lista de reproducción. A continuación, Bo se encarga de bloquear la escalera con una valla para perros para asegurarse de que todo el mundo se quede en la planta baja, ya que en el piso de arriba estarán sus padres con los perros porque «los adolescentes dan miedo». Por último, yo voy a abrir la puerta.

No. Inventes.

Jenna y Karen están de pie en la entrada. Cuando empiezo a cerrarles la puerta, Jenna me detiene:

—¡Espera! Solo queríamos disculparnos. ¿Podemos hablar con Bo?

—No —respondo, y vuelvo a intentar cerrar la puerta, pero Karen la empuja hacia mí para impedírmelo.

—Solo queremos hablar con ella y luego nos iremos al baile de la escuela.

—¡Pues váyanse directo al baile! Pueden disculparse en la escuela si tantas ganas tienen…

Karen intenta empujarme para entrar, pero le devuelvo el empujón. ¿Qué más da que quieran disculparse? No voy a permitir que se entrometan en nuestra noche para limpiarse la conciencia. No conseguirán que esta noche gire alrededor de ellas.

Cuando aparto a Karen, ella me agarra del brazo y me jala hacia ella.

—¡Que me dejes hablar con Bo! —grita, y entonces se oye el nítido ruido de una tela al desgarrarse.

Karen me jala por un lado, y por el otro mi propio vestido, que se quedó enganchado por detrás en la puerta cerrada. Karen me suelta el brazo en cuanto se percata de lo que hizo y me dejo caer de rodillas hasta apoyar las manos en el suelo. No sé si es porque ella me soltó o si es que se me debilitaron las rodillas por la tela rota.

—Yami, lo siento muchísimo —se lamenta Jenna con los ojos muy abiertos.

—¡VÁYANSE! —les grito, y lo hacen. Corren hacia su coche y lo ponen en marcha.

Una noche. No podían dejarnos disfrutar ni siquiera una noche.

Bo aparece corriendo unos segundos más tarde. Debe de haberme oído cuando les grité.

—Ay, no, Yami, ¿qué pasó? —Observa mi vestido y luego se fija en el coche de Jenna, que está alejándose—. ¿Esa es Jenna?

Empiezo a parpadear muy rápido para evitar que se me escapen las lágrimas. Mi vestido está destrozado y no puedo fastidiarme también el maquillaje.

—No las dejé entrar —digo, y Bo se pone en cuclillas a mi lado y me agarra la mano.

—Gracias. Ven, vamos a buscarte ropa.

Me contoneo hasta que puedo ver el desgarre y me doy cuenta de que se me ve todo el trasero.

—¡Mierda! —Me levanto tan rápido que me mareo, y sujeto la tela por detrás tan bien como puedo por si acaso pasa algún coche. Llevo puesta una tanga y Bo literalmente me ve el trasero entero. Tendría que morirme de la vergüenza, pero se me escapa una risita desde lo más profundo de los pulmones, y Bo se ríe conmigo mientras corremos hasta su habitación antes de que alguien más tenga el privilegio de verme el trasero.

Bo no tiene ningún vestido, así que mis opciones son bastante limitadas. Al final escojo un par de leggins tristes y una camiseta de flores, y me cuesta no llorar cuando me veo en el espejo del baño. De cuello para arriba estoy arregladísima, pero en el resto del cuerpo parece como si estuviera a punto de irme a la cama. Por lo menos Bo pudo verme con mi vestido de princesa antes de que se rompiera. Cuando vuelvo a entrar en su habitación, me la encuentro también con unos leggins y una camiseta.

—Estás preciosa —dice sonriendo, y me da un beso en la mejilla.

—Tú también.

Suelto una risita y en ese momento suena el timbre otra vez.

Después de los primeros invitados, la gente empieza a llegar de forma continua. Al final ponemos un cartel en la puerta para que dejen de pulsar el timbre y entren directamente. Ver quién ha decidido venir al baile gay en lugar del baile normal es un poco sorprendente. Hunter y Emily llegan con unos veinte amigos, la mayoría de algún equipo deportivo, y Emily viene a abrazarme enseguida.

—¡Me encanta cómo te maquillaste!

—¡Gracias! —digo y le devuelvo el abrazo, aliviada de que por lo menos pueda presumir algo.

A pesar de la multitud, Cesar y Jamal son los únicos que están en la pista de baile. Normalmente nadie quiere ser el primero, y menos una pareja de chicos en un baile lleno de alumnos de un colegio católico, pero parece que a ellos no les importa. Puede que no estén juntos, pero parece que están bien encaminados. Por lo menos, Cesar sin duda parece más feliz, y les grabo un video con el celular para enseñárselo después. Están bailando por turnos, cada uno demostrando sus habilidades.

—¡Tomaaa! ¡Vamooos, Cesar! —grito cuando se tira al suelo y empieza a girar sobre sí mismo apoyándose en el trasero.

Al cabo de un rato algunas personas forman un círculo a su alrededor y ya no puedo verlos. Todo el mundo aplaude y los anima, y al final Bo y yo nos acercamos para verlo mejor. Después de un par de rondas, Cesar se fija en mí.

—¡Lo siento, Yami! —dice Jamal mientras me agarran entre los dos de los brazos y me arrastran hasta el centro del círculo. Imagino que estuvieron planeando un ataque coordinado, porque enseguida se van y me dejan sola. Me quedo congelada; me gusta bailar, pero no sé improvisar así, de golpe, como ellos. Jalo a Bo para que me acompañe y ella está encantada de unirse a mí.

Con una expresión completamente seria, empieza a sacudir los brazos como si fuera uno de esos muñecos inflables tan altos y delgados que mueven los brazos como locos. Tengo que admirarla durante unos instantes antes de que pueda empezar a moverme, porque se ve guapísima, pero no quiero dejarla sola, así que me encojo de hombros y yo también me pongo a menear los brazos. Es mucho más divertido cuando no intentas bailar bien. Resulta muy estimulante dejarte ir y dar vueltas y sacudir los brazos. Los movimientos pueden ser caóticos y salvajes y libres. Por un momento siento que somos las únicas dos personas sobre la faz de la tierra, hasta que Amber y David empiezan a bailar como nosotras, y antes de que nos demos cuenta estamos rodeadas de gente que mueve los brazos como si fueran auténticos muñecos inflables. Genial, hemos empezado una moda.

Después de unas cuantas canciones así, noto que los costados me arden. Al parecer, esto de ser un muñeco inflable es un trabajo muy duro. Si lo hago una vez a la semana, no hará falta que haga ejercicio nunca más.

—Necesito una pausa —me lamento encorvada hacia delante entre respiraciones entrecortadas.

Bo se ríe y me lleva hasta afuera para que bebamos un poco de agua. También agarramos unas papas fritas y nos sentamos. Aunque hay mucha gente bailando dentro, afuera también está lleno. Casi todas las sillas están ocupadas, de modo que nos sentamos en el césped un poco apartadas de todas las sillas.

Hay, por lo menos, unas cien personas. No me extrañaría que todos y cada uno de los alumnos de Slayton que no somos blancos estuviéramos aquí. O sea, los veintitrés que somos.

Bo se recuesta hacia atrás apoyándose en las palmas y yo le pongo una mano encima de la suya, y entonces descansa la cabeza en mi hombro.

—No puedo creer que me invitaras al baile —dice.

—Y yo no puedo creer que me invitaras al antibaile. —Le doy un beso en la coronilla. No le veo la cara, pero espero que se haya sonrojado, y nos quedamos sentadas en un silencio perfecto durante unos minutos hasta que se acerca Jamal.

—¿Dónde está Cesar? —pregunta Bo.

—Seguramente todavía está bailando. No lo sé, había mucha gente y lo perdí.

—¿Quieres sentarte con nosotras? —le ofrezco. Le suelto la mano a Bo y doy unas palmaditas en el espacio que hay a mi lado para que no se sienta como un chaperón.

En lugar de sentarse, Jamal se estira.

—¿Estás bien? —digo.

—Estoy en baja forma.

—Te entiendo. —Me río y yo también me acuesto, y a continuación nos imita Bo.

Podría quedarme dormida aquí mismo. No he bebido ni una gota de alcohol, pero estoy muerta. Madrugué mucho y llevo un tiempo bastante agotada emocionalmente, de modo que me permito cerrar los ojos.

La siesta de dos segundos queda interrumpida cuando Cesar se abalanza sobre los tres. Bo y Jamal sueltan unos gritos muy graciosos, pero yo tengo clavado el codo de mi hermano en un costado y el sonido que escapa de mí parece más bien el grito que haría un asno si le dieran una patada en las pelotas. Cesar y Bo se ríen como si fuera la cosa más divertida de todo el mundo.

—Okey, espero que hayan acabado de reirse de mi dolor, yo me voy adentro. —Empiezo a incorporarme, pero Bo me agarra de la mano.

—¡No nos reíamos de ti! Es que te veías muy linda —asegura entre carcajadas.

—No, yo sí me reía de ti —puntualiza Cesar.

Lo fulmino con la mirada. A Bo también.

—¡Lo siento, lo siento! Fue divertido, ¿okey? —Bo me besa la palma de la mano mientras habla y así me resulta muy difícil hacerme la enojada.

Cesar gatea hasta Jamal y yo y se apretuja entre los dos.

—Los quiero mucho. Bo, a ti no te conozco tanto, pero si Yami te quiere, entonces yo también te quiero.

Me giro hacia él de golpe. Todavía no le he dicho a Bo que la quiero. ¡Ni siquiera se lo he contado a Cesar! Se suponía que no tenía que saberlo.

—O sea… Hum… Jamal, ¡vamos a buscar una bebida! —Lo agarra del brazo y salen corriendo tan rápido que se tropiezan el uno con el otro, y esto me hace reír al recordar las veces que Bo y yo hemos tenido que salir corriendo para evitar alguna situación peliaguda, pero entonces recuerdo por qué corren ellos. Ufff, se la devolveré.

—Esto… No le hagas caso a mi hermano —le pido a Bo.

—Okey.

No sé si antes se había sonrojado, pero ahora no tengo ninguna duda.

—Lo siento, es que es…

—Yo también te quiero —suelta.

—¿Qué?

—Que te quiero —repite, y esta vez me toma de la mano y me quedo sin aliento.

—¡Ay, claro! ¡Yo también te quiero! —Me sorprende lo fácil que me resulta decirlo, y me llevo la mano a la boca para taparme la sonrisa de oreja a oreja.

Bo me da un beso en el dorso de la mano que tengo delante de la boca y a continuación me la aparta con cuidado y me da otro beso. Entre beso y beso se me escapa la risita porque no me creo lo que acaba de decir, y las dos nos echamos para atrás sobre el césped besándonos y riéndonos.

Bo se gira y me abraza por detrás mientras me habla entre murmullos.

—Por si no lo sabías, yo también creo que eres increíble y preciosa y me inspiras —dice. Me da un beso en la oreja y se me vuelve a escapar una risita.

Antes de Bo, nunca había entendido la gracia de besar a alguien. No entendía ni los besos en los labios ni en la mano ni en la maldita oreja. Pero nunca me había besado nadie como Bo. Con ella es diferente, me hace algo que no puedo explicar. Besarla es relajante e intenso y simplemente… ¿feliz? Es agradable. Ni siquiera me importa que la gente nos vea.

La música está tan fuerte que algunas personas se han puesto a bailar afuera. Cuando empieza la siguiente canción, me levanto enseguida. Es «Dreaming of You», de Selena. Es como si David la hubiera puesto precisamente para mí. Es una canción lenta, pero siento una energía que me recorre todo el cuerpo. Lo siguiente que sé es que Cesar salta a mis espaldas cantándome la canción a viva voz en la oreja. Quizá David la escogió para hacer un baile lento, pero no creo que sea así. Ya habrá más ocasiones para bailar lento. Además, estamos afuera, así que tampoco le arruinamos el romanticismo a nadie.

Cesar y yo nos tomamos de la mano y cantamos la canción tan fuerte como podemos. Bo levanta el celular en el aire con la linterna encendida y lo mueve de un lado al otro. No sé si conoce la canción, pero nos está haciendo los coros a la perfección. Después de la primera estrofa, Jamal me roba a Cesar, y Bo me gira y me pone las manos en las caderas. Imagino que nuestras citas no se la estaban pasando tan bien mientras nosotros dos hacíamos tonterías.

Sin embargo, nada puede impedir que lo dé todo cuando suena una canción de Selena, ni siquiera Bo. Empiezo a cantarle a ella en lugar de a Cesar. Canto muy fuerte y mal, pero es genial, y ella se ríe todo el rato. Aunque empezó como una broma, en realidad esta canción es perfecta para nosotras.

—… *And I still can't belieeeve that you came up to me and said «I love you»!* ¡Es como en la canción, Bo, me dijiste que me QUERÍAS! *I love you too!* ¡Y yo te quiero a ti! ¡¡¡CLARO, ES NUESTRA CANCIÓN!!! *Now I'm dreeeeeeamin'…*

Bo hunde la cara en mi cuello y noto que se ríe. Le agarro las manos y alzo nuestros brazos mientras le canto una serenata, la giro y le ayudo a inclinarse de espaldas sobre mí mientras la sujeto. Luego intento besarla en medio del paso de baile como vi una vez en una peli, pero no tengo tanta fuerza y nos tropezamos. Al final terminamos en el suelo, pero ella no se aparta, sino que se ríe de mí entre besos. Normalmente me daría vergüenza que alguien me viera así, pero ahora mismo solo tengo ojos para Bo y no siento vergüenza por nada que tenga relación con ella.

En la otra punta del patio veo a Cesar al lado de la puerta presentando a Jamal y a Hunter. Mi hermano parece nervioso, pero Hunter los abraza a los dos y Cesar relaja los hombros. Hunter siempre ha tenido más relación con él que conmigo, y me alegro de que por fin Cesar pueda abrirse con él.

Cuando termina la canción y empieza otra, Bo y yo no nos molestamos en levantarnos, sino que nos quedamos con los brazos envueltos la una en la otra sobre el césped. Por algún motivo, soy inmune al picor y lo único que siento es una agradable calidez. Podría quedarme dormida tal como estoy, supongo que es porque me siento segura y Bo me transmite mucha tranquilidad. Al abrir los ojos veo que ella los tiene cerrados. Dios, es preciosa. Ahora y siempre, pero ahora aún más. Parece un maldito ángel.

Está sudada y despeinada y se le corrió el labial por los besos, pero se ve preciosa que ni siquiera puedo respirar. Mientras la observo me doy cuenta de que ya no estoy sobreviviendo. Estoy bailando y riendo, estoy viviendo.

La quiero. Me siento muy bien sabiéndolo con tanta confianza. No tendré que dudar más de mis sentimientos. No continuaré teniendo una doble vida. Se ha destapado mi identidad falsa y fue decisión mía, y no podría estar más feliz.

Bo abre los ojos y se sonroja al ver que la estaba observando. La miro directamente a esos agujeros negros preciosos y me pregunto por qué me daba miedo que me absorbieran. Me acurruco más cerca de ella y le beso la nariz.

—¿En qué piensas? —pregunta.

Pienso en que ya no tengo miedo de nada. No tengo miedo de ser como Bo. No tengo miedo de dejar que me vea, y no tengo miedo de verme a mí misma. No tengo miedo de decírselo.

—Tú eres mi otro yo.

Agradecimientos

Una de mis actividades preferidas es leer con mi madre. Muchos de los libros que hemos leído juntas a lo largo de los años me han inspirado a escribir yo también, y en cuanto le dije que había terminado de escribir una novela me pidió que se la leyera en voz alta como si fuera otro de los libros publicados que leíamos juntas todo el tiempo.

Casi le dio un infarto con la primera frase.

Soltó un grito ahogado cada vez que había una palabrota, pero nunca vaciló en apoyarnos a este libro y a mí. Desde que escribí mi primera historia un poco «regular» con ocho años, mi mamá ha sido mi mayor apoyo. Siempre se aseguró de que creyera en mí misma, de que creyera que podría hacer realidad este sueño, y por ello, mami, no puedo agradecerte lo suficiente. Gracias a ti nunca me pregunté si llegaría a ser una autora publicada, solo cuándo sucedería. ¿Y puedes creértelo? ¡Así ha sido!

A pesar de que fue un auténtico placer escribir este libro, la vida me llevó a algunos de mis momentos más oscuros mientras lo escribía y revisaba, y tengo que darles las gracias de todo corazón a Gabi, a Erica y a mis padres por apoyarme en todo momento en esas situaciones tan difíciles y ayudarme a ver la luz al final del túnel. No estaría aquí sin ustedes. Gracias.

A mi prima Ally, que me ayudó a pensar un título con el que estoy obsesionada y me acompañó mientras hacía una lluvia de ideas con cada revisión, por pequeña que fuera, hasta que tuviera claro cómo quería hacerlo exactamente. A Emery y a Jonny, por mantenerme con los pies en la tierra criticándome a todas horas (pero, en serio, Emery, ¡gracias por toda tu ayuda, desde el marketing hasta las lluvias de ideas!). A Adelle y a Ana, por estar siempre conmigo. A Alaysia, por hacer que me ponga las pilas y obligarme a escribir cuando yo quería holgazanear. Y a todos mis lectores beta que me ayudaron a dar forma al libro.

Muchísimas gracias a mi magnífica agente, Alexandra Levick, que vio algo especial en la historia de Yami y se convirtió en su defensora. Cuando hablamos por teléfono la primera vez y oí tus ideas para las revisiones, vi que este libro podría convertirse en una historia mucho más especial con tu ayuda. Gracias por tu apoyo y por estar a mi lado cuando necesitaba ánimos. De verdad, no puedo expresar en palabras cuánto significa para mí.

También quiero agradecérselo a mi querida editora, Alessandra Balzer, que creyó en Yami y en mí lo suficiente como para hacer realidad todo esto. Muchas gracias por darme la oportunidad de compartir su historia con el mundo. Gracias, gracias, gracias.

Y a mis editoras de mesa, Laura Harshberger y Valerie Shea, y a mi correctora, Vivian Lee. A Jessie Gang, por diseñar una cubierta tan espectacular, y a Be Fernández, por hacer que cobre vida. Al fantástico equipo de HarperCollins y a todo el mundo que ha tocado y tocará este libro en su camino hasta llegar a los lectores: Caitlin Johnson, Andrea Pappenheimer, Kerry Moynagh, Kathy Faber, Nellie Kurtzman, Shannon Cox, Lauren Levite, Patty Rosati, Mimi Rankin y Katie Dutton, ¡gracias!

Y, por último, a todos los adolescentes que son como yo. A los jóvenes del colectivo LGTBIQ+, a los de piel morena, a los que no encajan del todo. Su voz importa. Ustedes importan. Lo están haciendo genial y los quiero.